新時代への源氏学

助川幸逸郎
立石和弘
土方洋一
松岡智之
［編集］

3 関係性の政治学Ⅱ

竹林舎

刊行のことば

わが国の古典の中でも、『源氏物語』ほど長く深い受容の歴史を持つテクストは他に例がありません。その享受の歴史は優に千年を超え、影響もわが国の文化のあらゆる方面に及んでいると言ってよいほどです。かくも長きにわたって多くの人びとの心をとらえ、解読、分析の対象とされてきた『源氏物語』について、いまさら新たに語るべきことなどあるのかと思われる向きもあるかもしれません。

私たちの前には、先人たちの豊富な注釈・研究の蓄積があります。その恩恵に浴すことで、この遠い昔に書かれた物語に親しく接することが可能になっているのであり、私たちはそのことに深く感謝しなければなりません。

一方で、私たちが『源氏物語』に接している〈いま〉という時代は、先人たちの生きていた時代とはまったく異なります。千年前はおろか、携帯電話やパソコン、インターネットのある現代は、それらが存在しなかった五十年前とも、もはや大きく異なっています。

そうしたかつて経験したことのない言語環境のもとで生きている私たちの眼から見れば、『源氏物語』の中には、考究すべき種々の新たな課題が内蔵されています。というよりも、読者の生きている個々の時代に即した課題を常に突きつけてくるのが、『源氏物語』というテクストの持つ希有の特性なのです。

二十一世紀を迎えた私たちの世界には、様々な問題が山積しています。そのような困難な時代に、『源氏物語』が問いかけてくるものを真正面から受けとめ、私たちなりのことばで応答したいという思いが、この企画にはこめられています。ここでの「源氏学」とは、単に「『源氏物語』に関する学」ということではなく、『源氏物語』というテクストと真摯に向き合うことによってはじめて見えてくる〈知〉の地平を意識した呼称です。私たちがいまそこに見出した課題を、さらに次の世代へと手渡していきたい、それが「新時代への源氏学」に託した私たちの希望でもあります。

ご多忙ななか、貴重な原稿をお寄せいただいた執筆者各位に深く感謝申し上げます。

二〇一四年三月

編集委員　助川　幸逸郎
　　　　　立石　和弘
　　　　　土方　洋一
　　　　　松岡　智之

新時代への源氏学　第3巻
関係性の政治学Ⅱ　目次

光源氏体制とは何であったか
——『うつほ物語』の産養からみる、梅枝・藤裏葉・若菜上巻——

小嶋　菜温子

はじめに

「光源氏体制とは何であったか——梅枝・藤裏葉——」というのが、本稿に与えられたテーマである。「光源氏体制」というものがあったとして、いったいその内実は何であるか。また「光源氏体制」という括り方について、あるいは「六条院体制」とでもすべきかどうか。本稿はそうした大枠についての議論のためのささやかな叩き台に過ぎないが、与えられたテーマを緩やかに受け止めつつ、そうした議論に対するなにがしかの手がかりを探ることができればと考える。梅枝・藤裏葉両巻を隈なく見渡すことは紙数のかぎりもあって叶わないため、以下では梅枝巻の冒頭近くの一部分に焦点をしぼっての読みを試みることを許されたい。具体的には、明石の姫君の裳着に向けて準備される、薫物合わせに関する記述を読みなおすことになろう。

あらためて記すまでもなかろうが、梅枝・藤裏葉両巻は『源氏物語』正編の前半部の大詰め、いわゆる第一部の閉じ目にあたる。光源氏が准太上天皇の待遇を得て、六条院の栄華達成の大団円が語られるとするのが、両巻に対するおおかたの観方であろうか。そのことについて、さしずめ付け加えることは何もない。ただ、栄華達成という筋書きを支える、物語の複雑な仕掛けそのものに注意を向けてみたいと思うものである。

ところで、六条院の栄華達成には、光源氏とその周辺の閨閥関係の進展が不可欠であった。梅枝巻・藤裏葉巻でも、光源氏の子供たちの結婚問題は大きな課題の一つであったことは言うまでもない。おりしも梅枝巻の直前である真木柱巻において、光源氏の養女・玉鬘と髭黒の意外な婚姻という顛末が示されて、いわゆる玉鬘十帖を導いてきた、玉蔓の求婚譚の文脈は終息をみていた。

その真木柱巻から梅枝巻に目を転じると、今度は東宮への入内を視野に入れた、明石の姫君の裳着が話題の中心となっていく。そしてさらに藤裏葉巻では、夕霧と雲居雁が晴れて結婚に至ることになる。こうしてみると、光源氏の子供たちの結婚をめぐって、玉鬘十帖から梅枝・藤裏葉巻が一続きの流れを形成するのは自明のことだろう。さらに言えば、こうした流れの延長線上に、やがて若菜巻に出来する女三の宮の降嫁問題が見通されるはずだ（若菜巻では子供たちのことではなく、光源氏自身の問題として、朱雀院の皇女・女三の宮との婚姻が焦点化されるわけであるが――）。そうした流れのなかにあって、梅枝巻の冒頭はどのように語られたか。そのことを、以下に確かめていく。

一　真木柱巻から、梅枝巻へ――二つの「火取」

梅枝巻の巻頭で語られる、薫物合わせの意味については、知られるとおり河添房江氏の論をはじめとする優れた多くの論がある。[注1]この薫物合わせが、まさに「光源氏体制」を補完する、重要な契機であることは疑いない。

ここで注目したいのは、薫物合わせに先立っての場面である。光源氏が六条院の女君たち（紫の上、明石の君・花散里など）に、薫物合わせのための準備を依頼する場面。

香どもは、昔今の取り並べさせたまひて、御方々に配りたてまつらせたまふ。「二種づつ合わせさせたまへ」と、聞こえさせたまへり。贈り物、上達部の禄など、世になきさまに、内にも外にも事しげく営みたまふにそへて、方々に選りととのへて、鉄臼の音かしがましきころなり。

（梅枝③三九六。小学館・全集本による。以下同じ）

光源氏が主導する形で、六条院の内外では明石の姫君の裳着にむけて、「贈り物」や「禄」の準備で大賑わいである。それに加えて今、女君たちそれぞれの居所では、光源氏の要請に応じて薫物の調合が始められ、「鉄臼」の音で喧《かまびす》しい。この「鉄臼」は諸注が言うとおり、薫物の調合のために用いる用具のこと（これについては後述）。

このあとの記述にみる光源氏は、寝殿に一人籠って「承和（仁明天皇）の御いましめの方」を再現すべく、調合に余念がない。かたや紫の上はといえば東の対のほうに籠り、「八条の式部卿の御方」の秘伝で競う構え。二人のこの様子が、「人の御親げなき御争ひ心なり」と草子地に揶揄されるのもご愛嬌というところであった。

そこから語り手は、明石の姫君の裳着のために光源氏が準備した調度品のことにも言及する。

　御調度どもも、そこらのきよらを尽くしたまへる中にも、香壺の御箱どものやう、壺の姿、火取の心ばへも目馴れぬさまに、今めかしう、やう変へさせたまへるに、所どころの心を尽くしたまへらむ匂ひどもの、すぐれたらむどもを、嗅ぎ合わせて入れんと思すなりけり。
（梅枝③三九七）

美麗を尽くした「香壺の御箱」や「壺」。そして語り手の視線はさらに、「火取」の風情にまで及ぶ。もとより火取の香炉もまた、薫物にとっての大事な調度品ではあるが、一般には「香壺の御箱」や「壺」に比すればやや地味な存在といえようか。

ただ、梅枝巻から遠くない記憶として、「火取」が焦点化された瞬間もあるにはあった。直前の真木柱巻でのこと。嫉妬に狂った髭黒の北の方が、髭黒に灰を浴びせかけた、あの一件である。

　正身《さうじみ》はいみじう思ひしづめて、らうたげに寄り臥したまへり、と見るほどに、にはかに起き上がりて、大きなる籠《こ》の下なりつる火取を取り寄せて、殿の背後《うしろ》に寄りて、さと沃《い》かけたまふほど、人のやや見あふるほどもなう、あさましきに、あきれてものしたまふ。
（真木柱③三五七）

玉鬘を手に入れて有頂天の髭黒を襲った、灰かぶり事件。その時にスポットを浴びたのが、ほかでもない「火取」なのではなかったか。「火取」の灰を浴びせかけられた髭黒の醜態は、哀れというも愚かというほかないものであった。いったい玉鬘と髭黒の結婚の顚末は、髭黒の北の方だけでなく、娘の真木柱の哀切なエピソードをもたらすものであった。その哀切なエピソードのさなかに挿しはさまれた、灰かぶりの一件。それは烏許話の風情を湛えながらも、どこか哀切感をも漂わせるものでもあったろう。

真木柱巻の「火取」から、梅枝巻の「火取」へ。『源氏物語』のなかで「火取」が道具立てとして出てくるのは、それら以外では鈴虫巻ぐらいしか思い浮かばない。[注2]その意味でも、隣接する真木柱巻と梅枝巻に相次いで顔を出す「火取」のあいだには、どのような違いがあるのかを見ておかねばなるまい。

梅枝巻の当該場面に話を戻そう。明石の姫君の裳着そして入内のための準備品として「香壺の御箱」や「壺」と並んで、「火取」の香炉までが美麗に調えられたというものであった。直前の真木柱巻で、灰かぶりを演出する小道具として、不面目な役目を担わされた「火取」の姿はそこにはない。

やがて女君たちに依頼しておいた薫物が光源氏のもとで披露される、薫物合わせの日が来た。

「これかれ分かせたまへ。誰にか見せん」と聞こえたまひて、御火取ども召して試みさせたまふ。「知る人にもあらずや」と卑下したまへど、言ひ知らぬ匂ひどもの、進み、後れたる、香一種などが、いささかの咎をわきて、あながちに劣りまさりのけぢめをおきたまふ。
（梅枝③四〇〇）

いよいよ、先に光源氏が準備した「火取」の出番である。判者として呼ばれた蛍兵部卿は謙遜しつつも、女君たちから届けられた種々の薫物を的確に嗅ぎ分けて判じる。これまで指摘されてきたごとく、光源氏の六条院が、典雅な文化的空間として香り立つ瞬間であろう。

東宮への入内を控えての、姫君の裳着を華麗に演出するための薫物合わせ。そして、そこでの重要な調度品——梅枝巻の「火取」に託された意味は、まさにそこにあるだろう。いうなればこの「火取」は、「光源氏体制」の確立にむけての、重要なステップの一翼を担う道具立ての一つでもありえたはずだ。裳着から入内へという流れのなかで、さらにこの道具立てが如何に活かされていくのか。その帰趨が気になるところだが、そのことを考えるにあたって参考にされるのは、『うつほ物語』であろう。

二 「火取」「鉄臼」のある光景——『うつほ物語』から

『うつほ物語』を紐解いてみよう。『うつほ物語』のなかで、「火取」という具は、薫物との関連で再三にわたり登場する。まず、「藤原の君」巻から参照しておこう。

かくて、白銀の薫炉《ひとり》に、白銀の籠作り覆ひて、沈を搗き篩ひて、灰に入れて、下の思ひに、すべて黒方をまろがして、それに、

ひとりのみ思ふ心の苦しきに煙もしるく見えずやあるらむ

雲となるものぞかし」と書きて……

（藤原の君、七四。室城秀之校注『うつほ物語　全　改訂版』による、以下同じ）

右の「薫炉（火取）」は、あて宮の求婚者の一人である兵衛が、「薫炉（火取）＝一人」思う恋心を詠む歌を引き出すための、道具立てとして配置されている。

そして、あて宮の求婚譚が決着をみるのは、「あて宮」巻。「あて宮」巻では結局、あて宮の東宮への入内が決定され、その参内の時が来た。

……薫物の箱、白銀の御箱に、唐の合はせ薫物入れて、沈の御膳に、白銀の箸・薫炉・匙、沈の灰入れて、黒方を、薫物の炭のやうにして、白銀の炭取りの小さきに入れなどして、細やかにうつくしげに入れて奉るとて、御櫛の箱に、かく書きて奉れたり。

唐櫛笥あけ暮れ物を思ひつつ皆むなしくもなりにけるかな

（あて宮、三五四〜三五五）

これまた求婚者の一人であった仲忠から、その失意の念を籠めた歌を書き入れた櫛の箱が贈られた。その折に薫物の箱などとあわせて「薫炉（火取）」なども贈られたという場面であった。

『うつほ物語』にみるこうした用例を、『源氏物語』の梅枝巻の遠景に置いてみよう。そうした時、薫物合わせにまつわる「火取」という調度品は、明石の姫君の裳着のために留まらず、東宮への入内への布石の意味を持つと読むことも可能かどうか。そのことに関しては、さらに『うつほ物語』を参照していく必要があろう。

*

先に見た、あて宮の結婚問題に関連した記事における「火取」の用例に類する用例は、「蔵開・上」に窺える。「蔵開・上」の場面は、結婚後の子供の誕生に際して行われた、産養の場面であった。

その産養とは他ならぬ、いぬ宮の産養だ。『うつほ物語』の終盤において、いぬ宮の誕生は何にもまして重い意義を有していたことは言うまでもない。筋書きとしては仲忠が女一宮（朱雀帝の皇女）と結婚し、いぬ宮が生まれた。それは俊蔭一族の琴の相伝をめぐる物語の掉尾が、そこに見通されてくる節目に違いなかった。いぬ宮のための産養記事を見ておく。やや長目の引用になるが、詳細な描写のありかたそのものに意味があると考えられるためである。

かくて、六日になりぬ。女御、麝香ども、多く抉《くじ》り集めさせ給ひて、裛衣《えひ》丁子・鉄臼に入れて搗《つ》かせ給ふ。練り絹を、綿入れて、袋に縫はせ給ひつつ、一袋づつ入れて、間ごとに、御簾に添へて懸けさせ給ひて、大いなる白銀の狛犬四つに、腹に、同じ薫炉据ゑて、香の合わせの薫物絶えず薫《た》きて、御帳の隅々に据ゑたり。廂のわたりには、大いなる薫炉に、よきほどに埋みて、よき沈・合はせ薫物、多く焼《く》べて、籠覆ひつつ、あまた据ゑわたしたり。御帳の帷子・壁代などは、よき移しどもに入れ染めたれば、そのおとどのあたりは、よそにても、いと香ばし。まして、内には、さらにも言はず。しるしばかりうちほのめく蒜の香などは、ことにもあらず。

（蔵開・上、四八〇～四八一）

右は、いぬ宮誕生から六日目。生母である女一宮の母・女御（朱雀帝妃）が準備した、薫物の詳細を描写した場面である。鉄臼で搗きあわせた香を、絹袋に入れて、それを間ごとに御簾に添えるという、念の入った準備の様子が鮮明に浮かび上がる描写だ。そして、問題の「薫炉（火取）」であるが、白銀の狛犬（四つ）の腹にそれは据え置かれて、御帳の四方の隅々に配置されたという。さらには、廂のあたりにも、おおきな「薫炉（火取）」に沈香や合わせ香をくべて、たくさん据え置かれたともある。おまけに御帳の帷子や壁代にも、「移し」の香が染みこませてあったというわけだ。邸内外には華麗な香りが充満し、御産につきものの「蒜の香」も消し飛んでしまうほどであったと語られるのも、さもありなんと思わせる典雅で薫り高い光景が鮮明だ。如何にこの産養が大事な契機であったかということが、ここから如実に窺えよう。

いぬ宮の産養とその重要性については、室城秀之氏の詳細な論があり、室城氏の論に導かれて拙論でも述べたことがある。[注3]三日の兼雅（父方）の産養をはじめとして、五日・七日・九日にわたる一連の産養の儀式のありかたについては、室城氏の論や拙論に拠られたい。ここで注目しておきたいのは、「薫炉（火取）」という道具立てが、そこにおいて如何なる効果をもたらすかということである。いぬ宮誕生にともなう、華麗で豪壮な一連の儀――なかでも重要な、七日目の産養に先立って、右の薫物の描写があったことを忘れるべきではない。そしてそのなかでも「薫炉（火取）」という道具立てにスポットが当たっていることは、『源氏物語』の梅枝巻の「火取」の意義を問ううえで看過しがたいのではなかろうか。[注4]

そしてさらに、いぬ宮の産養関連で、もう一つの道具立てとして注意されるのは「鉄臼」のことだ。前節で触れた『源氏物語』梅枝巻の「鉄臼」との関連でいうと、この点も見逃せないところである。ちなみに、「鉄臼」という言葉が『源氏物語』のなかで出てくるのは、この梅枝巻の一例だけのようだ。「臼」といえば、夕顔巻の「から臼」が連想されるが、夕顔巻の「から臼」（とその音）は庶民生活の象徴としての意味合いを有するものであった。しかし、ここでの「鉄臼」（とその音）のほうは、そうした「から臼」とは対照的に、高雅で貴族的な意味合いが濃厚だ。いみじくも『うつほ物語』「蔵開・上」に確かめられたごとく、「鉄臼」は、「薫炉（火取）」でくべられる合わせ香を搗くための、必須の具なのだ。しかも、『うつほ物語』の「鉄臼」が、物語の大団円にむけての大きな節目であるところの、いぬ宮の産養の道具立てとして描出される。このことは『源氏物語』にみる産養の描写の参照枠として、十分すぎるぐらい注意してよいことのように思われる。

こうしてみると、梅枝巻で登場した「火取」「鉄臼」の意味についても、深く考えさせられてくるのではないだろうか。もとより明石の姫君の裳着に先立つ薫物合わせのために、光源氏が用意した小道具に過ぎないといえば、そのとおりだ。しかし、『うつほ物語』のあの詳細な産養の描写を遠景に置いてみるとき、梅枝巻の「火取」「鉄臼」にオーバーラップするのは何か。いぬ宮の産養の薫り高い典雅な光景そのものではなかったろうか——。

『源氏物語』の筋立てとして、明石の姫君の入内後に来るのは、皇子誕生のことであるのは言うまでもない。きたるべき皇子誕生、そしてその産養の道具立てとしての、「火取」「鉄臼」——梅枝巻で、そのことを云々するのは時期尚早に違いなかろう。けれども、やがてきたるべき慶事への布石として、梅枝巻の薫物合わせに点描された「鉄臼」「火取」を読み解くことは、あながち深読みとはいえないように思われる。

三　若菜巻へ――明石の姫君の皇子と、その産養

『源氏物語』の文脈に今少し沿いながら、前節までの読みをさらに進めてみよう。はたして明石の姫君が女御となり皇子が誕生した若菜上巻に至って、その産養はどう行われたか。梅枝巻に布石のように配置された「火取」「鉄臼」がいよいよその産養で活躍することになるかどうか。明石女御所生の皇子の産養については、七日の産養の儀のことを中心に述べたことがある。[注5]ここでは、薫物合わせに関する視点から、当該の記述を見直しておこう。

六日といふに、例の殿に渡りたまひぬ。七日の夜、内裏よりも御産養のことあり。朱雀院の、かく世を棄ておはします御かはりにや、蔵人所より、頭弁宣旨承りて、めづらかなるさまに仕うまつれり。禄の衣など、また中宮の御方よりも、公事にはたちまさり、いかめしくせさせたまふ。次々の親王たち、大臣の家々、そのころの営みにて、我も我もときよらを尽くして仕うまつりたまふ。大殿の君も、このほどの事どもは、例のやうにもことそがせたまはで、世になく響きこちたきほどに、内々のなまめかしくこまやかなるみやびの、まねび伝ふべきふしは目もとまらずなりにけり。大殿の君も、若宮をほどなく抱きたてまつりたまひて、「大将のあまた儲けたなるを、今まで見せぬがうらめしきに、かくらうたき人をぞ得たてまつりたる」と、うつくしみきこえたまふはことわりなりや。

（若菜上④一〇二～一〇三）

七日の産養を前にして、六日目に女御と若宮の居所が移動する。産屋とされた、明石の君の住まう北の町から、寝殿の表舞台へと戻るのであった。七日目の産養については、天皇主催の「内裏の産養」として機能するかどうかという重要な問題があることについては、拙論でも触れたとおりである。この明石の姫君所生の皇子の産養に関しては、「内裏の産養」としての意義を見るべきか否か、いまだ議論の余地はあろう。[注6]ただ、今ここでは、その産養の記事に、薫物合わせに関する何らかの記述があるかどうかを問わねばならない。引用の前半部では、「朱雀院の、かく世を棄ておはします御かはりにや」との断り書きをともなう形で、「内裏よりも御産養のことあり」とされる。また「中宮の御方よりも」産養のことがあり、それも「公事にはたちまさり」とある。冷泉帝からの産養も、中宮からの産養も、公的・私的意味合いが曖昧にされた表現であるところが、この産養の特徴ともいえるだろう（そこから解釈の揺れが生じるわけだが）。

かたや後半部の記述には、光源氏の反応が語られる。今回の産養は、光源氏もいつものように簡略にすることはせず、「内々のなまめかしくこまやかなるみやび」を世に響かせたとする。ところが、それについての語り手の姿勢で気になるのは、その〈みやび〉について、「まねび伝ふべきふしは目にもとまらずなりにけり」、と省筆に徹するところであろう。つまり語り手は、皇子の産養を光源氏がどれほど慶賀したかについての、具体的な描写には踏み込まないで終わるのである。それゆえ、『うつほ物語』「蔵開・上」に詳細に描写された、薫物の薫る風景はここに期待することはできないわけだ。

もちろん、光源氏の物語にとって、明石の姫君の皇子が誕生したこと自体が、なにより重大な慶事であるにちがいない。その産養の重要性は何もまして大きいものがあるはずだ。ただ、そのいっぽうで右の産養の描写に確かめたとおり、物語の筆致が常に慎重さをともなうという点にも、注意を怠るべきではないだろう。そうした傾向は後述のごとく、いわゆる第二部、若菜上巻に至っても要所要所に確かめうることでもあるからだ。

以上を基にわたくしたちは、梅枝・藤裏葉両巻から若菜上巻へ——いわゆる第一部から第二部へ——の流れを、どう把握し直すことができるだろうか。大枠の問題としては、そのことが問われてくるはずだ。

若菜上巻の物語を想起しよう。若菜上巻の前半部で多く筆が割かれたのは、光源氏の四十賀のことであった。その陰で、十分に語られえなかった慶賀——明石女御の皇子のために繰り広げられる産養の盛儀——の時空が潜む。それについては、拙稿ですでに論じたことがある。[注7] そこでも参照されたのは、『うつほ物語』の産養記事であった。『うつほ物語』では描写された産養での「鶴」「雉」「鯉」などの調進のことが、『源氏物語』では見られないこと。そのことと連動して、「鶴」「雉」「鯉」を詠みこんだ賀歌も見られないこと。それらのことから拙論では、

> 賀歌の不在が何を意味するのかについては、さまざまな解釈がありえよう。ここでの理解としては、慶祝の時空としての不全を、賀歌の不在に読み取っておきたい。

と述べたのであった。[注8]

そのことは、いっぽうで皇子の産養の儀に際して詠まれてしかるべき、「鶴の毛衣」という歌語の配置からも逆証されると考えられた。[注9] 歌語の歴史からすると、産養にこそ相応しい「鶴の毛衣」という歌語が、若菜上巻では光源氏の老いを寿ぐ四十賀の記述に紛れこませてあった。「鶴の毛衣」という慶賀の表象が、明石女御所生の皇子の産養の盛儀における表現としてではなく、光源氏の〈老い〉の慶賀にちなむ表現として変奏されていたのであった。

そのことをここで併せみるなら、どうやら明石女御の皇子の誕生には、描写や表現の上で一定の抑止力が働いているとしうるのではないか。

別の拙論においては、若菜上巻に語られる明石女御所生の皇子について、

……いずれは冷泉帝の退位にともない、母・女御の立后とともに立坊され、皇位継承者として認知されることになろう。が、今はまだ東宮女御所生の一皇子にすぎず、〝内裏の産養〟の受賀者の立場にはない。[注10]

とも述べた。若菜上巻の皇子の誕生とその産養の記事に、『うつほ物語』を二重写しにして読みなおすなら、尚のことそれは理解されてこないだろうか。

明石姫君の入内から皇子出産――明石一族の栄華の物語は、それ自体の目的と同時に、「光源氏体制」を支える大きな役目を担っていた。そのために何より必要であったのは、受領出身という〈血〉の劣りの隠蔽であった。裳着や入内に先行して、姫君の幼少時においても、産養や袴着の儀などの盛儀が語られることはなかった。梅枝巻の裳着、そして若菜上巻の皇子出産から産養への描写が、どこかしら抑制的な語り口をともなうのも、〈血の劣り〉の隠蔽によるものであったと見ることができるだろう。

物語は、明石女御の皇子の産養という筋書きの山場に至るまで、明石一族の慶賀・慶祝の時空を、抑制的かつ巧みに操作し続けた。そうであることで、はやくに阿部秋生氏が論じたごとく、明石一族の〈名門の血の回復〉[注11]の具現は果たされえたのではないか。さらに言えば、そうした見事なまでの綱渡り的な操作を介して、「光源氏体制」なるものは、演出されねばならなかったのではないか。

『源氏物語』梅枝巻に埋め込まれた「火取」「鉄臼」――その遠景にある、『うつほ物語』・いぬ宮の産養で

の「薫炉（火取）」「鉄臼」。両テクストの対比をとおして、以上のような読みを試みてみたが、どうだろうか。光源氏を取り押さえた、〈幻想の血脈〉への欲望。それは冷泉帝への〈伝へ〉に託されつつも、挫折を余儀なくされた。[注12]かたや明石一族の〈名門の血の回復〉への欲望が、綱渡り的に〈光源氏体制〉を輪郭化しつつ追及されていく。明石一族をめぐる語りの欲望こそ、『源氏物語』正編の根幹に食いこむ重大なモチーフであったことを、あらためて感じさせられるところである。

父・桐壺帝の寵愛を一身に受けた第二皇子、光る君。それ以外に、手に何物を持つわけでもなかった悲劇の皇子――主人公・光源氏。彼のための、砂上の楼閣のごとき王国、六条院。その時空が、かろうじて幻想の空間たりえるための語りの装置を、以上では垣間見たことにもなろうか。

「光源氏体制」とははたして何の謂いであったか――ようやく議論の入り口に近づいてきたところで、稿を閉じねばならない。引き続き、考えを巡らしていきたいと思う。

注

1　梅枝巻の薫物合わせと、光源氏の六条院の文化的な時空の関わりについては、河添房江「梅枝巻と唐物――メディアとしての薫物と手本」（『源氏物語時空論』東京大学出版会、二〇〇五）に詳論がある。

2　鈴虫巻の「火取」については、また別角度からその意義を考えるべきであろう。

3　室城秀之「蔵開・上のいぬ宮の産養関係記事をめぐって」『うつほ物語の表現と論理』若草書房、一九九六年。室城氏の論に導かれての小考は、小嶋「「産ぶ屋」の賀歌3――『うつほ物語』いぬ宮の産養と「鶴」「雉」「鯉」」『源氏物語の性と生誕　王朝文化史論』立教大学出版会、二〇〇四年。

4　いぬ宮に関しての記述で、「薫炉（火取）」のことが見える他の例として、「楼の上・下」のそれがある。

まづ、おとど、御車参りて、下に、右のおとどに譲り聞こえ給ひて、いぬ宮下ろし奉り給ふ。右大将抱き奉り給ひて、几帳の前に童、こなたにも、褥・薫炉・薫物に、白銀・黄金の壺二つ据ゑたる物、脇息と取りて歩みたり。……（楼の上・下、九二二）

いぬ宮が、やがて東宮に入内するかどうかというテーマが、この『うつほ物語』最終巻にはある。ここからも「薫（火取）」を道具立てとする薫物に、物語が言及することの意味を考えてもよいように思われる。

5　小嶋「語られる産養1――明石姫君所生の皇子、そして薫の場合」『源氏物語の性と生誕』（注3）。

6　高橋麻織「『源氏物語』冷泉帝主催の七夜の産養――平安時代における産養の史実から」（『中古文学』九三、二〇一四年五月）を参照されたい。

7　小嶋「「産ぶ屋」の賀歌の不在――排された「鶴」「雉」「鯉」」『源氏物語の性と生誕』（注3）。

8　注7に同じ。三四六頁。

9　小嶋「若菜・幻巻の光源氏――〝賀＝慶祝〟の反世界」『源氏物語の性と生誕』（注3）。

10　注5に同じ。三三二頁。

11　阿部秋生『源氏物語研究序説』東京大学出版会、一九六〇。阿部氏の論に導かれての小考は、小嶋「明石とかぐや姫」（『源氏物語批評』有精堂出版、一九九五）、同「語られない産養――明石姫君の五十日・袴着・裳着、そして立后」（『源氏物語の性と生誕』注3）。

12　小嶋「六条院と女楽」（『源氏物語批評』注11）、同「光源氏の〈家〉と〈血〉の閉塞――横笛・鈴虫巻の月と音楽」『源氏物語の性と生誕』（注3）。

小嶋　菜温子（こじま　なおこ）　立教大学文学部教授。王朝文学・文化史。主著に『源氏物語の性と生誕　王朝文化史論』（立教大学出版会、二〇〇四年）、編著に『王朝文学と通過儀礼』（平安文学と隣接諸学3、竹林舎、二〇〇七年）、『源氏物語と儀礼』（武蔵野書院、二〇一二年）など。

父なるものの諸相
――若菜上――

室田　知香

序

先行する『うつほ物語』が孝・不孝の観念を作品の中枢に据えて秘琴の一族の命運を描きだしているのと比べれば、『源氏物語』は親子の関係よりも男女の関係を描いた作品という印象の濃い作品であろう。が、その『源氏物語』の中でも、少女巻・玉鬘十帖あたりから、主人公光源氏や内大臣（のち太政大臣、もとの頭中将）らの次世代に当たる人物たちが物語の前面に出てくるようになり、光源氏らの親としての動向もさまざまに語られるようになる。その後、源氏や内大臣（太政大臣）家の子女の物語からはやや遅れをとるかたちで、朱雀院がその娘たちや息子東宮をめぐってみずからの出家後の様相に思いを馳せ、中でも母のない女三宮の将来を思って苦慮するという姿が語られることになる。若菜上巻の物語世界である。

女三宮の処遇を苦慮するこの朱雀院の像については、女三宮が六条院世界に与えた影響という観点から数多くの論考が出されてきた。また、若菜上巻冒頭の物語が俎上に上せた新たな主題として、皇女の結婚や皇女の「後見」といった観点から物語を考察する論考も多数ある。このような新たな主題に着目した諸論考のうち、特に子どもの人生を案ずる親という主題を焦点化し、『源氏物語』第一部以来の物語主題の発展を明確に取り押さえた論考として、たとえば長谷川政春氏の論考が挙げられる。長谷川氏は、若菜上巻以降の物語は、かつて桐壺帝が「後見」のない皇子光源氏の将来を案じて賜姓源氏として臣籍降下させた〈男源氏〉の物語から、「後見」なき皇女の人生をめぐる〈女源氏〉の物語へと主題的に発展し成長したものであると指摘している。これより前の巻々でも親子の関係はしばしば付随的にあるいは背景的に描き出されてきたが、長谷川氏のいうとおり、子の行く末を案ずる親という主題がいっそう深まったのは若菜上巻以降であろう。

また、同じ若菜上巻の物語において、かつて若紫の君を源氏が養育した例がたびたび回想され、若菜上巻から下巻にかけて女児教育の難しさに触れたことばもしばしば表わされるなど、養育者・庇護者としての親のあり方をめぐる視点、子の教育をめぐる視点は、朱雀院一人の例にとどまらず幾度も表わされている。また、かつて明石入道が周囲の反対を押し切って娘明石君を源氏に縁づけた一件についても、この奇異とも見える言動の種明かしを含め、ふたたび大々的にとりあげられる。このように、若菜上巻以降の物語世界は、すでに第一部に語られていた諸要素も回収しながら、さまざまな父たちの動向があらためて物語の前面で語り出されるようになる物語世界である。

稿者に与えられた課題は「父なるものの諸相――若菜上――」ということである。『源氏物語』における〈父なるもの〉に関しては、精神分析学の概念を『源氏物語』の諸表現の分析に応用して物語の意味合いを解き明かそうとする論考などもあり、父性をめぐる現代的なテーマと結びついたさまざまな概念――「エディプス・コンプレックス」「父の娘」「父殺し」「父の不在」など――が取り入れられている。[注1]そうした視点も非常に興味深いのであるが、あとに述べるように、『源氏物語』における具体的な父たちの姿は現代の「父性」や「父権」といった語ではとらえにくいようなところもある。本稿ではまずは物語の具体的な父たちの描かれ方に着目し、彼らの父たる性質がどのようなものであるかについて考えながら、『源氏物語』における〈父なるもの〉が物語の展開にどのような影響を与えているかを考察してみることにしたい。なお、本稿において〈父なるもの〉とは、『源氏物語』の具体的な父たちの描かれ方から抽出した、父たちの父らしい性質という意味で用いる。

一　『源氏物語』と父の愛

『源氏物語』における父と母

まずは、『源氏物語』全体における父と母の描かれ方の差に目を向けてみたい。

『源氏物語』における親子関係というと、沢田正子氏が[注2]父子関係と母子関係の描写を数量的に考察して「母よりも父の愛の方が多い」と述べているように、概して母子の関係よりも父子の関係のほうが目立つようである。主要人物を眺めてみても、先に述べた朱雀院・女三宮父子の例のほか、母のいない光源氏を庇護する父桐壺帝の例、母のいない大君・中君を愛育する宇治の八宮の例など、子どもに愛情を注ぐ父親のイメージはたしかに濃い作品であろう。「『源氏』では、母より父に実在感がある[注3]」とか、「子に対する思いが、概して、女よりも、男のほうが強い傾向がある」、「女君が、母としては、それほど存在していない[注4]」等といわれるのも、同じ問題に連なる指摘であるように思われる。

このような現象については、母に代わる存在として乳母が存在するという事情も思い浮かぶであろうし[注5]、「父の愛のみを一身に受けて育まれた作者による作品であるゆえに、父性像の形象が多様かつ詳細である[注6]」という見方も思い至るであろう。が、そもそも、近代的な意味における「母性」をこの物語の母たちの上に見出し得るのかどうかを疑問視するような見解もあり[注7]、『源氏物語』においては父や母に付与されている役割（あるいは期待されている役割）が近代的な発想による父性や母性とは異なる可能性も考えてみる必要がある。

右に挙げたような主要人物たちの例を見ると、このような傾向は、『源氏物語』という作品が母親のない子どもたちを描くことが多いゆえの現象かという考えも浮かぶのだが、さらに他の諸例も検討するとそうとばかりもいえないようである。たとえば次のような諸例がある。

A（紀伊守）「これ（＝小君（空蟬弟））は故衛門督の末の子にて、いとかなしくしはべりけるを、幼きほどに後れはべりて、…」（帚木①九六）

B（右近）「…（夕顔ノ）親たちははや亡せたまひにき。三位中将となん聞こえし。いとらうたきものに思ひきこえたまへりしかど、わが身のほどの心もとなさを思すめりしに、命さへたへたまはずなりにし後、…」（夕顔①一八五）

C故常陸の親王の末にまうけていみじうかなしうかしづきたまひし御むすめ、心細くて残りゐたるを、…

D（六条御息所ハ）父大臣の限りなき筋に思し心ざしていつきたてまつりたまひしありさま変りて、末の世に内裏を見たまふにも、…（賢木②九三）

Aは小君（空蝉弟）と故衛門督（空蝉父）、Bは夕顔と故三位中将、Cは末摘花と故常陸宮、Dは六条御息所と故父大臣の親子関係を語った例である。これらA〜Dは父母ともすでに逝去している人物について語られたことばであるが、物語の叙述は亡き母の愛情には触れず、亡き父が「かなし」「らうたし」と愛情を注ぎ、「いつき」「かしづく」父の愛児であったことだけに言及している。

また、父母とも生存している例としても、次のような例がある。

E尚侍の君（＝朧月夜）は、人笑へにいみじう思しくづほるるを、大臣（＝右大臣）いとかなしうしたまふ君にて、切に宮（＝弘徽殿大后）にも内裏（＝朱雀帝）にも奏したまひければ、…（須磨②一九六）

朧月夜と源氏の密通が発覚したのちの朧月夜とその父右大臣の様子を語った叙述である。これもまた、父の愛児であることだけが特筆されていて母の愛情には触れられていない例である。

子どもたちが父の愛児であるという印象を我々読者に与える語彙として、右のA〜Eにもたびたび用いられている「かしづく」「かなしくす」といったことばに注目し、さらに広い範囲で『源氏物語』の親子関係の様相を眺めてみたのが【表1】・【表2】である。母よりも父の愛の方が多く描かれるという印象の由来をいくばくかでも具体化してみることができればと考えた。[注8]【表1】は父母が子を「かしづく」という例、【表2】は父母が子を「かなし」と思うという例――「かなしくす」「かなしと思ふ」「かなしきものに思ふ」「かなしきものにす」「かなしく＋動詞」といった例――を調査し、それらの主語が父であるか母であるか

【表1　子を「かしづく」父母】

○父が子を「かしづく」例

桐壺帝　→源氏三例（桐壺巻、明石巻（＊1）、若菜上巻）
　若宮（冷泉帝）二例（紅葉賀巻）
左大臣　→葵上三例（桐壺巻、紅葉賀巻、賢木巻）
右大臣　→四の君一例（桐壺巻）
常陸宮　→末摘花二例（末摘花巻）
明石入道　→明石君四例（若紫巻、須磨巻、松風巻）
源氏　→夕霧二例（葵巻、賢木巻）
　明石姫君一例（澪標巻）
　息子・娘たち（「末の君たち」）一例（絵合巻）
　薫（じつは柏木の子）一例（横笛巻）
頭中将　→弘徽殿女御二例（澪標巻）（＊2）
　近江君二例（常夏巻）（＊3）
　玉鬘一例（行幸巻）
　息子・娘たち一例（真木柱巻）
兵部卿宮（紫上父）　→中君（王女御）二例（澪標巻）
　鬚黒の北の方一例（真木柱巻）
鬚黒　→子どもたち一例（真木柱巻）
朱雀院　→女三宮三例（若菜上巻、若菜下巻）

○母が子を「かしづく」例

按察使大納言の北の方　→桐壺更衣一例（桐壺巻）
先帝の后　→藤壺一例（桐壺巻）
末摘花の母方おば　→娘たち一例（蓬生巻）
明石君　→明石姫君二例（薄雲巻、藤裏葉巻）（＊4）
一条御息所　→落葉宮一例（夕霧巻）

＊1ただし、桐壺帝をはじめとして世の多数の人々が「かしづく」という例。
＊2この二例のうち一例は、左大臣・権中納言たちが、ともとれる例である。
＊3近江君に関する噂。実際はかしづいていない。
＊4ただし、うち一例は「かしづきぐさ」という名詞。また、もう一例は母というよりも後見的な位置にある明石君が「かしづく」例。

【表2　子を「かなし」と思う父母】

○父が子を「かなし」と思う例

桐壺帝　→源氏一例（若菜上巻）
衛門督（空蝉父）→小君（空蝉弟）一例（帚木巻）
常陸宮　→末摘花二例（末摘花巻、行幸巻）
右大臣　→朧月夜一例（須磨巻）
鬚黒　→息子たち一例（真木柱巻）
　真木柱一例（真木柱巻）
朱雀院　→女三宮二例（若菜上巻）

○母が子を「かなし」と思う例

右大臣の四の君　→柏木一例（若菜下巻）

【注記】「かしづく」は、名詞形や複合動詞化した例も含めると、『源氏物語』中に約一八〇例ある。うち、桐壺巻から幻巻までの所謂正編は一二〇例あまり。続編になると、宇治の八宮、中将君、横川の僧都の妹尼など、特定の人物に関わる例が繰り返される傾向があるため、正編の範囲で調査した数量を本稿では載せた。また、親から子への愛情をいう「かなし」の用例は『源氏物語』内に三〇例弱あり、うち二〇例弱が正編の用例である。「かしづく」とやはり同様の理由から正編の用例の分布状況のみをとりあげた。なお、養父母と養子女の関係をとりあげ始めると、親子としてではない庇護関係との境が不分明な例が出てくるため、【表1】・【表2】では実の親子の例だけをとりあげている。

について分類した結果である。

主語が複数の人物ととれそうな例もあり、大まかな数量調査であるが、父と子、母と子の関係を描く語彙として、いずれも明らかな偏りを見せていることは押さえられよう。子を「かしづく」姿、子を「かなし」と愛する姿は、母よりも父において圧倒的に数多く描き出されている。

右のA~Eのような例、及び【表1】・【表2】にまとめた諸例の文脈に目を向けるなら、母の愛よりも父の愛が描かれる傾向が強いという問題について思い浮かぶ要因の一つは、この物語が政治や社会を描く作品だということであろう。すなわち、前掲A~Eに即していえば、これらは、父の愛児であった子どもたちが父の逝去ののちに零落した（あるいは昔ほどの華やかさではなくなった）と語る例、及び、娘の宮廷生活における後見役としての父親の姿を語る例である。【表1】・【表2】に数量調査の結果のみをまとめた諸例も、やはり同様な文脈の例を多数含んでおり、特に娘たちに関しては娘の入内（の可能性）を語る文脈中の例が非常に多い。

このような例を見ていると、『源氏物語』は女性を母として描く回数が少ない作品であるというよりもむしろ、『源氏物語』における〈子を愛育する者〉とは母よりも父の側にその本質が見出されているのではないか、とすら思われる。

一般的には、母性とは子どもにあまねく慈愛を注ぎ、子どもとの一体化を求めるもの、父性とは子どもを能力や個性によって類別し、子どもを鍛えようとするもの、といった説明がなされる。こうした母性原理・父性原理をもとに物語を考察する立場もあり得るわけであるが、『源氏物語』の実際の父たちは、往々にして、弱い我が子の庇護者（たるべき者）という役割を母親以上に印象深く担わされている。

あらためて、『源氏物語』における親の愛の描き方や親子関係の描き方は、この作品が政治や社会を描く傾向の強い作品であることと関連させて考えなければならない問題だということが押さえられよう。そしてまた、『源氏物語』はさまざまな親子関係を描いている作品でありながら、その親子関係をいわば外側から、社会の側から眺める傾向が強く、そのため家庭内の親子の葛藤や愛着のようなものは描かれる契機が少ないのであるようにも思われる。エディプス・コンプレックスのような概念が『源氏物語』には応用しにくいとされ、親子の「対立」は描いても「対決」を描くほどではないとされるの[注9]も、このようなこの物語の着眼とも絡む事柄なのであろう。

二　支配する父――子に対する強権的父親の像

決定を下す父

第一節では、『源氏物語』の父たちが母たちに比して子を愛育する者として描かれている回数の多いこと、そしてその回数の多さは『源氏物語』における父たちの政治的側面・社会的側面と関わっている問題であり、父たちの姿の根幹に関わる問題であろうことを見た。『源氏物語』における父たちは、子どもたちにとっては第一に庇護者であり、辛い社会の荒波からの防波堤というような役割を見せている。第一節に眺め見た『源氏物語』の父たちの像はひとまずそのようにまとめられよう。

このようにまとめる一方で、この物語には、庇護者たる父の像を逸脱するような、子の幸福を脅かしかねない決定を下す父の像が見出されるではないか、という疑問もまた浮かんでくる。本節ではこれについて考えてみたい。

たとえば、桐壺院は息子朱雀院に遺言を残し、死後、遺言に背いた朱雀帝に祟って眼病をもたらした。また、明石入道は、娘明石君の結婚に関して強い要求を押し通し、その結果、明石君に卑下の人生を歩ませた。子女を拘束する厳しい内容の遺言を残した父といえば、桐壺更衣にあくまでも入内せよとの遺言を残した按察使大納言の例や、「おぼろけのよすがならで、人の言にうちなびき、この山里をあくがれたまふな」(椎本⑤一八五)と娘たちに遺言した宇治の八宮の例などもある。また、温和な朱雀院も、娘女三宮をみずからの手で出家させるに至っており、落葉宮については逆に、出家に反対するがその反対が落葉宮自身の望みに反して新しい夫との再婚を促すような結果を招いた。女三宮を六条院に輿入れさせた朱雀院の選択も、源氏を臣籍降下させた桐壺帝の決定も、皇子・皇女としての高貴さを損なう一面のある厳しい決断でもあった。[注10]

これらの例の大半は子女の幸福を考えての決断の結果であったということはできよう。が、子どもたちの世俗の生を断つ父、皇族としての生を断つ父、子どもたちの安寧な人生を断ちすらする父の姿が、物語の中にしばしば描かれている。

子どもたちの人生を強く規制し決定するような姿は、父なし子である浮舟の縁談をみずから調えようとする中将君や、妹朧月夜の入内を何としてでも推し進めようとする国母弘徽殿大后のような例を除けば、父たちの上に見出される姿である。父たちは子どもたちの第一の庇護者であり、かつ各家の意志を代表する人物であるゆえに、子どもたちの人生に強い規制力と決定権を振るい得る人々であった、ということであろう。

今、家の意志といったが、父たちの決定を厳しいものにする要因としては、朱雀院が女三宮の行く末を案じて「すき者どもに名を立ちあざむかれて、亡き親の面を伏せ、影を辱むるたぐひ」（若菜上④三三）となることを憂慮していたように、家の名誉に関わる一面がある。また、桐壺更衣の父按察使大納言や明石入道についていわれるように、[注11]家の興隆や再興を願う思いとも関わる一面がある。ただし、『源氏物語』の父たちにおいては、家という観念が見え隠れするような場面においてもなお、子への愛情という原理が強く立ち働いているようにも思われる。

按察使大納言と桐壺更衣

家の興隆を願う思いが色濃く表われ出た例としてしばしばとりあげられる桐壺更衣の父按察使大納言の例や明石入道の例を見てみたい。

まず、桐壺更衣の運命を決定づけた按察使大納言の遺志に関しては、桐壺更衣の母北の方が次のように語っている。桐壺更衣逝去後のことばである。

F（母北ノ方）「…(1)生まれし時より思ふ心ありし人にて、故大納言、いまはとなるまで、ただ、『この人の宮仕の本意、かならず遂げさせたてまつれ。我亡くなりぬとて、(2)口惜しう思ひくづほるな』と、かへすがへす諫めおかれはべりしかば、(3)はかばかしう後見思ふ人もなきまじらひは、なかなかなるべきことと思ひたまへながら、ただかの遺言を違へじとばかりに出だし立てはべりしを、…」（桐壺①三〇）

このくだりについて、日向一雅氏は、「更衣は生まれた時から親の志を生きるべく定められていたのであり、かの女の入内には「家」の遺志の実現が賭けられていた」[注12]という。日向氏の論は「家」という観念を物語の太い水脈として見出し、物語展開の原理として注目した重要なものであるが、ここに働いている大納言の思いは、「家」という原理をあまり前面に押し出すと見えづらくなってしまう要素もまた含んでいるように思われる。

まず、傍線部(1)にいう「思ふ心」というのが、娘の入内によって家の興隆を願う思いなのか、娘自身の格別な運勢を願う思いなのか、今一つはっきりとはしない。大納言が娘の入内を断念した場合を想定して述べている、傍線部(2)「口惜し」さというのも、同様に、どのような願いの挫折をいうのか、明確には押さえがたい。しかしながら、傍線部(3)、しっかりとした後見がない宮廷生活は「なかなかなるべきこと」――かえってつらいこと、なまじっかつらいことになるだろう――と述べる母北の方のことばは、元来入内は娘にとって最高の処遇であるという発想を背景とした言い回しであろう。

『住吉物語』においても、主人公である姫君の母宮が臨終間際、姫君の父中納言に対し、姫君を何としても入内させてほしいと遺言している。その母宮の思いは、「(姫君ニ)並み並みならん御ありさまをさせたまふな。…(中略)…異娘におぼしめしおとらず御覧ぜんことこそ、何よりもうれしくおぼえはべらん」(住吉物語・上・一八)とあるように、第一には、姫君自身に格別な人生を送らせたいと思う愛情ゆえであった。

別稿[注13]にも述べたが、平安前中期の物語に数々描かれる、愛娘を帝に入内させたいとする親たちの思いは、天皇の求心力という観点を抜きにしては把握しづらく、娘を単に外戚政治のための手段として利用するという発想からだけではとらえきれないものがある。[注14]『源氏物語』桐壺巻の按察使大納言家の場合も、娘の入内を望んだ当初の親たちの思いは、帝のそば近く仕えるという愛娘の最高の栄誉と幸福を、家の最高の栄誉と幸福と一体のものとして志向するような思いであった、と理解すべきであるように思われる。入内は名家の娘にとってこれ以上ない殊遇である。自身大納言であり兄弟に大臣がいるという名家の出身であるための自負も、娘を入内させたいという望みの後押しをしていよう。『源氏物語』桐壺巻の場合、娘の宮廷生活における後見となるはずの父親の死去ののちであろうとも娘を入内させよと当の父親が遺言する点、『住吉物語』とは異なる状況ではあるが、大納言の死後も「口惜しう思ひくづほる」ことなく入内の本意を遂げよと返す返す言い置いたこの父の思いは、けっして単に娘を家名の犠牲にしようとするような思いではあるまい。娘の入内は、死にゆく自己にとってだけでなく残された娘自身や北の方にとっても明るい希望であると信じていた物言いであるように思われる。

『源氏物語』中では、竹河巻にも、父が自身の死後であろうとも娘を入内させたいとする遺志を残す例がある。玉鬘所生の大君の結婚について、「ただ人にはかけてあるまじきものに故殿(=故太政大臣鬚黒)の思しおきてたりし」(竹河⑤八七)と語られている例である。この鬚黒家の例もまた、大君の心内語に「我を、昔より、故大臣(=鬚黒)はとりわきて思しかしづき、…」(⑤一〇四)云々とあるように、優れた姫君であるこの長女への愛情や思い入れがあってこその「宮仕の本意」であった。そのような愛情や思い入れが名門の自負と相俟っての「ただ人にはかけてあるまじき」という遺志であったろう。

明石入道と明石君

では、明石入道と明石君の関係はどうだろうか。

若菜上巻の後半、明石入道が都の明石君に送った最後の書簡の中には、明石入道の思いが次のように述べられている。

G…伝《つて》にうけたまはれば、若君は、春宮に参りたまひて、男宮生まれたまへるよしをなん、深くよろこび申しはべる。そのゆゑは、みづからかくつたなき山伏の身に、(1)今さらにこの世の栄《さか》えを思ふにもはべらず。過ぎにし方の年ごろ、心きたなく、六時の勤めにも、(2)ただ御事を心にかけて、蓮の上の露の願ひをばさしおきてなむ、念じたてまつりし。わがおもと生まれたまはむとせしその年の二月のその夜の夢に見しやう、みづから須弥の山を右の手に捧げたり、山の左右より、月日の光さやかにさし出でて世を照らす、(3)みづからは、山の下の蔭に隠れて、その光にあたらず、山をば広き海に浮かべおきて、小さき舟に乗りて、西の方をさして漕ぎゆくとなむ見はべし。夢さめて、朝《あした》より、(4)数ならぬ身に頼むところ出で来ながら、何ごとにつけてか、さるいかめしきことをば待ち出でむと心の中に思ひはべしを、そのころより孕まれたまひにしこなた、俗の方の書を見はべしにも、また内教の心を尋ぬる中にも、夢を信ずべきこと多くはべしかば、(5)賤しき懐の中にも、かたじけなく思ひいたづきたてまつりしかど、…（中略）…命終はらむ月日もさらにな知ろしめしそ。いにしへより人の染めおきける藤衣にもなにかやつれたまふ。(6)ただわが身は変化のものと思しなして、老法師のためには功徳をつくりたまへ。…

（若菜上④一一三～一一五）

明石入道は姫君が男宮を産んだと聞いて喜ぶが、それは、傍線部(1)「今さらにこの世の栄えを思ふにもはべらず」とあるように、自分自身がこの世の栄誉を顧みての思いなのではないという。以下、明石入道の思いが語られている。明石入道は長年、勤行生活の中でも、傍線部(2)「ただ御事（＝明石君ノコト）を心にかけて」とあるように、自身の成仏よりも明石君のことを第一に心にかけ、祈念する思いがあった。その思いとは、明石君が生まれた頃の夢告げに関わるものであったという。ここで、古来、明石入道の血筋から帝と中宮が生まれる意と解釈されてきた夢の内容が語られる。

傍線部⑷「数ならぬ身に頼むところ出で来」とあるように、入道はこの明石君の行く末にまつわる霊夢を我が血筋の栄誉として喜ぶ思いはあるようであるが、⑶「みづからは、山の下の蔭に隠れて、その光にあたらず」ともあるように、自分自身はその栄誉に浴することはないのだと認識している。自身は「つたなき山伏」「数ならぬ身」に終わって浄土成仏の願いを遂げる身であることに納得しており、一方、娘明石君は自分とは異なり「光」の当たる身であると言うのであろう。そして、傍線部⑸「賤しき懐の中にも、かたじけなく思ひいたづきたてまつりしかど」と言い、傍線部⑹で明石君を「変化の身」とも呼んでいるように、入道は、霊夢とともに孕まれ生まれた明石君を崇めるようなところがある。自身はこの夢告げの実現に力添えをする程度であり、この霊夢の告げる栄光はあくまで明石君以下子孫たちのものだととらえているようである。

このような手紙の文面からは、明石君以下の子孫の栄光を嘉する思い、明石君を愛する父の思いが色濃くにじみ出ていよう。

阿部秋生氏は、明石入道がこの霊夢に賭けた思いは、「大臣までなりのぼつた家の名を、もう一度回復しようとする強烈な意欲」であり、明石入道が播磨に下向したのも「極言すれば、娘個人のしあはせのためでさへなかつた」、「名門の血の回復のため、栄光の座の鬼となつてゐる」と、明石入道像を論じている。[注15]が、この明石入道と明石君父子の関係もまた、ここまで家の復興を願う意志ばかりを強調すると、物語の表現自体の持つ趣からは遠ざかってしまうのではないだろうか。『源氏物語』の研究史上、家の復興を願う登場人物たちの意志が論じられる際、往々にしてその意志の非情さが強調される傾向があったように思うのだが、物語の細部を読むと、『源氏物語』において、父たちが家の繁栄を願う思いと子女の幸福を願う思いは、多少の矛盾を孕みながらも、ともに父の愛の中に包摂されるようなものとして描かれていることが多いように思われる。

この霊夢の打ち明け話が明石君宛ての手紙にのみ書かれ、明石尼君には一言の説明もないままとなっていることも、この夢告げは明石入道らの血筋に関わる話ではあるがあくまで栄光の主役は明石君とその明石君が産んだ子孫たちであると明石入道が考えているからであろう。

また、そもそもこの「月日の光」の誕生を明石一族の繁栄の意にのみ解釈することは妥当なのであろうか。「月日の光」はこの世界にとっての「光」の誕生でもあり、その「光」の誕生に力添えをした功をもって入道は極楽往生を遂げる、という夢のようにも読める。そのように読めば、これは、ただ私利私欲によって娘の政略結婚をたくらむような例とは異なる、神仏の導きに従うことを決意した男の物語であった。明石入道が自己の家（あるいは子孫）の復興を嘉しているような思いはたしかにあるが、それを強調しすぎると、源氏がいう明石入道評、「聖だちこの世離れ顔にもあらぬものから、下の心はみなあらぬ世に通ひすみ[注16]にたるとこそ見えしか」（若菜上④一二六）という明石入道の一面も見えづらくなる。

第一部においてすでに語られていた、明石入道の遺言ともいえるような娘へのことば、

H もし我に後れて、その心ざし遂げず、この思ひおきつる宿世違はば、海に入りね　（若紫①二〇四）

I 命の限りはせばき衣にもはぐくみはべりなむ、かくながら見棄てはべりなば、浪の中にもまじり失せね　（明石②二四六）

といった厳しいことばからすれば、明石入道は、娘を自分の「いかにして都の貴き人に奉らんと思ふ心」

（明石②二四五）の犠牲にせんばかりの強烈な野心を抱く父親であるようにも見える。が、若菜上巻において語られる、この入道から明石君に宛てた最後の手紙は、たぐい稀な宿世を持って生まれた娘の幸福を願う、愛情に満ちたものであった。

『栄花物語』における父道長と娘たち

これがたとえば『栄花物語』においては、父と娘たちの関係はまた異なるものになっているようである。『栄花物語』においては、父道長の意向と対立するような思いを道長に述べる娘たちの例がしばしば描き出される。寛子は臨終間際に、父道長に向かい、「ただつらしと思ひきこえさすることは、この院（＝小一条院）の御ことを、かからではべらばやと思ひはべりしことをせさせたまひて、身のいたづらになりはべりぬることなんある」（みねの月②四八一）ということばを残す。寛子は、すでに顕光女延子が妻としてある小一条院に道長が寛子を娶わせたこと、その結果顕光も延子も悲嘆の中逝去し、彼らのもののけに苦しむことになったことを「つらし」と嘆き訴えるのである。また、彰子は、父道長が彰子所生の敦成親王を東宮に立てようとした折、「なほこのこといかでさらでありにしがなとなん思ひはべる。かの（＝敦康親王ノ）御心の中には、年ごろ思しめしつらんことの違ふをなん、いと心苦しうわりなき」（いはかげ①四六八）と、亡き皇后定子所生で彰子が母代わりとなって育てた第一皇子敦康親王の立坊を切々と父道長に訴える。

政治の手駒にされた娘たちの嘆きといえようか。娘たちは、父の意向とは異なる自己自身の思いを抱き、しばしばそれは父の決定と強く対立すらするものとして描かれている。

このような例と比較して、『源氏物語』においては、家の興隆を願う思いが色濃く表われ出た例としてしばしばとりあげられる右の按察使大納言や明石入道の例ですら、父と娘の対立という色合いは薄く、かつまた、父の決断も父の愛という要素と分かちがたく結びついた印象が濃い。

『源氏物語』における父たちは、家の意志を代表し、家の名誉を思い、子どもたちみずからの幸福を考えて、子どもたちの人生を決めてやるべき者であった。父は子どもたちに対して強い規制力やその人生の決定権を振るい、死後もまた遺言というかたちで子どもたちに対して支配する力を振るい続ける。が、『源氏物語』は家という観念が見え隠れする場面においても、父の意志をただ子女を権勢獲得の道具とするような志向としては描き出さず、父の愛に包摂されるような思いとして描き出す傾向が強い。物語の細部の表現に目を配るなら、庇護者たる父の愛のほうが表立って物語の展開に関わっている感がある。

桐壺帝の霊威

なお、これらの例から最も外れる一例が、先に挙げた桐壺院の遺言の例である。桐壺院は源氏にとっては明らかに生前も崩御後も偉大な庇護者であり続けるが、遺言を破ったもう一人の息子朱雀帝に対しては病を与え、祟る霊となっている。これは、桐壺帝が帝であるため、際立って厳しい父の像となっているのではないだろうか。

『源氏物語』における父たちの姿を見るとき、子に対する強権的父親の像が際立つ例は、皇権を帯びた父、皇権と踵を接するほどの距離にいて強い自負を持つ父、神仏の導きを受けた父の例である。第一部において、全国土に暴風雨を巻き起こし、朱雀帝に眼病を与えた父桐壺院は、これらすべての事情が合わさった感のある、偉大な霊威として化現した父の像であった。そのような特殊事情を勘案すべきだろう。

三　光源氏と朱雀院――二人の父として

教え育てる父、光源氏

父の強い規制力が子どもたちに向かった例としてもう一つ挙げなければならないのは、教え育てる父という側面である。

少女巻から玉鬘十帖を経て若菜上巻冒頭あたりまで、光源氏という父のあり方として、子を教育し、子の人となりの形成に関わる者としての父の像が頻繁に語られている。

源氏が息子夕霧への教育方針として語っている少女巻のことばによれば、源氏が夕霧を六位から始発させ、大学寮で学ばせたのは、夕霧自身の行く末を思い、かつ家の行く末を思うからであったという。[注17]また、源氏の明石姫君教育については、内大臣（もとの頭中将）が噂して次のように語っている。

J「太政大臣の后がねの姫君ならはしたまふなる教へは、よろづのことに通はしなだらめて、かどかどしきゆゑもつけじ、たどたどしくおぼめくこともあらじと、ぬるらかにこそ掟てたまふなれ。…」

（常夏③二三九）

すべてにおいて才気が過ぎることもなく不足なこともなく、円満な人格を持つ女性となるよう、きわめて明確な指針を持ってその人となりを育て上げようとするものであった。光源氏の教育が子女の人となりを積極的に育て上げようとする性質のものであったことは、内大臣が続けて、

K「…げにさもあることなれど、人として、心にも、するわざにも、立ててなびく方は方とあるものなれば、生ひ出でたまふさまあらむかし。この君の人となり、宮仕に出だし立てたまはむ世の気色こそ、いとゆかしけれ」

（常夏③二三九〜二四〇）

と噂していることばなどからも知られる。子女の人格形成に積極的に関わり、最高の后がね教育、子の英才教育を行なおうとする光源氏の姿が見出される。

一方、若菜上巻に入って語り始められる、朱雀院というもう一人の父の物語においては、人となりの形成に関わる厳しい教育者という側面は措いて、子を愛し、慈しみ、行く末を案じてやまない父の姿が印象的である。

源氏の〈父〉たる性質は、子女たちが競争社会を生き抜くことができるよう、子女に厳しい教育を施そうとする姿として表われており、朱雀院の〈父〉たる性質は、いわけない女三宮の欠点を補うべく父がどこまでも守ろうとする姿として表われている。いずれも、『源氏物語』における父たちの、父らしい性質の表われということができよう。

教え育てる父という源氏の志向がいかに強いものであるかは、源氏が、柏木・女三宮の密通の発覚後、皇女の教育についてもむしろ次のように言うことばなどからもうかがわれる。

L（源氏）「女子を生ほしたてむことよ、いと難かるべきわざなりけり。宿世などいふらんものは目に見えぬわざにて、親の心にまかせがたし。生ひたたむほどの心づかひは、なほ力入るべかめり。…（中略）…皇女たちなむ、なほ飽くかぎり人に点つかるまじくて、世をのどかに過ぐしたまはむに、うしろめたかるまじき心ばせ、つけまほしきわざなりける。限りありて、とざまかうざまの後見まうくるただ

人は、おのづからそれにも助けられぬるを」（若菜下④二六三～二六四）

源氏が紫上に語った言である。傍線部は、直接的には、女一宮をはじめとする明石女御所生の皇女たちの教育について述べたことばである。が、密通という不体裁な事件を引き起こした女三宮を脳裏に思い浮かべつつ、皇女たち一般について語った教育論でもあろう。源氏は、皇女こそ、いかなる宿世にも翻弄されずに強く気高く生きていくことができるような人格を持つよう、力を入れて教育したいものだと考える。「後見」によって守られる生き方を女三宮に与えようとした朱雀院の思考とは対照的に、皇女こそ自立するに足る人格を持つべきだとするのである。

ここにうかがわれるのは、女三宮が夫である自分を裏切ったことに対する憤りや落胆ばかりではあるまい。のちの横笛巻に、「あまた集へたまへる中にも、この宮（＝女三宮）こそは、かたほなる思ひまじらず、人の御ありさまも思ふに飽かぬところなくてものしたまふべきを…」（横笛④三五一）と述べているのと同様な、女三宮の高貴さを損なう事態への苦い落胆のようなもの、かくあるべしと思っていた理想が潰えたことへの嘆きのようなものがにじみ出ていよう。

源氏は、飽くなき理想の追求者、理念的な秩序の追求者というような志向が強い人物である。[注18] 右のLの発言も、理想的な麗しい秩序を求めようとする源氏の志向がありありと表われ出たことばである。『源氏物語』において、強権的な父親の像を色濃くうかがわせる源氏の父性は、そのような源氏の志向にも由来するものなのだろう。

朱雀院の父性

一方、朱雀院の場合、女三宮が皇女であるからこそ父である自分がその処遇を決めてやらなければならないという考えが表わされる。

女三宮の処遇をめぐる朱雀院の思考においては、「皇女たちの世づきたるありさまは、うたてあはあはしきやうにもあり」（若菜上④三二）とあるように、皇女が男女関係に与することは、気高くあるべき皇女の体面を汚すことになり得る、という問題が、女三宮の幸福を脅かす要素として最も懸念されているようである。その上で朱雀院は女三宮の処遇の方向について次のように考える。

Mすべてあしくもよくも、さるべき人の心にゆるしおきたるままにて世の中を過ぐすは、宿世宿世にて、後の世に衰へある時も、みづからの過ちにはならず。あり経てこよなき幸ひあり、めやすきことになるをりは、かくてもあしからざりけりと見ゆれど、なほたちまちふとうち聞きつけたるほどは、親に知られず、さるべき人もゆるさぬに、心づからの忍びわざし出でたるなむ、女の身にはますことなき疵とおぼゆるわざなる。（若菜上④三三一〜三四）

このくだり、朱雀院のことばは少々ややこしい言い回しとなっているが、親が裁可したどんな不幸な結婚であろうと、親の預かり知らぬどんな幸福な私通婚よりも結果的には娘の身を守ることになる、という結論である。このように考える朱雀院の思考は、おのずと、親の生前の裁可婚を娘に用意する方向へと進むことになる。

女三宮のような皇女の人生においては、よくある継子譚のような、孤児同然の女君が男君に見出されて唯一無二の愛情を注がれて幸福になる、という結末は期待しがたい。愛情が愛情であるというだけではこの皇女を救ってはくれないからである。そこで先手を打って、朱雀院はこの皇女に、親の裁可した結婚というかたちで、あくまでも「後見」に守られて生きていける人生を用意してやろうとした。この決断は、のちに源氏が朱雀院の胸中を忖度して、

N（源氏）「…すべて女の御ためには、さまざままことの御後見とすべきものは、なほさるべき筋に契りをかはし、え避らぬことにはぐくみきこゆる御まもりめはべるなむ、うしろやすかるべきことにはべるを、…」（若菜上④四八）

と述べているように、夫こそは父亡きあとの娘にとって最良の庇護者だと考えるからでもあろう。女三宮が父亡きあとも愛され、守られ、監督され、父に代わる庇護を得るべく、裁可婚を決意した朱雀院の願いは、いわば、父の愛が永遠であるようにと願うものであった。

この皇女にあっては、男女間の愛などといったものまでも含め、父こそがその幸福を考えて人生の方向を決定づけてやらなければならなかった。桐壺巻の源氏の行く末をめぐる桐壺帝の思考以上の分量が、若菜上巻冒頭の女三宮をめぐる朱雀院の思考の叙述として割かれているのも、若菜上巻における作者の新しい文学的方法への意欲[注19]だけが先行して生み出すことになったものではなく、皇女の生き方という主題と相俟って生じたものであろう。

宇治の八宮とともに、「母のような父」（あるいは実母亡きあとの「（継）母のような父」）ともいわれる朱雀院であるが[注20]、第一節にみたような調査結果からしても、『源氏物語』においては母なき子を愛育する姿が描写されていることをもって「母のような」ととらえてよいものか、躊躇を覚える。若菜上巻冒頭で語られる

ような、女三宮の行く末を案じて決定を下す朱雀院の姿は、のちの物語において語られる朱雀院の六条院に対する非意図的な圧力とともに、あくまで『源氏物語』における〈父なるもの〉の総体として理解すべきであろう。『源氏物語』における〈父なるもの〉のきわめて明瞭な表われである。

四　娘の行く末を案ずる父の系譜——結びにかえて

娘の行く末を案ずる父と他家を圧迫する父

『源氏物語』においては、若菜上巻以降の朱雀院の姿に表われ出ているように、娘の行く末を案ずる父という主題は、意図的であれ非意図的であれ他家を圧迫する父という要素を呼びこんでくる。子にとっての庇護者という〈父なるもの〉の対外的な表われである。最後に〈父なるもの〉のこのような側面について考えてみたい。

文学史的な系譜を考えるならば、女三宮の行く末を案ずる朱雀院の姿は、明らかに、『落窪物語』の一人娘の行く末を案ずる右大臣の姿[注21]や、『うつほ物語』においてたびたび皇女たちの結婚のあり方について心を悩ませている朱雀帝の姿[注22]を継ぐものであろう。が、そうした父たちのあり方が物語の展開にどう影響するかは、作品によって異なっている。

『うつほ物語』の仲忠は、あて宮（藤壺）を思いながらも、女一宮を大切な妻として表裏なくいとおしむ、帝の良き娘婿である。朱雀帝は仲忠と女一宮の夫婦仲を案じてはいるが、やがて安堵し、娘の身を案ずる父の姿が娘婿と娘の父との緊迫した関係に結びつくことはない。あて宮もまた仲忠に惹かれ続けているが、仲忠は各人の心を引き寄せながら、調和の中を歩んでいる。

『源氏物語』の光源氏の場合、源氏と紫上の精神的紐帯の強さと、女三宮の六条院入りという新たな事態とは、終始不協和音を奏で続け、けっして完全な調和に達することがない。物語が源氏を朱雀院の良き娘婿として称揚するようなこともなく、源氏の子息夕霧なども、内親王女三宮という源氏の新しい妻よりも、身分的には劣る紫上をこそ評価し六条院第一の妻として位置づける。この皇女の輿入れを、皇室との融和、六条院という家のさらなる繁栄として楽観的に肯定するような視点は、紫上の卑下のことば[注23]を除いては六条院内にほとんど皆無のようである。そして源氏自身、「院（＝朱雀院）の聞こしめさむこと」（若菜上④六四、七〇）を憚り続け、特に女三宮と柏木の密通発覚後においては、「（女三宮ニ対シテ）すこしおろかになどもあらむは、（朱雀院ヤ今上帝ナド）こなたかなた思さんことのいとほしきぞや」（若菜下④二五六）と、朱雀院・今上帝らの心証を常に考えなければならない現状を苦々しく嘆息するのである。

『うつほ物語』と比較するなら、仲忠と女一宮が結婚したことよりも、仲忠とあて宮が結婚しなかったことと比較すべきであろうか。すなわち、仲忠は正頼の娘婿とならなかったことをもって、自己の家の独自な繁栄へと向かう。[注24]仲忠ら琴の一族の繁栄を語るこの物語において、正頼のような強力な他家の父親の介入という展開は避けられており、そのような政治的な論理からすれば仲忠とあて宮は結ばれ得ない男女であったということでもあろう。

『落窪物語』の右大臣の例は、もしも右大臣の一人娘と男主人公道頼の結婚が実現していたならば、『源氏物語』若菜上巻の朱雀院の例に非常に近い状況になったと思われる例である。一人娘の行く末を案ずる父右大臣、その右大臣息女とは比較にならないほど社会的立場の弱い落窪の君、しかしその落窪の君をこそ最愛の妻として愛する道頼、と、『源氏物語』の朱雀院・女三宮父子、紫上・源氏夫妻らときわめて類似する人間関係が兆していた作品である。しかし、『落窪物語』の場合、道頼が財力も権勢もない落窪の君を唯一の妻として選び、右大臣息女との縁談を拒絶したことをもって、そのような事態は回避される。

『源氏物語』若菜上巻における女三宮の父朱雀院の姿は、類似する諸例が先行作品に見出されるものではある。が、若菜上巻の物語は、娘の行く末を案ずる父という主題と、他家を圧迫する父という要素とを真っ向から結びつけ、〈父なるもの〉の複合的な姿を表わし出した点、じつに新しい物語であった。

『源氏物語』若菜上巻と『落窪物語』の相関性を考える際、男主人公の像という点にも言及しなければなるまい。

『落窪物語』の道頼は、結婚を俗的な後ろ盾を得るための方途とせず、愛する女性とただ愛情ゆえに結ばれようとする人物であったという点で、『源氏物語』の光源氏に受け継がれる男主人公の属性を有しているといわれる。[注25]『源氏物語』の光源氏も、「ことごとしきおぼえはなく、いとらうたげならむ人のつつましきことなからむ、見つけてしがな」（末摘花①二六五）と、社会的権勢とは無縁でただ愛情ゆえに愛することができるような女性を求め続け、実際、源氏の六条院や二条東院に集められたのは紫上・花散里・末摘花・空蟬のような身寄りのない女性たちであった。これら『源氏物語』第一部の源氏の例と『落窪物語』の道頼とはたしかに共通するものがある。しかしながら、『源氏物語』においては、このような六条院・二条東院の状況を形成した要因として、恋愛を純粋に求める男主人公の志向だけでなく、『うつほ物語』に透け見えていたようなもう一つの原理が加わっていることも押さえなければなるまい。

すなわち、『落窪物語』の道頼と比べると、光源氏の物語においては、身寄りのない女性をこそ求める源氏の志向は、愛する女性とただ愛情ゆえに結ばれようとする、愛情生活の面の純粋さばかりで成り立つものではないように思われるのである。そもそも社会的存在としてあくまで独立した一権威たることを志向するというもう一つの要素が、愛情生活の純粋さを求めるという要素とは重なりつつもややずれるかたちで存在し、他家の父親たちの介入を斥けようとしているもののようである。そのような源氏の志向は、玉鬘十帖あたりになるとはっきりと見えてくる。すなわち、断ちがたい玉鬘への恋慕すら、玉鬘を正式な妻としたならば「(内大臣カラ)思ひ隈なくけざやかなる御もてなしなどのあらむにつけては、をこがましうもやなど思しかへさふ。」(行幸③二八九)と、玉鬘の実父内大臣に露骨に婿扱いされることを厭う気持ちから抑制されもしたことが語られる。ここでは、一女性への純粋な恋慕が、その女性が権門の女性であるゆえに抑制されるという、転倒したような論理が見える。またそもそも『源氏物語』の隠れた原理としては、葵巻において葵上が逝去し、光源氏が紫上をこそ最愛の妻として迎えたあたりからすでに、光源氏は何らの外的な権威にも与しない独立した一権威たるところへと向かい続けていたということでもあるのだろう。

〈父〉という主題

若菜上巻冒頭の朱雀院の姿には、『源氏物語』が第一部以来折々に描いていた子の庇護者としての〈父〉という主題がきわめて鮮やかに表わされており、朱雀院が娘女三宮の行く末を思う姿は第一部以来の――そして物語史上の――多数の父たちの姿の延長線上にあるものである。しかし、若菜上巻の物語における〈父〉はきわめて複合的包括的な姿としてとらえられるところにその特徴がある。朱雀院の姿は、物語史の中で回避され続けてきた重苦しい他家の〈父〉という主題の複合——娘の行く末を案ずる父と他家を圧迫する父という要素とが結びつき、主題化されたものであった。
若菜上巻以降の源氏は、女三宮を思う父朱雀院の思いが真摯なものであるからこそ、その朱雀院の胸中を思いやりつつ、自重し続ける。朱雀院もまた、女三宮の幸福を願うがゆえに、六条院の動向をただただ外側から見守り続ける。[注26]非意図的な圧迫と重苦しい自重といったきわめて緊張度の高い人間関係がせめぎあう。淀み、停滞し、あるいは飽和するといわれる、[注27]物語史上かつてない緊張状態を作り出すべく、『源氏物語』は新たな主題を成熟させたのであった。

注

1 小林正明「逆光の光源氏——父なるものの挫折」(小嶋菜温子編『王朝の性と身体』森話社、一九九六年四月)、神田龍身『源氏物語＝性の迷宮へ』(講談社、二〇〇一年七月)、河合隼雄「紫マンダラ——源氏物語の構図」(同『河合隼雄著作集第Ⅱ期第七巻 物語と人間』岩波書店、二〇〇三年三月)、安藤徹「父—母—子の幻想——聖家族の「心の闇」」(『源氏物語 宇治十帖の企て』おうふう、二〇〇五年一二月)、樫村愛子「『源氏物語』の精神分析学」(『解釈と鑑賞』七三巻五号、二〇〇八年五月)など参照。
2 沢田正子「源氏物語の父」(『古代文学論叢第八輯 源氏物語と和歌 研究と資料Ⅱ』武蔵野書院、一九八二年四月)参照。
3 大塚ひかり『源氏の男はみんなサイテー——親子小説としての源氏物語』(筑摩書房、二〇〇四年六月)一〇頁参照。
4 以上、池田節子「『源氏物語』の母覚書——「母」の呼称」(『物語研究』三号、二〇〇三年三月)参照。
5 池田前掲注4論考参照。
6 沢田前掲注2論考参照。

7　池田前掲注4論考参照。大塚前掲注3著書も同様の指摘をしている。

8　沢田前掲注2論考の考察は「親と子の愛についての描写回数」の調査に基づいているということであるが、その調査の基準は具体的には示されてはいないため、本稿において注目する諸例が沢田氏の注目した諸例と合致するのか否かは不明である。

9　河合前掲注1著書、一四一～一四四頁参照。

10　女三宮の六条院への輿入れは、准太上天皇との結婚という意味合いも含む一方、降嫁という意味合いも払拭しきれないものであること、拙稿「女三宮の裳着と「後見」光源氏」（『国語と国文学』八八巻二号、二〇一一年二月）において述べた。

11　阿部秋生「明石の君の周囲」（同『源氏物語研究序説』東京大学出版会、一九五九年四月）、日向一雅『源氏物語の主題――「家」の意志と宿世の物語の構造』桜楓社、一九八三年五月）、藤井貞和「神話の論理と物語の論理」（同『源氏物語の始原と現在』砂子屋書房、一九九〇年九月）参照。

12　日向前掲注11著書、五〇～五一頁。

13　拙稿「光源氏の後宮理念――若菜上巻冒頭の皇女降嫁論に関連して――」（『国語国文』七七巻一一号、二〇〇八年一一月）、拙稿「『栄花物語』の後宮史叙述――月の宴巻・村上天皇後宮を中心に――」（『王朝歴史物語史の構想と展望』新典社、二〇一五年三月）参照。

14　日向氏が前掲注11著書において、「みずからが、ないし息男による外戚としての権勢の伸長を期待できない」按察使大納言家の状況にも関わらず、按察使大納言が娘の入内を遺言しているという点について、「後宮政策に家の命運を賭けた平安貴族の歴史的現実と根本でズレているのではなかろうか」（六三頁）と言及しているのも、稿者と同じ問題点をとらえての疑問であるように思われる。

15　阿部前掲注11論考、七六一～七六三頁。

16　「通ひすみにたる」の「すみ」は、「住み」と「澄み」の掛詞であろう。別世界に「住む」意と心が「澄む」意であり、明石入道が俗世に半ば留まりながらも清浄な心を持つ人物であることをいう。

17　源氏のことばとして、「時移り、さるべき人に立ちおくれて、世おとろふる末には、人に軽め侮らるるに、かかりどころなきことになむはべる。」（少女③二二）、「つひの世の重しとなるべき心おきてをならひなば、はべらずなりなむ後もうしろやすかるべきによりなむ。」（少女③二二）とあるように、息子夕霧自身の行く末を思う思いがある。また、「はかなき親に、かしこき子のまさる例は、いと難きことになむはべれば、まして次々伝はりつつ、隔たりゆかむほどの行く先、いとうしろめたなきによりなむ」（少女③二一～二二）とあるように、家の行く末を思う思いがある。

18 このことは前掲注13拙稿（「光源氏の後宮理念」）でも触れた。

19 秋山虔「「若菜」巻の始発をめぐって」（同『源氏物語の世界』東京大学出版会、一九六四年一二月）。

20 大塚前掲注3著書、安藤徹「父―母―子の幻想――聖家族の「心の闇」」（『源氏物語　宇治十帖の企て』おうふう、二〇〇五年一二月）参照。

21 『落窪物語』巻二に、「右大臣にておはしける人の、御ひとりむすめうちにたてまつらん、と思へど、「我なからん世などうしろめたなし。此三位の中将、まじらひのほどなどに心見るに、物頼もしげありて、人のうしろ見しつべき心あり。これあはせん。…」」（落窪物語・巻二・一五九～一六〇）と登場する人物。娘の入内を望みながらも、自身の逝去後の娘の行く末を案ずるがゆえに、三位中将道頼と結婚させてその後見を得させようと決意する。

22 『うつほ物語』の朱雀帝は、仲忠に女一宮を与えたあと、蔵開中巻では、「…（仲忠ハ）一の皇女、まことに心ざしありてや思ふらむ。また、わが心を思ひたるにやあらむ」（蔵開中・五三七）と仲忠・女一宮夫妻の関係が表裏なく良好なものであるかどうかを心配し、国譲下巻で「…（仲忠ハ女一宮出産ノ折）いかで前後知らず惑ひけむ。なほ、わが皇女を疎かには思はざりけり」（国譲下・八一九）と安堵する姿が語られる。また、蔵開中巻では、嵯峨院の皇女たちの結婚後の様子を見て皇女の結婚の難しさを思い、「など、（嵯峨院ノ）皇女たち、かくのみあらむ。…（中略）…すべて、女皇子たちは、ただにものせられむこそよからめ。身に、よからぬ宮たち多く持たるや」（蔵開中・五三九～五四〇）とまで嘆くなど、皇女たちの行く末を思い、その結婚のあり方に心を悩ませている姿がある。

23 紫上が女房たちに語ったことばに、「（六条院ニハ）かくこれかれあまたものしたまふめれど、御心にかなひていまめかしくすぐれたる際にもあらずと、目馴れてさうざうしく思したりつるに、この宮のかく渡りたまへるこそめやすけれ。」（若菜上④六六）とある。

24 女一宮は正頼の孫ではあるのだが、正頼に婿取られることと朱雀帝に婿取られることとの差は大きいだろう。

25 藤原克己「源氏物語における〈愛〉と白氏文集」（日向一雅編『源氏物語と漢詩の世界』青簡舎、二〇〇九年二月）、中西翔

「「色好み」の再検討――『落窪』道頼の変貌を通して」（『むらさき』四七輯、二〇一〇年一二月）参照。色好みなればこそ親も財産もない女を愛するという王朝文学の男主人公の造型に言及している。

26 朱雀院が女三宮と源氏の関係に期待したものの中核に愛情という要素があるためこのような静かな緊張関係が生じていることは、前掲注10拙稿で論じた。

27 石田穣二「若菜の巻について」（同『源氏物語論集』桜楓社、一九七一年一一月）。

※本文引用は、『源氏物語』、『住吉物語』は小学館新編日本古典文学全集、『落窪物語』は岩波書店新日本古典文学大系、『うつほ物語』は『うつほ物語　全　改訂版』（おうふう）により、適宜、括弧内に巻名・巻数・頁数などを付した。なお、引用に際して私に表記を改めた箇所がある。

室田　知香（むろた　ちか）　　群馬県立女子大学文学部専任講師。専攻：平安文学。主要論文：「『源氏物語』第二部後半の『竹取物語』受容」（『中古文学』八五号、二〇一〇年六月）、「柏木の死が拓くもの」（『日本文学』六一巻六号、二〇一二年六月）、「『源氏物語』鈴虫巻」（『鳥獣虫魚の文学史　虫の巻』三弥井書店、二〇一二年一月）等。

性と暴力
――若菜下――

藤井　貞和

一　にゃくにゃーにゃるらん

私が向かうのは「若菜」下巻で、「性と暴力」というタイトルを課題として与えられた。扱うべきは『源氏物語』中、だれしもが物語性のピークをなすと認める「若菜」巻のうち、下巻に相当する部位で、そこには朱雀院の皇女、女三宮が柏木という男と密通することが描かれているので、課題はその事件をどう読むかという興味深い内容におもにかかわってゆく。

事件の突端は「若菜」上巻に始まる。

それの終り、六条院の蹴鞠（三月）に、督《かん》の君《きみ》（柏木衛門《えもん》の督《かみ》）は、夕映えのなか、女三宮の方をしり目に見ると、御簾《みす》のつまからいろいろの袖口がこぼれ、透き影からもおおぜいの女性たちがこちらを見ていると分かる。唐猫が逃げようとして綱をまつわらせ、御簾が引きあけられて几帳のすこし脇に、袿の立ち姿の人を見る。みぐしの裾までうつくしげに、ささやかな姿つき、髪のかかる横顔（そば目）は、ことばにならないほど高貴に愛らしげで、夕日に奥暗い感じがしてもの足りない。猫が鳴くので見返るその人の面持ち、身のもてなしを正面から見たろう。「ああ若くうつくしい人よ」（新大系、③二九七）と柏木に見られる。同時に夕霧（大将）もまた女三宮を見る。

帰宅して、胸痛く鬱屈する柏木は、小侍従（女三宮の乳母子）へいつもの手紙を遣る。「ひと日、風に誘われて、御垣《みかき》の原《はら》をわけ入りましたところ、（女三宮が私を）どんなに見落としなさったことでしょう（＝「いとゞいかに見おとし給ひけん」）。その夕べから、乱り心地がまっ暗で、あやなく今日を眺め暮らしおりまする」（③三〇一）。私（柏木）をお見下げになったろうと言い、「見ずもあらず」という引き歌と言い、「よそに見て……」歌と言い、その女人を見たぞという訴えである。小侍従には、「御垣の原」云々の文句から蹴鞠の日のことと分かる。

女三宮その人は引き歌から、あの時、男の視線に曝されたことを知って赤面する。日ごろ、源氏から、「大将の君（夕霧）に気をつけるように」と言われていたから、受け取ったのは外ならぬ夕霧のレターかと女三宮は幼く思った、ということではあるまいか。答えに窮する。いまは夫である源氏の君と、その長男である夕霧とに対して、そのあいだに挟まれるかのごとく、情愛よりは恐れの感じのほうがまさりそうな女三宮ではなかったか。

小侍従が代わって返りごとをかく。「あの日はそしらぬ顔を（していましたね）」（③三〇三）とは、男の「いとゞいかに見おとし給ひけん」を軽く受け流そうとする言い方だろう。女三宮に近づくことを小侍従は「めざまし」（失礼だ）と、これまでゆるし申さなかった、なのに「見ずもあらず」とは（＝「見ずもあらぬや」）どういうこと？　小侍従は危ない手引きの役割を引き受け出している。手紙を女三宮にわたすときにも冗談ながら、〈男のためには一働きするかもしれませぬよ、私は自分の心を知りがたいからね〉（③三〇二）と、そんな笑いを見せていた。この冗談はのちのち冗談でなくなる。

ここで「若菜」上巻と「若菜」下巻と、巻が上下に分かたれる。下巻は柏木の、源氏に対して「なまゆがむ心」（③三一〇）、不遜な思いが次第に募る、というところから始まる。唐猫をいただいて代償的愛撫に耽る男でもある。「寝よう寝よう」（ねうねう）と鳴く猫に答えて、

……手にゃらせばにゃれよにゃんとてにゃくにゃーにゃるらん　（③三一四）

（……手ならせばなれよ何とて鳴く音なるらむ）

とはなはだ冴えない猫語の戯れ歌だ、にゃーにゃー。この猫というエロスは冗談で終りそうにない。

二　密通という暴力

歳月が流れて、御代替わりのことがある。柏木はもともと、源氏のおとどが出家すれば、そのあと女三宮を引き受けるのでよいと思っていた。しかしながら、そのけしきがなかった歳月だ。かえって源氏は女三宮のもとに通うことが、その数、紫上とひとしくなる。とは、夜離れの続く紫上みずからは高齢化をつれなくやり過ごすことでもある。女三宮には今上の心寄せも厚く、二品となる。女楽では琴《きん》を演奏する女三宮。彼女近辺の栄華が描写されるけれども、柏木はどうしていたろう。中納言となり女二宮と結婚する一方で、女三宮を思い忘れるわけでない。

源氏は自分が出家しないばかりか、紫上の出家を許さない。なぜ、二人は出家しない、あるいはさせないのか。これが難問であることは言うまでもないが、「若菜」巻の主題と深くつながる難問としてあろう。一つには、われわれの知る出家や宗教習俗、考え方が、十一世紀後半から十二世紀に至り整えられてきた実態であって、十一世紀初頭の『源氏物語』に見る仏教なら仏教は、十世紀代のあまりよく分からなくなっているさまざまな宗教形態の混在を描写している、ということがあろう。宗教形態が大きく様相を変えてゆく、複数の考え方のぶつかるすきまにぽっかりあいた精神の自由領域があった、そこに『源氏物語』は書き込まれたという面があろう。

だから、出家しない、させないという、ちょっと不思議なこだわりを主要な主人公たちが示していることについて、あるいは出家しても在家仏教であったり（女三宮その他）、または「総角」巻に至り一種の新興宗教が試みられる（阿闍梨と宇治大君）といった、特色ある在り方を『源氏物語』時代の特徴としてすなおに受け取ることになる。それにしても、である、源氏の君も、そして紫上もまた、何かに対して非常に恐れを持つという感触を払拭できない。何か大きな力が——本論文のテーマに則して言えば現世否定という暴力が——働いているように思われる。仏教という宗教が現世否定をたてまえとしているのを考慮に入れると不思議なことだ。あるいはかならずしも現世否定ではない宗教の在り方につらなる『源氏物語』の考え方だろうか。

かくて、紫上は病に臥す。その直前に亡き六条御息所を源氏の君が回想するというきわめて危ない会話がある。「六条」の意味、つまり六条院は六条御息所の「六条」である。記号的意味であるとともに、実際に御息所の霊魂のうち休む霊安室だという実質でもある。むっくりとあたまをもたげた霊は、（折口的分類に従えば）むろん生き霊でなく、単純な死霊でももはやなく、悪霊に達しつつあるということではなかろうか。それでも、秋好（わが娘）および明石母子（は六条御息所の同族である）に六条院を占有させるためには、御息所の霊魂が狙いすますターゲット（排撃対象）として女三宮であり、ついで紫上だ。この二人を六条院から追放するためには（しかし女三宮を六条院から追放することは至難であり）、まず、紫上のうちなる敗北感を利用する。一月が過ぎ、二月も過ぎて、病状が回復しない紫上を人々は二条院へ移す。

六条院から二条院へ移したことは一応、正しかったろう。しかし、御息所の霊は病人にはりついたままで二条院へ来てしまっている。女三宮の密通という犯行は紫上が去り、悪霊からもいっとき解放された空白の六条院を舞台として進行する。六条院は宮廷じたいではないから、あくまで擬似的に、宮廷を襲う暴力というることになろうが、密通が古来、天変地異を引き起こすなどのゆゆしい暴力行為であったことはいうまでもない。

三　魂を女三宮の傍らに置いて

ややもすれば、この密通事件は、柏木という男の「暴力」によるかのように言われるけれども、高貴な女性が犯す密通の暴力性と、手順と歳月とを尽くして女性に近づこうとする臣下の男の捨て身とを、単純に並べたり一方的に断罪したりしてもしょうがない。

小侍従の母は女三宮の乳母で、その乳母の姉が督の君柏木の乳母と言う、この濃密な乳母空間のなかで、柏木はまさに幼時より女三宮のきよらなるさまを耳にし、運命的なあいてと思い込むに至った。そう物語は語っている。小侍従とて、〈源氏よりも早く求婚者は私だった〉と、柏木に説明されてみると、物深からぬ若人でもあり、もとより手引きという犯行を犯すかもしれない自分を深層に抱えていたままに、ついに女三宮の寝所へ男を導き入れる。

男は近づいてどうするつもりだったか。「たゞいとほのかに、御衣のつまばかりを見たてまつりし」、かの「春の夕べ」のおんありさまを、さらに「け近くて見たてまつり、思ふことをも聞こえ知らせては」、一くだりのご返辞などでも下さるのでは、そして「あはれと」分かって下さるのでは、と思ったというから（③三六二）、覚悟がなくても密通の欲望であり、持たれるであろう情交のはてには懐妊が予定される。無論、そこまでは思い寄らない、と物語のはっきり言うところであるけれども。

近づいた男は宮を床《ゆか》のしたへ抱き下ろす。宮は人を呼ぶけれど、近くに聞き付けてかけつける人もいない。わななき、流れる汗に正気をうしなう宮を、男は「あはれにらうたげ」だと思う。「数ならぬ身であるけれど、かようにお嫌いあそばすのが当然の身とは思われませぬ（＝「思給へられず」）。……罪重い心もさらにござりませぬ（＝侍るまじ）」（③三六二）と、都合十行にわたる長々しいくどきのせりふは、これだけの長さじたいがリアリズムかと思われる。「罪重き心もさらに……」という一句は記憶しておこう。宮は「この人なりけり」（柏木だ）と気がつく。男のせりふは続く、〈かような忍び逢いは世にないわけでもありませぬ、めったにないあなたの無情な心がつらくて「ひたふる心」が付くのです、せめて「あはれ」なりと声をかけて下され、その一言をうけたまわって退出しましょう〉（三六三〜三六四）。

これまでそとから慕っていたのと違う、いま眼のまえにするなつかしくやわやわとあてなる宮の姿態に、男は思い静める心も失せて、どこへでも連れてゆきたい、このまま死んでしまいたい、と思い乱れてしまう。女が一言もない状態で情交に向かう。そこには言われるようなレイプ性がないとは言えないかもしれない。一時、一九七〇年代だったか、時期をつまびらかにできないが、『源氏物語』内のいくつもの情交について、さまざまにレイプ形態ではないかという議論があり、所与の「性と暴力」という題はその議論に対してどう思うか、答えを用意しろという課問かと思われる。あとに考えを纏めよう。

男はまどろむ夢に猫を見る。「虎の夢を見た時、直ちに合歓せば、男子を生み、成長ののち武官となる」（今村鞆『朝鮮風俗集』一九一九）とは、おなじ猫族、大きめの唐猫のはなしだ、と言えば強弁ながら、男子誕生の予言であることは一致する（いや、夢と「合歓」との順序もすこし違うか）。

柏木が「のがれぬ御宿世の浅からざりけると思ほしなせ」と言うに及んで、宮はくちおしく同意する。猫が綱を引いた「夕べのこと」を男が言い出すのを聞いて、なるほどそういうことが一方であったのだろう、「契り」がつらい身の上であったよと分かる（③三六五）。幼げに泣く宮を柏木はかたじけなくあわれと見たてまつると、自分の袖で宮の涙をぬぐう。

退出の時間が迫る。まだ一言も交わさぬ宮に、つらく思い詰める柏木が、自殺を口にし、ないし強引に連れ出して情死をほのめかす（抱きかかえて出ようとする）のは、明るみで宮をもっと拝見したいという欲望でもある。「あはれなる夢語り」もお聞かせしたい（あなたとのあいだに運命の子が生まれるのです）」と暗示しつつ、うたを詠むと、宮はすこし慰めてうたを返す。

あけぐれの空に憂き身は　消えななん。「夢なりけり」と見ても　やむべく　（③三六六）

女からの同意のサインではあるけれども、密通が（もし宮廷社会ならば）重大な秩序壊乱という暴力を意味し、六条院（という疑似宮廷）を崩壊させる端緒となったことを、幼い宮はきっと気づかないでいる。柏木は半分聞く感じでその場を出てしまうという次第だが、重要なことが書かれる。「……魂は、まことに身を離れてとまりぬる心ちす」と。単なる「心ち」ではなかろう、柏木はほんとうに魂を女三宮の傍らに置いて、腑抜けになりつつここを退出したというのだ。

四　死病にとりつかれる

柏木はたしかに六条院の若い女主人公を犯した自分を、「さてもいみじきあやまちしつる身かな」（③三六七）と、そら恥ずかしいきもちになっている。しかし、帝のおん妻を犯すような重罪を思い浮かべて、それほどの罪には当たらないとも考える。源氏の君は帝王ではない、それでもこの院（源氏）には目をそばめられ申すことだろうと恐れる。顔をあわせることはできないとどうしても思われる。男にとり、密通は深き過失であるのか、それとも、つみないとしては二流や三流のそれだというのか、やや読み取りがたい告白が続く。

女は女で、まことにくちおしい身柄であったことと思い知るようだ。その病態を心配して源氏が六条院へかけつける。と、二条院では紫上の病勢がにわかに進み、絶え入ってしまう。源氏は二条院へと走る。振り回される源氏だ。もう手遅れのようで、侍女たちは泣きさわぎ、僧どもはみ修法《すほう》の壇を壊して、高僧を除き、ばらばらと帰り支度している。源氏はそこでどうしたか。〈寿命が尽きても助けてくれ〉（＝「この世尽きたまひぬとも、たゞ、いましばし、のどめたまへ」③三七〇）と祈願を立てる。めちゃくちゃな祈願なのに、これを聞いてやったのは不動尊だという。

不動尊のたたかったあいてがもののけであること、そこに六条御息所の死霊があらわれたことなど、くわしく復唱するまでもあるまい。紫上の奥底には女三宮への敗北感が渦巻いており、そこを利用して六条院の秩序に壊乱をもたらそうとしたのは御息所の霊魂であるけれども、病床の紫上そのひとを不動尊がついに守護して、いっときの助命の祈りに応えることとなった。紫上は二条院にいながらにして在家仏教的な五戒をいただくこととなる。もののけの世界を操る民間宗教者たちとの妥協点がそのあたりにわだかまっていよう。御息所の霊は源氏の君と紫上とのあいだで交わされた会話(③三五一)を知って、現世に姿を現したのだという。すべては巫覡らによる妄想劇だとするならば、かれらは紫上のうちなる不安をよく捉えていたのであり、つぎにかれらが女三宮に的をしぼる流れも容易に見て取れよう。

女三宮は予定通りというか、懐妊する(③三七七)。柏木との逢瀬を続けた結果かもしれない。源氏が女三宮を見舞うことを知れば、それだけで嫉妬する柏木である。柏木から綿々と書き綴った手紙が届けられる。それを源氏に見つけられて、源氏もまた苦しむこととなる。柏木は小侍従から、ことの次第を知らされ、源氏に合わせる顔がないと恐れるものの、「さして重き罪には当たるべきならねど」(③三八八)と、さきの思いを繰り返している。朱雀院、女三宮の父の五十賀の試楽が六条院で催される。その当日、源氏が柏木を「さかさまに行かぬ年月よ」とうち見やるということがあり(③四〇四)、めぐりくる盃にも頭痛くなった柏木は、惑乱し退出してそのまま病床に臥す。父邸にもどってふたたび立つことがなくなる。

以下、「柏木」巻は私の担当外ながら、成り行き上、すこし垣間見ると、「深きあやまちもなきに、見あはせ奉りし夕べのほどより、やがてかき乱りまどひそめにし魂」(④八)とあるのは、かの蹴鞠事件をあらわす。猫のせいでお姿を見たのであって、われとわがあやまちではない、と。続いて「身にも返らずなりにしを」とは、密通ののちに「魂は、まことに身を離れてとまりぬる心ちす」とあった。ここには実際に六年かそこらの歳月が流れていたといえ、蹴鞠の日にたましいを六条院へ置きっぱなしで、密通のときからほんとうに女三宮のもとをたましいがはなれなくなった、という一連の時間で受け取れ、とする文脈だろう。定説に「若菜」下巻の源氏が「うち見や」った時のことをさす、と読まれているのは失考だと思われる。試楽の時に源氏のが「うち見や」ることで柏木は死病にとりつかれたのだった。

女三宮は六条御息所の死霊によって出家させられ、「鈴虫」巻において三条宮に在家のかたちで住む。女三宮とはだれだろう。柏木を破滅させ、みずからは出家するというかたちで罰せられ、六条院は密通事件によって傾斜し始める。六条院への闖入者ともしばしば評され、のちに三条宮への退去を余儀なくされて女主人公性を終える。女三宮をどう評価するかがむずかしい。

五　性的結びつき

『源氏物語』に見られるいくたの情交関係を、「レイプ」だとか、いや「レイプ」でないとか、一時流行した論調で、とはいえいつから言い出されたか、当初、『源氏物語』関係者からではなかったのが、飛びついたのは『源氏物語』研究者たちだった。話題になるのは順に、あいてを源氏とする場合だと、空蟬、軒端荻、末摘花、朧月夜、紫上あたりだろうか。藤壺との関係をもその視野で見るひとがいるかもしれない。あいてが源氏以外では、いま問題とする女三宮や、いまは措くとしてもずっとあとになって、浮舟をどう見ようかという課題につらなる。

レイプの基本は戦争犯罪としてあって、もっとも原型的には民族間の殲滅戦で敗者の男どもを殺害したあと、婦女子を出産要員ないし奴隷として拉致し去るところにあったろう。それが変形して、戦時下や戦後に勝者による婦女凌辱としてのこった。しばしば男の集団によるレイプというかたちをいまにのこす理由である。

日中戦争下の中国大陸で、あるいは第二次世界大戦直後のヨーロッパで、大量のレイプが行われたことは、近代史上の悲惨な事実としてある。二十世紀のすえでも、旧ユーゴ解体に伴う戦争下に、人類はレイプ事件を繰り返していた。戦争に附随してレイプがあるのでなく、じつに戦争の三要素として、虐殺、略奪、そして凌辱をかぞえるべきだというに尽きる。それの変形につぐ変形の果てに、男のなかの戦争欲望みたいな何ものかが、常習のレイプ犯を産むことになったろう。戦争欲望と言っても、はなはだ漠然としたことながら、政治支配欲や権力志向、あるいは宗教支配が暴力と結びつくと、容易に戦争状態となる。敗者にもまた怨念や復讐欲だけがのこって、おなじく戦争状態になることはよく知られる通りだ。戦争状態以外でのレイプをその状態から切り離して卑しむべき犯罪としてのみ論じてもここでの疑念は解けない。

空蟬は「帚木」巻の後半で、貴公子源氏の君のために、受領家からの〈歓待〉として一夜妻の役割（性的サーヴィス）を果たさせられた。そうは読めない、という意見もあろうけれども、紀伊守が「なめげなることや侍らむ」（①六二）、源氏が「女遠き旅寝は……」（同）と、まさに阿吽の呼吸であり、侍女たちが退出したあと、隣室の一つ隔てた辺りに女を寝《やす》ませ、むこうからは掛け金をかけてないというのだから、女を含めて同意の上で進行した情事と見られる。

「空蟬」巻では軒端荻と契る。空蟬と思って近づいてから、「人違い」と思われるのも滑稽だからと、さきに見たあの美人（軒端荻）なら「ま、いいか」と、情事に及ぶ。自分を源氏と知られずに（名乗らずに）いるという選択肢もあるにしても、空蟬に対して気の毒であるしと思って、源氏はこの美人に対してはうまく言いつくろう。若くて何も知らないらしいけはいにもそそられて、「忘れずに待って下されよ」などと源氏は一通りの約束を口にする。〈自分は身分柄、なかなか連絡できないでしょうが……〉という男のせりふに、「え聞こえさすまじき」（どうお便りをさしあげればよいか……）と、女に無邪気に応えさせて終る。ここにも一夜妻の感じがこもる。

末摘花に対しては侍女である命婦の計画のもとに、忍んでやって来る。もの越しに会うつもりで、末摘花は「格子をしっかりさしておいてね」と言い、命婦は「大丈夫ですよ」とかぶつぶつ言いながら障子をぴしゃりとさして、簀子では失礼だから、と内側まで源氏を招じ入れる。高貴なお姫様と心得ている源氏が、奥ゆかしい女の挙措にじれながら短歌を詠むものの、返歌はない。乳母子の侍従が代わって返歌をする。源氏はもう一度、うたを与えるものの、なかなかめずらしいお姫様の無言にはだんだんプライドを傷つけられる思いで、しずかに障子をあけてはいってくる（障子に鍵なんかなかったろう）。命婦は知らない顔をして席を外し、侍従たちにしても「ま、いいか」とこれもそんな感じの遠巻き。女が〈「たゞわれにもあらず、はづかしくつゝましきよりほかの事」（①二一八）がまたとない〉とは普通の描写だろう。当時の姫君が始めて男に逢う一般の描写を越えた感じではなかろう。

朧月夜との関係は「朧月夜に似るものぞなき」（「花宴」巻、①二七六）とうち誦じてやってくる女性の袖をとらえる。おそろしさに「ああ気味がわるいよ、だれ」と言う女に、「いいえ、いやがらなくともよい」と、男はうたを詠んで抱き下ろす。戸をしめてしまう。わななくわななく、「ここに、人」と女。「わたしは人に許されているんだ」という男の声に、源氏の君とわかってすこしほっとする。わびしいものの、お酒はいっているし、許すことはくやしくても、若くたおたおとして拒む意志がつよくない。名を明らかにせよと言われて、「うき身よに……」のうたを言うさまは艶になまめいている。扇を取り替えて別れる。

紫上は「若紫」巻で母親が亡くなって十何年という女性で、だから十二歳かそれ以上で、それから四年後（「葵」巻）に結ばれるというから、十六歳以上と見たい。年齢的にむりのない結婚ではなかろうか。世間は以前から二人が結婚関係にあると思っている。ある朝、男君がはやく起きて、女君はまったく起きて来ない、という時があり、紫上の新枕としてよく知られるところ。きぬぎぬの文がうたとして贈られる。紫上はこれまで源氏の君が自分を性的関係のあいてとして見ていたとは思いもしなかった。当時、そういうふうな女性もありえたろう。耳学問としては知っていても、実際に性関係を持つことを想像できないということはわりあい物語のなかでの基調としてあろう。

さて、藤壺との性的結びつきは「若紫」巻でわれわれ読者の知るところとなる。その前後に妊娠もしており、運命的だ。この「運命」ということは、男女の愛情とか、情念とか、そういう読み方を重ねても、それ以上どうしようもないことで、始まりは「桐壺」巻の高麗の相人の予言に言い当てられている。帝王の上なき位に即くとすれば、とか、臣下ではないとか、御子三人とか、要するに后にあたる人と密通して子をなし、その子が帝王の位に即くという予言は藤壺との密通を言い当てている。源氏の君も藤壺も苦しいことと嘆き、身の定めをかこちこそすれ、そこいらの結びつきのごとく「好きだ、愛してる」などと言いそうにない（よく探せば言っているのかもしれないが）。なした子を見ては「なほうとまれぬ。やまとなでしこ」（＝「うとましく思ってしまう、この子を」〈「紅葉賀」巻、①二五四〉）と詠まないわけにゆかない。これは女三宮の密通にきわめてよく似る、と注意しておこう。ただし、女三宮は皇女であり、源氏の妻であって、それに対し、これは帝のおん妻《め》をあやまつという重罪である。

六　密通する女性たちの出家

以上に見てきた女性関係を、ぜんぶレイプだとする考え方を見たことはある。正妻一人との性的関係のみをよしとして、それ以外の女性関係を認められないとする考え方だろうか。そんな硬直した意見をたとい正しいとしても、紫上との関係は、十六歳という結婚相当期に達し、三日餅を用意して呪的に祝うという儀式をへているのだから、しかも葵上の死後であり、正式の妻として最初から定められている。レイプから外してよかろう。従来、紫上が「若紫」巻で十歳というように思われて、あたかも少女との淫行のように考えられてきた経過が禍しているかもしれない。末摘花にしてもレイプ犯に襲われたという感触ではあるまい。

『源氏物語』において不思議なことがある。つまり、出家する女性と出家しない女性とがいる。六条御息所は「澪標」巻で出家して、まもなく亡くなる。もう一人、朝顔の君もまた出家する。この二人の出家については謎めいているけれども、考えられることとしては伊勢という神域に至ったこと（六条御息所）、賀茂斎院であったこと（朝顔）が、それぞれ仏教的に罪ではなかったかと、あえて考えなされる。彼女たちを除くと、藤壺、朧月夜、女三宮、空蟬そして浮舟の五人が浮かぶ。これらの五人の共通点は何だろうか。五人とも、密通を犯していると気づかされる。密通を犯していない女性たちは出家しなくて済む。それと対比的だ、と知らされる。密通は『源氏物語』のなかで罰せられている、と判断してよかろう。

密通がどのように暴力か、須磨から明石へかけての暴風雨は、いろいろな原因が穿鑿されているにしろ、謹慎する藤壺（出家）、源氏（須磨退去）を罰しつつ、次代の王権を冷泉へ持ってくるための、避けられない壊乱であったとみたい。直接の引き金は朧月夜だったかもしれない。そのような壊乱についての出典が中国文学にあると、かれらはよく知っている。密通に対しては天罰か地の罰か、懼れなくしていられなかったろう。かくてかれらは出家する。藤壺も、朧月夜も、そして女三宮も、浮舟も、密通を背負って出家するのであり、そういうかれのうしろめたさを読者連が非難したくなったり、やりきれない思いがしたりした、ということがあろう。そんな思いが非常にゆがめられて、レイプ事件の被害者であるかのように言説化されていった現代人の読みだったのではなかろうか。

のこる空蟬はどうだろうか。二人の男（源氏と紀伊守と）の結託とは言え、彼女も承知の上でなされたことである。合意としても、これはレイプと見る余地があろう。紀伊守一族が源氏がわの権力にすり寄るという企みのなかで、彼女として避けられない一夜妻の役割を果たさせられた（合意した）のだとすると、ある種のレイプ性がそこにあるのではなかろうか。女性を身動きできないようにして情交することをレイプとするならば（物語研究者はまさか強姦犯人のそれだけをレイプと認定するわけではあるまい）、権力で身動きできなくする性的関係にはレイプ性があると見られる。あまり類推できることではないし、伝説（物語）で史実ではないといわれるにせよ、常盤御前がわが子、牛若〈のちの義経〉らを助命するために清盛にわが身を投げ出したというような、権力と女性の性とのあいだにレイプ性を見る。

その関連で、ポルノグラフィー（これも物語）には、見るべきでない性行為を見る（あるいは見せつける）ところに暴力性があると言われるべきで、後日談というか、牛若長じては建礼門院（清盛の娘）をあいてに、母のかたきとばかり、もう一つの刀で突きまくる。古いモチーフだろうが、暴力の連鎖は落ちるところまで落ちてゆくこととなろう。『源氏物語』ほか、物語とポルノグラフィーとは紙一重かもしれない。

七　ジェンダー、シャドウ・ワーク

ジェンダーは文法用語で、本来的に文法的性を言う。男性名詞、女性名詞あるいは中性名詞を持たない日本語常習者（日本語ネイティヴ）にとっては、感覚的にほとんど理解不可能な言語現象だと言ってよい。しかし、それを言うならば、英語社会の人々にあっても、ほぼ男性名詞、女性名詞を喪っている。のこっているけれども、数少ない。世界にはジェンダーを持つ言語圏（たとえばヨーロッパ諸語その他、広く世界に分布する）と、ジェンダーを持たない言語圏（これも広く分布）と、半分ずつぐらいだと言われる。文法的性であるジェンダーは、おそらく実際の性（雄と雌）に発し、数千年か、数万年か、まったく推測ながら、悠久の歳月をへて社会（学）的、文化的性を分出する一環で、言語に性を宿させてきた。男性、女性、中性のほかのジェンダー（性）をもつ言語もまた世界にはあって、形容詞や冠詞をジェンダー化し、格関係を構成するなど、ジェンダーの基幹は文を性的に二つにも三つにも割る。

ジェンダーのある言語、ない言語という区別はちょっと不思議なことで、中性名詞をかなめにしてジェンダーを発達させたり、無性化させたりしてきたということではあるまいか。無性的な日本語をいきなりジェンダー理論にあてはめて、男ことばそして女ことばに類推するのは、一種の見当外れながら、世界には「男ことば、女ことば」を発達させてきた言語もあり、まったく無意味ということではない。すべては発達途上か、衰退途上か、途上に置かれている現象だろう。英語がジェンダーをだいたい喪っているということは、ジェンダーのない言語に移行し切ったのでなく、途上にあって喪失感（あるいはジェンダーを持つ諸言語への深いコンプレックス）を持ち続け、いまに至るということではなかろうか。

著名な（日本では一九九九年に翻訳の出た）『ジェンダー・トラブル』（ジュディス・バトラー、一九九〇）は、不思議なことにジェンダーを文法用語出自であると一言も言わないばかりか、言い出しっぺのイバン・イリイチ『ジェンダー』（一九八三、日本語版一九八四）について、原註にも、日本語版では訳者解説にもふれない。つまり、バトラー氏としては文法のくびきを脱して、社会（学）的ないし哲学的タームへとこれを読み換えようと腐心した、ということだろう。英語圏の著者として、一理あるということになるけれども、ジェンダーなき日本語社会で彼女の所論がどのように受け容れられたか、思い半ばに過ぎるものがある。

関連すべきこととして、もっと極端なことがこの国で起きた。イリイチ『シャドウ・ワーク』（一九八一、日本語版一九九八）という名の先駆的な書を、日本ではどう受け容れたか。シャドウ・ワークとはたとえば医療専門職（医師）と患者との関係に成立する。患者が医師の指示に従い、施術を受けたり、朝晩のお薬を飲んだりと、〝苦行〟をなぜしなければならないのか。シャドウ・ワークだからではあるまいか。車両の運転者に対する乗客などもイリイチは挙げている。学校の先生が出す宿題を生徒はなぜ泣く泣くやらなくてはならないのか。宿題とはシャドウ・ワークだからなのでは。

イリイチの出自に関して言えば、神父（や牧師）たちを介して神の示しに接すると、どうして人間は、信者たちだけかもしれないが、服従しなければならない（あるいは修行しなければならない）のか。ちかごろの課題として言えば、なぜわれわれは被災地に寝袋を持ってかけつけるのか。ヴォランティアリズムはシャドウ・ワークではないのか。小説や詩に向かう読者の行為もある点からするとシャドウ・ワークだろう。また、作品に対する深い信頼や敬意が文学研究を成り立たせる。文学研究はシャドウ・ワークにほかならないということだろう。

けっしてマルクス主義的な労働概念を否定するのでなく、労働概念のすきまに人間としての信頼や敬意を前提とするもう一つの労働を見いだそうということだと思われる。医者は労働を売っているのだろうか。患者がそれを買うのだろうか。けっしてそうではなかろう。医者は服薬を命じ、施術のために病人の身体をベッドに括りつけるなどする時、信頼や敬意がそこには籠もり、共同して将来の医療文化の進展のための寄与をどこかでしている。しかも、患者が徹底して医療費を払うという特徴がある。乗客について言えば、運賃を払って目的地まで運ばれる。信者は教会にドネーションする、あるいは献金して修行する。ヴォランティアリズムは持ち出しを基本とする。読者は本を買い、研究する人は研究費を集めて文学作品に打ち込む。『源氏物語』研究で言えば、一方的に資金（時には生活費）を注ぎ込んで、何か文化的将来のために誇らしいことをしている（消防隊や、あるいは軍隊が献身的な活動を見せたとしても、報酬が払われるとしたらば、それはシャドウ・ワークにならない）。

八　皇女不婚と結婚

日本社会では、シャドウ・ワークの意味するところが、たしかにイリイチの取り上げるところだとしても、主要に専業主婦の家事労働というような限定になってしまう。日本社会に当てはめると、女性たちの家事労働が何か「シャドウ・ワーク」として、各自の所属する家庭に対する信頼や敬意に対して奉仕し、だから報酬が払われないのだ、とでもいうように理解されたということだろうか。

ふた昔か、もっとまえのこと、平安時代高級貴族の娘たちは十二単を着せられた生殖器だ、というようなことを私は論じて、執拗に抗議され、撤回させられたから、撤回したままにしておく。だからそういう考え方は単純に間違っているので、「帚木」巻一つとっても、〝雨夜の品定め〟には本格的な主婦論といった趣きがそこにあるし、「須磨」巻では紫上がご新造さんでありながら家政を任せられる（何十人もの使用人たちを統率しなければならない）など、本来の意味でのシャドウ・ワーク性を読みとることができるかもしれない。ジェンダー理論としてはそこを読み取って、そこからのはなしだろう。

問題は依然として女三宮だ。彼女はけっして高級貴族の娘ではない。高級貴族の娘でなく、不婚とされてきた皇女の身分である。皇女問題を骨子に据えなければ、解決はないことになる。というより、事実上、結婚するからには、不婚という考え方は革新されたのか、という説問となる。式部卿宮の娘たち（朝顔、紫上）や常陸宮の娘（末摘花）、あるいは前坊の娘（秋好）などはボーダーラインであるから措いて、ここ「若菜」下巻で柏木と結婚する女二宮、そして六条院に降嫁する女三宮は、もし皇女不婚が習わしだとするならば、父朱雀院の選択として、彼女たちを結婚させないという道がありえたにもかかわらず、結婚する。結婚させたことの結果が、一人は密通を犯して出家し、もう一人は結婚あいてを早世させるという、ともに不幸を招いた、と言えばもうありふれた議論になる。

ありふれたと言えば、女三宮そのひとが、特に教養や詩歌の才にめぐまれているわけでなく、かと言って家政（本来の意味でのシャドウ・ワーク）にタッチするわけでもなく、周囲の男性（父、夫、密通あいて）そして侍女たちの促すままに、成長し、人生を通過し、いつしか老いてゆく。起こした事件は異様であっても、古い社会主義リアリズムの典型論で片付きそうな、文字通りありふれた、典型的な女性像の探求が皇女という描写を通して試みられている、ということではあるまいか。

それでも皇女たちに結婚という道をひらいて、権力者（源氏）に〝後見〟させようとした朱雀院の決断は、時代からよしと承認されたか、『源氏物語』のそれ以上、語ることではなかったということか。いや、女二宮を「夕霧」巻の落葉宮とし、柏木に代わって夕霧が彼女を〝後見〟するという経過に、物語なりの解決の方向を示したのかもしれない。出家以外の方法で安住の地を見いだした一人が落葉宮だったとは言えそうに思う。

藤井 貞和（ふじい さだかず）　立正大学非常勤講師。物語文学、詩歌。著書『タブーと結婚――「源氏物語と阿闍世コンプレックス論」のほうへ』（笠間書院、二〇〇七）、『文法的詩学』（同、二〇一二）、『文法的詩学その動態』（同、二〇一五）、校注『落窪物語』（岩波文庫、二〇一四）など。

血と性差をめぐる力学
――柏木・横笛・鈴虫――

勝亦　志織

はじめに

柏木・横笛・鈴虫の三巻を通して、物語はどのような力学によって動かされているのか。女三宮への思慕に始まり、宮との密通・源氏との確執・薫の誕生、そして自らの死へ進む柏木は、柏木巻においてその死去が語られ、その後日譚とでもいうべき横笛巻では夕霧と柏木の未亡人である落葉宮を、鈴虫巻では出家後の女三宮を中心に物語は進む。

物語は六条院たる光源氏の柏木への思い、夕霧とのやりとり、そして尼となった女三宮への配慮を描きながらも、第二世代となる柏木と夕霧の二人が中心となっていることは否めない。特に柏木死後の世界においては、夕霧の存在が改めて描きなおされているようでもある。本稿ではこの柏木と夕霧の血統の問題を取り上げ、それぞれが物語内でどのように教育されてきたのか、そして先行物語の世界をどのように利用して造型されているのかを見ていきたい。

柏木と夕霧の二人は、父親によって全く対照的な教育が施されてきたと思われる。少女巻に描かれる夕霧のための大学入学という源氏の決断はよく論じられているものの、二人の受けた教育の対照性はこれまであまり注目されてこなかったのではないだろうか。加えて、この二人の恋愛に関して『竹取物語』や『伊勢物語』引用があることはすでに指摘されているが、そこには『うつほ物語』の世界もまた巧妙に利用されている。[注1]一見、まったく無関係に見えるこの二つの問題が絡まるところに、二人の青年の新たな「血」の問題が透かし見えるはずである。

一　柏木・夕霧と先行物語引用

柏木と夕霧の物語に対する先行物語引用は、これまで様々に論じられてきた。[注2]特に若菜上下巻から柏木巻にいたる柏木と女三の宮の密通は、源氏と藤壺の宮がそうであったように『伊勢物語』二条后章段の引用が随所にみられる。一方、夕霧については、雲居雁との恋が『伊勢物語』二十三段（筒井筒）と共通し、どちらも『伊勢物語』を引用したりイメージさせたりすることで、その恋愛が発展していることになる。

柏木における『伊勢物語』引用で重要であるのは、引用が地の文ではなく柏木自身によるものであり、柏木は「昔男の二番煎じ」とも言うべき生き方を選択していることにある。[注3]一方の夕霧の造型は同じく『伊勢物語』の世界が利用されながらも途中からズレが生じる。夕霧と雲居雁の幼な恋は二十三段の影響のもとに進展しながらも、柏木死後、夕霧が落葉宮へと傾斜していくと、元々の妻である河内の女の優雅さは落葉宮

へ引き継がれ、新しい女である高安の女の日常性は雲居雁に引き継がれることになる。注4
君たちの、いはけなく寝おびれたるけはひなど、ここかしこにうちして、女房もさし混みて臥したる、人気にぎははしきに、ありつる所のありさま、思ひ合はするに、多く変はりたり。（横笛④三五八～三五九）注5
横笛巻においては、風雅な落葉宮邸と子供や女房たちが多くにぎわう三条殿との落差が夕霧の目にはっきりと映し出されている。夕霧の恋は『伊勢物語』を始発としながらも、その結果は二十三段と対照的であり、高安の女に変貌してしまった雲居雁を前に、河内の女のような風雅な女性と見える落葉宮を思慕することとなる。

『伊勢物語』の昔男の世界を模倣し、その世界に生きた柏木と、『伊勢物語』の世界とは対照的な生き方をする夕霧。しかし一方で、二人にはまた別の先行物語の影響が指摘できる。『伊勢物語』では昔男は女を失い東下りすることはあっても、女に恋焦がれて死ぬことはなかった。女に恋焦がれて死ぬ男、それは『うつほ物語』の源仲澄に代表されよう。注6　一方、その『うつほ物語』には、太政大臣の娘と結婚しながらも皇女の婿となった源正頼がいた。夕霧の妻雲居雁は太政大臣の娘であり、落葉宮は朱雀院の皇女である。柏木と仲澄の関係についてはすでに指摘があるものの、夕霧と正頼の婚姻関係の類似についてはこれまであまり重要視されてこなかった。しかしながら、この正頼と夕霧には様々な共通性が見いだされ、柏木が『伊勢物語』の世界を生きたとするなら、夕霧は『うつほ物語』の世界を模倣したといえよう。以下、特に正頼と夕霧についての注目してみたい。

二　夕霧と『うつほ物語』

『うつほ物語』の源正頼は一世の源氏でありながら、母方が藤原氏であったことから「藤原の君」と呼ばれ、源氏にもかかわらず「勧学院」の別当を務め、あまつさえ「春日詣」を行う藤原氏性の強い人物である。つまり、「源氏」でありながら「藤原氏」性を持つ人物ということになる。『うつほ物語』は複数の氏を持つ人物に政治を任せていく傾向にあり、「藤原氏」と「源氏」の二つの氏を抱える正頼と、「清原氏」と「藤原氏」の二つの氏を抱える藤原仲忠が政治の中心となる。[注7] 一方の夕霧もまた、「藤原氏」と「源氏」の二つの氏を抱えて生きる人物である。次節で詳細にみていくが、夕霧は藤原氏である左大臣家で養育され、元服もまた三条邸で行われた。源氏が須磨に退去したことや、源氏によって紫の上から距離を置かれたことなど要因は複数あるものの、夕霧は成人するまで藤原氏の子息かのように育ったのである。

また、正頼が勧学院の別当を務め、学問を奨励し、藤原季英（藤英）を重用したことは、夕霧が大学に入学し学問を修めたこととの共通性がみられよう。特に学問についての少女巻の記述は『うつほ物語』の影響が考えられ、藤英に代表されるような学者集団の滑稽さがこれでもかと描きつくされている。

・せまりたる大学の衆とて、笑ひ侮る人もよもはべらじと思うたまふる　（少女③二二）

・字つくることは、東の院にてしたまふ。東の対をしつらはれたり。上達部、殿上人、珍しくいぶかしきことにして、我も我もと集ひ参りたまへり。博士どももなかなか臆しぬべし。「憚るところなく、例あらむにまかせて、なだむることなく、厳しう行なへ」と仰せたまへば、しひてつれなく思ひなして、家より外に求めたる装束どもの、うちあはずかたくなしき姿などをも恥なく、面もち、声づかひ、むべむべしくもてなしつつ、座に着き並びたる作法よりはじめ、見も知らぬさまどもなり。若き君達は、え堪へずほほ笑まれぬ。

（少女③二三～二五）

一つ目の引用傍線部「せまりたる大学の衆」は、一族をすべて失い、貧苦にあえぎながらも学問を続ける藤英のイメージであろうし、二つ目の引用傍線部にあるような借り着で儀式に臨む博士どもは、同じく藤英がまともな衣装を持っておらず、正頼の指示で藤原元則の衣装が与えられたイメージの利用であろう。[注8]しかし、このように博士たちがどんなに滑稽に描かれたとしても、夕霧は大学に入学し学問を修め、その成果を今後の政治家としての生き方に反映させることとなる。高橋和夫氏らが指摘するように、[注9]夕霧の大学入学は結果的に今後の彼の政治活動を支える人物たちとのつながりを作るためであり、夕霧の昇進は学問に裏打ちされることで、夕霧の元服当初は彼より高位にいた藤原氏の子息たちを難なく追い越してしまうのである。

さて、正頼と夕霧の決定的な共通点がその婚姻である。この婚姻とそれにつながる子女の養育は、「源氏」にもかかわらず、まるで「藤原氏」のような摂関政治体制を領導する正頼と夕霧の共通性の基盤となる。前述の通り、正頼と夕霧は太政大臣の娘と皇女の二人を妻としている。だが、正頼が太政大臣の娘と結婚したのちに、その才能を認められて当代と同母の女一の宮に婿取られたのと、夕霧の結婚は対照的だ。雲居雁は夕霧との恋が発覚した当時は内大臣の娘であった。夕霧との結婚が冗長とも思えるくらいに引き伸ばされた結果、藤裏葉巻において夕霧と雲居雁が結婚、ほどなくして内大臣が太政大臣となる。これにより夕霧は正頼と同じく太政大臣の娘の婿となったのである。

皇女との結婚は、まず若菜上巻で夕霧は女三宮の婿候補となる。朱雀院が夕霧を諦めた理由は、すでに太政大臣の娘である雲居雁と結婚し、所生の子供が多くいたからであるが、朱雀院が最後まで夕霧を諦めてはいないあたり、『うつほ物語』の嵯峨院の姿と重なる。注10 そして柏木の死後、夕霧は未亡人となった落葉宮を周囲の反対と懸念を顧みることなく妻としてしまった。このことを夕霧は宿木巻において次のように述懐している。

右大臣も、「めづらしかりける人の御おぼえ、宿世なり。故院だに、朱雀院の御末にならせたまひて、今はとやつしたまひし際にこそ、かの母宮を得たてまつりたまひしか。我はまして、人も許さぬものを拾ひたりしや」とのたまひ出づれば、宮は、げにと思すに、恥づかしくて御答へもえしたまはず。

（宿木⑤四七五）

これは今上帝が薫を自身の女二宮に婿取った際の夕霧の発言である。落葉宮との婚姻が強引であったことを夕霧は自ら思い起こす。だが、この皇女獲得により、夕霧は六条院の女主人と劣り腹の子供を養育する高貴な女性を手に入れることに成功した。夕霧の子女のうち、「太郎君、三郎君、五郎君、六郎君、中の君、四の君、五の君」が雲居雁腹、藤内侍腹に「大君、三の君、六の君、次郎君、四郎君」がいた（諸本により異同有り）。お妃候補になる大君や三の君、後に匂宮と結婚する六の君は劣り腹であり、特に六の君は落葉宮が養育したことが明かされている。紫の上が六条院の女主人として明石の姫君を養育したように、落葉宮は六条院の女主人として六の君を養育・後見することとなるのである。正頼と夕霧の婚姻に至る経過は違っても、摂関政治体制を支えるべく女子の養育を重視し、その養育を担う二人の妻を大切にするのである。

夕霧が二人の妻を待遇する様子は次のように示される。

今后は内裏にのみさぶらひたまへば、院のうちさびしく、人少なになりにけるを、右大臣、「人の上にて、いにしへの例を見聞くにも、生ける限りの世に、心をとどめて造り占めたる人の家居の名残なくうち棄てられて、世のならひも常なく見ゆるは、いとあはれに、はかなさ知らるるを、わが世にあらむ限りだに、この院荒さず、ほとりの大路など、人影離れ果つまじう」と、思しのたまはせて、丑寅の町に、かの一条宮を渡したてまつりたまひてなむ、三条殿と、夜ごとに十五日づつ、うるはしう通ひ住みたまひける。（匂兵部卿⑤二〇）

これは次の『うつほ物語』の表現と一致する。

左のおとどは、宮・大殿、いと麗しくこそ、十五夜づつおはしつつ、子ども、いづれともなく思ひかしづき給へ。（「楼の上・上」八四五）[注11]

「まめ人」と称された夕霧であるが、その原型は「うるわしく」二所に通った正頼にあったのであり、源氏でありながらも摂関政治体制を領導する姿は、まさしく正頼の生き方の模倣であった。

『源氏物語』において、一世の源氏であった光源氏は自らのたぐいまれな才能によって左大臣―内大臣―柏木と続くはずの藤原氏の摂関政治体制を突き崩し、源氏が打ち続き立后するという異例の態勢を作り上げ政権を獲得、自身は准太上天皇という位に上った。しかしながら、その後を継ぐ夕霧は二世の源氏でもあり、父を超える位につくことは考えられない。父の作り上げた政治体制を維持するためには、藤原氏の摂関政治体制を規範とするしかない。しかし、夕霧は「源氏」である。この矛盾を解消せんがため、源正頼という物語史上の先例が物語に潜在的に持ち出されてきたのではないだろうか。

さて、ここまで考えてきたとき、問題となるのは先行物語からの引用や影響といったものは何を基準とすべきかであろう。正頼と夕霧の共通点を比較してみても、夕霧と落葉宮にまつわる『源氏物語』本文には

『うつほ物語』を直接引用した箇所は右記引用文ぐらいである。だが、我々がこの滑稽ともいえる夕霧の恋物語を読み解こうとしたとき、あるいは『源氏物語』の中に政治を読み解こうとしたとき、『うつほ物語』からの享受のありようを重ねることで、よりはっきりとした政治家夕霧の様相が浮かび上がってくるのではないだろうか。

この問題は、柏木においても同様である。柏木物語に頻出する「帝の御妻をもあやまつたぐひ」といった表現は、確かに『伊勢物語』を媒介として「昔男」の造型を思い起こすことになるが、一方でこの表現は一般化された認識と読むこともできる。とはいえ、柏木は死の直前においても密事を知る小侍従に対して「さても、おほけなき心ありて、さるまじき過ちを引き出でて、人の御名をも立て、身をもかへり見ぬたぐひ、昔の世にも無くやはありけると思ひなほすに」（柏木④二九四）と「昔の世」を引き合いに出して語り、その言葉の最後には『伊勢物語』を引用して魂を「結び留めたまへよ」と願う。夕霧と『うつほ物語』の引用関係とは対照的に柏木が『伊勢物語』の世界を取り込み、その世界を自ら生きることができたのはなぜか。それは『伊勢物語』の主人公が「男」と表記されていたからに他ならない。そもそも『伊勢物語』は「在原業平」を一貫して明らかにしていない作品であった。史上の「在原業平」ではなくひとりの「男」の物語だからこそ柏木はその世界に自らを投影することができたのであろう。

柏木については、もう一つ『伊勢物語』引用において気になる点がある。それは引用される章段の多くが物語後半部の引用であることだ。若菜上巻において、九十九段を引いて「あやなく今日はながめ暮らしはべる」とした部分をはじめ、若菜下巻では、紫の上死去の噂が流れた際に八十二段の歌（散ればこそいとど桜はめでたけれ憂き世になにか久しかるべき）の初句をうち誦じてもいる。そうした後半部分の物語摂取という視点において、六十五段の影響を読み取ることは興味深い。[注12] なぜなら六十五段は恋をする男が「在原なりける」と「在原氏」であると明かされているからだ。加えて、この章段は前半部における二条后章段の二番煎じと読めるエピソードである。流罪となっても毎夜女を恋い慕っては女のもとにやってくる「在原なりける男」の執拗さは柏木の女三の宮への執心と重なりつつ、しかし、前半部分で語られる二条后章段を統合させたがゆえに冗長で、どことなく緊張感を欠いた構成の六十五段をもって柏木が造型されているとしたら、彼は二番煎じどころか昔男のパロディのさらなるパロディを生きる存在だともいえよう。

二　父—息子の教育成果

さて、『伊勢物語』の世界を生きる柏木とまるで藤原氏出身の政治家のような夕霧はどのような教育を受けたのであろうか。特に夕霧については大学入学という教育成果が重要となってくる。まずは、その教育の過程が所々示されている夕霧から見ていきたい。

葵の上死後、夕霧は左大臣邸で養育されていた。源氏の須磨退去の直前には「若君の何心なく紛れ歩きて、これかれに馴れきこえたまふ」（須磨②一六六）と愛らしい様子が描かれ、澪標巻では、内裏や春宮に殿上童として仕えるようになっている。男子であっても、父である光源氏のもとではなく藤原氏である左大臣邸で養育されたことは、夕霧に対しての教育という意味では看過できない。その後にクローズアップされるのが元服である。

①夕霧の元服と大学入学Ⅰ

大殿腹の若君の御元服のこと思しいそぐを、二条院にてと思せど、大宮のいとゆかしげに思したるもことわりに心苦しければ、なほやがてかの殿にてせさせたてまつりたまふ。（中略）四位になしてんと思し、世人もさぞあらんと思へるを、まだいときびはなるほどを、わが心にまかせたる世にて、しかゆくりなからんもなかなか目馴れたることなりと思しとどめつ。浅葱にて殿上に還りたまふを、大宮は飽かずあさましきことと思したるぞ、ことわりにいとほしかりける。御対面ありて、このこと聞こえたまふに、「ただ今、かうあながちにしも、まだきにおひつかすまじうはべれど、思ふやうはべりて、大学の道にしばし習はさむの本意はべるにより、いま二三年をいたづらの年に思ひなして、おのづから朝廷にも仕うまつりぬべきほどにならば、今、人となりはべりなむ。みづからは、九重の中に生ひ出ではべりて、世の中のありさまも知りはべらず、夜昼御前にさぶらひて、わづかになむ、はかなき書なども習ひはべりし。ただ、かしこき御手より伝へはべりしだに、何ごとも広き心を知らぬほどは、文の才をまねぶにも、琴笛の調べにも、音たへず、及ばぬところの多くなむはべりける。はかなき親に、かしこき子のまさる例は、いと難きことになむはべれば、まして次々伝はりつつ、隔たりゆかむほどの行く先、いとうしろめたなきによりなむ、思ひたまへおきてはべる。高き家の子として、官爵心にかなひ、世の中さかりにおごりならひぬれば、学問などに身を苦しめむことは、いと遠くなむおぼゆべかめる。戯れ遊びを好みて、心のままなる官爵にのぼりぬれば、時に従ふ世人の、下には鼻まじろきをしつつ、追従し、気色とりつつ従ふほどは、おのづから人とおぼえて、やむごとなきやうなれど、時移り、さるべき人に立ちおくれて、世おとろふる末には、人に軽め侮らるるに、かかりどころなきことになむはべる。なほ、才をもととしてこそ、大和魂の世に用ゐらるる方も強うはべらめ。さしあたりては、心もとなきやうにはべれども、つひの世の重しとなるべき心おきてを習ひなば、はべらずなりなむ後も、うしろやすかるべきによりなむ。ただ今は、はかばかしからずながらも、かくてはぐくみはべらば、せまりたる大学の衆とて、笑ひ侮る人もよもはべらじと思うたまふる」

（少女③二〇～二一）

②夕霧の元服と大学入学Ⅱ

字つくることは、東の院にてしたまふ。東の対をしつらはれたり。上達部、殿上人、めづらしくいぶかしきことにして、我も我もと集ひ参りたまへり。博士どももなかなか臆しぬべし。

（少女③二三）

③寮試の予行

今は寮試受けさせむとて、まづ我が御前にて試みさせたまふ。例の大将、左大弁、式部大輔、左中弁などばかりして、御師の大内記を召して、史記の難き巻々、寮試受けんに、博士のかへさふべきふしぶしを引き出でて、ひとわたり読ませたてまつりたまふに、至らぬ隈もなくかたがたに通はし読みたまへるさま、爪じるし残らず、あさましきまでありがたければ、さるべきにこそおはしけれと、誰も誰も涙落としたまふ。大将は、まして「故大臣おはせましかば」と聞こえ出でて、泣きたまふ。

（少女③二八～二九）

④寮試に及第

大学に参りたまふ日は、寮門に上達部の御車ども数知らず集ひたり。おほかた世に残りたるあらじと見えたるに、またなくもてかしづかれて、つくろはれ入りたまへる冠者の君の御さま、げに、かかる交じらひにはたへずあてにうつくしげなり。（中略）昔おぼえて大学の栄ゆるころなれば、上中下の人、我も我もとこの道に心ざし集まれば、いよいよ世の中に、才ありはかばかしき人多くなむありける。文人・擬生などいふなることどもよりうちはじめ、すがすがしう果てたまへれば、ひとへに心に入れて、師も弟子もいとどはげみましたまふ。殿にも文作りしげく、博士、才人ども所得たり。すべて何ごとにつけても、道々の人の才のほど現はるる世になむありける。

（少女③二九～三〇）

⑤雲居雁との結婚直前、内大臣に評価される夕霧。

大臣、御座ひきつくろはせなどしたまふ御用意、おろかならず。御冠などしたまひて、出でたまふとて、北の方、若き女房などに、「のぞきて見たまへ。いと警策にねびまさる人なり。用意などいと静かにものものしや。あざやかに、抜け出でおよすけたる方は、父大臣にもまさりざまにこそあめれ。かれは、ただいと切になまめかしう愛敬づきて、見るに笑ましく、世の中忘るる心地ぞしたまふ。公ざまは、すこしたはれて、あざれたる方なりし、ことわりぞかし。これは、才の際もまさり、心もちゐ男々しく、すくよかに足らひたりと、世におぼえためり」などのたまひてぞ対面したまふ。

（藤裏葉③四三六～四三七）

明石から帰京し、元服するにふさわしい年齢になった夕霧の処遇を考えた源氏が、元服と同時に大学入学、そして官位は六位という一見厳しく思われる教育を施す。この処置は夕霧を甘やかしてしまう大宮のもとから引き離すためであると同時に、藤原氏によって養育されていた夕霧を、光源氏の息子として据え直す意味がある。元服は大宮に配慮し三条邸で執り行うも、字をつける儀式を二条東院で行ったことは夕霧を源氏の子息であると改めて公に広める場であったと読みたい。この儀式が二条院ではなかったことに夕霧の浮遊性を説く論もあるが[注13]、二条院に紫の上がいる以上、二条院での元服は難しかったのではないか。しかし、父方の邸で新しい名ともいえる「字」を付ける儀式が行われたことは意味深い。興味本位とはいえ、この儀式に引用②の傍線部にあるように上達部や殿上人たちが珍しい儀式を見るために集ったというのは、夕霧にまつわる世界を考えた時にもう一度注目する必要があるだろう。

⑤は雲居雁との結婚が許される藤の宴において、内大臣から夕霧が父光源氏と比較されている場面である。内大臣の視点から、源氏は政治の実務能力には欠けたところがあり、それは皇子として生まれたゆえに仕方がないとしつつ、これから婿となるべき夕霧は学才優れ、政治的な能力も申し分ないことが評価されている。ここでの夕霧の「男々しく」や「すくよか」といった評価は、実は内大臣自身がそのように評価されている人物であった。こうした共通する表現によって内大臣と夕霧の類似は指摘があるところだが[注14]、この夕霧の漢才に優れ、政治的な能力を兼ね備えているのは、①〜④に示したような源氏による教育の成果であった。引用①の傍線部内にある「才をもととしてこそ、大和魂の世に用ゐらるる方も強うはべらめ。」という源氏の教育方針が結実したのである。

では、源氏のこの教育方針は何をもととしているのだろうか。源氏自身が大宮に語る、自身の経験による理由以外に、夕霧と内大臣の共通性を踏まえたとき、おのずと出てくる答えは、源氏は夕霧を内大臣のような政治家にしようとしたのではないか、ということである。内大臣がどのような性格や政治能力を持っていたのか、少女巻や野分巻に次のような評価がある。

・大臣、太政大臣に上がりたまひて、大将、内大臣になりたまひぬ。世の中のことどもまつりごちたまふべく譲りきこえたまふ。人柄いとすくよかに、きらきらしくて、心もちゐなどもかしこくものしたまふ。学問をたててしたまひければ、韻塞には負けたまひしかど、公事にかしこくなむ。

（少女③三一〜三二）

・「…内大臣は、こまかにしもあるまじうこそ、愁へたまひしか。人柄あやしうはなやかに、男々しき方によりて、親などの御孝をも、いかめしきさまをばたてて、人にも見おどろかさむの心あり、まことにしみて深きところはなき人になむものせられける。さるは、心の隈多く、いと賢き人の、末の世にあまるまで才たぐひなく、うるさながら、人として、かく難なきことは難かりける」などのたまふ。
（野分③二七二）

「すくよか」「男々しき」といった共通語句はもとより、注意したいのは内大臣もまた「学問をたてて」行った人物であり、それゆえに「かしこき人」で「才」はたぐいなく、「公事」つまり政治の実務に長けた人物であったのである。前節で確認したように、二世の源氏である夕霧は父を超える地位につくことは難しく、父の築いた摂関政治的体制を支えるべき人物とならなければならなかった。つまり、源氏が夕霧に学問を奨励したのは、臣下として政治を支えていく藤原氏の男子、より限定的にいえば内大臣のような人物にさせるためだったといえよう。二人の共通性は最初から付与されていたものではなく、夕霧への教育の結果、導き出されたものと理解できる。

では、一方の柏木はどうであろうか。柏木については物語前半においてその姿が見えないことについて、母方である右大臣邸で養育されたことが想定されている。[注15]だが、柏木と内大臣の共通性から、内大臣が柏木に施したであろう教育を透かしみると、内大臣・柏木父子が共通して名手とされる和琴が浮かび上がる。これには源氏―琴の琴・内大臣―和琴という対立軸があるが、[注16]父子が和琴の名手であることは源氏の認めるところでもある。

・「…ただ今はこの内大臣になずらふ人なしかし。ただはかなき同じすが掻きの音に、よろづの物の音籠り通ひて、いふ方もなくこそ響きのぼれ」

（常夏③二三〇）

・頭中将、心づかひして出だしたてがたうす。「遅し」とあれば、弁少将、拍子打ち出でて、忍びやかに歌ふ声、鈴虫にまがひたり。二返りばかり歌はせたまひて、御琴は中将に譲らせたまひつ。げに、かの父大臣の御爪音に、をさをさ劣らず、はなやかにおもしろし。

（篝火③二五八～二五九）

・とりどりにたてまつる中に、和琴は、かの大臣の第一に秘したまひける御琴なり。さるものの上手の、心をとどめて弾き馴らしたまへる音、いと並びなきを、異人は搔きたてにくくしたまへば、衛門督の固く否ぶるを責めたまへば、げにいとおもしろく、をさをさ劣るまじく弾く。「何ごとも、上手の嗣といひながら、かくしもえ継がぬわざぞかし」と、心にくくあはれに人びと思す。（中略）父大臣は、琴の緒もいと緩に張りて、いたう下して調べ、響き多く合はせてぞ搔き鳴らしたまふ。これは、いとわららかに昇る音の、なつかしく愛敬づきたるを、「いとかうしもは聞こえざりしを」と、親王たちも驚きたまふ。

（若菜上④五九～六〇）

右の引用、常夏巻では玉鬘と和琴について語る源氏が、内大臣を和琴の名手として並ぶ人物がいないと評し、次の篝火巻では、柏木が父内大臣に劣らない演奏であると認められている。一方、最後の若菜上巻での玉鬘主催の光源氏四十賀での演奏はより具体的に父子の演奏の素晴らしさが表現されている。内大臣家の音楽をつかさどる楽器としての和琴。それが父内大臣から柏木へあたかも相承されているかのようである。しかも、このどの場にも玉鬘が関わり、その玉鬘もまた和琴を習得しようとしていたのであるから、和琴は内大臣家の血統をイメージさせる楽器であることははっきりしている。

音楽の相承ということを考えてみると、源氏は父桐壺院から琴を習ったことが明かされていた。絵合巻に展開された才芸論を見てみたい。

「…院の御前にて、親王たち、内親王、いづれかは、さまざまとりどりの才習はさせたまはざりけむ。その中にも、とりたてたる御心に入れて、伝へ受けとらせたまへるかひありて、文才をばさるものにて言はず、さらぬことの中には、琴弾かせたまふことなむ一の才にて、次には横笛、琵琶、箏の琴をなむ、次々に習ひたまへると、…」と、（中略）書司の御琴召し出でて、和琴、権中納言賜はりたまふ。さはいへど、人にまさりてかきたてたまへり。親王、箏の御琴、大臣、琴、琵琶は少将の命婦仕うまつる。上人の中にすぐれたるを召して、拍子賜はす。いみじうおもしろし。（絵合②三九〇〜三九一）

蛍兵部卿宮が語る桐壺院の教育方針の中で、光源氏の「一の才」として琴の琴が挙げられている。桐壺院から源氏へ、内大臣から柏木へ、楽器は異なるも共に父から子へ音楽が相伝される。それは音楽を通しての教育であった。

桐壺院の教育方針については、そもそもこの絵合巻の引用の直前に次のようなことが源氏によって述べられていた。

「いはけなきほどより、学問に心を入れてはべりしに、すこしも才などつきぬべくや御覧じけむ、院ののたまはせしやう、才学といふもの、世にいと重くするものなればにやあらむ、いたう進みぬる人の、命、幸ひと並びぬるは、いとかたきものになむ。品高く生まれ、さらでも人に劣るまじきほどにて、あながちにこの道な深く習ひそと諫めさせたまひて、本才の方々のもの教へさせたまひしに、つたなきこともなく、またとりたててこのことと心得ることもはべらざりき。…」（絵合②三八八〜三八九）

熱心に学問をする源氏を桐壺院は諫め、ゆえに源氏は絵画や音楽といった才能を伸ばすことになったとある。これは帝の息子として生まれた源氏だからこその教育方針であるが、これを源氏自らが意識して述べていることは重要であろう。さらに、同じような学問へ熱中することへの批判は内大臣も口にしている。

「こなたに」とて、御几帳隔てて入れたてまつりたまへり。「をさをさ対面もえ賜はらぬかな。などかく、この御学問のあながちならむ。才のほどよりあまりぬるもあぢきなきわざと、大臣も思し知れることなるを、かくおきてきこえたまふ、やうあらむとは思ひたまへながら、かう籠りおはすることなむ、心苦しうはべる」と聞こえたまひて、「時々はことわざしたまへ。笛の音にも古事は伝はるものなり」とて、御笛奉りたまふ。いと若うをかしげなる音に吹きたてて、いみじうおもしろければ、御琴どもをばしばしとどめて、大臣、拍子おどろおどろしからずうち鳴らしたまひて、「萩が花摺り」など歌ひたまふ。（少女③三七～三八）

傍線部にあるように、内大臣は夕霧に学問への熱中を諌め、その代わりに音楽を勧めるのである。

さて、ここまでの考察をふまえると、源氏と内大臣がそれぞれの息子に対して対照的な教育を施していることが見えてくる。源氏は自らの体験をもとに、夕霧には藤原氏の嫡男のように学問をもとにした教育を、一方の内大臣は、まるで桐壺院・源氏の関係のように、音楽を相承する教育を施したのである。内大臣自らは学問に熱心であったにもかかわらず、柏木にはその片鱗がない。夕霧元服の際に大宮が「この幼心地にも、いと口惜しく、大将、左衛門督の子どもなどを、我よりは下﨟と思ひおとしたりしだに、皆おのおの加階し昇りつつ、およすけあへるに、浅葱をいとからしと思はれたるが、心苦しくはべるなり。」（少女③二三）と述べていたように、柏木は何の苦労もなく蔭位制のもとに加階・昇進していた。だが結局第二部において柏木は学問に裏打ちされた夕霧によって先に昇進されてしまうのである[注17]

以上、源氏・夕霧、内大臣・柏木という二組の父子の教育方針とその成果を見てきた。内大臣の柏木に対する教育は、あくまでもその成果としての音楽相承の面から推測できるにすぎないが、内大臣自身が学問を身に付けていたのに対して、柏木にそうした意識がほとんど描かれていないこと、父子の共通性を強調するのが音楽であることを考慮に入れれば、二組の父子の対照的な教育方針は垣間見られるのではないだろうか。おそらくこれは、父親側の問題が大きい。それぞれが息子に身に付けさせたのは、ライバルと目する相手の得意分野であるからだ。夕霧に学問、柏木に音楽というまるで父子関係がクロスするかのような教育成果は、それぞれの父親たちのコンプレックスの現れと見ることもできよう。そして、その教育成果は柏木による女三宮密通というあやにくな結果を導きだすこととなる。[注18]しかしながら、ここで透かし見えてきた二人の問題は「血統」を考えるうえで重要となる。『源氏物語』の血統は楽器によって象徴されるからである。次節ではこの血統と楽器の問題を横笛・鈴虫巻と関わらせながら見ていきたい。

三　血統と音楽、そして容貌の類似

柏木の笛をめぐって、小嶋菜温子氏は「音の伝えは、血の伝えであった。笛に、暗い血の幻想が形象される。」と述べられる。[注19]横笛巻において、一条御息所より渡された横笛は柏木が亡霊となって夕霧の夢に出ることで源氏の手を経て、薫まで相伝されていく。音楽相承のあり方は先行する『うつほ物語』に顕著であるが、その裏に血統の問題があることに、俊蔭、俊蔭の娘、仲忠、いぬ宮と続く琴の琴相承の系譜が下敷きにされていることは確かであろう。しかしながら、ここでの相承は演奏方法の相承ではなく「楽器」の相伝であった。実際に宿木巻において「笛は、かの夢に伝へしいにしへの形見のを、またなき物の音なりとめでさせたまひければ、この折のきよらより、またはいつかは映え映えしきついでのあらむと思して、取う出でたまへるなめり。」（宿木⑤四八一～四八二）と、薫は確かに柏木伝来の笛を継承している。しかし、楽器を伝えることと音楽が相承されることは必ずしも一致しないはずだ。にもかかわらず、次の引用文のように、第三部においては薫の演奏する和琴の音は内大臣家の音に似通うと玉鬘に指摘され、笛の音もまた内大臣家の音に似ると八の宮に指摘されることとなる。

・内より和琴さし出でたり。かたみに譲りて、手触れぬに、侍従の君して、尚侍の殿、「故致仕の大臣の御爪音になむ通ひたまへると聞きわたるを、まめやかにゆかしくなむ。今宵は、なほ鶯にも誘はれたまへ」と、（中略）「常に見たてまつり睦びざりし親なれど、世におはせずなりにきと思ふに、いと心細きに、はかなきことのついでにも思ひ出でたてまつるに、いとなむあはれなる。おほかた、この君は、あやしう故大納言の御ありさまに、いとようおぼえ、琴の音など、ただそれとこそ、おぼえつれ」とて泣きたまふも、古めいたまふしるしの涙もろさにや。（竹河⑤七一～七二）

・「笛をいとをかしうも吹きとほしたなるかな。誰ならむ。昔の六条院の御笛の音聞きしは、いとをかしげに愛敬づきたる音にこそ吹きたまひしか。これは澄みのぼりて、ことことしき気の添ひたるは、致仕大臣の御族の笛の音にこそ似たなれ」など独りごちおはす。（椎本⑤一七一）

いったい、物語は音楽の「音」をどのようにとらえているのだろうか。横笛巻において、夕霧が柏木遺愛の和琴を弾く際に次のように述べる。

故君の常に弾きたまひし琴なりけり。をかしき手一つなど、すこし弾きたまひて、「あはれ、いとめづ

らかなる音に掻き鳴らしたまひしはや。この御琴にも籠もりてはべらむかし。承りあらはしてしがな」（横笛④三五三）

夕霧は傍線部にあるように亡き人の演奏が琴に籠っているというのである。これを受けて一条御息所は、「かれ、なほさらば、声に伝はることもやと、聞きわくばかり鳴らさせたまへ。ものむつかしう思うたまへ沈める耳をだに、明きらめはべらむ」（横笛④三五四）と、確かに音色に故人の演奏が伝わることもあるだろうから、それをはっきりさせるためにも演奏してほしいと要請している。楽器には演奏していた人の音色が残っている可能性があることを夕霧と一条御息所の会話は示している。この発想は第三部に入り、八の宮が薫の横笛演奏を聴いたとき、「致仕大臣の御族の笛の音」に似ていると表現したこととつながってくる。楽器が相伝されることは、就中その楽器を演奏していた人物の演奏が相承されることにもつながることを、横笛巻の二人の会話は示しているのである。柏木が夕霧の夢に出てきてまで笛の行く先を懸念したのは、血のつながった実子への相伝を願ったからである。笛の相伝と演奏技術の相承は絡み合いながら物語を紡ぎだしている。つまり、『源氏物語』においても、『うつほ物語』の俊蔭一族のように音楽が血統によって相承されるという認識が底流していたこととなる。

そもそも、内大臣家の血統が薫に続いていることは物語世界においては秘匿されており、一部の関係者と読者を除いては知るはずもない秘密であった。[注20] その秘匿された血統が音楽の音色によって暴かれようとする所に『源氏物語』の独自性があるわけだが、そもそもそれは音楽の相承は血統をもってするという物語史的な流れの上に立脚しているといえる。[注21]

こうした血統意識は、横笛・鈴虫両巻においては別の形で現れる。それは容貌の類似である。横笛巻においては薫をみつめる源氏と夕霧二人の認識において確認され、鈴虫巻では冷泉帝と源氏の容貌の類似が改めて物語に示されている。まずは薫について見ていきたい。薫の容貌が描かれるのは次の場面である。

・源氏から見た薫①

この君、いとあてなるに添へて、愛敬づき、まみのかをりて笑がちなるなどを、いとあはれと見たまふ。思ひなしにや、なほいとようおぼえたりかし。（中略）いと何心なう物語して笑ひたまへるまみ、口つきのうつくしきも、心知らざらむ人はいかがあらむ。なほいとよく似通ひたりけりと見たまふに

（柏木④三二三）

・源氏から見た薫②

頭は露草してことさらに色どりたらむ心地して、口つきうつくしうにほひ、まみのびらかに、恥づかしう薫りたるなどは、なほいとよく思ひ出でらるれど、かれは、いとかやうに際離れたるきよらはなかりしものを、いかでかからむ。宮にも似たてまつらず、今より気高くものものしう、さま異に見えたまへるけしきなどは、わが御鏡の影にも似げなからず見なされたまふ。

（横笛④三四九）

・夕霧から見た薫

二藍の直衣の限りを着て、いみじう白う光りうつくしきこと、皇子たちよりもこまかにをかしげにて、つぶつぶときよらなり。なま目とまる心も添ひて見ればにや、眼居など、これは今すこし強うかどあるさままさりたれど、眼尻のとぢめをかしうかをれるけしきなど、いとよくおぼえたまへり。口つきの、ことさらにはなやかなるさまして、うち笑みたるなど、わが目のうちつけなるにやあらむ、大殿はかならず思し寄すらむと、いよいよ御けしきゆかし。

（横笛④三六四〜三六五）

以上のように、源氏からも夕霧からも薫は柏木と「似ている」ように見られている。しかし、源氏は②にあるように、一方で薫を自分に似ていなくもないと見ている。「似ている」ということが見る側の意識によって左右されることを示しながらも、薫の秘匿された血統が容貌の相似によって暴かれていくかもしれない危険性と、それを回避したいと願う源氏の想いがここから読み取れよう。

それに対して、冷泉院と源氏の容貌の相似は、地の文によって示される。

ねびととのひたまへる御容貌、いよいよ異ものならず。いみじき御盛りの世を、御心と思し捨てて、静かなる御ありさまに、あはれ少なからず。（鈴虫④三八六）

第一部においても二人の相似は述べられており、[注22] 二人が兄弟であることが似ていてもおかしくない状況を作りだす。とはいえ、なぜここにおいて再び二人の容貌の相似が示されたのだろうか。さらに、鈴虫巻の巻末近くには、「春宮の女御の御ありさま、並びなく、いつきたてたまへるかひがひしさも、大将のまたいと人に異なる御さまをも、いづれとなくめやすしと思すに、なほ、この冷泉院を思ひきこえたまふ御心ざしは、すぐれて深くあはれにぞおぼえたまふ。」（鈴虫④三九〇）と自身の子供たちの中でも特に冷泉院に源氏の意識が向かっている。物語はすでに密通の結果生まれ、自らの血統を秘匿しなければならない二人の子（冷泉帝と薫）を描いている。容貌の相似は隠された血統が表面化する可能性があるものとして危険視されながら、結局は源氏と冷泉院の血統の問題は表面的な系譜上兄弟であることによって問題化されることはなかった。鈴虫巻のこの唐突な源氏と冷泉院の容貌相似の指摘や二人の関係の描写は、柏木と薫の容貌の相似もまた、源氏が危惧するほどには問題にならないことを示唆していると同時に、実父の息子への思いの強さの再確認に他ならない。横笛巻で源氏が笛の由来を語りながらその笛を預かるのも、亡き柏木の残した横笛に自身と同じ息子を思う強い気持ちを見たからでもある。

薫をみつめる源氏と夕霧は、薫を媒介とすることで柏木を想起せずにはいられない。血統が秘匿されたがゆえにその父を思わざるを得ないのであり、密事の真相を想像するのみの夕霧からすれば、前掲の引用文のように薫が柏木に似ていることを源氏もまた気づいているだろうと推測し、より一層真相を知りたく思うのである。結局宇治十帖においても、薫の秘匿された血統は世間から暴かれることはない。六条院の息子として当代の皇女の婿となり、摂関政治的体制を盤石に継承した兄夕霧にも大切にされる姿は、宇治十帖での薫の一側面である。物語は容貌の類似によって血統が暴かれるのではなく、その音楽という才芸の資質によって顕在化することを示している。

おわりに――物語における政治体制と血統――

さて、ここまで論じてきた先行物語享受と物語の描く教育の問題が行き着く先は、物語に底流する政治権力といえよう。宇治十帖における薫の栄華が可能であったのは、源氏が夕霧の教育を通してあたかも摂関家のような体制を築き上げていたからに他ならない。『源氏物語』に描かれる藤原氏において、歴史的な藤原氏の摂関体制と類似する体制を敷くのは弘徽殿大后の父右大臣ぐらいである。その右大臣も娘を国母にはしたが中宮にすることはかなわなかった。対する左大臣は大宮を得ることによって桐壺帝と連携する政治戦略を執ったのであろうが、右大臣の娘と婚姻関係を結んだ子息内大臣は、よりはっきりと冷泉帝後宮における摂関政治体制を築き上げようとした。だが、それは秋好中宮を擁した源氏によって阻まれる。そのような政治状況の中で右大臣と左大臣どちらの血統も引き継いだ柏木は藤原氏の嫡男として祖父や父の成せなかった体制を築き上げるべく育てられたはずであった。

しかし、柏木には源氏のような才芸的能力を引き出すべく和琴の相承に焦点が当てられ、一方で夕霧は左大臣の血統を担いつつも新たに父源氏により学問への道が用意されることで政治の実務能力を身につけることとなった。[注23] 次代を担う嫡男同士が全く異なる教育を受けることで政治権力とどのように関わることになったか、一見して政治性の薄い柏木・横笛両巻での二人の様相が示していよう。それは、恋に生きることを選択した柏木は死に向かい、友人の死を受けることで夕霧は自家の繁栄につながる可能性を持つ女性を手に入れることになる。そもそも柏木の死自体が藤原氏の嫡男の死であり、源氏・夕霧父子にとって「源氏」が政治を領導するに都合の良い状況が生まれることとなってしまったのである。

柏木に特徴的なこととして「皇女ならずば得じ」という結婚意識があり、それが女二宮と女三宮姉妹を巻き込む。だが、物語を振り返ってみれば、玉鬘十帖において柏木も当時太政大臣であった源氏の娘（玉鬘）に求婚しており、それが柏木像の一貫しない理由とされている。しかし第二部において柏木が皇女を妻にしたいと強く願うのは、もはや太政大臣の娘を妻とする可能性がほとんど皆無だからである。柏木も夕霧もその婚姻は政治権力と無関係ではいられず、二人の差異はその婚姻関係の構築方法の違いともいえよう。そして、その違いにこそ先行物語引用が影響しているのである。夕霧は源氏の作り上げた政治システムを着実に継承すべく、『うつほ物語』の正頼のように太政大臣の娘のみではなく皇女を妻とすべく動き出す。柏木の死と夕霧の行動は二人の間の落葉宮の存在によって相互に関わりあっているのである。

そして、改めて鈴虫巻を読み返してみれば、再び未婚時代の安寧を取り戻したかのような女三宮が描かれ、源氏は正編世界で描かれる最後の遊宴で琴の琴を弾き、冷泉院と共に詩歌の宴を楽しむ。源氏から冷泉院へと続く血統は隠ぺいされたまま終わり、政治権力は夕霧に継承されつつも、桐壺院から相承された琴の琴は男子には受け継がれることがない。若菜下巻の女楽において源氏が自分の琴の演奏を相伝する人物がいないと嘆いたことが思い起こされよう。だがしかし、冷泉院との最後の宴の場面に楽器演奏はなく詩歌の宴であったことは、音楽により血統を暴き出されてしまうことの回避でもあった。物語は音楽と血統の関係性について一貫しているのである。

以上、柏木と夕霧をめぐる血統の問題を先行物語引用との関わりから考察してきた。「藤原氏」の嫡男の座を自らの恋によって放棄してしまった柏木と、物語のあらまほしき「源氏」の政治家たる夕霧。そして、血統は隠ぺいされたままの冷泉院。柏木・横笛・鈴虫の三巻を通して物語は源氏が次世代に受け継がせたものと受け継がせなかったものの峻別をはかるようでもある。本稿では血統について考察するあまり、「性差」の部分への考察を十分に行うことができなかった。政治と恋にうごめく男たちの横で、女三宮や落葉宮、そして紫の上たちは何を見つめていたのか、今後の課題としたい。

注

1　『竹取物語』引用は、高田祐彦「身のはての想像力」、「古今・竹取から源氏物語へ」(『源氏物語の文学史』東京大学出版会、二〇〇三年)、小嶋菜温子「月をめぐって――横笛・鈴虫巻――」(『源氏物語講座三　光る君の物語』勉誠社、一九九二年)、三枝秀彰「「かひなきあはれ」――竹取による柏木の造型」(『源氏物語の時空』笠間書院、一九九七年)、井野葉子「竹取引用群」(『源氏物語　宇治の言の葉』森話社、二〇一一年)等。柏木と『伊勢物語』引用は、野村精一「源氏物語の人間像・

Ⅲ柏木」（『源氏物語の創造』桜楓社、一九六九年）、石田穣二「柏木の巻について」（『源氏物語講座』四、有精堂、一九七一年）、高橋亨「源氏物語の〈ことば〉と〈思想〉」（『源氏物語の対位法』東京大学出版会、一九八二年）、今井久代「柏木物語の「女」と男たち——業平幻想の解体と柏木の死」（『源氏物語構造論——作中人物の動態をめぐって』風間書房、二〇〇一年）など。夕霧と『伊勢物語』引用は、阿部好臣「夕霧の恋——システム破壊の視座」（『源氏物語組成論』一、笠間書院、二〇一一年）、藤原克己「幼な恋と学問——少女巻——」（『源氏物語講座三　光る君の物語』勉誠社、一九九二年）、大井田晴彦「夕霧と雲居雁の恋——「少女」から「藤裏葉」まで」（『源氏物語の鑑賞と基礎知識』三一、至文堂、二〇〇三年）等。柏木と『うつほ物語』引用は、渕江文也「柏木の不審」（『源氏物語の思想』桜楓社、一九八三年）、石川徹「うつほ物語の人間像——源氏物語との比較を中心に——」（『宇津保物語論集』古典文庫、一九七三年）、河内山清彦「柏木像の形成——『宇津保物語』の懸想人の中から——」（『古代文化』一九七六年七月）、高橋亨「源氏物語の内なる物語史」（『源氏物語の対位法』東京大学出版会、一九八二年）、立石和弘「恋死と一体化願望——『伊勢物語』と仲澄・柏木」（『物語文学論究』十二、二〇〇七年三月）など。夕霧と『うつほ物語』引用は、前掲、藤原克己「幼な恋と学問——少女巻——」（『源氏物語講座三　光る君の物語』勉誠社、一九九二年）、菊池真「学生貴族の恋物語」（『論叢源氏物語2　歴史との往還』新典社、二〇〇〇年）等。

2　注1参照。

3　前掲注1今井論。神田龍身「『源氏物語』第二部論序章——編年的時間認識と書くことの論理の擡頭」（『国語と国文学』二〇〇九年五月）

4　前掲注1、阿部論と藤原論に詳しい。

5　『源氏物語』の引用は新編日本古典文学全集（小学館）により、巻名・巻数・頁数を付した。

6　前掲注1立石論に詳しい。

7　拙稿「政治権力論」（『うつほ物語大事典』勉誠出版、二〇一三年）

8　全体的に『源氏物語』は『うつほ物語』の影響下にありながらも、それをはっきりと示さず、『うつほ物語』引用を隠蔽するかのようにイメージを利用することが多い。

9　高橋和夫「乙女——その構造的把握——」（『源氏物語講座』三、有精堂、一九七一年）、高橋氏を受けて、野口元大「少女巻――夕霧元服と光源氏の教育観」（『講座源氏物語の世界』第五集、有斐閣、一九八一年）でも指摘されている。源氏による夕霧への教育の問題について、より詳細に論じたものに熊谷義隆「少女巻から藤裏葉巻の光源氏と夕霧――野分巻の垣間見、そして描かれざる親の意思――」（『源氏物語の展望』第一輯、三弥井書店、二〇〇七年）がある。夕霧の大学入学と政治の関係については、塚原明弘「「天の下の有職」夕霧――大学入学と文章経国をめぐって」（『王朝文学史稿』二一、一九九六年三月）、「光源氏の摂政辞退と夕霧の大学入学――「澪標」巻と「少女」巻の政治的背景」（『源氏物語の鑑賞と基礎知識』二七、至文堂　二〇〇三年）、松岡智之「冷泉朝の光源氏――秋好立后と夕霧大学入学――」（『むらさき』第三四輯、一九九七年十二月）等に指摘がある。

10　拙稿「物語における皇女の〈結婚〉――『うつほ物語』『源氏物語』をめぐって――」（『むらさき』第五〇輯、二〇一三年十二月）

11　『うつほ物語』の引用は、室城秀之『うつほ物語　全』改訂版（おうふう、二〇〇一年）により、巻名と頁数を付した。

12　物語研究会二〇一四年五月例会での竹田由花子氏の口頭発表「柏木物語における『伊勢物語』の影響――六十五段を中心とした考察――」による。なお、第六十五段の『源氏物語』への影響は、石川徹「伊勢物語の発展としての源氏物語の主想」（『古代小説史稿――源氏物語と其前後』刀江書院、一九五八年）等に源氏と藤壺の密通事件と重なるという指摘があり、池田和臣「源氏物語の人間造型と伊勢物語」（『むらさき』第二十五輯、一九八八年七月）においても、藤壺以外の他の女君への造型の基底にあることが述べられている。しかし、六十五段における「身もいたづらになりぬべければ、つひに亡びぬべし」という男の懸念はむしろ女三宮との密通後の柏木の発言や心内に頻出し、六十五段と柏木物語との影響関係を認めないわけにはいかない。

13　森野正弘「組織化される夕霧の浮遊性」（『源氏物語の鑑賞と基礎知識』二七、至文堂、二〇〇三年）

14　田坂憲二「頭中将」（『源氏物語事典』大和書房、二〇〇二年）、前掲注1の大井田論、吉村悠子「夕霧の家と筋」（『人物で読む源氏物語』十六、勉誠出版　二〇〇六年）等に指摘がある。

15　坂本和子「『源氏物語』に於ける家と系譜」（『國學院大學日本文化研究所紀要』三九、一九七七年）、今井久代「柏木物語の「身」と「心」」（『源氏物語構造論――作中人物の動態をめぐって』風間書房、二〇〇一年）

16　森野正弘「頭中将と和琴／光源氏と琴の琴」（『中古文学』第五十五号、一九九五年）。なお『源氏物語』における音楽の伝承やその系譜については、廣田收「『源氏物語』における音楽と系譜」（『源氏物語の探求』第十三輯、風間書房、一九八八年）に整理されている。

17 もちろん、夕霧もまた音楽的才能に欠けていたわけではない。少女巻での横笛演奏は「をかしげなる音」と評されているし、初音巻の男踏歌では、その歌声を源氏によって評価され、「「…中将などをば、すくすくしき朝廷人にしなしてむとなむ思ひおきてし、みづからのいとあざればみたるかたくなしさを、もて離れよと思ひしかども、なほ下にはほの好きたる筋の心をこそとどむべかめれ。もてしづめ、すくよかなるうはべばかりは、うるさかめり」など、いとうつくしと思したり。」（初音③一五九～一六〇）と、学問をして官僚にふさわしい教育をしておきながらも風流な面は必要であることが確認されている。

18 高橋亨「可能態の物語の構造——六条院物語の反世界——」（『源氏物語の対位法』東京大学出版会、一九八二年）に述べられているように、夕霧が紫の上と密通して子供が生まれるという可能態の物語は現実化せず、柏木がその役割を担ったことに、このクロスした教育成果は無関係ではあるまい。

19 小嶋菜温子「月をめぐって——横笛・鈴虫巻——」（『源氏物語講座三　光る君の物語』勉誠社、一九九二年）。小嶋氏を受けて浅尾広良「柏木遺愛の笛とその相承」（『むらさき』第二十五、一九八八年七月）は、横笛の相承に見える柏木の遺志は、「前代の音を体現する伝承者の恢復を期待したもの」であり、薫が前代を繋ぎとめる才芸を獲得したと述べられている。

20 前掲注16廣田氏も「楽器の演奏において系譜は顕在化する。系図には見えない系譜が滲み出ている。それこそが物語りが語ってやまないものである。」と指摘されている。

21 楽器や演奏法の伝授についての『うつほ物語』と『源氏物語』の関係についてすでに様々に考察があるが、ここでは血統が音楽に直結するという概念が二つの物語に共通していることを重視したい。『うつほ物語』においても、単に血統での伝授が描かれるわけではなく、多様な伝授の在り方が描かれており、また『源氏物語』においても明石一族の音楽相承の様相は内大臣家の相承の論理と重なるわけでもない。両物語の音楽は多様でありつつも、音楽が教え習うという伝授の方法を持つこと、その教授に血統が絡むことが共通している。

22 例えば澪標巻において「十一になりたまへど、ほどより大きに、おとなしうきよらにて、ただ源氏の大納言の御顔を二つに写したらむやうに見えたまふ。（中略）母宮、いみじうかたはらいたきことに、あいなく御心を尽くしたまふ。」（澪

23　標②二八一～二八二）と、その容貌の相似が示されるも、藤壺の懸念が同時に示されている。また、藤裏葉巻では夕霧を加えて「御容貌いよいよねびととのほりたまひて、ただ一つものと見えさせたまふを、中納言さぶらひたまふが、ことごとならぬこそめざましかめれ。」（藤裏葉③四六二）とある。

田中隆昭「夕霧物語の主題」（『源氏物語研究集成』第二巻、風間書房、一九九九年）には、「夕霧は左大臣家の実質的な後継者ということになり、藤原氏と対立する源氏の若きエースという見方はできないであろう。」との指摘があり、内大臣と夕霧の学問をもととした政治スタイルについても述べられている。本稿では、夕霧に「藤原氏」と「源氏」という二つの血統を持つがゆえの政治性を重視しており、少女巻の大学入学はそれまで藤原氏の後継者のようであった夕霧を改めて源氏の後継者でもあることを明確にするためのものと位置付けている。

勝亦 志織（かつまた しおり）　中京大学専任講師。専攻は中古・中世の物語文学。著書に『物語の〈皇女〉――もうひとつの王朝物語史』（笠間書院、二〇一〇年）。

解釈行為の政治学
―夕霧―

稲垣　智花

はじめに―一世源氏の子、夕霧―

宿曜に「御子三人、帝、后かならず並びて生まれたまふべし。中の劣りは太政大臣にて位を極むべし」と勘へ申したりしこと、さしてかなふなめり。[注1]
（澪標二〇二）

〈澪標〉巻、明石の君に女の子が生まれた、という知らせを聞いた光源氏は、かつて宿曜の占いで示された予言を思い出す。自分には帝と后が並んで生まれ、「中の劣り」は太政大臣になるだろう……。
夕霧は、この「中の劣り」といわれた息子である。冷泉帝の即位と明石中宮の立后は予言どおり実現したが、夕霧は物語中では太政大臣になれずに終わる。とはいえ、宇治十帖の世界では、中宮の兄として、また政界の重鎮として、権勢を誇っているように描かれている。娘たちを明石中宮腹の皇子たちと次々に結婚させ、次代の外戚としての地位も着々と固めつつある。いかにも老練な政治家、といった風情である。

　左大臣殿、昔の御けはひにも劣らず、すべて限りもなく営み仕うまつりたまふ。いかめしうなりにたる御族なれば、なかなかいにしへよりもいまめかしきことはまさりてさへなむありける。（蜻蛉一一〇）

歴史上、[注2]源氏で右大臣になったのは、仁明朝の源常、陽成朝〜宇多朝の源多、宇多朝の源能有、醍醐朝の源光、村上朝〜冷泉朝の源高明、円融朝の源雅信、一条朝の源重信などがいるが、常は嵯峨天皇皇子、多と光は仁明天皇皇子、能有は文徳天皇皇子、高明は醍醐天皇皇子、雅信と重信は宇多天皇皇子敦実親王の子で、雅信と重信以外はいずれも一世源氏である。桐壺帝の皇子であった光源氏は、臣籍降下ののちに准太上天皇という比類のない地位を得たが、その子である夕霧が、それにともなって《皇子》として遇されたとは思われない。光源氏が准太上天皇になったとき、夕霧は十八歳の宰相中将で、すでに官人としての人生を歩みはじめている。彼は一世源氏の子、として考えるべきであろう。

右大臣ののち左大臣に至った源常・高明・雅信・重信のほかにも、文徳朝〜清和朝の源信（嵯峨天皇皇子）、清和朝〜宇多朝の源融（嵯峨天皇皇子）、円融朝の源兼明（醍醐天皇皇子）など、左大臣にまで昇進した一世源氏は数人いる。[注3]しかし、一世源氏の子供たちで、父の官位を超えたものはいない。それどころか、大臣になったものすらいないのが事実である。皇族の血の高貴さが尊重されたのは、あくまで一世源氏のみである。してみると、一世源氏の子で右大臣（左大臣）にまで昇った夕霧は、ただ光源氏の息子というだけの存在ではない。彼自身にはそれだけの才能があった、と考えてもよかろう。[注4]

　光る君と聞こえけん故院の御ありさまには、え並びたまはじとおぼゆるを、ただ今の世に、この御族ぞめでられたまふなる。右の大殿と。（手習二五四）

世間離れした横川の僧都の妹尼君でさえ、夕霧とその一族の声望の高さは知っている。物語が〈夢浮橋〉よりも先に続いたならば、予言どおり太政大臣となった夕霧の姿を、読者は目にしたのかもしれない。

〈夕霧〉巻は、この有能な官人であった夕霧が、なぜか恋物語の主人公を演じるという、なんとも違和感のある巻である。父光源氏とは異なり、これまで恋愛には不慣れな「まめ人」として描かれてきた夕霧は、その「まめ人」ゆえの言動によって、物語世界に思いがけないほどの波乱を巻き起こす。「全編の主想から外れた脇道の挿話」[注5]と評されるこの巻を、いささか政治的に読んでみようというのが、本稿の目論見である。

一　権勢家は子沢山

夕霧は光源氏と葵の上とのあいだに、〈葵〉巻で誕生した。光源氏二十二歳のことである。生後まもなく母を喪い、もっぱら祖母である大宮に育てられる。〈少女〉巻で十二歳で元服するが、光源氏の教育方針で六位しか与えられず、大学寮に入学して学問に励み、無事に進士に及第して、十三歳でようやく五位の侍従になる。その後は、〈玉鬘〉巻で十四歳で中将、〈行幸〉巻で十六歳で宰相、と順調に進み、〈藤裏葉〉巻で十八歳で中納言になる。同じ年、長年の幼な恋を実らせて、とうとういとこの雲居雁と結婚している。〈若菜上〉巻では、光源氏の四十歳の賀宴に際して、十九歳で異例の右大将に昇進、〈若菜下〉巻では、二十五歳で大納言も兼任している。〈夕霧〉巻では二十九歳、連れ添って十一年になる雲居雁とのあいだには、長男・三男・五男・六男・次女・四女・五女と、四男三女の子沢山である。[注6]

雲居雁の父、当時の内大臣によって仲を引き裂かれて以来、六年間ひたすら待ち続けて結婚にこぎつけた夕霧は、いかにも誠実な恋人に思われるが、その一方で、十二歳のときに五節の舞姫として出逢った惟光の娘、のちの藤典侍とのあいだにも、次男・四男・長女・三女・六女と、いつのまにか二男三女をもうけている。惟光は光源氏の家司にすぎないから、その娘である藤典侍は、内大臣の娘である雲居雁とはかなりの身分差があることになる。しかし、藤典侍の産んだ子供のうち、次男と三女は花散里に引き取られて養育されている。花散里は、母のない夕霧にとっては母代わりの存在であり、その彼女が面倒をみているということは、藤典侍腹の子供も夕霧の子供として認知されている、といえよう。それどころか、正妻である雲居雁腹の子供より、藤典侍の産んだ子供たちのほうがすぐれている、というのである。

すべて十二人が中に、かたほなるなく、いとをかしげに、とりどりに生ひ出でたまける《ママ》。内侍腹の君達しもなん、容貌をかしう、心ばせかどありて、みなすぐれたりける。（夕霧一二三〇）

六男六女、すべて「かたほ」ではない十二人のすぐれた子供たち、といえば、歴史上に実例がある。

この殿の君達、男女あはせたてまつりて十二人、数のままにておはします。男も女も、御官位こそ心にまかせたまへらめ、御心ばへ・人柄どもさへ、いささかかたほにて、もどかれさせたまふべきもおはしまさず、とりどりに有職にめでたくおはしまさふも、ただことごとならず、入道殿の御幸ひのいふかぎりなくおはしますなめり。（『大鏡』［道長伝］注7）

入道殿、すなわち藤原道長の六男六女の子供たちは、すべてにすぐれ、いささかも「かたほ」ではない、と『大鏡』の語り手、大宅世次は語る。それは、まさに道長のこのうえない「御幸ひ」の象徴なのだ、と。

もちろん、『大鏡』が成立したのは『源氏物語』よりもかなり後のことであるから、『大鏡』のほうが〈夕霧〉巻のこの部分をふまえて執筆されたというべきであろうが、道長に、二人の北の方（倫子と明子）とのあいだに十二人の子供たちがいるということは、事実として『源氏物語』作者の目の前にあったはずである。なぜなら、倫子（左大臣源雅信の娘）が末の娘嬉子を産んだのは寛弘四年（一〇〇七）のことであり、翌年、道長の長女彰子（母は倫子）が敦成親王を出産したときのことは、『紫式部日記』に克明に記されているからである。道長の二人の妻と十二人の子供たちの存在は、『うつほ物語』に登場する源正頼（二人の妻とのあいだに十三男十四女）よりもはるかに現実感のあるものだったにちがいない。

このように、子沢山である夕霧は、道長のような権力者としての要件を立派にそなえている。それは、子供の少ない光源氏にはない資質である。その点では、夕霧はむしろ、弘徽殿女御・雲居雁・玉鬘・近江の君という四人の娘に加えて、少なくとも八人は息子がいる致仕の大臣（かつての内大臣）に近い。光源氏は「帝王の上なき位」でも「朝廷のかためとなりて、天の下を輔くる方」でもない（桐壺四六）、と高麗人の相人に予言されたが、夕霧はこののち、光源氏が任ぜられなかった右大臣となって、母方の祖父太政大臣のような「世の重し」（薄雲一九一）となっていく。父である光源氏よりも、おじである致仕の大臣に似かよっているということもあるが、夕霧には、光源氏の息子であるということ以上に、太政大臣家につらなる人、という側面が強くあるように思われる。

桐壺帝の御代の左大臣、すなわち冷泉帝の御代の摂政太政大臣は、桐壺帝の同母の姉妹（しかも后腹）である女三の宮（大宮）が降嫁するほどの権勢と声望を得ていた人物であるが、「御子どもあまた腹々にものしたまふ」（桐壺六〇）というように、やはり子沢山である。その太政大臣の大宮腹の子供は、夕霧の母の葵の上と致仕の大臣の二人だけであるが、母亡きのち大宮に育てられた夕霧は、「大殿腹の若君」（少女六四）と呼ばれているように、やはり太政大臣家との深いつながりを明らかにされている。太政大臣から息子の致仕の大臣へ、そして孫の夕霧へと続く、子沢山の権勢家の伝統である。光源氏の血はひいているが、夕霧は太政大臣の孫、致仕の大臣の甥としてとらえるべきであろう。

一世源氏の子ではあるが、「容貌もいとうるはしうきよらに、宿徳にて、際ことなるさまぞしたまへる」（手習二五四）と称賛されるにふさわしい地位を得ている夕霧。光源氏の息子でありながら、太政大臣家の一員でもある夕霧。子沢山の権勢家は、なぜ突然恋物語の主人公になったのだろうか。

二　柏木の未亡人、落葉の宮

夕霧が柏木の未亡人、落葉の宮の住む一条の宮を見舞うようになったのは、死の間際の柏木から後事を頼まれたからである。

一条にものしたまふ宮、事にふれてとぶらひきこえたまへ。心苦しきさまにて、院などにも聞こしめされたまはむを、つくろひたまへ。（柏木二六二）

光源氏に降嫁した女三の宮への思慕の念が断ち切れぬまま、「思ふことのかなはぬ愁はしさを思ひわびて」（若菜下一一〇）、柏木は女三の宮の姉、女二の宮と結婚した。もとより、柏木自身は乗り気ではなく、父の致仕の大臣が「ゐたちねむごろに聞こえたまひて、心ざし深かりしに負け」て、朱雀院が「いかがはせむ」と許した結婚（柏木二五二）であり、女二の宮が「下﨟の更衣腹」であるのをよいことに、「心やすき方」のまじった扱い（若菜下一一〇）であった。女三の宮とついに密通してしまった柏木が、「同じくは、い

ま一際及ばざりける宿世よ」と恨みながら詠んだ歌、

もろかづら落葉をなににひろひけむ名は睦ましきかざしなれども

（若菜下一三五）

によって、女二の宮は落葉の宮と称されることになる。

実は、かつて夕霧は光源氏から、落葉を拾え、と言われたことがある。柏木の父、当時の内大臣が外腹の娘（近江の君）を新しく引き取った、という噂の真偽を柏木の弟、弁少将に質したあとで、光源氏は自分の子の少なさを嘆き、反対に子福者の内大臣を揶揄して、

朝臣や、さやうの落葉をだに拾へ。人わろき名の後の世に残らむよりは、同じかざしにて慰めむに、なでふことかあらむ。

（常夏二三八）

と夕霧をからかった。光源氏にこう言わせたのは、夕霧と雲居雁との結婚に反対する内大臣への不快感であって、彼はほんとうに夕霧と近江の君との結婚を望んでいたわけではない。しかし、それから十四年の歳月が流れたとき、夕霧は自ら《落葉》を手にすることになるのである。

柏木の死後、約束を守って律儀に弔問した夕霧に、落葉の宮の母、一条御息所は、娘の結婚に反対しきれなかったことを嘆く、苦しい胸のうちを吐露する。

皇女たちは、おぼろけのことならで、あしくもよくも、かやうに世づきたまふことは、心にくからぬことなりと、古めき心には思ひはべりしを、いづ方にもよらず、中空にうき御宿世なりければ

（柏木二八二）

女三の宮の降嫁に際してもしばしば言及された、いわゆる《皇女非婚》の考え方である。朱雀院は自らの出家に際し、母のない女三の宮の行く末を何よりも案じたが、悩んだ末に降嫁させた娘たちは、ひとりは出家し、いまひとりは夫に先立たれるという、いずれも「人笑はれ」な仕儀に至った。しかも、柏木が生きて

いるあいだは、その正妻として表面上は大事にされていた落葉の宮であるが、柏木の死後は、「日ごろ経るままに、広き宮の内人げ少なう心細げに」（同二七七）なってゆくばかりである。降嫁を決断した朱雀院は、「さまざまに飽かず思さるれど、すべてこの世を思し悩まじと忍びたまふ」（横笛一四）しかないが、一条御息所にしてみれば、悔やんでも悔やみきれない不幸な結婚であった。

主を失って寂れてゆく一条の宮のありさまは、しかし、夕霧の目には別のものとして映る。

わが御殿の、明け暮れ人繁くてもの騒がしく、幼き君たちなどすだちあわてたまふにならひたまひて、いと静かにものあはれなり。うち荒れたる心地すれど、あてに気高く住みなしたまひて、前栽の花ども、虫の音しげき野辺と乱れたる夕映えを見わたしたまふ。（横笛二四）

子沢山のにぎやかな日常生活にふりまわされている自分とは対照的に、悲しみと寂寞に沈む服喪の館のしめやかな風情に、夕霧はいたく心ひかれてしまう。

荒廃した家に思いがけない美女がいる、というのは物語の常套だが、落葉の宮ははたして美しいのだろうか。柏木は女三の宮と比較して「落葉」と謗ったが、「あてになまめかし」（若菜下一三五）と見てはいる。しかし、柏木に女三の宮という比較の対象がいたとは知らなかった夕霧は、柏木が落葉の宮に愛情が薄かったのは、

容貌ぞいとまほにはえものしたまふまじけれど、いと見苦しうかたはらいたきほどにだにあらずは、などて見る目により人をも思ひ飽き、また、さるまじきに心をもまどはすべきぞ、さまあしや、ただ心ばせのみこそ、言ひもてゆかむには、やむごとなかるべけれ。（柏木二九四）

と勝手な想像をめぐらせていた。

つまり、夕霧が突如として恋物語の主人公になったのは、落葉の宮の美しさに魅せられたからではない。柏木のように、己の恋情に身を滅ぼすのではなく、むしろ、それまでの「まめ人」としての日常から遁走し、あえていうなら柏木にならせるために、彼はそれまでの夕霧から《リブート》されたのである。

その兆しは、一条の宮を「常にとぶらひきこえたまふ」夕霧がある日言い残したことばから、まずは読みとることができる。

「今は、なほ、昔に思ほしなずらへて、疎からずもてなさせたまへ」など、わざと懸想びてはあらねど、ねむごろに気色ばみて聞こえたまふ。（柏木二九四～二九五）

自分を柏木のように思ってくれ、と夕霧は訴えている。そのことは、逆にいえば、夕霧は柏木になりたいのだ、ととらえることもできる。夕霧が落葉の宮に興味をもったのは、「いかに人笑はれなることをとり添へて思すらむ」（同二九四）と、落葉の宮の心情を忖度したからであるが、それは、母の御息所が、夫に先立たれた落葉の宮の「御身のための人聞き」を苦にしていたことに照応している。

落葉の宮が夫を喪うことで被った不名誉を、自分が夫になることで雪いでみせる、と夕霧は勇みたったのである。こうして、「まめ人の名をとりてさかしがりたまふ大将」（夕霧八八）の、世にも珍妙な恋愛がはじまった。

三　皇女との結婚

この一条宮の御ありさまをなほあらまほしと心にとどめて、おほかたの人目には昔を忘れぬ用意に見せつつ、いとねむごろにとぶらひきこえたまふ。下の心には、かくてはやむまじくなむ月日にそへて思ひまさりたまひける。（夕霧八八）

夕霧は人目を気にしつつ、あくまで「昔を忘れぬ」体にもてなして、その実、このままでは終わるまい、と落葉の宮への思いを募らせる。「下の心」という表現が、夕霧の隠された欲望をあらわにするが、これは、かつての夕霧とはまったく異なる人物造型である。

たとえば、玉鬘はほんとうは自分の血のつながった姉ではない、と知ったとき、夕霧はそれでも自制した。

あるまじう、ねぢけたるべきほどなりけりと思ひ返すことこそは、ありがたきまめまめしさなめれ。（行幸四六）

雲居雁の姉である以上、玉鬘に心をうつすようなことがあってはならない、それは筋道にあわない、という十六歳の少年の潔癖さを、物語は「ありがたきまめまめしさ」と称賛している。

しかし、いまや夕霧は、「いとかしこう、さりげなくて聞こえ馴れたまひにためり」（夕霧九〇）と描かれるような策士ぶりで、物の怪調伏の祈禱のために母御息所が小野の山荘に移ると、こまごまとした実用品まで贈って、とうとう落葉の宮からの手紙を手に入れる。それは、「いとをかしげにてただ一行などおほどかなる書きざま、言葉もなつかしきところ書き添へたまへる」（同）というもので、夕霧はいよいよ本気になっていく。書かれたものを手に入れたがるのは、相手への所有欲のあらわれであろう。「見まほしう」という直截的な表現が、すべてを明らかにしている。

一年前の秋、夕霧が琵琶で「想夫恋」を弾いたのに対して、落葉の宮がほんのすこし和琴を弾いたときも、「秋の夜更かしはべらんも昔の咎めや憚りてなむ」（横笛二八）と柏木に配慮し、「まほにはあらねど、うちにほはしおきて」（同）という気づかいを示した夕霧であるが、ここにいる夕霧は、もはやかつての夕霧ではない。

その夕霧は、それまでの自分の物堅さを口実にして、落葉の宮に言いよる。

齢つもらず軽らかなりしほどに、ほの好きたる方に面馴れなましかば、かうひうひしうもおぼえざらまし。さらに、かばかりすくすくしうおれて年経る人は、たぐひあらじかし。（夕霧九六）

若かったころに放蕩せず、ひたすらきまじめに過ごしてきた自分を、夕霧は自虐的に語る。しかし、それは自分の誠実さを押し売りする、したたかな計算によるものである。はたして、落葉の宮の再婚によって生活を安定させたい女房たちは、夕霧の慕情を知って、彼に加担するようになる。

「まだ夕暮の、霧にとぢられて内は暗くなりにたるほど」（同一〇二）にまぎれて、夕霧は落葉の宮のいる御簾の中に入り込み、さまざまにかき口説くが、当然、落葉の宮は「聞き入れたまふべくもあらず」（同一〇四）、こうまで自分を見くびるのかと心を閉ざすばかりである。その様子は、「なつかしうあてになまめい」（同一〇六）ており、夕霧はかつての勝手な想像を改めて、「痩せ痩せにあえかなる心地」「らうたげに、やはらかなる心地」（同）に心を奪われる。注8

夕霧が落葉の宮に迫る根拠としているのは、「世の中をむげに思し知らぬにしもあらじを」（同一〇七）ということである。落葉の宮にしてみれば、夕霧が「世を知りたる方の心やすきやうにをりをりほのめかす」（同）のは、心外きわまりないことなのだが、たとえ皇女であっても、いったん臣下に降嫁したからには、夫亡きあとに再婚してもいいではないか、と夕霧は考えているらしい。このあたり、女心をまったく思いやらない、いかにも身勝手で無神経な言いようなのだが、ここに、夕霧が突如として落葉の宮に執着しはじめた動機があるように思われる。

落葉の宮は朱雀院の女二の宮、すなわち皇女である。皇女との結婚は、自分の社会的な地位を飛躍的に高め、選ばれた存在であることを、かつて祖父の太政大臣がそうであったように世間的にも、また自分自身にも確認させてくれる。そして、結婚し得る皇女はそう多くない。〈夕霧〉巻の時点では、朱雀院の四人の皇女くらいであろう。桐壺院には、弘徽殿大后とのあいだに女一の宮と女三の宮がいたが、彼女たちはおそらく父の光源氏と大差ない年齢であって、夕霧とは世代的につりあわない。また、朱雀院の女一の宮と女四の宮は、〈若菜上〉巻で存在していることはわかるが、その後はまったく言及されない。つまり、夕霧が結婚を目論むことのできる相手は、女二の宮である落葉の宮だけなのだ。

これまでに皇女と結婚した臣下は、わずかに三人。[注9] 桐壺院の同母姉妹の女三の宮（大宮）と結婚した当時の左大臣、朱雀院の女三の宮と結婚した光源氏、同じく女二の宮と結婚した柏木である。大宮は左大臣（摂政太政大臣）の北の方として人生を全うしたが、女三の宮は出家して俗世を捨て、女二の宮（落葉の宮）は夫を喪った。落葉の宮は未亡人、すなわち「未だ亡人ならざる人」であり、尼になった女三の宮も、生きながらすでにこの世の人ではない。娘二人のこのありようは、そのまま朱雀院の不如意な人生を照らしだしているといえるだろうが、准太上天皇たる光源氏にひきかえ、女二の宮が降嫁したさいの柏木は中納言にすぎず、現在の夕霧は大納言兼近衛大将なのである。

歴史上、皇女の降嫁の例としてまず挙げられるのは、嵯峨天皇の皇女源潔姫が、弘仁五年（八一四）、源の姓を賜り、一世源氏として藤原良房と結婚した事例である。臣籍に降下しているとはいえ、天皇の皇女が臣下と結婚したのは、前代未聞のことであった。[注10]

良房といえば、人臣として初めて摂政となったことでも知られるが、良房と潔姫とのあいだに生まれた明子は、文徳天皇の女御となり、第四皇子惟仁親王（のちの清和天皇）を産んで、良房の権勢を支えた。『大鏡』には、良房の『古今和歌集』所収の歌について、

御女の染殿后の御前に、桜の花の瓶にさされたるを御覧じて、かく詠ませたまへるにこそ。

　年経ればよはひは老いぬしかはあれど花をし見ればもの思ひもなし

后を、花にたとへ申させたまへるにこそ。（［良房伝］）

という記事がある。『枕草子』の「清涼殿の丑寅の隅の」の段でもとりあげられている、有名な逸話である。次に著名なのは、藤原忠平に降嫁した源順子（傾子）である。『公卿補任』によれば、宇多天皇の皇女（『大鏡』も、「寛平法皇（＝宇多天皇）の御女」とする）で、忠平の長男実頼の母である。[注11]潔姫・順子（傾子）はそれでも賜姓源氏であるが、醍醐天皇の皇女勤子内親王は、なんと皇女の身分のまま藤原師輔と通じたとされる。勤子内親王は天慶元年（九三八）に亡くなるが、師輔はその同母妹の雅子内親王とも私通し、二人のあいだには、高光・為光・尋禅・愛宮の三男一女が生まれた。元斎宮が降嫁した、唯一の例である。天暦八年（九五四）、雅子内親王が亡くなると、師輔はさらに康子内親王とも通じ、深覚・公季の二男をもうけている。更衣（源周子）腹の勤子・雅子両内親王に対し、康子内親王は中宮穏子（師輔の叔母）腹で、朱雀・村上両帝の姉であった。

『大鏡裏書』には、「天暦九年（九五五）七月右大臣（＝師輔）ニ配ス。帝及ビ世之ヲ許サズ」とある。また、『大鏡』［公季伝］には、

世の人便なきことに申し、村上のすべらぎも、やすからぬことに思し召しおはしましけれど、色に出で

て咎め仰せられずなりにしも、この九条殿の御おぼえのかぎりなきによりてなり。という記事があって、師輔と康子内親王の私通が黙認されたのは、「九条殿（＝師輔）の御おぼえのかぎりな」さによるものだったということがわかる。

三十数名の皇子皇女がいた醍醐天皇の皇女には、このほかにも、師輔の同母弟師氏と結婚した靖子内親王（母は更衣源封子）、源清平（光孝天皇第一皇子是忠親王の子）と結婚した普子内親王（母は更衣満子女王）、源清蔭（陽成天皇第一皇子）と結婚した韶子内親王（元斎院、母は女御源和子）などがいる。師氏は兄師輔と同様に皇女を妻としたにもかかわらず、兄どころか同母の弟師尹にも昇進を越され、極官は大納言であり、皇女と結婚することが直接出世に結びついたわけではない、ともいえる。しかし、后腹の康子内親王まで得た師輔が権勢をふるったのに対し、更衣腹の靖子内親王しか得られなかった師氏が官位の面で意外にふるわなかったというのは、興味深い過去の史実であったろう。

醍醐天皇の子の村上天皇は、姉の康子内親王と師輔との関係を不愉快に感じたというが、その死後、第三皇女保子内親王（母は更衣藤原正妃）は藤原兼家と、第五皇女盛子内親王（母は更衣源計子）は藤原顕光と、それぞれ結婚している。盛子内親王は、「それ年ごろの北の方には、村上の帝の広幡の御息所の腹の女五の宮をぞ持ちたてまつりたまへる」（『栄花物語』巻四〈みはてぬ夢〉[注12]）、「この御北の方には、村上の先帝の女五宮、広幡の御息所の御腹ぞかし」（『大鏡』［兼通伝］）といい、顕光とのあいだに重家・元子・延子の一男二女が生まれている。しかし、保子内親王は兼家より二十歳も年下で、しかも兼家には、「権北の方」と称される召人あがりの気に入りの女性がいた。

この間の事情は、

世の御はじめごろ、かうて一所おはします悪しき事なりとて、村上の先帝の御女三の宮は、按察の御息所と聞えし御腹に男三の宮、女三の宮生まれたまへりし、その女三の宮を、この摂政殿、心にくくめでたきものに思ひきこえさせたまひて、通ひきこえさせたまひしかど、すべてことのほかにて絶えたてまつらせたまひにしかば、その宮もこれを恥づかしきことに思し嘆きてうせたまひにけり。

（『栄花物語』巻三〈さまざまのよろこび〉）

とされる。兼家とのあいだに道隆・道兼・道長・超子・詮子の三男二女を産んだ時姫（摂津守藤原中正の娘）は、天元三年（九八〇）に亡くなっており、摂政が独身であるのは外聞が悪いということで保子内親王と結婚したものの、気に入らずに関係が途絶え、それを恥じた保子内親王はその後出家し、永延元年（九八七）、三十九歳で亡くなった。没年から勘案すると、三十歳をはるかにすぎてからの結婚のようである。同母弟の致平親王は天元四年（九八一）、同じく同母弟の昭平親王は永観二年（九八四）に出家しており、外祖父で、左大臣にまでなった藤原在衡も天禄元年（九七〇）、すでに死去している。庇護者のない皇女が、摂政の身分の飾りとなるために降嫁した事例であるといえよう。

『源氏物語』の時代、醍醐天皇や村上天皇の皇女が降嫁したというのは、それほど遠い過去のことではなかったはずである。まして、摂政兼家が、子供をもうけることを前提とせずに、あくまで政治的な目的で皇女と結婚したというのは、見逃せない史実である。『栄花物語』のいう「世の御はじめ」を、娘の詮子所生の一条天皇の即位にともない摂政となった寛和二年（九八六）と考えると、兼家は五十八歳になっている。長男道隆は三十四歳で権大納言、五男道長でさえ二十一歳で少納言、東宮居貞親王も娘超子の所生であり、兼家がこれから新たに宮腹の子女を必要としているとは考えにくい。それよりはむしろ、功成り遂げ、子供たちも成長したうえに、皇女を妻とすることでさらなる名誉を求めた、と考えるのが妥当であろう。
これはまさに、〈夕霧〉巻の夕霧ではないか。一でも述べたように、夕霧にはすでに六男六女、あわせて十二人の子供がいる。もちろん、宮腹の子供が生まれるに越したことはないが、すぐれた子供たちが十二分にいるのだから、べつに生まれなくともよいのである。それよりも、太政大臣の娘とはいえ臣下にすぎない雲居雁以上に高貴な皇女、落葉の宮を妻にすることで、夕霧は祖父太政大臣や父光源氏に匹敵する栄誉を手に入れようとしたのではなかろうか。

四　皇女の再婚

もともと、落葉の宮の柏木との結婚は、母である一条御息所の望んだものではなかった。このことを、御息所は何度も述懐している。

院よりはじめたてまつりて思しなびき、この父大臣にもゆるいたまふべき御気色ありしに、おのれ一人しも心をたてても いかがはと思ひ弱りはべりしことなれば、末の世までものしき御ありさまを、わが御過ちならぬに、大空をかこちて見たてまつり過ぐすを　（夕霧一四八）

朱雀院が同意し、柏木の父の大臣も許したので、自分ひとりが反対しても、とあきらめた結果が、いまの「末の世までものしき御ありさま」だと、御息所は嘆く。

ただ人だに、すこしよろしくなりぬる女の、人二人と見る例は心憂くあはつけきわざなるを、ましてかかる御身には、さばかりおぼろけにて、人の近づききこゆべきにもあらぬを。　（同）

普通の人でさえ、女が再婚するのは浅はかなことなのに、まして皇女である落葉の宮がいいかげんに男を近づけるべきではない、という苦衷に満ちたことばには、下﨟の更衣であった御息所の、皇女たるわが娘への誇りと、それをうち砕かれることへの惧れとがないまぜになっている。御息所にとって、皇女が結婚することだけでも不本意なのに、まして再婚するなどありえないことなのだ。

しかし、現実には、これといって後見のない皇女がひとりで生きていくことなど、不可能だと見なされていた。

たけう思すとも、女の御心ひとつにわが御身をとりしたためかへりみたまふべきやうかあらむ。なほ人のあがめかしづきたまへらんに助けられてこそ。（同一八八）

一条御息所の唯一の身内は、甥にあたる大和守である。大和は大国とはいえ、守は従五位にすぎない。この事実からも、御息所が下﨟の更衣であったことが知れるが、落葉の宮とはいとこの間柄になる大和守は、女がひとりで生きていく方法などない、だれか男に面倒をみてもらうしかない、と言い放つ。そして、

げに、この方にとりて思たまふるには、かならずしもおはしますまじき御ありさまなれど、さこそはいにしへも御心にかなはぬ例多くはべれ、一ところやは世のもどきをも負はせたまふべき。（同）

皇女が「御心にかなはぬ」例は昔から多いのだから、落葉の宮ひとりだけが世間から非難されるわけではない、と小野からの帰京を強く促す。

父の朱雀院も、出家を願う落葉の宮を、

いとあるまじきことなり。げに、あまたとざまかうざまに身をもてなしたまふべきことにもあらねど、後見なき人なむ、なかなかさるさまにてあるまじき名を立ち、罪得がましき時、この世後の世、中空に

もどかしき咎負ふわざなる。（同一八四）

再婚よりも「後見なき人」が浮名を流すことを危惧して、引き留める。夕霧がいうように、「御山住みも、いと深き峰に世の中を思し絶えたる雲の中なめれば、聞こえ通ひたまはむこと難し」（同一七一）であって、朱雀院はまったく頼りにならない。まことに、紫の上が痛切に思うように、「女ばかり、身をもてなすさまもところせう、あはれなるべきものはなし」（同一七九）といったありさまなのである。

そんなよるべない身の落葉の宮であるが、夕霧の結婚願望が加速していくのにあわせて、格上げがなされていることに気がつく。

はじめ、彼女は「下﨟の更衣腹」（若菜下一一〇）といわれ、女三の宮にくらべて劣り腹であることが、柏木の扱いの軽さ、愛情の薄さにつながっていた。落葉の宮と称されるのも、柏木の「いとなめげなる後言」（同一三四）によるものである。

ところが、律師から、落葉の宮のもとに夕霧が通っているのか、と尋ねられて衝撃を受けた母御息所は、皇女として「気高うもてなしきこえむ」と思っていたのに、「世づかはしう軽々しき名」（夕霧一二四）が立つことをひどく苦慮する。また、

苦しき御心地にも、なのめならずかしこまりかしづききこえたまふ。常の御作法あやまたず、起き上がりたまうて（同一二八）

という描写からは、娘は皇女だから自分よりも高貴な身分なのだ、ということを自分の行動や態度で示そうとする、御息所の必死さが伝わってくる。「常の御作法」というのがどのようなものであったのかは不明だが、皇女と更衣の対面、という格式の高さが強調される場面である。

息もたえだえになりながら夕霧に送った手紙が、嫉妬した雲居雁に横取りされて返事が遅れているとは知らず、なんの対応もしない夕霧の冷淡さを恨んで悲嘆にくれる御息所は、自分を「数ならぬ身」と卑下し、落葉の宮には「かかる御身」が「人二人と見る」ようなことがあってはならない、と訓戒する。そして、ただ泣くばかりの落葉の宮に、

あはれ何ごとかは人に劣りたまへる。いかなる御宿世にて、やすからずものを深く思すべき契り深かりけむ。（同一五〇）

と言い残して、ついにこの世を去ってしまう。落葉の宮の尊貴性を保証するのは、強い効力をもつに相違ない、御息所のいまわの際のことばなのである。

すると、落葉の宮について、光源氏までもが格上げを行う。

院もいみじう驚き思したりけり。かの皇女こそは、ここにものしたまふ入道の宮よりさしつぎには、らうたうしたまひけれ。人ざまもよくおはすべし。（同一八二）

六条院にいる「入道の宮」すなわち女三の宮に次いで、朱雀院は落葉の宮をかわいがっていた、というのである。しかし、朱雀院は、「女三の宮を、あまたの御中にすぐれてかなしきものに思ひかしづききこえたまふ」（若菜上一六）といい、「かうやうにも思しよらぬ姉宮たち」（同四三）というように、女三の宮以外の娘たちに対する愛情は薄かった、とされている。にもかかわらず、ここで光源氏が落葉の宮について言及するのは、夕霧の本心を知りたかったからであり、光源氏によって、朱雀院の第二の鍾愛の皇女に格上げされた落葉の宮は、唯一の支えであった母を亡くしたあわれな娘から、夕霧に栄誉を与えられる存在になっていくのである。

では、落葉の宮自身は、自分の結婚についてどのように思っていたのだろうか。

女宮も、かかる気色のすさまじげさも見知られたまへば、何ごとは知りたまはねど、恥づかしくめざましきに、もの思はしくぞ思されける。（若菜下 一三四）

女三の宮と不義密通してしまった罪の意識にさいなまれる柏木に、そうとは知らず、顧みられないわが身を心外に思い悩む姿が、まず描かれる。そして、夫婦仲の稀薄さについては、柏木の死後、

年ごろ、下の心こそねむごろに深くもなかりしか、おほかたには、いとあらまほしくもてなしかしづききこえて、気なつかしう、心ばへをかしう、うちとけぬさまにて過ぐいたまひければ、つらきふしもことになし。ただかく短かりける御身にて、あやしくなべての世すさまじう思ひたまへけるなりけりと思ひ出でたまふにいみじうて、思し入りたるさまいと心苦し。（柏木 二六四）

寿命の短い人だったので普通の夫婦関係に淡白だったのだろうと思い、自分を納得させようとしていた。しかし、夫に愛されなかったという過去は、落葉の宮を深く傷つけている。そのことは、自らの衰えの自覚とともに、自己肯定感の低さとなってあらわれる。

なほいとひたぶるにそぎ棄てまほしう思さるる御髪をかき出でて見たまへば、六尺ばかりにて、すこし細りたれど、人はかたはにも見たてまつらず、みづからの御心には、いみじの衰へや、人に見ゆべきありさまにもあらず、さまざまに心憂き身を、と思しつづけて（夕霧 一九一）

六尺の見事な髪は美人の証しであり、よそ目にはすばらしく見えるものの、落葉の宮自身は「いみじの衰へ」と感じ、「人に見ゆべきありさま」ではない、と情けなく思う。夕霧はしきりに言いよるが、それは落葉の宮にとっては理解の外のふるまいなのである。

したがって、大人げないと言いたてられることを承知のうえで、塗籠に籠城してまで頑強に夕霧を拒みつづけたにもかかわらず、いったん契りをかわしてしまうと、落葉の宮は、今度は夕霧の失望を懼れることになる。

男の御さまは、うるはしだちたまへる時よりも、うちとけてものしたまふは、限りもなう清げなり。故君のことなることなかりしだに、心の限り思ひ上がり、御容貌まほにおはせずと、事のをりに思へりし気色を思ひ出づれば、まして、かういみじう衰へにたるありさまを、しばしにても見忍びなんやと思ふもいみじう恥づかし。（同二一六）

間近に見る夕霧は、亡き夫柏木よりも美しい。たいしたことのなかった柏木にすら美人と思われていなかった自分が、こんな衰えたありさまで、夕霧からしばらくでも見捨てられずにいられようか、と考えるだけでも、落葉の宮は気後れしてしまうのである。

「いみじう衰へにたる」と思う落葉の宮は、いったい何歳くらいなのだろうか。女三の宮がこのとき二十四、五歳だから、それより年上なのは確実であるが、夕霧は光源氏に、落葉の宮は「齢なども、やうやういたう若びたまふべきほどにもものしたまはず」（横笛四六）と説明している。夕霧より二歳年上で三十一歳の雲居雁が、「若やかにをかしきさま」（夕霧一三六）と描かれているのにくらべると、「いとあてに女しう、なまめいたるけはひ」（同二一六）という落葉の宮は、もしかしたら雲居雁よりも年上なのかもしれない。というよりも、とうに盛りを過ぎた、というたましい自己規定が、実際の年齢以上に落葉の宮を卑屈にし、不必要な劣等感をかきたてているのだ、ということ、また、ほかの登場人物の最初の出産年齢を考えあわせても、この結婚によって子供が生まれる可能性は低い、ということが示唆されていることが重要なので

ある。[注13]

容貌のあまり美しくない妻、といえば、花散里が想起されるが、花散里は夕霧の母代わりであり、この巻でも、夕霧はしばしば花散里のもとを訪れる。花散里の住む六条院の東の御殿には、夕霧の衣装が「常に夏冬といときよらに」（同一一四）準備されており、落葉の宮をめぐる騒動について、花散里は「いかなる御事にかはといとおほどかに」（同一九七〜一九八）夕霧に尋ねる。父の光源氏に対しては、なにかと答えをはぐらかした夕霧も、花散里にはかなり率直に（一条御息所から後事を託されたとごまかしもするが）経緯を説明している。自分勝手に「南の殿（＝紫の上）の御心用ゐ」や「この御方（＝花散里）の御心」（同二〇〇）をほめる夕霧に、花散里は苦笑を禁じ得ないが、「さかしだつ人の己が上知らぬ」（同二〇一）と、自分のことを棚にあげて夕霧の浮気沙汰に苦言を呈する光源氏をやんわりと批判する。それは光源氏に対する冷静な判断であると同時に、夕霧を甘やかすことばでもある。父である光源氏の説教は、息子夕霧にはなんの意味もなさない。花散里の指摘は、そのことを保証しているのであるが、そんな花散里が相手であるからこそ、夕霧は自分の本音をさらけだしているともいえる。

などてか、それをもおろかにはもてなしはべらん。かしこけれど、御ありさまどもにても、推しはからせたまへ。（同二〇〇）

落葉の宮の件で、「三条の姫君」すなわち雲居雁に同情する花散里に、夕霧は言う。雲居雁をないがしろにするつもりはない、「御ありさまども」すなわち六条院の女性たちのように「なだらか」に扱おうとしているだけだ、と。

雲居雁との関係は保持したまま、新たに落葉の宮も手に入れる。ここには、父光源氏が女三の宮の降嫁にあたって、「わが心はつゆも変るまじく」（若菜上六四）と思いながらも、紫の上の立場が変わってしまうことを忖度して、あれこれと言い訳をしたような苦悩はない。なぜなら、夕霧にとって、雲居雁は「思し棄つまじき人々いとところせきまで数添ふ」（夕霧二〇七）間柄であって、たくさんの子供たちの母である以上、「北の方」としての彼女の扱いを揺るがせるようなつもりはない、ということだからである。

落葉の宮にとって、臣下である柏木との結婚は、「身の思はずになりそめし」（同一二八）できごとであり、「うきみづからの罪」（同一〇八）であった。「かばかりになりぬる高き人」（同一二八）という自己認識からも、落葉の宮にも皇女としての矜恃があったことが知れる。しかし、朱雀院の女二の宮というその尊貴性ゆえに、夕霧は無理にも再婚を迫る。それは落葉の宮に、「さまざまに心憂き身」（同一九一）であるという自覚をもたらし、女房の小少将が裏切って夕霧を塗籠に導き入れたとき、「頼もしき人もなくなりはてたまひぬる御身」（同二一二）であるという絶望に変わる。落葉の宮の夕霧との再婚は、致仕の大臣家にとっては、柏木の未亡人と雲居雁の夫の結婚というとんでもない醜聞であるが、落葉の宮自身にとっては、支えであった母を亡くし「世に数ならぬ身ひとつ」（同二二六）になってしまった、という悲しい事実を突きつけられる事態なのである。もちろん、その苦悶や悲嘆は、夕霧のあずかり知らぬところであるが。

おわりに ――リブートされた夕霧――

〈夕霧〉巻における夕霧の恋物語は、冒頭にもあるように、「まめ人の名をとりてさかしがりたまふ」夕霧が、いかに自分勝手で無神経な《恋》をするか、というところに眼目がある。だから、「まめ人の心変るはなごりなくなむと聞きしはまことなりけり」（夕霧二一九～二二〇）とあきらめて、雲居雁は実家へ帰ってしまう。また、夕霧自身も、「やすからぬ心づくし」だと思い、「いかなる人、かうやうなることをかしうおぼゆらん」と「もの懲り」（同二二二）してしまう。慣れないことはしないに限るのである。

では、なぜ夕霧は恋物語の主人公になったのだろうか。

すでにさまざまに指摘されているように、「まめ人」の無器用な恋としては、鬚黒の先例がある。また、夕霧につつまれた「逢ひて逢はぬ恋」は、のちに薫が宇治で経験することになる。構想の繰り返し、あるいは深化として、夕霧の《恋》をとらえることもできよう。

しかし、それだけではない。なぜなら、この巻における夕霧は、いままでの、そしてこの後の夕霧とは別人だからである。

〈夕霧〉巻を費やした夕霧の恋愛騒動は、次の〈御法〉巻にはまったく持ち越されない。紫の上の死に際して、夕霧は十五年前、野分にまぎれて紫の上をかいま見た記憶を思いおこし、しかし人目をはばかって、ひそかに悲嘆にくれる。そこに描かれるのは、いままでどおり怜悧で篤実な夕霧である。落葉の宮への無分別な言動や、雲居雁への身勝手な対応のようなものは、かけらも見出だせない。〈夕霧〉巻の夕霧だけが異様なのである。

これはすなわち、夕霧を《リブート》した、といえるのではなかろうか。《リブート》とは、本来コンピューターを再起動することであるが、フィクションの世界では、それまでの設定をいったん捨て、新たに設定し直すことをさす。長く続くシリーズものなどで行われることが多く、世界観や時系列が変わってしまうこともある。[注14]

それまでの夕霧は、六年待ち続けて筒井筒の恋を実らせた誠実な恋人、子沢山の実直な夫として造型されてきた。その夕霧を、柏木になり代わり、柏木のように破滅せず、皇女を手に入れて、栄達を目論む野心家、として造型し直す試みが、〈夕霧〉巻だったのではなかろうか。実際、〈夕霧〉巻の騒動の顛末が明かされるのは、それから十年以上たったことになる〈匂兵部卿〉巻である。かつて自分の部屋があった六条院の東の御殿に、夕霧は「かの一条宮を渡したてまつりたまひてなむ、三条殿と、夜ごとに十五日づつ、うるはしう通ひ住みたまひける」（一六）という。落葉の宮は夕霧の妻として認知され、雲居雁は実家から三条殿に戻り、「大殿」と呼ばれる右大臣夕霧は、雲居雁のいる三条殿と落葉の宮のいる六条院を行ったり来たりする、まことに夕霧らしい律儀な生活を送っている。もしも紫の上が生きていたら、などと感慨にふける夕霧は、昔のままの夕霧である。〈夕霧〉巻の夕霧だけが破綻しているのだ。

それでは、なぜこのような試みがなされたのだろうか。

「まめ人」の反対といえば「あだ人」、「色好み」である。「色好み」といえばすぐに思い出されるのは、『伊勢物語』の「昔男」として名高い在原業平である。業平は平城天皇の皇子阿保親王と、桓武天皇の皇女伊都内親王とのあいだに生まれ、臣籍に降下した。厳密にいえば二世源氏であるが、皇子の子、と考えれば、夕霧と重なる。そして、業平といえば、『日本三代実録』元慶四年（八八〇）五月二十八日条の、

体貌閑麗、放縦不拘、略無才学、善作倭歌

が有名である。〈夕霧〉巻は、現実の業平とは異なり「才学」のあった夕霧を、業平のような「色好み」にしたててみようとしたのではなかろうか。

そのように考えてみると、〈夕霧〉巻では、夕霧の美しさについての描写が多いことに気がつく。

まばゆげにわざとなく扇をさし隠したまへる手つき、女こそかうはあらまほしけれ、それだにえあらぬを（一六八）

と、落葉の宮の女房たちは感嘆し、

いとめでたくきよらに、このごろこそねびまさりたまへる御盛りなめれ、さるさまのすき事をしたまふとも、人のもどくべきさまもしたまはず、鬼神も罪ゆるしつべく、あざやかにもの清げに若う盛りににほひを散らしたまへり、もの思ひ知らぬ若人のほどに、はた、おはせず、かたほなるところなうねびととのほりたまへることわりぞかし、女にて、などかめでざらむ、鏡を見ても、などかおごらざらむ（二〇二）

と、光源氏はわが息子ながら惚れ惚れとし、

男の御さまは、うるはしだちたまへる時よりも、うちとけてものしたまふは、限りもなう清げなり。（二一六）

と、落葉の宮はわが身の衰えを恥じる。

また、夕霧の物語中の全詠歌は三十九首だが、ほぼ三分の一にあたる十二首をこの〈夕霧〉巻で詠んでいる。これは、雲居雁と引き離された〈少女〉巻の五首、その雲居雁と晴れて結婚した〈藤裏葉〉巻の七首よりも多い。〈夕霧〉巻において、夕霧は「善作倭歌」なのである。

もちろん、恋物語の主人公は美々しく、歌にも巧みなはずである。しかし、業平のように「体貌閑麗」で「善作倭歌」であっても、「才学」のある夕霧は、所詮恋物語の主人公としては不似合いなのだ。ちょうど「日本紀などはただかたそば」で、物語の中にこそ「道々しくくはしきこと」（螢一一六）があるように。そのことを示そうとしたのが、〈夕霧〉巻だったのではなかろうか。

注

1 以下、引用本文は小学館古典セレクション『源氏物語』により、巻名と頁数を記した。括弧内の注記等はすべて筆者によるものである。

2 『公卿補任』『尊卑分脈』等による。

3 『公卿補任』『尊卑分脈』等による。

4 夕霧は〈竹河〉巻で左大臣に昇進したはずであるが、その後も右大臣と書かれたり左大臣と書かれたり、官位が一定していない。しかし、太政大臣になっていないことは確実なので、表記の齟齬はそのままにしておく。

5 夕霧二三〇注。

6 夕霧の子女については、だれが雲居雁腹でだれが藤典侍腹なのか、諸本に異同があり、このあとの巻での記述も曖昧である。しかし、ここでは、夕霧にはあわせて十二人の子供たちがいる、ということが確認できればよいので、詳細にはこだわらない。田坂憲二氏「夕霧の子供たち」（『源氏物語の鑑賞と基礎知識　夕霧』至文堂、二〇〇二年）参照。

7 以下、引用本文は小学館新編日本古典文学全集『大鏡』による。括弧内の注記等はすべて筆者によるものである。

8 七人の子の母である雲居雁が、寝ぼけた幼児を「耳はさみ」してあやしたり、「いとよく肥えて、つぶつぶとをかしげなる胸をあけて乳など」ふくませたりするが、「いと若くをかしき顔」をしている（横笛三五～三六）のとは対照的である。

9 皇女の結婚に関しては、後藤祥子氏「皇女の結婚」（『源氏物語の史的空間』東京大学出版会、一九八六年）、今井久代氏「皇女の結婚」（『源氏物語構造論』風間書房、一九八九年）などに示唆をいただいた。

10 以下、皇女の降嫁に関しては、『日本紀略』『本朝皇胤紹運録』『一代要記』等による。また、服藤早苗氏ほか『歴史の中の皇女たち』（小学館、二〇〇二年）所載の「皇女一覧表」も参照した。

11 『本朝皇胤紹運録』では順子だが、『大鏡裏書』では傾子とされる。『日本紀略』延長三年（九二五）四月四日の条に、「左大臣（＝忠平）室家源氏卒」とあり、この記事を順子（傾子）のことと考えると、前年に五十賀を行っている（『貫之集』詞書による）ので、貞観十七年（八七五）生まれということになり、貞観九年（八六七）生まれの宇多天皇の皇女というのはそぐわない。このため、本来は光孝天皇の皇女であったのが宇多天皇の養女とされたのではないか、という見解もある（角田文衛氏「菅原の君」（『紫式部とその時代』角川書店、一九六六年）など）。皇女が賜姓源氏として降嫁したという点では、父が宇多天皇でも光孝天皇でも差異はないので、ここでは深くは立ち入らない。

12 以下、引用本文は小学館新編日本古典文学全集『栄花物語』による。

13 主なところでは、明石女御十三歳、夕顔十七歳、六条御息所十七歳、明石の君二十歳、女三の宮二十二～三歳、藤壺二十四歳、玉鬘二十四歳、葵の上二十六歳、中の君二十六歳。現実には、たとえば、道長の妻倫子が末の娘嬉子を産んだのは四十四歳のことであるが、これはもちろん初産ではない。

14 たとえば、映画の「バットマン」シリーズ、「スタートレック」シリーズなど参照。

本稿を執筆するにあたっては、さまざまの先行論文から学恩を被ったが、紙幅の都合ですべてお名前をあげることはできなかった。おわびして感謝したい。

また、脱稿後、助川幸逸郎氏「一条朝の源氏公卿と「源氏幻想」――「源氏」物語を生みだしたもの――」『虚構と歴史のはざまで』（新時代への源氏学6、竹林舎、二〇一四年）の存在を知った。本稿の内容と重なるところも見受けられるが、本稿はあくまで〈夕霧〉巻と夕霧の奇妙な恋物語を読むことを眼目としており、その過程において例証が重なったものである。

稲垣 智花（いながきちか）　武蔵野大学・跡見学園女子大学ほか非常勤講師。専門分野は、中古中世の物語・歴史物語。主な論文は「『大鏡』における和歌の享受――『古今和歌集』のあらわす《負性》――」（『平安文学の交響』勉誠出版、二〇一二年）、「『大鏡』の思想――「道理」をめぐって――」（『歴史物語講座第三巻大鏡』風間書房、一九九七年）など。

六条院体制の性役割批判

――御法巻、法華経千部供養における『竹取物語』引用と陵王の舞から――

橋本　ゆかり

はじめに

紫の上は、女三の宮が光源氏の妻として六条院入りして以後、病勝ちとなり、繰り返し出家を願い出るも、光源氏からそれを許されない。光源氏は紫の上の回復を願って、彼女を六条院から二条院へと移したのだったが、紫の上はそのまま二条院で死を迎えることとなる。その紫の上は「わが御殿と思す」二条院で、死を間際に感じながら法華経千部供養を主催している。

『源氏物語』は、最も長きに渡り光源氏のそばにあったヒロイン紫の上の死を語るに際し、御法巻を三場面で構成している。一つは、紫の上が法華経千部供養の法会を主催する場面。二つ目は、明石中宮と光源氏に見守られながら、死を迎える場面。三つ目は、光源氏と夕霧による紫の上の喪の場面である。

『源氏物語』には幾人かの〈かぐや姫〉[注1]になぞらえて語られる女君が登場するのだが、紫の上はその一人である。紫の上の物語には、『竹取物語』引用が従来指摘されてきた。[注2] しかし、御法巻の、紫の上が主催する法華経千部供養の場面には『竹取物語』引用が、これまでに指摘されていない。本稿では法華経千部供養で、紫の上が塗籠を開いて座す場面に『竹取物語』のかぐや姫との重なりと差異を新たに指摘し、紫の上の主催する法華経千部供養と死を物語の中に位置づけ、御法巻の紫の上の別れについて考えてみたい。

その〈かぐや姫〉に喩えられる紫の上が主催する法会のクライマックスに、陵王の舞が語られることもまた、重要であり、本稿は注目したい。陵王の舞には伝説が付随しているのだが、その舞を塗籠に座す紫の上が見ることを、読み解きたい。この巻の舞台は六条院ではなく、二条院である。長きにわたり光源氏の女君として、六条院の春の町に住んだ彼女が、そこに住むことができなくなったまま死を迎える語り方の中に、六条院体制への批判が透かし見えていくのである。

一　開かれた塗籠

紫の上は死を間近に感じて出家を繰り返し光源氏に願い出るも、許されることがない。それを紫の上は、

御ゆるしなくて心ひとつに思し立たむも、さまあしく本意なきやうなれば、このことによりてぞ、女君は恨めしく思ひきこえたまひける。わが御身をも、罪軽かるまじきにやと、うしろめたく思されけり。（御法巻、四九四～四九五）（傍線橋本、以下同じ）

と、光源氏を恨めしく思うものの、自身の罪障が深いからなのかと、気がかりに思わずにはいられない。彼女が自身の罪障を気がかりに思っていることが語られた直後、物語は紫の上が法華経千部供養を主催する場

面へと転じていく。その支度は、光源氏を驚愕させた。その光源氏の驚きについては、三節で論じるとして、このとき、紫の上は、「わが御殿」と思う二条院の塗籠の南東の扉を開いて自らの席としたことについて、この節では述べておきたい。

年ごろ、私の御願にて書かせたてまつりたまひける法華経千部、急ぎて供養じたまふ。わが御殿と思す二条院にてぞしたまひける。（御法巻、四九五）

花散里と聞こえし御方、明石なども渡りたまへり。南東の戸を開けておはします。寝殿の西の塗籠なりけり。北の廂に、方々の御局どもは、障子ばかりを隔てつつしたり。（御法巻、四九六）

寝殿の西側の塗籠を紫の上の座とし、南東の部屋に花散里、明石の君が着座している。法会で自らの席を塗籠とする点には『落窪物語』が、そして昇天を前に（死を前に）、塗籠を開くという点には『竹取物語』が連想される。

従来、紫の上の物語には、『竹取物語』との連関が指摘されているが、その箇所は、

昔、大将の君の御母君亡せたまへりし時の暁を思ひ出づるにも、かれはなほものの覚えけるにや、月の顔の明らかにおぼえしを、今宵はただくれまどひたまへり。十四日に亡せたまひて、これは十五日の暁なりけり。（御法巻、五一二）

この世ながら遠からぬ御別れのほどを、いみじと思しけるままに書いたまへる言の葉、げにそのをりよりもせきあへぬ悲しさやらん方なし。いとうたて、いま一際の御心まどひも、女々しく人わるくなりぬべければ、よくも見たまはで、こまやかに書きたまへるかたはらに、

かきつめて見るもかひなし藻塩草おなじ雲居の煙とをなれ

と書き付けて、みな焼かせたまひつ。
（幻巻、五四七～五四八）

の二箇所である。紫の上の葬儀が『竹取物語』昇天の八月十五夜と重なることと、光源氏が紫の上の残した文に歌を書き添えて燃やす行為が、『竹取物語』の帝がかぐや姫から贈られた手紙に歌を書き添えて燃やすことと重なることを根拠に、注3『竹取物語』引用が指摘され、論じられてきた。それらはみな〈かぐや姫〉たる紫の上の喪を語る箇所である。しかしながら、本稿では、紫の上が死を間際に、言い換えれば昇天を間際に、自身が塗籠の扉を開いて席としているところにも、新たに『竹取物語』との連関を指摘し、紫の上の法会を位置づけておきたい。注4

『竹取物語』でかぐや姫は、八月十五夜の満月の夜、月から天人の迎えが来るというので、翁と嫗は月に行かせまいと、かぐや姫を塗籠に籠める。

嫗、塗籠の内に、かぐや姫を抱かへてをり。翁も、塗籠の戸鎖して、戸口にをり。翁のいはく、「かばかりまもる所に、天の人にも負けむや」といひて、屋の上にをる人々いはく、「つゆも、物、空に駆けらば、ふと射殺したまへ」。守る人々のいはく、「かばかり守る所に、かはほり一つだにあらば、まづ射殺して、外にさらさむと思ひはべる」といふ。翁これを聞きて、たのもしがりをり。これを聞きて、かぐや姫いふ、「鎖し籠めて、守り戦ふべきしたくみをしたりとも、あの国の人をえ戦はぬなり。弓矢して射られじ。かく鎖し籠めてありとも、かの国の人来ば、みなあきなむとす。あひ戦はむとすとも、かの国の人来なば、猛き心つかふ人も、よもあらじ」。
（『竹取物語』、六八～六九）

……屋の上に飛ぶ車を寄せて、「いざ、かぐや姫、穢き所に、いかでか久しくおはせむ」といふ。立て籠めたる所の戸、すなはちただあきにあきぬ。格子どもも、人はなくしてあきぬ。嫗抱きてゐたるかぐ

や姫、外にいでぬ。えとどむまじければ、たださし仰ぎて泣きをり。（『竹取物語』、七二〜七三）

地上で母のようにかぐや姫を育てた嫗がかぐや姫を抱きしめ、父のようにかぐや姫を愛して育てた翁は塗籠の戸口を守っていた。邸の周囲には、かぐや姫に恋をした帝の指示で、天人を迎え撃つべく武士たちが配置される。

『竹取物語』の構造は、次の、六つの場面に分けて理解できる。

1、翁によるかぐや姫発見
2、翁嫗によるかぐや姫養育
3、かぐや姫への求婚譚（五人の貴公子、帝）と結婚拒否
4、かぐや姫、塗籠に籠もる
5、八月十五夜、かぐや姫昇天
6、残された帝、翁

八月十五夜の葬儀と、紫の上の手紙を燃やす光源氏の表現から、紫の上の死と別れが論じられてきたが、そこから拡げて紫の上の物語の構造を、その登場から『竹取物語』と比較して見るならば、光源氏が幼い紫の上を発見した場面は、翁がかぐや姫を山で発見した場面に対応する。そして、死を前に塗籠を開いて座す紫の上の場面は、昇天を前にして塗籠に籠もった（籠められた）かぐや姫の場面に対応する。ただし、紫の上の場合は、かぐや姫のように天に行かせまいとする嫗に抱かれて塗籠に籠もるのでもなく、月の人の魔力によってその扉を開かれるのを待つでもなく、自らが塗籠の扉を開いている。

光源氏が北山で紫の上を見出したとき、紫の上には母は亡くなっていた。父である兵部卿宮は、紫の上を

気がかりに思っていたとはいえ、離れ離れの暮らしであった。紫の上は父母の居ない幼子であったのだ。光源氏は、北山からさらって二条院に連れてきた紫の上に対して、

二三日内裏にさぶらひ大殿にもおはするをりは、いといたく屈しなどしたまへば、心苦しうて、母なき子持たらむ心地して、歩きも静心なくおぼえたまふ。（紅葉賀巻、三一七、三一八）

と、傍線部のように光源氏は「母なき子を持つ気持ち」がするとある。胡蝶巻では、玉鬘に恋心揺さぶられながらも、光源氏が「私を母と思って下さい」という場面がある。恋心を否定して見せようとする表現として出た台詞である。紅葉賀巻の「母なき子を持つ気持ち」とは、父のような気持ちか母のような気持ちか、ジェンダーとしては分別し難いが、恋の忍び歩きに忙しい光源氏を後追いする幼い紫の上を、恋の相手として気がかりに思うのではなく、親の気持ちとしてあることは確かめられる。光源氏はかぐや姫を発見した〈翁〉であり紫の上を育てた〈嫗〉でもある。『竹取物語』では、翁がかぐや姫を発見して、嫗とともに育てることで、〈父〉〈母〉〈子〉の擬似家族の物語を、翁嫗かぐや姫はしばし生きる。[注5]光源氏が紫の上を発見し、養育する過程には、光源氏一人二役の〈父〉〈母〉と〈子〉の擬似家族が生まれていたのだ。紫の上の死後、彼女の文を燃やす光源氏の姿には、先に述べたように『竹取物語』の帝の姿が見出せる。光源氏は、かぐや姫たる紫の上に対して、嫗、翁、帝、すなわち、〈母〉〈父〉〈男〉の役割をすべて担ってきたと言える。

さて、『竹取物語』のかぐや姫の場合には、立て込めた塗籠の戸は、月の人の魔力で自然と開いてしまい、かぐや姫は抱かれている嫗の手から外へと出てしまう。彼女を盗られまいとする地上の人々は戦う気力を奪われる。昇天を死と置き換えれば、紫の上の死は、誰も止めることができないだろう。しかし、この二

条院の塗籠の扉は、紫の上自身が開き、お別れをする人々を自ら招いているのだ。死を前に、塗籠を開いて座す紫の上には、その〈母〉〈父〉〈男〉である光源氏に塗籠に籠められることなく、光源氏の思惑に縛られきることなく、自らその塗籠を開いて、昇天を待つ姿があるのだ。そして、法華経を書くことに籠められた時間と祈りを視覚化し、誰にも回収されない祈りとして示すパフォーマンスを遂行するのだ。

二　「わが御殿」二条院

ところで、法華経千部供養を語る冒頭は、次のようにある。

年ごろ、私の御願にて書かせたてまつりたまひける法華経千部、急ぎて供養じたまふ。わが御殿と思す二条院にてぞしたまひける。（御法巻、四九五）

紫の上は、長い間、内々に法華経千部を書写させてきて、それを急いで供養することにしたのだった。法華経千部供養については、次の節で述べることとして、その法会の場所が、傍線部「わが御殿と思す二条院にて」とあることに、まず注目しておきたい。

紫の上が二条院を「わが御殿」「わが御私の殿」と思っていることが語られるのは、『源氏物語』全体の中で二箇所のみである。もう一箇所は、紫の上が光源氏四十賀の算賀のために薬師仏供養する場面にある。

神無月に、対の上、院の御賀に、嵯峨野の御堂にて薬師仏供養じたてまつりたまふ。いかめしきことは、切に諫め申したまへば、忍びやかにと思しおきたり。仏、経箱、帙簀のととのへ、まことの極楽思ひやらる。最勝王経、金剛般若、寿命経など、いとゆたけき御祈りなり。上達部いと多く参りたまへ

り。……御誦経、我も我もと御方々いかめしくせさせたまふ。（若菜上巻、九二～九三）

二十三日を御としみの日にて、この院は、かく隙間なく集ひたまへる中に、わが御私の殿と思す二条院にて、その設けはせさせたまふ。御装束をはじめおほかたのことどももみなこたなにのみしたまふを、御方々も、さるべきことども分けつつ望み仕うまつりたまふ。（若菜上巻、九三）

この場面は、朱雀院の皇女・女三の宮が光源氏の妻として、六条院の春の町に迎えられて間もなく、紫の上が初めて女三の宮と対面したことが語られた直後に展開されている。紫の上は、誰もが認める六条院春の町の女主人として長らく過ごしてきた。しかし、その六条院を紫の上が、「わが御私の殿」「わが御殿」と思っているとは、一度も語られない。そして、二条院をわざわざ紫の上が「わが御私の殿」「わが御殿」と思っているともそれまでには語られていない。よって二箇所に限定して使われるこの表現は、御法巻の法華経千部供養と若菜上薬師仏供養の法会とを呼応させていく。そしてさらにこの二箇所の表現は、似たことを言っていながらも、二つの場面の差異を浮き彫りにもする。

若菜上巻では、「わが御私の殿」とあるのに対して、御法巻では「わが御殿」とあるように御法巻では「私の」表現が無くなっている。紫の上は、光源氏によって北山で発見され二条院に連れてこられて育てられた。その頃の光源氏は、あちこちの女のもとや、葵の上のいる左大臣家に通うのに忙しかった。二条院から出かけようとする光源氏に対して、幼い若紫は後追いするのだったが、それに対し、

母なき子持たらむ心地して、歩きも静心なくおぼえたまふ。（紅葉賀巻、三一八）

と、光源氏は「母のない子を持ったような気持ち」がしていた。自分を後追いする若紫は、光源氏にとってあくまで「子」としか見えていなかったのだ。やがて、葵の上の死と引き換えのようにして紫の上の裳儀が

重なり、紫の上は妻となるという過程を経る。「父」役割をする男が「夫」となったのだ。光源氏須磨流離の際には、二条院の留守を預かり、その任を果たした紫の上は、二条院の女主人としての地位を確かなものにしていった。

紫の上は、六条院という光源氏の妻妾が一堂に集められた場所に対して、二条院という自身が育った場所を「わが御私の殿」と考えているのだ。彼女が帰ることのできる実家は、血の繋がった父の式部卿宮家ではなく、「父」役割をする光源氏と過ごし、続けて妻となった記憶の場所・二条院という邸であったのだ。朱雀院が光源氏を女三の宮の婿として選ぶ思慮の中に、

「六条の大殿の、式部卿の親王のむすめ生ほしたてけむやうに、この宮を預かりてはぐくまむ人もがな。……。」　（若菜上巻、二七）

「かの六条院にこそ、親ざまに譲り聞こえたまはめ」となん、わざとの御消息とはあらねど、御気色あるを、　（若菜上巻、三九）

と、光源氏が紫の上の「親ざまの夫」であるということの評価があった。[注6] 光源氏は紫の上を「父」のように育てた「夫」であると評価する朱雀院のまなざしは、恐らく世間のまなざしと重なるであろう。「わが御私の殿」とは、六条院入りしてきた女三の宮に対して、自身を差異化し、六条院だけが光源氏との関係を紡ぐ場なのではなく、「自分には光源氏とのもう一つの絆がある」「もう一つの記憶の場がある」という、紫の上の最後の自負の拠り所、切ない最後の砦であったのではないか。しかし、それだけであろうか。

女三の宮が六条院に妻として迎えられ、三日夜通いのために、紫の上にとって慣れない独り寝が続くとき、周囲の女房たちは、それをただならないことと噂し合う。それを紫の上が咎めると、

中務、中将の君などやうの人々めをくはせつつ、「あまりなる御思ひやりかな」など言ふべし。
（若菜上巻、六七）

と、中務や中将の君などが、互いに目配せをしつつ、紫の上に対して同情する声を発する。中務、中将の君はこの邸の女房であるとともに、光源氏の召人である。紫の上はこれまで揺ぎ無い光源氏の妻として、女主人としてあったように見えながら、実は、この召人たちと同じ立場になっていてもおかしくなかったのである。母も祖母も亡くなり、北山で孤児同然のような状態でいるところを光源氏に誘拐されてきて、育てられ、いつしか女君として愛されるようになったけれど、その特別なありようは、華やかに世間に承認される婚礼をして光源氏のもとにやってきた女三の宮に比して、あまりに不安定な立場でしかなかった。それが自身にも世間にも露呈されたのだ。三日夜餅の儀をしてはいても、それはこれまで「父」役割をしていた「夫」が用意したものであるという、グレーな儀式であった。[注7] 自分が育った二条院は、彼女を他の女性たちと差異化し、特権化する場所であると同時に、父に認知された正式な婚姻という手順が、世の常とは違う、グレーな儀式であったことを証しだす場所でもある。彼女の自負と負い目の両方を彼女に突きつける両義的な場所でもあるのだ。

女三の宮が光源氏の妻として六条院入りすることを光源氏から伝えられたとき、紫の上は、

「あはれなる御譲りにことはあなれ。ここにいかなる心をおきたてまつるべきにか。めざましく、かくてはなど咎めらるまじくは、心おやすくてもはべなむを、かの母女御の御方ざまにても、疎からず思し数まへてむや」と、卑下したまふを、
（若菜上巻、五二）

と、「卑下して」穏やかにふるまうものの、脳裏には、

憎げにも聞こえなさじ、わが心に憚りたまひ、諌むることに従ひたまふべき、おのがどちの心より起これる懸想にもあらず、堰かるべき方もなきものから、①をこがましく思ひむすぼるるさま世人に漏りきこえじ、式部卿宮の北の方、常にうけはしげなることどもをのたまひ出でつつ、……かやうに聞きて、いかにいちじるく思ひあはせたまはむ、など、おいらかなる人の御心といへど、②いかでかはかばかりの隈はなからむ。今はさりともとのみわが身を思ひあがり、③うらなくて過ぐしける世の、人笑へならむことを下に思ひつづけたまへど、いとおいらかにのみもてなしたまへり。（若菜上巻、五三～五四）

と、継母北の方ののろわしい言葉が思い浮かんでいた。あの時から、紫の上は、傍線部①、③のように、自分の心の内のありさまを他者に押し隠して、表向き穏やかにふるまうようになっていた。傍線部②のように、「どうして心のわだかまり（心の隈）がなかろうか、ないはずはない」と語り手は語る。新たな光源氏の妻・女三の宮に対してはもちろん、これまでともに六条院の妻としてあった明石の君、花散里、そしてそばにいる召人格の女房たち、そうでない女房たちにも、自身の心の葛藤を見せることなく、今いっそう凛として穏やかに振る舞い続けることをし始める。「同情」という名の人々のまなざしと声は、彼女の誇りを改めて傷つけ、次第にもう引き戻れないほどの孤独の闇へと追いやっていくこととなった。

紫の上は、人笑いとなる噂を回避するため、光源氏との対話においても、心を押し隠し[注8]、光源氏との間に「心の隈（誰にも見ることのできない心の領域）」を持つ[注9]。紫の上の発病は、女楽の直後のことであったが、その女楽を終えた夜、光源氏は紫の上に対して、自身の女性関係を回顧し、女性評をしている。

女楽とは、光源氏が女三の宮を大切にしていることを、朱雀院に対して示すための場であった。ホモソーシャルな連帯を作り上げようとするパフォーマンスの場に、六条院の女君たちの演奏が組み込まれようとしていた。その女楽の夜に光源氏が紫の上に語り聞かせる女性評については、立石和弘が言うように、「色好み的＝男性原理的な欲望が揺曳しており、一人の男性の愛を奪い合う競争原理を潜在させた話が押し付けがましく語られていく……ここで自身の女性関係を語り聞かせることの効果とは、聞き手である紫の上を、話題に上らせる女性たちから差異化し、一夫多妻の関係構造の中に特権的位置づけ直すことで、女三の宮降嫁後に置かれた紫の上の不利な状況を反転させ、むしろ幸福でさえあると意味づけ直し、納得させるための言語行為となる」[注10]のだ。

光源氏が自身と関係のある女性たちの評を紫の上に語り聞かせる行為は、朝顔巻でもしている。朝顔巻は、藤壺の死を語る薄雲巻に続く巻である。藤壺の喪の中にある光源氏は、喪を現す鈍色の衣を纏いながら、朝顔の君にかつて以上の執着を見せる。衣に芳しい香を焚き染め、念入りに身づくろいをして浮かれて出かけていく光源氏を横目に、紫の上は、明石の君の産んだ幼い姫君をあやしながら傷つき悩むのだった。そうした日々の中、ある雪の日、光源氏は庭で童たちが雪ころがしするのを眺めながら、藤壺、朝顔の君、明石の君、花散里、と次々に女性たちを評して聞かせる。このとき、紫の上は次のように歌を詠むのであるが、その紫の上を傍線部のように光源氏の身勝手な視線がとらえていく。

月いよいよ澄みて、静かにおもしろし。女君は、

こほりとぢ石間の水はゆきなやみそらすむ月のかげぞながるる

外を見出して、すこしかたぶきたまへるほど、似るものなくうつくしげなり。髪ざし、面様の、恋ひきこゆる人の面影にふとおぼえてめでたければ、いささか分くる御心もとりかさねつべし。鴛鴦のうちなきたるに、

かきつめてむかし恋しき雪もよにあはれを添ふる鴛鴦のうきねか
（朝顔巻、四九四）

紫の上は、「石間の水は氷って閉じ込められ、流れかねているけれど、空に澄む月影は西へと傾いてゆきます――わたしは閉じこめられて、どう生きていけばよいのか悩んでおります。それなのに、嘘ばかりおっしゃってわたしから離れていこうとするあなたのお顔を見ると、泣けてきます」と歌う。冷たい氷に閉じ込められて身動きできない岩間の水に、自身を重ね、自分の存在のありようについて悩みを深めて、それを訴えているのだ。それに対して光源氏は「昔の思い出が次々恋しい雪の夜に、いっそう切なさを掻きたてるのは、池に共に浮き寝する、鴛鴦の鳴き声だったか」と、詠み返した。

雪ころがしをする童髪の少女たちは、光源氏が初めて出会った頃の童髪の若紫の姿と重なるであろう。しかし、眼前にある今の紫の上は、憧れ続けてやまず、それなのに今はもはやこの世で会うことのできないあの藤壺の面影がふと重なってくる。北山で若紫を発見して、「憧れてやまないあの方に似ている」「この人の成長する行末を見てみたい」（若紫巻）と光源氏が思ったあの時から遠く時間は過ぎて、童髪の少女は大人になったのだ。藤壺に似ていると光源氏が改めて感じたその時には、紫の上は、光源氏の想像の及ばない心の領域を隠し持ち始めていたのだ。その皮肉に光源氏は気付かずにいる。

その夜、光源氏は藤壺が夢に現れ、泣きながら目覚める。朝顔への執着は、光源氏も気付かないほどの、藤壺を喪失した心の痛みを隠すものとしてあったのだ。そして、あれから年月を経て、女三の宮降嫁の三日目の雪の夜、紫の上は、女三の宮のもとにある光源氏の夢枕に立ってしまう。

現実の場面において、光源氏に嘆きと恨みを声にして訴えられない二人の女たちの葛藤と抑圧の大きさが、雪の日に呼応していく。光源氏は朝顔巻のその時、あの世で同じ蓮にと願い、「なき人をしたふ心にまかせてもかげ見ぬみつの瀬にやまどはむ（亡き藤壺の宮を慕う心のままにお訪ねしても、そのお姿の見えない三途の川で、私は一人途方に暮れるのだろうか）」と、独詠する。夫婦でない宮とは、それは叶うはずのない願いである。光源氏はこの時、藤壺とはこの世のみならずあの世でも一緒になることが叶えられないことを思い知らされたのだったが、藤壺はあの世でも孤独に苦しみの中にあり続けていた。一方、女楽直後に発病した紫の上は出家を願うが、光源氏はそれを許さず、あの世で同じ蓮に座すことを繰り返し誓うのであったが、紫の上はそれに対して、返答していない。光源氏のその約束は、果たして、紫の上の心を晴れやかにするものとなっていたのだろうか。

苦しみの最果てに、光源氏との男女関係を解消すべく出家を願い出るも許されない彼女は、光源氏との対話によって、光源氏の思い描く男女関係の枠内へと回収されようとする。その回収への抵抗は、彼女が六条院にあって、思いを押し隠してフリを生きることの葛藤に、かすかに実現されようとする。光源氏と男女関係の中にある限り、彼女への好奇の世間のまなざしも光源氏との対話も、彼女が発する言葉を抑圧する。

こうした抑圧の力学の中で、紫の上は二条院へ移っても、病はもう治ることがない。一方、六条院春の町は、光源氏の手により女三の宮のために、秋の草木が植えられた庭へと変わった。[注11] 光源氏は女三の宮と柏木の密通、出産に出くわし、女三の宮に対して愛情を感じられないのだが、女三の宮付きの乳母や女房たちは、朱雀院と情報のパイプで繋がり続け、光源氏はその情報網の中で、身動きできない。[注12] 紫の上が春を愛すといい、庭の池に竜頭鷁首の船を浮かべて遊んだ華やかな時間も場所も、六条院には失われて、もはやないのだ。[注13]

紫の上は、「わが御殿」二条院で法華経千部供養を主催する。紫の上にとって、二条院は「わが御殿」、もはや彼女の居場所はここしかないのだという孤独が、若菜上巻の「わが御私の殿」という似た表現との対比から改めて浮き彫りとなる。そして、この法会の支度は、光源氏を驚かせた。法華経を千部書写してそれを供養することには、言葉を声にして発することを抑圧された紫の上の、「書くことによる祈り」が視覚化され、光源氏とその他大勢の参列の人々に披露されるのだ。最期の別れを前に、彼女は声にできない声を、そこに遂行してみせるのだ。

そして、自ら塗籠を開いて座す紫の上は、誰にも閉じ込められない世界を観ようとしているのだ。そのあり方を、法会を開く行為によって、抑圧された言葉の代わりに見せていくのだ。

三　書くことの祈り

年ごろ、私の御願にて書かせたてまつりたまひける法華経千部、急ぎて供養じたまふ。わが御殿と思す二条院にてぞしたまひける。七僧の法服など品々賜す。物の色、縫目よりはじめて、きよらなること限りなし。おほかたあ、何ごとも、いといかめしきわざどもをせられたり。ことごとしきさまにも聞こえたまはざりければ、くはしきことどもも知らせたまはざりけるに、女の御おきてにてはいかにいたり深く、仏の道にさへ通ひたまひける御心のほどなどを、院はいと限りなしと見たてまつりたまひて、ただおほかたの御しつらひ、何かのことばかりをなん営ませたまひける。楽人、舞人などのことは、大将の君、とりわきて仕うまつりたまふ。……いつのほどに、いとかくいろいろ重しまうけけん、げに、石上の世々経たる御願にやとぞ見えたる。

（御法巻、四九五〜四九六）

紫の上は、法華経千部を新たに書写することを長年にわたり積み重ねてきた。塚原明弘が述べるように、ここには、『御堂関白記』の寛弘七年（一〇一〇）三月八日の道長千部法華経供養が想起されるが、「道長でさえも、それは「摺写」によって可能な規模」なのであった。[注14]『源氏物語』の成立時期は寛弘五年（一〇〇八）が通説としてあり、その時期は道長の法会の時期は微妙な関係にあるため、道長の千部供養がここに直接投影されているという指摘をすることは難しい。しかし、この道長の供養と比較しても、紫の上の法華経千部供養が、現実的にはありえない大規模の「新書写」による供養だということを、塚原はもとより本稿でも改めて述べておきたい。

塚原は『二中暦』に、法華経一部を一日で書写するためには三十人余りの書き手と多額の費用を要するという指摘があることを受けて、「当時の貴族が主催した逆修供養としては、非現実的な書写量である」とし、紫の上の法華経千部供養に「二十五三昧会」の結縁者による「新写法華経一千部供養」を喩的表現として読み取る。さらに、紫の上の法会が逆修八講であると同時に結縁八講の性格を帯びていることを述べる。[注15]紫の上による準備は、傍線部のように、七僧の法服をはじめ、色合い、縫目に至るまで、神々しくうつくしいことこの上なかった。こうした儀式に際しては、細かな決まりごとがあるのだが、光源氏の目に映る法会のしたくは、傍線部のように、「（男の）自分が教えてもいないのに、よく女の身でここまでできた。仏の道にとても通じているのだ」と、感嘆させるほどにみごとに整えられてあった。

ここに「女の御おきてには」という言葉があることに注意したい。『源氏物語』は道長の法華経千部供養を準拠としているわけではないが、喩えるなら時の権力者であり、男である道長の営む法会をも超え出た規模のものを、紫の上は光源氏の手も借りずに準備したことを、現代の読者は知ることができる。物語が書かれた当時の常識に照らしても、物語世界の光源氏の驚きはただの紫の上びいきでないことは明らかである。目の前に示された法会は、すでに光源氏によって理想の女性として養育され、作られてきた「女」をはるかに超え出た紫の上を、法会を営むという行為をもって示したことになる。前節で、「わが御私の殿」「わが御殿」の表現によって対応していた、紫の上主催の光源氏算賀においては、

神無月に、対の上、院の御賀に、嵯峨野の御堂にて薬師仏供養じたてまつりたまふ。いかめしきことは、切に諌め申したまへば、忍びやかにと思しおきてたり。仏、経箱、帙簀のととのへ、まことの極楽思ひやらる。（若菜上巻、九二、九三）

と、光源氏が大がかりな儀式を「諌め」るため、それに従い目立たないようにと計画をしたとある。それに対して、紫の上が、法華経千部供養を主催するとき、もはや、光源氏という「男」によって作られ囲い込まれた「女」はそこにはもういないのだ。

紫の上の開いた法華経千部供養とは、法華経を千部書写してそれを仏に供養するものである。「書かせたてまつりたまひける」とあるが、法華経の書写は人に依頼して準備したものも、自身で書いたものもあるだろう。法華経千部を供養する法会には、出家を許されず、思いを言葉にすることさえ抑圧されてきた彼女の「書くことの祈り」がこめられ、視覚化され、参列者にその彼女の祈りが披露され共有されることになる。光源氏がその準備に手を加えていないというのは、彼女の祈りのなかに、光源氏の思惑が織り込まれていないことを意味するのである。光源氏の驚きのまなざしを物語が示した後、この場面に光源氏は登場しない。

四　陵王の舞

さて、紫の上の法会のクライマックスは、陵王の舞であった。この舞の描写を挟んで、紫の上と明石の君、紫の上と花散里の歌の贈答がそれぞれに語られる。紫の上と六条院でともに長らく過ごしてきた光源氏の妻たちとの別れを語る場面を陵王の舞が繋いでいるとも、言い換えられる。

夜もすがら、尊きことにうちあはせたる鼓の声絶えずおもしろし。ほのぼのと明けゆく朝ぼらけ、霞の間より見えたる花のいろいろ、なほ春に心とまりぬべくにほひわたりて、百千鳥の囀りも笛の音に劣らぬ心地して、もののあはれもおもしろさも残らぬほどに、陵王の舞ひて急になるほどの末つ方の楽、はなやかににぎわはしく聞こゆるに、皆人の脱ぎかけたる物のいろいろなども、もののをりからにをかしうのみ見ゆ。①親王たち、上達部の中にも、物の上手ども、手残さず遊びたまふ。上下心地よげに、興ある気色どもなるを見たまふにも、②残りすくなしと身を思したる御心の中には、よろづのことあはれにおぼえたまふ。

（御法巻、四九七～四九八）

陵王の舞は、法会に参加した人々を感嘆させた。舞により高揚した場を、傍線部②のように、紫の上は「あはれ」と思ってまなざしている。

舞も楽も傍線部①からはいくつも披露されたと想像されるが、ここにその名前が挙げられているのは、「陵王」の舞のみである。[注16]

この陵王の舞は、『源氏物語』においては、この御法巻と若菜下巻との二箇所にのみ見える。若菜下巻は、光源氏四十賀を玉鬘が主催して、童たちがそれぞれの舞を披露する中の一つとして、陵王も語られている。この時は、舞と場に対する光源氏のまなざしが語られる。

『源氏物語』における舞のありようは、平安の風俗をそのまま映したものではなく、どの舞がどのような場面に舞われるかには、『源氏物語』独自の場面選択がある。[注17] この陵王の舞については、植田恭代が、平安時代の諸記録から、それぞれの舞がどのような場で舞われたのかについて検証し、次のように述べている。[注18]

諸記録にはそれぞれの執筆姿勢があり、舞を奏したことのみを記す場合も多く、記録に見る曲名が史実の事例のすべてではあり得ない。しかし、そうした事情を考慮しても、陵王は十世紀初めから勝負行事や算賀をはじめとするさまざまな場で舞われ、宮廷社会に馴染みの深い舞楽曲として頻繁に舞われていたことは揺るがぬ事実である。供養行事での陵王に限定してみると、一条朝以前の例は少なく、平安時代初期から儀式次第の一環ではなく余興的な性格の舞楽としてあり、儀式をひととおり終えた場で彩る舞楽曲である。(中略)ただし、管見に入ったかぎり女性の発願による法華経千部供養という場は見当たらない。陵王は、供養行事のみに限定された舞楽曲ではなく、宮廷社会における諸行事のさまざまな場での定番の曲として愛好され、それが供養行事でも舞われるのである。(傍線、橋本付す)

長い引用と紹介となったが、陵王の舞とは、平安時代には納曾利と番舞とされ、勝負の舞として使われていた。右方が勝利すれば納曾利が、左方が勝てば陵王が舞われる。[注19] しかし、『源氏物語』においては、そうした勝負事の場面に陵王は描かれていない。『源氏物語』には勝負行事がしばしば語られている。たとえば、賢木巻の碁や蛍巻の競馬などがあるが、こうした場面こそ、史実に照らせば陵王の舞が舞われる定番とも言える場面なのだ。しかし、『源氏物語』は、植田の指摘にもあるように、女性発願による法華経千部供養という、全く当時の歴史上にはない独自の場面に陵王の舞を描いているのだ。

そして、もう一つの場面は、光源氏四十賀の折が選択されている。算賀に陵王の舞が舞われることは『源氏物語』が書かれた時点では少ないが、後には多く資料に散見される。[注20] 二箇所しかないこの舞によって、光源氏四十賀と紫の上の法会の両場面は呼応する語りとなるのだ。若菜下巻では、次のように語られている。

右の大殿の四郎君、大将殿の三郎君、兵部卿宮の孫王の君たち二人は万歳楽、まだいとちいさきほどにて、いとらうたげなり。四人ながらいづれとなく、高き家の子にて、容貌をかしげにかしづき出でたる、思ひなしもやむごとなし。また、大将の御典侍腹の二郎君、式部卿宮の兵衛督といひし、今は源中納言の御子皇麞、①右の大殿の三郎君陵王、大将殿の太郎落蹲、さては太平楽、喜春楽などいふ舞どもをなむ、同じ御仲らひの君たち、大人たちなど舞ひける。②暮れゆけば、御簾上げさせたまひて、ものの興まさるに、いとうつくしき御孫の君たちの容貌姿にて、舞のさまも世に見えぬ手を尽くして、御師どもも、おのおの手の限りを教へきこえけるに、深きかどかどしさを加へてめずらかに舞ひたまふを、③いづれをもいとらうたしと思す。④老いたまへる上達部たちは、みな涙落としたまふ。式部卿宮も、御孫を思して、御鼻の色づくまでしほたれたまふ。⑤主の院、「過ぐる齢にそへては、酔泣きこそとどめがたきわざなりけれ。衛門督心とどめてほほ笑まるる、いと恥づかしや。……」とてうち見やりたまふに、……さし分きて空酔ひをしつつかくのたまふ、戯れのやうなれど、いとど胸つぶれて、

（若菜下、二七九～二八〇）

算賀において、それぞれの家の将来を担う子供たちが、童舞という形で祝いの場に披露されている。童舞は、仮面を着けず、天冠を頭に載せて舞うものであり、[注21] 若菜巻の陵王は、一族のそれぞれの将来を担う子供

たちが宴の席で、その顔を集まった親王や律令官人たちに披露することが役目であったことが分かる。[注22] 光源氏四十賀で陵王を舞ったのは、傍線部①のように、鬚黒大将と玉鬘の三郎君であることが明示されている。『源氏物語』の年立てにはしばしば矛盾があるけれど、玉鬘の最初の出産から換算して、三郎君はこの時およそ十歳くらいと思われる。三郎君を含め、その幼い舞人たちに対する光源氏のまなざしが、続けて語られている。

傍線部②のように、日が暮れていくので、光源氏は御簾を巻き上げさせて幼い舞人たちの舞に魅入っている。舞楽の興が高まり、舞を舞う孫たちのかわいい顔や姿で、またとこの世にない技を尽くして、しかもそれぞれの師匠が一人一人技の限りを教えたことが、生来の資質に加わって、みごとな舞ぶりであるのを、光源氏は傍線部③「いづれもらうたし（どの子も愛おしい）」と思うのであった。舞は傍線部④のように、その場に居合わせた人々、殊に老いた式部卿宮などを感涙させた様子が語られる。将来を期待される初々しい幼い舞人たちと、老人たちの対比が際やかで、華やかな祝いの席で、世代が新しくなっていくことが露わになる場が生成される。この直後、場面は傍線部⑤の、光源氏が酔った振りをして、柏木に「私を老人だと笑っているね」と皮肉を言うあの有名な場面へと転じていくのだ。

若菜下巻の陵王の舞は、童舞であった。光源氏の四十を祝うと同時にこの華やかな宴の場で家の子が披露されることで、それぞれの家の繁栄と舞の童たちの未来が寿がれることになる。同時に孫たちの姿に感動する式部卿宮の姿とともに、祝われる光源氏の老いが改めて強調されるのだ。[注23] 自分の妻・女三の宮と通じた柏木に皮肉を言う光源氏は、眼前で童舞を舞うその可愛い孫たちを愛でるようには、生れる不義の子を愛でることはできるだろうか。かつては自分が不義の子を父・桐壺帝に抱かせたことを思い出して、誰にも言えない思いを抱えて、呻くより他ない。光源氏は、自身がかつてしたことと同じ形で自分の言葉と行為を抑圧され、孤独な葛藤を生きるしかない。

祝いの席での光源氏の皮肉は、柏木を精神的に追い詰め、死へと真っ直ぐに向わせた。

その若菜下巻の場面に対して、紫の上が見ている陵王の舞は、童舞ではない。誰が舞ったとも語られず、陵王の舞そのものが、焦点化されている。[注24]「陵王」は「蘭陵王」とも呼ばれて、現在でもしばしば舞楽公演で上演される舞である。多人数でゆったり舞う「平舞」に対して、闊達な動きをする「走舞」という舞に分類され、一人で舞う。同じ陵王の舞でも、童舞の場合は、仮面を着けず天冠を頭に載せて舞うのに対して、大人の舞は、恐ろしい仮面を着けて舞い、舞人の顔は見えない。そして、この舞には、当時も、そして今もよく知られる伝説が付随している。

植田はその伝説は、『源氏物語』が書かれた時代の書物にあることを確認してはいるが、伝説は『源氏物語』の内容とは関係がないとして排除する。[注25]しかし、本稿は、この伝承こそが重要であると考える。

『教訓抄』によれば、北斉の蘭陵王・長恭は、才知武勇でしかも、大変な美貌の人であったので、兵士たちがその美貌に見とれて戦いを忘れてしまうので、その美しい顔を恐ろしい仮面の下に隠して戦いに臨んだという。それを世の中こぞって舞の形にし、この舞を舞うと天下泰平となったという。[注26]

『源氏物語』の御法巻を描く絵には、この陵王の舞が描かれることが多い。[注27]そして、近年『源氏物語』を舞台化した宝塚歌劇『あさきゆめみし』・『あさきゆめみしⅡ』[注28]の二つの作品では、舞台のラストシーン近くのクライマックスに法会で紫の上自身が陵王を舞う演出となっている。

宝塚歌劇『あさきゆめみし』の方では、紫の上の乳母を登場させ、その乳母に『陵王』の伝説を語らせるオリジナルな場面が付いている。宝塚歌劇『あさきゆめみしⅡ』では、乳母が登場することもなく、『陵王』の伝説について登場人物の言葉を通して説明されることもない。しかし、両舞台ともに、法会で紫の上が力強く陵王を舞い終えて倒れ、そこに光源氏が駆け寄って跪いて抱き起こすと、紫の上の被っていた恐ろしい陵王の面が取れて、彼女の美しい顔が露わになる。その瞬間、光源氏は陵王を舞っていたのが紫の上だったと初めて気付き、「お身体が悪いのになぜ」と涙声で問う。紫の上は、「舞いたかったのです陵王を」と訴え「私きっと元気になりますわ」と光源氏にほほ笑みかけるや、光源氏の腕に包まれたまま死んでいく。光源氏は亡くなった紫の上を抱きしめてそこに顔を埋めながら、「私を一人にしないでくれ」と涙声でささやくが、紫の上はもう戻ってはこないという脚本・演出となっている。こうしたシーンは『源氏物語』原文にはない宝塚歌劇オリジナルなものであるが、御法巻の絵が陵王を象徴的なものとして描くことが多い事実とともに、『源氏物語』の御法巻の陵王の舞への一つの解釈を示して、注目に値する。

では、陵王の舞が語られる原文の『源氏物語』御法巻の場面を見てみよう。

三月の十日なれば、花盛りにて、空のけしきなどもうららかにものおもしろく、仏のおはするところのありさま遠からず思ひやられて、ことなる深き心もなき人さへ罪を失ひつべし。（御法巻、四九六）

うららかな三月の春の日、桜が花盛りで、仏の国を思わせる風情であった。六条院にはない春景色が、ここに実現されている。紫の上は、明石の姫君の産んだ幼い匂宮を使者にして、明石の君と歌を交わす。その贈答が語られた後、陵王の舞の場面へと物語は転じていく。

夜もすがら、尊きことにうちあわせたる鼓の声絶えずおもしろし。ほのぼのと明けゆく朝ぼらけ、霞の間より見えたる花のいろいろ、なほ春に心とまりぬべくにほひわたりて、百千鳥の囀りも笛の音に劣らぬ心地して、もののあはれおもしろさも残らぬほどに、陵王の舞ひて急になるほとの末つ方の楽、はなやかににぎははしく聞こゆるに、皆人の脱ぎかけたる物のいろいろなども、もののをりからにおかしうのみ見ゆ。親王たち、上達部の中にも、物の上手ども、手残さず遊びたまふ。上下心地よげに、興ある気色どもなるを見たまふに、残りすくなしと身を思したる御心地の中には、よろづのことあはれにおぼえたまふ。

（御法巻、四九七～四九八）

「陵王」は「蘭陵王」ともよばれて現在でも人気があり、しばしば雅楽の舞台で上演される舞であるが、平安時代そのままが伝えられているわけではない。「『明治撰定譜』では六曲で『蘭陵王』一具となっていますが、狛近真《こまのちかざね》撰での『教訓抄』および宮内庁書陵部蔵書の『羅陵王舞譜』（狛近真著）によって、古くは「嗔序」と「荒序」の存在が見られ、『蘭陵王』一具は八曲構成であったことが認められます。この具の構成は、まさに大曲に匹敵します[注29]」とのことである。その八つの構成とは、「1、小乱声　2、陵王乱序　3、囀　4、嗔序　5、沙陀調音取　6、荒序　7、当曲＝蘭陵王　8、安摩乱声」である。国立劇場の雅楽公演で復元の公演がなされたことがあったが[注30]、譜面はあっても、家の秘伝であり、口頭で伝えられる部分が多く、失われてしまったものの復元はなかなか難しく苦労のいるものであったという[注31]。復元を手がけられた「嗔序」と「荒序」はともかくとして、譜面と口伝で伝承されてきた残り六つの場面を見ると[注32]、恐ろしい面を被った舞人が手に桴をもち、地を踏む所作や、腰を落としてその桴で地面を掘り返すような所作を繰り返す。また、大地を行進するような所作をする。大地から力を湧き上がらせるようなしぐさや行進の先頭を切るような身振りには、大地の力を呼び出し、戦いを鼓舞する勇猛な人物の物語が喚起させられるものであった。走舞と言われても、現代人にはあまりにゆったりとした舞に見えるが、今述べた所作は、絵巻の絵などにも窺える。[注33]『源氏物語』には、具体的な所作は描かれていないので、本稿ではその具体的所作からの考察には立ち入らないが、本文にある傍線部に見える「囀り」とは、「陵王」の八構成のうちの三番目にあたる「囀」の箇所に相当するシーンを指すであろう。「陵王」の舞「囀」の場面では、笛が演奏されるのだが、御法巻のこの場面では、その笛の音に加えて、朝ぼらけの空を背景に起き出し始めたさまざまな鳥たちの囀りの声が響き渡るという幻想的な景色を描写している。朝を喜ぶ可愛らしい鳥たちの囀りに比して、舞は勇猛な戦いを鼓舞する舞となり、[注34]楽の音も華やかに賑やかに盛り上がり、その場に居た人々は感嘆して、舞人に禄として衣を次々脱ぎかける。空の色、花の色、香り、春霞、鳥の声、これ以上ないという春景色と舞による人々の高揚に、紫の上は自分の命の終わりを感じながら、「あはれ」を思う。この後、今度は、紫の上と花散里との歌の贈答による別れをする場へと物語は転回していく。

六条院に春の町は無いが、「わが御殿二条院」で人々と、紫の上を象徴する「春」景色と、「陵王の舞」を共有する紫の上がここにある。そして、ここに光源氏は全く描写されない。

明石の君は、光源氏の子・明石の姫君を産むが、自身の手で育てることが叶わない「産むけれど、育てられない母」であった。紫の上は、光源氏の子を産まなかったけれど、しかし、明石の姫君を養育することで「産まないけれど、育てる母」として生きた。匂宮は、明石の姫君が産んだ皇子である。紫の上から明石の君に歌を贈るに際し、幼い匂宮が使者となるとき、まさに、二人の「母」(祖母)は繋げられ、繋げられつつもまた隔てられる二人の「母」の境涯を露わにする。この時、明石の君は「心細き筋は後の聞こえも心おくれたるわざにや、そこはかとなくぞあめる」と二人の間の心の交流以上に、後の心無い噂を回避するよう心を砕き、あたりさわりなく歌を返す。これまでと同じく、二人の距離感が示される贈答である。

花散里に対しては、「夏冬の時につけたる遊び戯れにも、なまいどましき下の心はおのづから立ちまじりもすらめど、さすがに情けをかはしたまふ方々は……遠き別れめきて惜しまる」と、名残惜しさに歌を詠む。

絶えぬべきみのりながらぞ頼まるる世々にと結ぶ中の契りを

御返り、

結びおく契りは絶えじおほかたの残りすくなきみのりなりとも

（御法巻、四九九）

自分が営む最後の法会であることを告げて、出会った花散里との縁を歌う紫の上に対して、花散里は紫の上の法会を賞賛し、その縁を改めて確認する歌を返す。二人はそれぞれに光源氏の子を産むことは無かったが、花散里は元服後の夕霧のお世話をし、彼女もまた紫の上と同じく、「産まないけれど、育てる母」役割をしてきた。

六条院で一同に集められていた女君たちは、その六条院で波風が立たないように暮らしてきたが、そこにはどれほどの喜びとともに葛藤があったか。

紫の上と明石の君、紫の上と花散里との別れの間に、陵王の舞を法会のクライマックスとして語る構成は、恐ろしい仮面の下に、美しい顔を隠して戦いを鼓舞したという「陵王」の伝承と、そのまま六条院の女たちが、それぞれに心を押し隠して、与えられた性役割を演じてきた生涯を、物語は、双方を鏡のように映し出して語っていくのだ。

同時に、自身の算賀の席でかわいい陵王の舞を見ながら、新たにやってきた妻女三の宮の不義の子誕生に呻く光源氏が対照して語られることには、これまでの光源氏による女君支配への批判が見える。

塗籠の扉を開いて、光源氏に囲い込まれない紫の上＝〈かぐや姫〉が、みなとの別れの場に披露される陵王の舞を見る構図は、自身たちの物語を鏡として見る構図とも言える。舞によって生成されるこうした女たちの別れの場に、六条院体制の性役割批判があるのだ。

おわりに

紫の上が最後に主催した法華経千部供養は、光源氏の想定する「女」を超え出るみごとな支度であった。そこには、紫の上の長年に積み重ねられた「書くことによる祈り」の圧倒的大きさと力強さが人々の眼前に披露され、祈りは遂行される。そして、塗籠を自ら開いて座す紫の上の姿には、誰にも閉じ込められず、昇天を待つ〈かぐや姫〉の姿があるのだ。そこには、世間のまなざし、そして光源氏の思惑にからめとられる抑圧の日々から解放されようとする晴れやかな決意が、窺える。そして、法会のクライマックスの陵王の舞には、苦しみを押し隠して、互いを奮い立たせてきた女たちの葛藤が表象されていた。

もちろん、紫の上の法会も死も、それだけを語るものではない。紫の上は、藤壺の形代として物語に登場し、かぐや姫に準えられて物語られた。宇治十帖の最後のヒロイン浮舟もまた大君、中の君の形代として登場しつつ、かぐや姫に準えて物語られていく。紫の上と『竹取物語』との連関については、稿を改めて論じることとする。

＊本文引用は、新編日本古典文学全集『源氏物語』より、（ ）内に頁を記す。表記は私に改めている。必要に応じて、傍線を引き、番号を付す。

注

1 『源氏物語』における『竹取物語』引用において、かぐや姫になぞらえられる人物を『竹取物語』のかぐや姫と弁別して、本稿では〈かぐや姫〉と表記する。

2 河添房江「源氏物語の内なる竹取物語――御法、幻を起点として」(『源氏物語喩と王権』有精堂、一九九二年所収→『源氏物語表現史』翰林書房、一九九八年所収)

3 注2に同じ。

4 塚原明弘「御法巻と二十五三昧会」(『源氏物語ことばの連環』おうふう、二〇〇四年)では、河添が八月十五夜に葬儀がなされたことを根拠に『竹取物語』との関わりを指摘するのに対して、『竹取物語』における八月十五夜とはかぐや姫昇天の日であり、『源氏物語』の場合には、紫の上の死は八月十四日であって、八月十五夜はあくまで葬儀の日であるという違いについて、拘りを述べる。塚原論は、法華経と女性である紫の上の救いとの関係を、法会のあり方から解明しようとするものである。『源氏物語』は正編から宇治十帖浮舟の物語まで『竹取物語』引用を重ねながら、法華経における女人往生の問題と向かい合い、それを凌駕せんとする語りを見せるが、そのあり方を考える上で、興味深い論である。

5 『竹取物語』が〈父〉〈母〉〈子〉の擬似家族の物語を抱え持つことと、『源氏物語』における引用については、拙稿「『源氏物語』第三部における「衣」――変奏する〈かぐや姫〉たちと〈女の生身〉――」(河添房江編『王朝文学と服飾・容飾』竹林舎、二〇一〇年所収)、拙稿「浮舟物語と『竹取物語』引用――喪と鎮魂の時間から――」(原岡文子・河添房江編『源氏物語　煌くことばの世界』翰林書房、二〇一四年所収)に述べている。

6 三村友希「二人の紫の上」(『姫君たちの源氏物語――二人の紫の上――』翰林書房、二〇〇八年所収)では、光源氏を「親ざまの夫」と評価されることと紫の上、女三の宮の「娘ざまの妻」の差異を論じている。鈴虫巻の八月十五夜の場面で、女三の宮が出家をして尼衣を纏っていても、かぐや姫のように飛び立てないであることを述べるなど示唆に富む。

7 紫の上の三日の餅については、工藤重矩『平安朝の結婚制度と文学』(風間書房、一九九四年)参照。餅を紫の上の父役割の光源氏が準備し、紫の上の乳母さえ事後的に知る経緯は見逃せない。

8 拙稿「噂と会話の力学――『源氏物語』をおしひらくもの」(『源氏物語の〈記憶〉』翰林書房、二〇〇八年所収)で、光源氏と紫の上が、噂に取り囲まれて、身動きできず、互いに心を押し隠して会話することの力学を論じた。

9　三田村雅子「源氏物語のジェンダー——「何心なし」「うらなし」の裏側」（『解釈と感傷』第六五巻第一二号、二〇〇〇年十二月）では、女に欲望がないわけではないのにおしこめられていくその葛藤を、紫の上が光源氏に対して「うらなき」演技で自己を鎧うところに読み込んでいく。紫の上の病を「夫の目の届かない『隈』が生成されていることを告げるものである」とし、力強い読みを示す論である。

10　立石和弘「メディアと平安物語文学」（岩波講座　文学2『メディアの力学』岩波書店、二〇〇二年所収）。

11　岩原真代「光源氏と女三の宮の住環境——六条院・春の町改築の意義——」（『源氏物語の住環境——物語環境論の視界——』おうふう、二〇〇八年所収）に春の町の変化が論じられている。

12　拙稿「光源氏と《山の帝》の会話」（『源氏物語の〈記憶〉』翰林書房、二〇〇八年所収）では、女三の宮の乳母たちが朱雀院と情報で繋がり続け、光源氏がそれによって自身の情報を管理・支配しきれずに身動きできないまま、朱雀院と対話することについて述べている。

13　紫の上が春を愛し、秋好中宮が秋を愛するという春秋論争が、和やかに六条院で展開された。胡蝶巻では、光源氏が春の町で春の宴を催し、玉鬘が自分の娘であるという嘘の情報を流して人々を翻弄させ、次々と求婚者が現れることを楽しんでいた。しかし、もはや、若菜巻で女三の宮が六条院に嫁降して以降、光源氏は情報を管理しきれない。

14　注4論文に同じ。

15　注4論文に同じ。

16　植田恭代「二条院の陵王」（『源氏物語の宮廷文化——後宮・雅楽・物語世界』笠間書院、二〇〇九年所収）は、「『河海抄』には「案之陵王に急なし只早を急になるといふ歟緩急の急の心なり或説新羅王急歟件曲上大鼓也」とあり、この曲に急はなく、只拍子を急になるというか」と述べ、「新羅陵王」の急かとする説も紹介する。「……しかし、「新羅陵王」は別の曲であり、『源氏物語』では若菜下巻でも「陵王」とあり、ここでは現行の諸注釈のように陵王の急と考えるのが妥当な判断である」とする。本稿も植田と同じ判断をする。

17　注16植田論文にその指摘がある。

18　注16論文に同じ。

19　注16植田論文、ならびに小島美子監修・独立行政法人日本芸術文化振興会 国立劇場調査養成部企画編集『日本の伝統芸

能講座　音楽』（淡交社、二〇〇八年）、服部幸雄監修・独立行政法人日本芸術文化振興会 国立劇場調査養成部企画編集『日本の伝統芸能講座　舞踊　演劇』（淡交社、二〇〇九年）『国立劇場 第六六回 雅楽公演　舞楽　常の目馴れぬ舞のさま』（公演パンフレット、二〇〇九年六月十三日）より。

20 注16論文に同じ。

21 注19『日本の伝統芸能講座　音楽』、『日本の伝統芸能講座　舞踊　演劇』および、『国立劇場 第六六回 雅楽公演　舞楽　常の目馴れぬ舞のさま』（公演パンフレット、二〇〇九年六月十三日）参照。

22 『蜻蛉日記』天禄元年三月の記事に、作者の甥が陵王を舞い、息子の道綱がその番舞を舞い、御衣を賜り人々に賞賛されたことを、兼家が大泣きして喜んで語るさまが記述されている。童舞そのものが、舞われる勝敗を祝う場の意味に加えて、その舞人である童が人々に披露される晴れがましい場を作るのだと、その感激から窺える。

23 武者小路辰子「若菜巻の賀宴」（『源氏物語――生と死と』武蔵野書院、一九八八年所収）に、「祝う／祝われる」関係が述べられていて、示唆に富む。

24 注16植田論文では、御法巻の陵王は、舞そのものが焦点化され、華やかな舞と人々の感激になじまずにある紫の上の孤高が見えるのだとする。

25 注16植田論文に同じ。

26 『教訓抄』（日本思想大系、林屋辰三郎校注『古代中世芸術論』岩波書店、一九七三年所収）を参照。

27 田口榮一「源氏絵帖別場面一覧表」（秋山虔・田口榮一『豪華〔源氏絵〕の世界　源氏物語』学習研究社、一九八八年所収）参照。稲本万里子「『源氏物語絵巻』の詞書と絵をめぐって――雲居雁・女三宮・紫上の表象」（叢書　想像する平安文学第四巻　神田龍身・小嶋菜温子他編『交渉することば』一九九九年所収）は、陵王の舞を描かない『国宝源氏物語絵巻』の御法巻の絵の場面選択について論じている。

28 宝塚歌劇『あさきゆめみし』は、二〇〇〇年四月七日～五月十五日公演（休演日は五月二日・五月三日水曜日を除く水曜日。）出演は花組、上演場所は宝塚大劇場、原作は『源氏物語』を漫画化した大和和紀『あさきゆめみし』（講談社）とする。脚本・演出は草野旦。主な配役は、光源氏＝愛華みれ、紫の上／藤壺＝大鳥れい。舞台はＤＶＤ宝塚ミュージカル・ロマン「源氏物語　あさきゆめみし」（制作・著作　株式会社宝塚クリエイティブアーツ）に収録されている。

29 宝塚歌劇『あさきゆめみしⅡ』は、原作　大和和紀『あさきゆめみし』（講談社）、脚本・演出は草野亘、二〇〇七年七月七日～二十三日まで（十日と十七日は休演日）。出演は花組、上演場所は梅田芸術劇場。主な配役は、光源氏＝春野寿美礼、藤壺・紫の上＝桜乃彩音。本稿筆者橋本は、七月十六日、一二時開演の回を観た。舞台はＤＶＤ宝塚ミュージカル・ロマン「源氏物語　あさきゆめみしⅡ」（制作・著作　株式会社宝塚クリエイティブアーツ）に収録されている。なお、紫の上が陵王を舞うシーンは、漫画『あさきゆめみし』にもなく、これは全くの宝塚歌劇オリジナルな演出である。宝塚歌劇と『源氏物語』については、別稿を用意している。なお、宝塚歌劇『あさきゆめみしⅡ』については、日本文学協会第三十二回研究発表大会にて、「『源氏物語』と宝塚歌劇」として発表している。

30 芝祐靖「『蘭陵王』一具の楽曲」（公演パンフレット『国立劇場　第六六回　雅楽公演　舞楽　常の目馴れぬ舞のさま』（独立行政法人日本芸術文化振興会制作・発行、国立劇場営業部宣伝課編、二〇〇九年六月十三日所収）。

31 『国立劇場　第六六回　雅楽公演　舞楽　常の目馴れぬ舞のさま』、二〇〇九年六月十三日午後二時、国立劇場小劇場にて。

32 東儀俊美「陵王『荒序』復活への軌道」・芝祐靖「『蘭陵王』一具の楽曲」がどちらもその苦労を述べている（公演パンフレット『国立劇場　第六六回　雅楽公演　舞楽　常の目馴れぬ舞のさま』（二〇〇九年六月十三日所収、注29に同じ）。

33 注30の公演およびその他映像資料は、国立劇場視聴室にて、貴重な録画資料を見せて頂いた。感謝申しあげる。

34 注16植田論文も、所作を残された絵巻などの絵と比較して、平安時代と現代に伝えられる舞の所作のポイントは、変わらないことを述べる。

「陵王」の「囀」の次が『明治撰定譜』には失われて復元がなかなか今では困難となった「嗔序」が続いたとされるが、注29の芝氏曰く、「古譜を探ることは古墳の土器の破片を繋ぐのに似て、まったく思い通りにはいきません」とのことで、具体的にはこれ以上は現段階では分からない。

橋本 ゆかり（はしもと ゆかり）　大妻女子大学・恵泉女学園大学非常勤講師。専門は日本古典文学。単著『源氏物語の〈記憶〉』（翰林書房、二〇〇八年）、共著『源氏物語　煌めくことばの世界』（翰林書房、二〇一四年）、『王朝文学と服飾・容飾』（竹林舎、二〇一〇年）他。

喪の政治学
――幻――

鈴木　貴子

はじめに

人物の死は、残された人々の涙に象られるといっても過言ではない。故人を悼む涙が、喪失を映し出す鏡のような役割を担い、その死を死たらしめるのである。

『源氏物語』において、死に伴う涙は数多く描かれる。中でも最愛の紫の上の逝去は、光源氏に深い衝撃と悲しみをもたらした。紫の上が健在の頃は強そうに見えた光源氏も、次第に傷つきやすい側面を露わにしていくのである。

「正妻」とはいえない紫の上は、本来光源氏が三ヶ月以上服喪すべき対象からは外れる。にもかかわらず、七ヶ月を経た翌年の春に至っても、「無紋」の直衣を着用し紫の上を偲ぶようすが描かれる。忌み明けを過ぎてもなお、光源氏による実質的な服喪の時は続くのである。[注1]

それぞれの季節に女君たちをあてはめることで、六条院という理想的な空間を作り上げていった光源氏であるが、風流を楽しむ気持ちも紫の上の死を境に一転する。四季折々の風情に心奪われ、行事を楽しみ、人々と共感し合うことに喜びを見いだしていた日常は、他者との関わりを避け、内に籠もるものへとさま変わりする。[注2]そして、何事もなかったかのようにして移りゆく季節に、強い違和感を覚えずにはいられない、光源氏の孤独が浮き彫りとなるのである。[注3]

本稿では、幻巻に焦点をあてることにより、喪に伴う涙と政治的な側面との関係性を探る。一年という長い期間、紫の上の喪に服しながら涙する光源氏に、果たして政治的な意味はあったのか、それともなかったのか。もし政治的な意味がなかったとするならば、傷心の光源氏の涙があえて語られる理由とは、一体どこにあるのか。

正篇最後の巻である幻巻に描き出された光源氏の涙は、物語全体にどのような影響を与えているのだろうか。喪と政治という観点から、『源氏物語』の死と涙に秘められた意味を、もう一度問い直していきたい。

一　仮死空間の涙

『源氏物語』の正篇に描かれる死は、そのほとんどが政治的なものであるといっても過言ではない。桐壺院は死に際し、光源氏を朝廷の後見役とするよう朱雀帝に遺言している。また、藤壺の死後四十九日を過ぎた頃、藤壺の護持僧が冷泉帝に出生の秘密を奏上している。それでは、紫の上の死はどうだろう。

紫の上は、死を二度も描かれる人物である。一度目の死は、若菜下巻のいわゆる仮死事件であり、二度目

の死は御法巻での本当の死を意味する。つまり、紫の上は物語の中で最も長く、死を描写される人物といえるのである。[注4]

もし若菜下巻の時点で、紫の上が本当に死を遂げていたとしたならば、御法巻よりもはるかに大きな衝撃をもたらしていたに違いない。正妻である女三の宮と張り合いつつも圧倒していた紫の上とはいえ、その死を機に形勢が逆転し、女三の宮の運が拓けたという可能性も考えられる。

だがその一方で、御法巻における紫の上の本当の死は、現実的に大きな影響を及ぼすことはなかったのではないか。女三の宮は既に出家を果たし、明石の君は祖母としての権力を手にしていることから、政治的な意味では空白といえる。

同様に、紫の上亡き後の幻巻の世界においても、政治的なものは特に見られない。だが、紫の上の喪に服しひたすら涙する光源氏の姿には、涙が描かれることの重要性が見て取られるのである。

それでは、幻巻の光源氏の涙を考察していくにあたり、まずは紫の上の「仮死」の場面に描かれる涙を取り上げ、読み解いていきたい。

道のほどの心もとなきに、げにかの院は、ほとりの大路まで人たち騒ぎたり。殿の内泣きののしるけはひいとまがまがし。我にもあらで入りたまへれば、「日ごろはいささか隙見えたまへるを、にはかになむかくおはします」とて、さぶらふかぎりは、我も後れたてまつらじとまどふさまども限りなし。

（若菜下④二三二）

光源氏は、紫の上の逝去の知らせを受け、急ぎ二条院へと向かう。ようやく光源氏が到着した頃には、既に近くの大路は紫の上の死のうわさを聞きつけた人々で溢れ、騒ぎとなっていた。人々の騒然とした雰囲気に、紫の上の死は初めて現実味を帯び、光源氏の前に立ち現れていったのだと考えられる。人々が群れをなす異様な光景は、死の衝撃を視覚的に映し出し、絶望的な思いを掻き立てるものとして作用する。

さらに、邸内では紫の上の後に残るまいと泣き惑う女房たちの、取り乱したありようが描かれる。駆けつけた光源氏が、外から内へと紫の上に近づけば近づくほどに、人々のノイズは高まりを見せることとなる。女房たちが涙する空間に加え、もうことは終わったかのように御修法の壇の数々を取り壊し、帰り支度にざわめく僧のようすも語られる。光源氏を取り巻くすべての状況が、紫の上の死の事実を暗示するかのようにして描かれるのである。

紫の上の死のうわさは拡散し、波紋を呼び、涙とともに人を動かし、悲しみの共同体を構成する。その中で、紫の上の死は社会的に位置づけられていくのである。このようにして、人々の醸し出す緊迫した雰囲気、涙する空間が、「仮死」以上の重みを伴い、紫の上の死を演出しているのだと考えられる。

さらに、紫の上の「仮死」は悲しみの共同体から派生する夕霧の涙を導くことにより、紫の上によせる秘めた思いをも炙り出す。[注5]

かく人の泣き騒げば、まことなりけりとたち騒ぎたまへり。

式部卿宮も渡りたまひて、いといたく思しほれたるさまにてぞ入りたまふ。人々の御消息もえ申し伝へたまはず。大将の君、涙を拭ひて立ち出でたまへるに、（若菜下④二三九）

紫の上の死という非常事態に、夕霧は泣き騒ぐ涙の共同体ともいうべく人々に紛れ、涙していた。だが、紫の上が息を吹き返したと知ると、夕霧は一人その場を後にする。そして、夕霧が涙を拭い退出したところ、紫の上を見舞いに訪れた柏木と鉢合わせになることで、思いがけず涙を目撃されてしまうのである。夕霧がまさに涙を拭い、平常心を取り戻そうとしていた矢先の出来事であった。

この場面には、夕霧にまつわる重要な出来事が凝縮されている。夕霧が人々に紛れ涙していたこと、紫の上が一命を取り留めたと知りその場を立ち去ったこと、柏木に涙を目撃されたことの三点である。この三点目には、特筆すべき問題が内包されている。

まことにいたく泣きたまへるけしきなり。目もすこし腫れたり。衛門督、わがあやしき心ならひにや、この君の、いとさしも親しからぬ継母の御事にいたく心しめたまへるかな、と目をとどむ。

（若菜下④二三九）

拭われたばかりの夕霧の涙は、「まことにいたく泣きたまへるけしきなり」と描かれるだけでなく「目もすこし腫れたり」と、少し腫れた目とともに柏木の視線に捉えられる。[注6]

夕霧は、紫の上が息を吹き返したことを告げる際、柏木に「今もなお油断のならない状況にある」とつけ加えることを忘れない。そのようにして、自分の涙を弁解し、正当化しようとしたのだと考えられる。しかし、夕霧の紫の上によせる思いは、柏木が女三の宮に抱く不相応な懸想と重ね合わせられることで、暗黙のうちにも悟られてしまうこととなる。

ここで、紫の上の仮死場面における、夕霧の涙の重要性を考察しておきたい。涙の共同体の一部と化し涙していた夕霧であるが、その内実はかつて紫の上を垣間見た時から抱き続けていた、秘めた思いの発露によるものであった。集団の中に紛れているとはいえ、周囲の人々の悲しみとは一線を画す、より個人的な涙は、ある程度抑制すべきであったと考えられる。ところが、人々の中でともに涙しているという連帯感がその心を緩め、結果として夕霧の涙を促すものとして作用したのではないか。

そもそも、紫の上の「仮死」が世間に大きく取り上げられることがなかったならば、夕霧は目を腫らすほどに涙することもなく、目の腫れを柏木に不審とみなされる事態も起こらなかっただろう。涙する集団の中で、次第に感情の抑制が取り払われ、込み上げる思いが涙となって溢れ、積み重なり、目の腫れという形で表出されていくところに、徐々に逸脱していく夕霧のありようが見て取られる。

このように、夕霧は涙する集団の一部に属しながらも同化できずに、その枠組みから疎外されていく。ひた隠しにした紫の上への思慕が、社会的な問題に発展しかねないものであることを、夕霧の目の腫れは象徴的に映し出すのである。そして、親友である柏木から疑念をもたれたことも、決して偶然ではない。これは、物語全体にわたって描かれる、「見る」、「見られる」ことの重要性とも密接に関連していると考えられる。[注7]

以上のことから、紫の上の「仮死」を境に形成された涙する共同体は、夕霧の目の腫れへと繋がっていく。さらに、目の腫れを女三の宮に懸想する柏木の視線に捉えられることで、密通という危うい可能性までも示唆されるのである。

柏木は病の床に臥したまま帰らぬ人となるものの、見舞いに訪れた夕霧にそれとなく女三の宮との密通を仄めかす。そして、光源氏へのとりなしと落葉の宮の今後を依頼する。刻々と迫り来る死の影と夕霧への信頼が、依頼という形になって表明されたものと考えられるが、柏木の発言の背景にはやはり、不自然ともいえる夕霧の目の腫れを目撃したことが多分に影響していたのではないか。夕霧への親近感とともに生じた心の隙が、その発言を促し、柏木に少なからず遺言を残しやすい環境を整えていった。

紫の上の「仮死」によって描き出された夕霧の涙は、後の夕霧物語を導き出す上での重要な布石となるのだといえよう。

二　柏木の喪と涙

柏木は父である致仕の大臣をはじめ、母や弟妹たちからも頼りにされており、やがては統領たるにふさわしい人物として期待されていた。だが、女三の宮との密通を早い段階で光源氏に悟られてしまうのであり、柏木は光源氏の視線に立ち向かうべくもなく恐怖に苛まれ、ついにその身を滅ぼすに至る。

この柏木の喪を境に光源氏の涙は変化し、引いては紫の上の喪に服する涙にも影響を与えていったと考えられる。それでは、柏木の喪と喪に伴う涙は、どのように描かれているのだろうか。柏木亡き後、五十日の祝いの日に薫を抱いた光源氏が、初めて涙を流す場面である。

この君、いとあてなるに添へて愛敬づき、まみのかをりて、笑がちなるなどをいとあはれと見たまふ。思ひなしにや、なほいとようおぼえたりかし。（略）宮は、さしも思しわかず、人、はた、さらに知らぬことなれば、ただ一ところの御心の中にのみぞ、あはれ、はかなかりける人の契りかなと見たまふに、おほかたの世の定めなさも思しつづけられて、涙のほろほろとこぼれぬるを、今日は事忌すべき日をとおし拭ひ隠したまふ。

（柏木④三二三）

最初、薫に対し光源氏が興味を示すことはなかった。だが、五十日の祝いの日に人見知りもせずにほほ笑む薫を見て、亡き柏木の面影を重ねるようになる。[注8] そして、柏木の短い生涯と忘れ形見である薫の誕生に世の無常を思い、光源氏は一人涙するのである。

無心な薫の「幼さ」は、柏木のはかない死とともに、藤壺との密通で子をなした自己の罪を照らし返すものとして、光源氏の涙を喚起させる。桐壺帝を裏切り、藤壺によせた思いは、禁忌を犯してまでも女三の宮を愛せざるを得なかった柏木を彷彿とさせたのではないか。そのような過程において、光源氏は柏木への憎しみを超え、むしろ哀惜の思いを強くしていったのだと考えられる。

物語は、無念の死を遂げた柏木、残された不義の子である薫を通して、光源氏にかつての藤壺との禁忌を突きつけ、皮肉にも罪の問題を投げかけていく。

いと何心なう物語して笑ひたまへる、まみ口つきのうつくしきも、心知らざらむ人はいかがあらむ、なほ、いとよく似通ひたりけり、と見たまふに、親たちの、子だにあれかしと泣いたまふらむにもえ見せず、人知れずはかなき形見ばかりをとどめおきて、さばかり思ひあがりおよすけたりし身を、心もて失ひつるよ、とあはれに惜しければ、めざましと思ふ心もひき返し、うち泣かれたまひぬ。（柏木④三二四）

光源氏は涙を流した後になって、祝いの日に涙は禁忌であったことを意識し、その涙を拭い隠し、平静を取り戻そうと努める。しかし、薫の無邪気な笑顔を目にした光源氏は、またしてもままならない世の中の切なさに、涙を止めることができない。この場面を境にして、光源氏の涙は抑制の効かない涙「うち泣かれたまひぬ」へと変化を遂げることとなるのである。

柏木の死を悼む涙は、柏木の死後四十九日の頃に至って、初めて登場する。「めざまし」と記述されていることから、その死の直後には、光源氏は涙していないことが読み取られる。このような涙の時期的な〈ずれ〉には、湧いてくる悲しみを素直に認めることができるようになるまでの、心の準備の時間が表現されていると考えられる。

それでは、柏木を偲ぶ夕霧や致仕の大臣の悲しみは、どのように描かれているのだろうか。

古りがたうきよげなる御容貌いたう痩せおとろへて、御髭などもとりつくろひたまはねばしげりて、親の孝よりもけにやつれたまへり。見たてまつりたまふよりいと忍びがたければ、あまりにをさまらず乱れ落つる涙こそはしたなけれと思へば、せめてぞもて隠したまふ。大臣も、とりわき御仲よくものしたまひしをと見たまふに、ただ降りに降り落ちてえとどめたまはず、尽きせぬ御事どもを聞こえかはしたまふ。

（柏木④三三三）

夕霧が致仕の大臣を訪れる場面である。子が親の喪に服する以上の致仕の大臣の悲嘆の大きさに、夕霧は堪えきれず涙し、こぼれ落ちる涙を強いて隠そうとする。致仕の大臣もまた、自分の息子と仲の良かった夕霧の姿に、ただ雨のように降り落ちる涙を押しとどめることができない。

夕霧も致仕の大臣も、互いの存在を通して悲しみを新たにするのであり、ともに涙し合い悲しみを共有する過程に、柏木の喪に服する者同士の共同体が形成されていく。涙し合うことで両者の絆は深まり、より強固なものとなるのである。

一条宮に参でたりつるありさまなど聞こえたまふ。いとどしう春雨かと見ゆるまで、軒の雫に異ならず濡らしそへたまふ。畳紙に、かの「柳のめにぞ」とありつるを書いたまへるを奉りたまへば、「目も見えずや」と、おししぼりつつ見たまふ。うちひそみつつぞ見たまふ御さま、例は心強うあざやかに誇りかなる御気色なごりなう、人わろし。さるはことなることなかめれど、この「玉はぬく」とあるふしのげにと思さるるに心乱れて、久しうえためらひたまはず。

（柏木④三三四）

致仕の大臣は、夕霧が一条の宮に参上した折の出来事に、ますます春雨かと見えるほどに、袖を濡らす。する夕霧は、一条の御息所が亡き柏木を偲び詠んだ歌を書き留めておいた畳紙を、致仕の大臣に手渡す。すると、致仕の大臣は涙をおししぼりながら見るのであり、その姿はみっともないさまとして捉えられる。

柏木の喪失は致仕の大臣に、葵の上の死にもまさる悲しみをもたらす。[注9] 世間一般の人々が、柏木の人望や官位を惜しむ以上に、致仕の大臣はその人柄を惜しむのである。親の息子に対する深い愛情とともに、一家の支柱を失い落胆する、喪失を抱えた致仕の大臣の姿がうかがえる。

このように、物語は故人を偲び合う過程に育まれる絆を通して、悲しみから新たに構築される人間関係のありようを描き出そうとする。一方、柏木の喪は光源氏にとって、過去の罪を想起させ、対峙させるものとして機能する。そして、次世代を担う幼い薫のまっすぐなまなざしに、光源氏はようやく自らの「老い」を自覚していくこととなる。

それでは、幻巻における紫の上の喪に伴う光源氏の涙は、どのように描かれるのだろうか。

三　塗り替えられる涙――紫の上の喪

幻巻において、光源氏はただひたすら紫の上の喪に服し、孤立を深める人物として描かれる。[注10] だが、そのような光源氏の悲しみをよそに時節は移ろうのであり、紫の上を亡くして初めての年を迎える。[注11] 例年と同様に参賀に訪れる人々の存在は、昨年まではすべてが異なってしまった現在を、無常にも映し出すのである。

光源氏は、紫の上を亡くした悲嘆のあまり、他者と会話することのない閉ざされた空間を生きる。弟の蛍兵部卿宮と孫の匂宮には心を許すものの、他に悲しみを分け合う人もなく、一番近い身内である夕霧にすら対面しようとしない。光源氏は、女三の宮に加え、明石の君とさえも悲しみを共有できずにいるのであり、喪に服した者同士が政治的な共同体という形をとることはないのだと考えられる。

今までのように、誰かとともに涙するという悲しみの共同体を構成しないがゆえに、光源氏は紫の上の死の悲しみを、名もない女房たちと共有していく。光源氏は籠もりの中で、つらい心情と向き合おうとする。そこには、喪失の痛みを背負い喪の仕事を完成させようとする、光源氏の決意が滲み出ているのである。

それでは、女房たちと悲しみを分かち合っていく光源氏は、どのように描かれるのだろうか。

> これかれ、かくて、ありしよりけに目馴らす人々の今はとて行き別れんほどこそ、いま一際の心乱れぬべけれ。いとはかなしかし。わろかりける心のほどかな」とて、御目おし拭ひ隠したまふに紛れずやがてこぼるる御涙を見たてまつる人々、ましてせきとめむ方なし。さて、うち棄てられたてまつりなんが愁はしさをおのおのうち出でまほしけれど、さもえ聞こえず、むせ返りてやみぬ。（幻④五二六）

光源氏は女房たちの前で、今までの人生の歩みを振り返る。そして、大切な人との別れによる、悲しみの大きさを語るのである。

女房たちは、光源氏が出家を遂げたら取り残されてしまうであろう自分たちの悲しみを、光源氏に訴えたい思いに駆られる。だが、込み上げる思いをのみ込むのであり、ことばにならない感情は、「やがてこぼるる御涙」という、むせ返るほどの涙となって溢れ出る。光源氏の悲しみの涙は、女房たちのことばを閉ざし、やるせない涙を促していく。ここに、ことばに代わり涙がコミュニケーションツールとなっていくありようが浮き彫りとなる。

しぐさや視線、ことばを通して表出される紫の上を慕う思いに、女房たちは光源氏の尽きることのない孤独と悲しみに触れる。亡き紫の上によせる光源氏の執着は、周囲の人々の心をも揺り動かしながら、俗世とは対極にある出家の道を辿るのである。

女房とどんなに悲しみを共有しても、物語が政治的に前へ進むことはない。幻巻に至ると、普通の意味での喪の政治学はないと考えられる。今まで、人物の死を媒介に政治的な力を強めてきたが、もはやその死も無意味であり空白といえる。それでは、政治的な面と結びつかないのにもかかわらず、光源氏の深い悲しみが物語に描かれる意味は、一体どこにあるのだろうか。

光源氏によって記憶された、紫の上の涙のありようを考察していきたい。過去に向き合うような独詠の歌を幾度となくつぶやくことで、光源氏は紫の上を思い返していく。そして、癒されない思いは、さらなる記憶を呼び覚ますのである。

入道の宮の渡りはじめたまへりしほど、そのをりはしも、色にはさらに出だしたまはざりしかど、事にふれつつ、あぢきなのわざやと思ひたまへりし気色のあはれなりし中にも、雪降りたりし暁に立ちやすらひて、わが身も冷え入るやうにおぼえて、空のけしきはげしかりしに、いとなつかしうおいらかなるものから、袖のいたう泣き濡らしたまへりけるをひき隠し、せめて紛らはしたまへりしほどの用意などを、夜もすがら、夢にても、またはいかならむ世にかと思しつづけらる。曙にしも、曹司に下るる女房なるべし、「いみじうも積もりにける雪かな」と言ふ声を聞きつけたまへる、ただそのをりの心地するに、御かたはらのさびしきも、いふ方なく悲し。

うき世にはゆき消えなんと思ひつつ思ひの外になほぞほどふる　（幻④五二三）

光源氏は、降り積もる雪の情景に、女三の宮が降嫁した三日目の雪の日を思い出す。[注12]雪の降る夜が明ける頃、紫の上は涙でひどく濡らした袖をそっとひき隠し、凍えそうな寒さの中で部屋の前に佇んでいた光源氏を、優しく迎え入れたのだった。

紫の上の涙に濡れた袖には、女三の宮との時を重ねていた光源氏に対する、やるせない思いが滲み出ている。さらに、袖をひき隠そうとするしぐさには、自分の悲しみを光源氏に悟られまいとする、紫の上の気遣いが読み取られるのである。ところが、若菜上巻ではそのような激しい涙は描かれてこなかった。

御衣ひきやりなどしたまふに、すこし濡れたる御単衣の袖をひき隠して、うらもなくなつかしきものから、うちとけてはたあらぬ御用意など、いと恥づかしげにをかし。限りなき人と聞こゆれど、難かめる世をと思しくらべらる。（若菜上④六九）

若菜上巻の場面において、紫の上の涙による袖の濡れは、「すこし」と記述されていた。それに対し、幻巻で光源氏によって想起される場面では、「いたう」と描かれるのである。紫の上の涙の記述に差異が見られることは明らかであり、光源氏の自恃が読み取られる。ここに、紫の上の袖に濡れた涙の量が光源氏の記憶の中で増殖し、過剰なものへと変化していることがうかがえる。

当時、光源氏は悲しみを秘めた紫の上の心情に気づきながらも、その孤独な境地にまで思いを馳せることができなかった。しかし、紫の上を亡くして初めて、あたりまえのようにそばにいてくれた彼女が、いかにかけがえのない存在であったかということを痛切に思い知るのである。

そのような後悔の念が、時を超えて紫の上の内面により添いたいとする、光源氏の思いを駆り立てていったのではないか。消え残る雪の寒さの厳しい中、紫の上の涙に濡れた袖の冷たさを思いやる時、紫の上の涙は光源氏の記憶のうちに、かさを増して位置づけられる。そして、現在の光源氏の独り寝が、当時の紫の上の独り寝の心境に重ねられていくのである。

物語は、若菜上巻の場面と幻巻の記憶の中に刻まれた涙の差異を通して、亡き紫の上を思慕してやまない光源氏のありようを、その臨場感とともに描き出そうとした。光源氏は独詠やつぶやきを交わし、回想された時間をもう一度生き直すことによって、今まで見えてこなかったことが見えるようになっていく。過去との対話が無数に繰り返される中に、過去の意味づけが変貌し、新たに無数の意味づけがなされるのだといえよう。

四　処分される手紙――紫の上の喪

物語も終盤を迎え、いよいよ出家の時を控えた光源氏は、少しずつ身辺整理に取りかかる。そして、須磨に流された折に女君たちから送られた手紙の中から、捨てられずに取り置いていた手紙を処分しようとするのである。[注13]

紫の上の喪に伴う涙を考察する上で、光源氏の涙とともに描かれる紫の上の手紙の場面は、欠くことができない。交流の証である手紙は、物語に数多く登場し他者との心をつなぐ一方、心のすれ違いをも浮き彫りにする。時に密通を暴くきっかけともなる手紙は、物語の展開において非常に大切な役割を担うのである。

落ちとまりてかたはなるべき人の御文ども、「破れば惜し」と思されけるにや、すこしづつ残したまへりけるを、もののついでに御覧じつけて、破らせたまひなどするに、かの須磨のころほひ、所どころより奉りたまひけるもある中に、かの御手なるは、ことに結ひあはせてぞありける。みづからしおきたまひけることとなれど、久しうなりにける世のことと思すに、ただ今のやうなる墨つきなど、げに千年の形見にしつべかりけるを、見ずなりぬべきよと思せば、かひなくて、疎からぬ人々二三人ばかり、御前にて破らせたまふ。

（幻④五四六）

特に、結び大切に保管されていた手紙こそ、紫の上から光源氏に送られたものであった。紫の上亡き今、手紙は思い出の品から故人を偲ぶ形見へと姿を変え、紫の上の手紙そのものが重要性を増すのである。はるか昔の、須磨に流された頃に受け取った手紙であるにもかかわらず、たった今書かれたような文字の墨つきの鮮やかさに、光源氏の記憶は呼び覚まされていく。だが、光源氏はよみがえる思いを断ちきるかのように、女房たちに手分けをさせ、目の前で紫の上の形見の手紙を破らせる。[注14]

いと、かからぬほどのことにてだに、過ぎにし人の跡と見るはあはれなるを、ましていとどかきくらし、それとも見分かれぬまで降りおつる御涙の水茎に流れそふを、人もあまり心弱しと見たてまつるべきがかたはらいたうはしたなければ、おしやりたまひて、

死出の山越えにし人をしたふとて跡を見つつもなほまどふかな

さぶらふ人々も、まほにはえひきひろげねど、それとほのぼの見ゆるに、心まどひどもおろかならず。この世ながら遠からぬ御別れのほどを、いみじと思しけるままに書いたまへる言の葉、げにそのをりよりもせきあへぬ悲しさやらん方なし。いとうたて、いま一際の御心まどひも、女々しく人わるくなりぬべければ、よくも見たまはで、こまやかに書きたまへるかたはらに、

かきつめて見るもかひなし藻塩草おなじ雲居の煙とをなれ

と書きつけて、みな焼かせたまひつ。

（幻④五四七）

亡き人の筆跡と思えば、感慨も一段と深まる。まして、それが最愛の紫の上のものとなると、込み上げる思いもひとしおである。手紙の用紙、見慣れた筆跡、たった今書かれたような墨つき、そのすべてが紫の上を想起させるよすがとなり、光源氏の心にうねりとなって押しよせる。[注15]

手紙の上に降り落ちる涙が文字をさらい、紙全体に広がっていくありようには、紫の上へのとめどない思いが表象されている。だが、筆跡に沿って流れゆく涙をとどめることもできないありさまに、光源氏は心のままに見ることも叶わず、手紙をかたわらに押しやるのである。

一人喪に服す光源氏は、心弱い涙を流しながらも女房たちの目を憚り、涙を自制すべく行動する。かろうじて体裁を取り繕おうと努めるところに、光源氏の必死なありようが読み取られよう。

死の隔てを前に無力を思い知らされた光源氏は、紫の上の綴った須磨までの距離を憂う手紙に、より一層心を揺さぶられる。振り返れば、いくら遠く離れていたとはいえ、決してあの世とこの世に隔てられてしまったわけではなかった。にもかかわらず、果てしなく遠い道のりに感じられた日々の記憶が、光源氏の心を締めつけ悲しみを募らせる。

刻まれる時の流れは、光源氏にこの世の無常を悟らせ、思わず歌を書きつけるという行為へと導くのである。[注16]そして、光源氏の文字は紫の上の筆跡のすぐ横に書き加えられ、焼かれ、煙となって天上にのぼるのであり、死者に宛てた手紙は送り届けられることとなる。[注17]

物語は、亡き紫の上の手紙を焼く場面に、光源氏の近づきつつある死を間接的に描き出そうとする。生に属しながらも、少しずつ死の領域へと歩みを進めていく光源氏のありようを、その境界の揺らぎとともに、新たに捉えようとしたのだといえよう。[注18]

おわりに

稿を閉じるにあたり、出家を控えた光源氏が最後に行った、六条院における仏名会の場面に触れておきたい。

その日ぞ出でゐたまへる。御容貌、昔の御光にもまた多く添ひて、ありがたくめでたく見えたまふを、この古りぬる齢の僧は、あいなう涙もとどめざりけり。（幻④五五〇）

久しぶりに人々の前に登場した光源氏は、昔ながらの美しい輝きに加え、さらに輝きを増して描かれる。白髪に月日の経過が刻まれる導師とは対照的に、光源氏の威光を放つその姿からは、悲しみに暮れ世間との交流を閉ざしていた日々など、微塵も感じられない。[注19]

だが、それも出家を前にした精一杯の演技であったと考えられる。光源氏は、最後まで世間を魅了する理想的な姿を演じながら、華々しい退場を遂げる。紫の上がまだ健在であった頃、栄華の絶頂にいたかつての自分を取り戻そうとするかのような、集大成としての輝きであった。

このように、仏名会というすべての罪を懺悔する行為の中に、物語は展開しないまま終焉を迎えることとなる。幻巻には紫の上の死を純粋に悲しもうとした光源氏の姿が表象されており、そこに葛藤は見られない。過去の回想だけで物語を展開させながら、光源氏の胸中だけでは解決できない、人前では伏せておきたい感情が、より鮮明に浮上する仕組みとなっている。

古代において天皇が亡くなった時、喪に籠もりながら事跡を朗々と語る「誄」の場面が見られる。天皇の事跡は誰かに聞かせる為の、次の天皇に繋いでいこうとするものであり、幻巻の光源氏にも、この諫の性格が見て取られる。だが、光源氏の場合は籠もって誄を口にしているように見えるものの、次の政権に繋げていく力をもたない。

光源氏は記憶の中で紫の上と向き合い、過去の時間を丁寧に辿り直し、過去にのみ涙する。過去をもう一度思い返すことしかできずに、死を乗り越え、新しく生きていくところにまで辿り着けない。ここに、行き着く先はなくとも誄をせずにはいられない、光源氏の問題が浮上するのである。

以上のことから、紫の上が流した涙や手紙が光源氏に回想されることにより、過去の意味が深められ変化していく。そのように、過去がもう一度洗い直されていく中に過去を取り戻そうとするのであり、物語は回想の切実さに、利害を離れたところで初めて対峙する悲しみの重要性を映し出す。それは読者にとって、最も大切な場面を再現していく、録画のような役割を果たすのだといえよう。

注

＊本文中の引用は、新編日本古典文学全集『源氏物語』（小学館）による。

1　藤本勝義「幻巻の舞台をめぐって——喪家・二条院——」（『源氏物語の鑑賞と基礎知識』第一九巻、二〇〇一年一一月）は、「源氏の悲しみの深さは図り知れず、年を越しても、実質的には喪に服しているのと同じ」と指摘している。

2　三田村雅子「源氏物語の見る／見られる」（『源氏物語　感覚の論理』有精堂、一九九六年）は、幻巻における冒頭の蛍兵部卿宮の来訪が、梅枝巻における栄華の絶頂の香合せを想起させるものであったように、桜の季節に光源氏が六条院の女君たちを歴訪することは、初音巻や野分巻の光源氏による巡視を偲ばせるさまよいであったと論じている。

3　三田村雅子（『源氏物語――物語空間を読む――』ちくま新書〇九四、筑摩書房、一九九七年）は、「知らず顔」の自然といった表現が幻巻に至り、急に出現し始めたとした上で、自然を支配・掌握しようという幻想の破綻を何よりも明らかに示す言葉であると説いている。今まで、光源氏は「知る」ことが重要であったが、幻巻では、「知らない」ことが多く描かれるのである。

4　紫の上の死に関して、阿部好臣「紫上と桜――その二度の死をめぐって――」（『源氏物語――物語文学組成論Ⅰ』笠間書院、二〇一一年）は、若菜下巻でのいわゆる仮死事件と御法巻で描かれる真実の死と、物語中に二度の死が描かれることを説く。そして、阿部好臣「紫上はいつ死んだか――〈死〉とは何かを考える――」（『物語研究』第一三号、二〇一三年三月）は、〈仮死〉からの四年の延命に関して、「紫上の一生において、重要な転機を迎えるまでの時間」と言及している。

紫の上の葬送に関して、河添房江「源氏物語の内なる竹取物語――御法・幻を起点として――」（『源氏物語表現史――喩と王権の位相――』翰林書房、一九九八年）は、「迅速な葬送により紫の上は生前の美しさを微塵も損なうことなく、天女の昇天のような清らかさのまま煙と化していった」と、『竹取物語』を引き受ける『源氏物語』のありようを論じている。また、松岡智之「葬送――『西宮記』との比較から――」（『源氏物語と儀礼』小嶋菜温子、長谷川範彰編、武蔵野書院、二〇一二年）は、「紫の上葬送を終えての光源氏の感慨が、重みを持って出家志向と惑いとの交錯する次の物語世界を導く」と論じている。

『源氏物語』に描かれる葬送に関しては、頼富本宏「源氏物語の葬送――とくに仏教儀礼の立場から――」（『王朝文学と通過儀礼』平安文学と隣接諸学第三巻、小嶋菜温子編、竹林舎、二〇〇七年）。また、『源氏物語』の遺骨に関する語彙に関しては、塩見優「遺骨に関わる語彙、『かばね』と『ほね』、『こつ』――『源氏物語』を中心に――」（『学習院大学大学院日本語日本文学』第九号、二〇一三年三月）に詳しい。

5　高橋亨「可能態の物語の構造」（『源氏物語の対位法』東京大学出版会、一九八二年）は、「夕霧が紫上と密通して子どもが生れるというのが、六条院物語に底流する可能態の物語である」と言及している。三谷邦明「野分巻における〈垣間見〉の方法――〈見ること〉と物語あるいは〈見ること〉の可能と不可能――」（『物語文学の方法Ⅱ』有精堂、一九八九年）は、野分巻で描かれている夕霧の垣間見に関して、「禁忌の違犯の可能性が込められていると同時に、その可能性を摘み取ってしまう表現も描出されており、夕霧が〈見る人〉〈知る人〉としてのみ位置付けられている」と指摘している。助川幸逸郎「野分巻の季節の〈ずれ〉をめぐって——夕霧のまなざしがとらえなかったもの——」（『中古文学論攷』第一五号、一九九四年一二月）は、〈夕霧のまなざし〉が、〈季節のずれ〉と深く関わっていることを説く。

6 『源氏物語』に描かれる目の「腫れ」に関しては、鈴木貴子「夕霧物語の涙の構造——紫の上をまなざす夕霧——」（『涙から読み解く源氏物語』笠間書院、二〇一一年）。

7 注2に同じ。三田村雅子は、『源氏物語』の見合わすまなざし、睨み合いは、常に政治的な対決の色調を帯びると指摘している。

8 注2に同じ。三田村雅子は、薫の幼い「まなこ」と対面した時、光源氏の心の奥底に刻まれた小さな敗北感は、紫の上の死を契機に急速にその裂目を広げ、ついには「見られる」ことの脅えに光源氏を追い込むものになったと論じている。

9 葵の上の死後、院や后の宮、春宮などの「御とぶらひ」が描かれ、人々の涙は形式的な哀悼の言葉によって代用されるにとどまる。葬送の人々や寺々の念仏僧たちで埋め尽くされることにより、涙ではなく人数と権威をもって、葵の上の死の悲しみは表象されるのだといえる。葵の上の死と涙に関しては、鈴木貴子「葵の上の死と涙——光源氏と左大臣家の関わり——」注6に同じ。

吉井美弥子「葵の上の『政治性』とその意義」（『読む源氏物語　読まれる源氏物語』森話社、二〇〇八年）は、葵の上の死後に表現される光源氏の深い悲哀に関して、葵の上の葬儀に見られたような周囲の色濃い政治性とは相異なる、超越的存在としての光源氏を象徴するものと考えられると指摘している。

10 高橋文二「思い出——執と浄化としての軌跡——源氏物語「幻巻」小見——」（『国語と国文学』第五九巻第一号、一九八二年一月）は、「紫上の思い出の中に悔恨の涙を流す光源氏の心を過少に評価することはできない。泣くことは、つまりは紫上の前に許されてゆくことであり、浄化であったのだと思われる」と言及している。

11 倉田実「二条院の紅梅——紫の上の最期をめぐって——」（『源氏物語の鑑賞と基礎知識』第一九巻、二〇〇一年一一月）は、「紫の上の紅梅に回帰することで「幻」巻は終わろうとするのであり、紫の上哀悼が収拾される」と論じている。

紅梅や梅花香が、他よりも優れており紫の上のイメージを負うものであることは、三田村雅子「梅花の美——回想の香——」（『源氏物語　感覚の論理』有精堂、一九九六年）に詳しい。高橋汐子「幻巻における紅梅」（『フェリス女学院大学日文大学院紀要』第一〇号、二〇〇三年三月）は、幻巻の巻頭部に関して、梅香を巧妙に操ることにより、眼前の春と「昔」

の春とを二重に映し出し、歴然たる差異を露呈させると論じている。

12 注10に同じ。高橋文二は、「現在と過去との共鳴によって、また微少な存在としての肉体と巨大な自然の景物との共鳴によって、生み出された心の形ともいうべき雪景色」と説いている。

13 鈴木宏子「『幻』巻の時間と和歌――想起される過去／日々を刻む歌――」（『源氏物語の展望』第三輯、森一郎、岩佐美代子、坂本共展編、三弥井書店、二〇〇八年）は、「往時の光源氏は、『すこし濡れたる御単衣の袖』を隠そうとする紫の上を好ましい存在として外側から見て、高貴な内親王をも凌ぐ最高の女性であると高く評価したのだったが、『幻』巻の光源氏は、そうした紫の上の心の裡をあらためて思いやって、しみじみといとおしく悲しく思う」と指摘している。

14 手紙を処分する場面は、浮舟巻にも見られる。

むつかしき反故など破りて、おどろおどろしく一たびにもしたためず、灯台の火に焼き、水に投げ入れさせなどやうやう失ふ。（浮舟⑥一八五）

薫と匂宮との恋の狭間で苦悩し、ついに入水を決意した浮舟は、密かに死への準備をはじめる。そして、死後に残しては面倒な反故などを破り、灯火の火で焼いたり、川に投げ捨てさせたりするのである。

処分する手紙が故人のものではない為、浮舟の涙は見られない。だが、自らの死を覚悟し身辺整理を進める点では、光源氏と共通している。

三村友希「紫の上からの〈手紙〉――文字と言葉と身体と――」（『物語研究』第二号、二〇〇二年三月）は、「破り、焼却して天上に返すことこそが、光源氏にとっての愛情と償いの精一杯の方法であり、最後のメッセージだったのではないだろうか」と論じている。

15 『狭衣物語』における狭衣の扇に書きつけられた文字、流された涙に関しては、鈴木貴子「メディアとしての涙――『狭衣物語』飛鳥井の女君と女二の宮――」注6に同じ。

16 小町谷照彦「紫の上追悼歌群の構造――時間表現をめぐって――」（『源氏物語の鑑賞と基礎知識』第一九巻、二〇〇一年一一月）は、幻巻の前半の歌群に関して、喪失感そのものが主題となっている趣があると述べている。一方、幻巻の後半に至ると、光源氏の孤絶した心境が、独詠歌の羅列によって浮き彫りにされていると論じている。そして、「哀悼歌の累積が、紫の上を鎮魂し、光源氏が透徹した心境に到達する時間を確保し、光源氏の死から再生への道を準備することになる」と指摘している。

17　注4に同じ。河添房江は、光源氏が自らの歌を書き添え、手紙を焼く行為に関して、天上に昇っていった人と交信をはかろうとするところに、『竹取物語』の帝にも通じる古代的な発想があると説いている。

18　鈴木貴子「涙の共有と〈ずれ〉――紫の上・光源氏関係をつなぐもの――」注6に同じ。死に属する紫の上と、死に近づきながらも生に属する光源氏とが、匂宮を通して鏡のように向かい合う場面に関しては、

19　小嶋菜温子「老いの身体と罪――かぐや姫から光源氏まで――」(『日本の美学』第二二号、ぺりかん社、一九九四年一二月)は、光源氏の老いに関して、観念レベルにのみ終始すると説く。そして、「かぐや姫がそうであったように、光によって遮蔽され、隠蔽されているだけといえる。であるからこそ、姫と違って身体を消去しえない源氏に、無化しえず、無化されえない罪は残る」と指摘している。

鈴木 貴子(すずき たかこ)　日本女子大学非常勤講師。平安文学専攻。著書『涙から読み解く源氏物語』(笠間書院、二〇一一年)。論文に、「『源氏物語』の「鼻をかむ」、「鼻声」、「鼻すすり」――もう一つの涙表現をめぐって――」(原岡文子・河添房江編『源氏物語　煌めくことばの世界』翰林書房、二〇一四年)、「身体の共有と違和――『栄花物語』の涙――」(加藤静子・桜井宏徳編『王朝歴史物語史の構想と展望』新典社、二〇一五年三月)。

〈家〉の経営と女性
――匂宮・紅梅・竹河――

鈴木　裕子

一　はじめに

「匂宮」・「紅梅」・「竹河」の三帖は、『源氏物語』五十四帖総体の中でどう位置づけられるのか、[注1]古注釈の時代から、巻序や作中人物の官位の矛盾、表現の問題、作者別筆説などさまざまな論議を呼んできた。しかしながら、そもそも、近代の長編小説のように緻密な構想のもとに作られた作品として『源氏物語』を読まなければならないということもないだろう。女房が作った物語が宮廷サロンの中で読まれ、読まれながら書き継がれて長編化する過程で、あたかも「語り手」の記憶が食い違うかのようにして、作中人物の系譜が増幅したり、人物像が変更したり、そして、年次に矛盾が生じたりしながら物語世界が膨張する……長編物語制作過程がそのようなものであったとしたら、細かなところでつじつまが合わなくなることも出てくるだろうし、作者が複数になることもあるだろう。それは、当事の読者たちには、了解済みのことだったかもしれない。現在の形になるまでにどのようなことがあったにせよ、現代の読者の一人として、ここに伝えられている形での『源氏物語』を読むことに徹したい。

さて、本稿のテーマは、「匂宮・紅梅・竹河」の三帖における「〈家〉の経営と女性」ということである。このテーマに進む前に、私自身が「匂宮三帖」をどう把握しているかを確認しておきたい。

なるほど一般に「匂宮三帖」と言われて一括りにされるけれども、それぞれ独立した短編でもあり、構成や内容において、「帚木三帖」や「玉鬘十帖」、そして「宇治十帖」などのような緊密なつながり性があるとは言いがたい。それでも、光源氏の栄光を直接知る語り手たちが語る「光源氏隠れたまひし後」の都世界の情勢として、それぞれの巻において光源氏や頭の中将、鬚黒の子孫たちの動静を紹介して、まるで光源氏の物語の「外伝」のように個々に、かつ三帖全体で、正編と宇治十帖の物語をつなぐ役割を果たしているということになろうか。

これまでに指摘されているように、「匂宮三帖」には、光源氏を追慕するムードが濃く漂っている。夕霧右大臣、紅梅大納言その他の人々に、光源氏を模倣したような行為が見られるのも、光源氏追慕が根底にあるからだ。例えば、「匂宮」巻の夕霧が、六条院東北の町に住まわせた落葉の宮に六の君の養育を任せたのは、光源氏が明石の君腹の姫君を紫の上の養女として養育させたことに倣ったのだろう。「紅梅」巻の紅梅大納言が、継娘・宮の御方に思いを寄せる様相は、玉鬘に魅了されて言い寄った光源氏を髣髴とさせる。匂宮が紅梅大納言の若君・大夫の君と親しむ様子は、光源氏が空蟬の弟・小君を手懐けるシーンを思い出させる。「竹河」巻、玉鬘の大君の冷泉院への参院は、光源氏の女三の宮降嫁を連想させるし、蔵人の少将の大君への恋慕の様相は、一貫して柏木が女三の宮に執着したことを思い出させる。とりわけ、桜の下で、蔵人の少将が中の君と碁を打つ大君を垣間見するところなど、「若菜下」巻の蹴鞠の折に柏木が女三の宮を垣間見した場面を思い出さない読者はいないだろう。また、碁を打つ女君二人を男君が垣間見するという構図なら、光源氏が空蟬と軒端の荻を垣間見するシーンがあった。そもそも、今上帝への大君入内という鬚黒の遺志ゆえに、遺された玉鬘が娘の処遇に苦慮するというありようは、按察大納言の遺志による娘の入内を果した桐壺更衣の母君のことを思い起こさせる。このような、いわば正編の物語世界のフラクタル（相似形）をいくつも含んでいるという意味では、「匂宮三帖」とは、光源氏世界へのオマージュである。空白の時を経ながらも「幻」巻に続く短編物語群として、光源氏の物語の後日譚になっているという位置付けになる。

しかし、同時に「匂宮三帖」は、宇治十帖へのフラクタルをも含んでいる。例えば、「匂宮」巻で、薫の体香を意識して人工の香を身にまとう匂宮の、常軌を逸した挑み心や、匂宮が執心する冷泉院の女一の宮に、興味をいだきながらも自制して接近しようとしない薫のありようなど、この後宇治十帖で展開する二人の個性や関係性の基盤を提示している。お互いの動向に関心を持ち、だからこそ相手との差異を意識する二人の関係が、幼年期より長い時間をかけて育まれたものであることが、「匂宮」巻の情報によって明らかになる。また、「紅梅」巻では、実父に死別した宮の御方が琵琶を弾く姫君で、「結婚拒否」（と、一応表現しておく）の意思表明をしているところなど、宇治の八の宮の大君の造型に通じるところがある。匂宮が、宮の御方に接近しようとするところも、そのまま宇治の姉妹に興味を抱くありようと重なる。真木柱が娘・宮の御方の将来を案じて、出家してでも世間の物笑いになることがないように、と泣くほどの不安を見せているところなどは、後の浮舟の母・中将の君の思いにつながるだろう。「竹河」巻で玉鬘が繰り広げる娘たちとの齟齬の様相も、やはり後の浮舟と母・中将の君の母娘関係の問題につながるところがある。「姉妹」が物語の焦点になりうるという意味では、八の宮の大君・中の君、そして浮舟姉妹が物語の表舞台にせり上がっていくことの予告ともいえよう。つまり、宇治十帖へのフラクタル（欠片のようなものも）を含んでいるという意味では、「匂宮三帖」からは、確かに新しい物語の胎動を聞き分けることができる。

このように、「匂宮三帖」とは、読者がそこに何を読もうとするかによって、テーマのつかみ方が変わってくる物語世界なのだ。このことを確認して、「匂宮三帖」における「〈家〉の経営と女性」というテーマに進むことにしたい。

当然ながら、この稿に求められる「匂宮三帖」へのアプローチとは、夕霧右大臣、紅梅大納言、そして鬚黒（太政大臣）亡き後の玉鬘が、それぞれの名門の〈家〉をどのように経営していったか、そこに女性がどのような役割を果したかを明らかにするということだろう。もっとも、歴史の上で摂関期における名家の経営とは、天皇家との外戚関係を利用して、いかに一門に有利な政治活動を行うかにかかっていたことは自明であろう。天皇の外戚、わけても外祖父は、天皇との密接な関係性を利用して政治への発言力を強めることになる。特に、人事権（官吏の任免権）を掌握することは、権力・財力の獲得と維持に欠かせない。天皇家でなくても、娘に権勢家から婿を迎えて縁戚関係を結ぶことは、一家の繁栄のための有効な手段であった。つまり、子女の結婚という権力維持・補強システム[注2]の活用である。『源氏物語』でも、通常の外戚関係とは本質的に異なっていることは言うまでもないが、一人娘・明石の姫君や養女・秋好中宮を入内させて天皇家と婚姻関係を結ぶなど、光源氏がやったこと自体は、摂関家の権力維持・補強のやりかたと同様である。そして、夕霧も、いまさら指摘するまでもなかろうが、天皇家と縁家になるという点では、同じ路線を行っている。ただし、続編の世界における夕霧の〈家〉の経営、つまり権力維持・補強システムは、本当に万全に機能しているのかというと、実はそうでもなさそうである。[注3] 光源氏というたぐいまれなヒーローの人生を描ききった正編の物語が閉じられた後、その子孫である夕霧の〈家〉はどうなるのか。[注4] 大方の読者の期待に反して、夕霧の〈家〉の没落が避けられないものとしてあるのならば、そのことにどのような意味があるのか。まず、〈家〉の経営という点で共通項があると思われる夕霧と紅梅の〈家〉の状況から確認していくことにしたい。

二　夕霧右大臣の不安

1　ヒーローになれない夕霧

続編の物語を読みなら、時々思うことがある。続編の語り手は、夕霧に少しばかり冷たいのではないか、と。巻の冒頭でいきなり明らかにされるのは、光源氏の「光」を受け継ぐ者を、子孫たちの中に見つけることが難しいということだ。実の息子である夕霧は、名をあげられることもない。[注5] また、夕霧の息子たちにもヒーローの資格がないらしい。そして、この語り手は、秘密の息子である冷泉院の名を口にしながら、用心深く、遜位の帝のことを言うのは「かたじけなし」として、退けている。息子たちやその血筋もだめなのだから、ましてそれ以外の人は問題にもならないだろう、と思いきや、光源氏には到底及びはしないものの、匂宮（孫ではあるが、皇子であって「源氏」ではない）と、実の息子ではない薫（語り手は、そのことを知っている）の二人が、光なき闇の世界の新しいヒーローたちとして、しぶしぶといった口吻で紹介されている。語り手に、光源氏や紫の上を追慕する念が深いことは確かだ。その一方で、光源氏が一代で築き上げた

〈家〉を受け継ぐ正統なる「源氏」の筋には、もはや続編の物語を牽引する力のある者たちが存在しないことを語ってもいるのだった。

光源氏亡き後の物語世界では夕霧はヒーローになることはない。が、この巻では、律儀な孝行息子・夕霧が、偉大な父・光源氏が遺した物を受け継ぎ、維持しようとしている様子も報告されている。それは、亡き光源氏の鎮魂のための語りであり、「供養」というものではないか。

2　権力維持・補強システムとしての姫君たち

夕霧は、四十歳になり、右大臣に昇進している。夕霧の子女は、「夕霧」巻の末尾の記述では、諸本の間で異同があって確定できないけれども、雲居の雁と藤内侍との間に合わせて十二人（男子六人、女子六人）もいるという。何れも人並みならず優れている者ばかりで、とりわけ藤内侍腹の子女が顔立ちも気立てもよく才能も際立っているとされていた。けれども、「匂宮」巻以降では、大勢いる夕霧の子女は、六の君を除いて、あまり物語の表舞台に出てこない。[注6]その六の君すら、内面に寄り添った描かれ方はされていないのだから、ヒロイン級の扱いはされていないということになる。

まず、六人いる娘たちのうち、正妻・雲居の雁腹の姫君たち、大君と中の君が、それぞれ春宮、二の宮と結婚している。二の宮は次の春宮候補として世評が高いというのだから、夕霧は、二代にわたる将来の帝候補と婚姻関係を結ぶことに成功したことになる。異母妹・明石の中宮は、今上帝の寵愛を得ているし、今上帝の生母・承香殿女御は息子が即位する前に亡くなっている（若菜下三一九頁）のだから、後宮での力関係も中宮を中心とする安定したものだろう。今上帝の外戚としては、鬚黒太政大臣（太政大臣就任の記事は「紅梅」巻）の存在があるが、北の方は玉鬘なのであり、鬚黒自身も生前光源氏との関係が良好だった（若菜下三二九頁）ことを考慮すると、夕霧とは、戦略上協同的な関係を維持していたように思われる。子どもの数が少なかった光源氏とは違い、夕霧は、数多くの子女に恵まれ、三条邸の雲居の雁と六条院の落葉の宮の所を十五日ずつ通い分けるという律儀さで、家庭生活も順調、天皇家との婚姻関係も順調に結ばれているのだから、「匂宮」巻の初めての読者には、夕霧一家の繁栄は揺るぎないかのように見える。懸念があるとしたら春宮にも二の宮にも、まだ男児が誕生していないらしいということである。[注7] 権力維持・補強システムとしての姫君たちは、まだ十分な役割を果していないのだ。外戚関係が、権力掌握のための強力な拠り所であるならば、その関係がなくなるということは、政権維持にかなりの痛手を負うことになる。年立を確認した読者なら、春宮が既に二十一歳になっていることに気付く。大君、中の君の年齢は不詳だが、末の妹・六の君は、年齢が記されている「宿木」巻（匂宮二十六歳、薫二十五歳、六の君二十一、二歳）から逆算して、「匂宮」巻では十か歳か十一歳ということになるから、[注8] 二人とも春宮や二の宮より少し若いとして、そろそろ二十歳に近い年頃ではないか。明石の中宮が早くも十三歳で第一皇子を出産した時、春宮は十五歳だったことを思い出すと、随分遅いことになる。おそらく、夕霧は不安を抱き始めているのではないか。それでも用意周到な夕霧は、二の宮と中の君をも結婚させているので、いくらなんでも、大君・中の君のどちらにも御子が誕生しないということはなかろうと、不安を宥めつつ、一日も早い御子の誕生を待ち望んでいるはずだ。つまり、「匂宮」巻の夕霧は、権力維持のために二人の娘たちをしかるべく配置しつつも、将来の〈家〉の経営に不安要素を抱えているという状態なのだった。このことは、初めての読者には判然としないようになっている。「匂宮」三帖を読み通し、さらに宇治十帖まで読み進めて、振り返ってみた時に分かるようになっているのだ。

このまま春宮に皇子が誕生せず、夕霧の娘以外の女御から御子が誕生すれば、いずれそちらに皇位継承が回っていくことになるかもしれず、夕霧の一族が外戚となる道が閉ざされる可能性も出てこよう。ただし、その場合、強力な外戚が不在のまま即位した帝の治世は不安定で在位は短いかもしれない。今上帝在位の異常な長さも、このまま春宮に譲位した場合、皇位継承に不安要素があることと関わりがありそうだ。

夕霧には、さらに不安なことがある。大君、中の君の他にもまだ娘は四人もいるのだが、結婚相手をどう選ぶかは悩み所だったはずだ。貴族の結婚は、きわめて政治的なものであるから、名門で裕福な姫君であっても、結婚問題に躓いてしまうことがある。その、同時代（一条朝より後になるが）の典型として思い浮かぶのが、右大臣藤原実資の娘・千古[注9]の場合である。『栄花物語』（巻十六、もとのしづく）には、実資が、晩年に生まれた千古を、「后がね」として大切に育てたことが記されている。『大鏡』（実頼伝）によれば「かぐや姫」と呼んで鍾愛したという。また、実資は、財産の処分状を書き、小野宮家に伝わる邸宅、荘園などの不動産その他の財産のほとんどを、九歳の幼い千古一人に譲った（『小右記』寛仁三年十二月九日条）というのだから、千古には、経済的にもなんの心配もなかった。それでも、道長・実資双方の政治的な思惑も絡んで、良縁が次々に破談になり、やっと三度目、十九歳の時に、道長の孫で十六歳の左近近衛中将藤原兼頼（父は頼宗）を婿にした。当事の上流貴族の姫君としては、かなりの晩婚であり、相手も、最初の源師房（頼通の養子、実父は具平親王）や二度目の藤原長家（父は道長）と比較すると、いささか見劣りがする。しかも、悲劇的なことに、千古は一女を出産して、二十七、八歳の若さで亡くなってしまったらしい。

名家の姫君に、それ相応の家柄で将来性もあり、年頃もふさわしい男子との縁談をまとめるのは容易なことではなかった。夕霧の姫君も、千古と同様の立場である。夕霧の場合、「あまたものし給ふ御娘たちを、一人一人はと心ざし給ひながら、え言に出で給はず」(匂宮二一二頁)と、残る四人のうち、一人は薫に、一人は匂宮にと思いつつ、なかなか口に出せずにいるのは、匂宮も薫も、夕霧の娘との結婚に積極的でないからだ。それでも、「匂宮」巻では、夕霧にはまだ余裕が見える。

やむごとなきよりも、典侍腹の六の君とか、いとすぐれてをかしげに、心ばへなども足らひて生ひ出で給ふを、世のおぼえの貶めざまなるべきしも、かくあたらしきを、心苦しう思して、一条の宮の、さる扱ひぐさ持給へらでさうざうしきに、迎へ取りて奉り給へり。わざとはなくて、この人々に見せそめては、必ず心とどめ給ひてむ、人のありさまをも知る人は、ことにこそあるべけれなど思して、いといつくしくはもてなし給はず、今めかしくをかしきやうに物好みせさせて、人の心つけむ便り多く作りなし給ふ。(匂宮二一二頁)

夕霧は、六条院を寂れさせまいと思って、東北の町に落葉の宮を住まわせ、劣り腹の六の君を養育させている。むろん、光源氏が明石の君腹の姫君を紫の上の養女として養育させたことに倣ったものだが、引用文傍線部から窺えるように、教育方針はまったく異なっている。あまり重々しくはしないで、今風に風流な趣味を身につけさせた、というのは、かつて光源氏が明石の姫君に施したような、厳格なお后教育ではない。住まいも、わざわざ男君たちを惹き付けるような魅力的なものにしつらえている。六の君が「その頃の、少し我はと思ひのぼりたる親王たち上達部の御心尽すくさはひ」(二一三頁)という所以である。六条院をはなやかな社交の場にしたいと思った光源氏が、玉鬘を風流な男君たちの「心を尽くすくさはひ」(気をもむ相手)としたように、夕霧は、六の君の魅力を知らしめて都の男君たちを惹き付け、六条院に賑わいをもたらしたいと考えている。この段階では、夕霧が将来の帝候補と予測していたのは、春宮と二の宮までだった。婿候補ではあるが、匂宮に立坊の可能性があるとは考えていなかったので、六の君にまで「后がね」としての教育が必要だとは思わなかったのだろう。ともかく、実資が千古の婿選びに際して味わっただろう焦燥感を、夕霧が六の君の結婚問題で味わうようになるまでには、今しばらくの時間がある。注10

3　隠された夕霧の不安

「匂宮」巻は、事件らしい事件も起きず、ドラマティックな場面展開もない。ただ一つの出来事と言えば、末尾に語られる賭弓の還饗の場面である。それは、夕霧と雲居の雁が住む三条邸ではなく、光源氏が、数々の催しを開き、都のはなやかな文化の発信地として機能させた六条院で行われる。往事の光源氏の栄光を偲ぶだけでなく、「親王たち上達部の御心尽すくさはひ」である六の君が住む六条院で行われることにも意味があるわけで、この賭弓の還饗の場面は、夕霧が、「源氏」の〈家〉の後継として、父が築いた文化と権力の維持を目指していることを象徴的に語る場面と言えよう。

「匂宮」巻の初めての読者は、淡々と語られる光源氏亡き後の都世界の情報から、光源氏の〈家〉について、どんなことを受け止めるだろうか。大君や中の君の年齢や御子がいないことなど、不安要素は具体的には語られていないのだから、確かに、ヒーロー性はないけれども、夕霧はなかなかうまくやっている、と思うのではないか。滅びへの不安を孕みつつ、あくまでもはなやかな夕霧の〈家〉の宴の場面で、「匂宮」巻は、語り収められなければならなかった。そのように語らなくては、亡き光源氏の魂を鎮めることにはならないと、「匂宮」巻の語り手は思ったのではないか。

けれども、続く続編の物語の情報を知って振り返ってみたとき、夕霧の〈家〉が置かれている危うさに気が付くことになる（その予兆は、語られていなかったことの中に、確かに見つけることができるのだけれど、そんなふうに情報の痕跡を残してしまうのは、真実を知っている以上は隠しきれないという、語り部としての性ではないかとも思う）。

三　紅梅大納言の野望と限界

1　紅梅大納言の野望

「紅梅」巻で語られることは、初めて読むときにはわからないけれども、物語世界の時間の流れの中では、「竹河」巻よりも後、「椎本」巻の後半あたり、「総角」巻、「宿木」巻の始めのあたりと重なっている。それゆえ、「紅梅」巻の位置には問題があるように言われたこともある。けれども、夕霧の〈家〉の情報が語られた「匂宮」巻の後に、紅梅大納言の〈家〉にスポットライトが当てられるのは、ごく自然な流れであろう。特に、光源氏亡き後の都世界の勢力関係図を把握するためには、かつて源氏と競い合った藤原の氏の長者の〈家〉の情報は必要だからだ。

亡き柏木のすぐ下の弟、あの「鈴虫に紛ひたり」（篝火三一頁）と言われた美声の持ち主で、光源氏に愛された若者、しかし優秀な兄の下で何かにつけて二番手に甘んじていた若者は、兄の死によって、藤原氏の〈家〉を担うことになり、ここでは、按察大納言となっている。大納言は、出世も順調で、帝の覚えもよい。そして、驚いたことには、蛍の宮と死別した真木柱に忍んで通い続け、儀式婚を経ないで、とうとう世間に北の方として認めさせるに至ったという。神仏に祈って〈家〉の後継になる男子も授かった。大納言は実の姫君たちも継娘の姫君も分け隔てなく扱って、同じ邸にみなで仲よく暮らしている。家庭内に波風が立ちそうなときも、真木柱が賢く対処しているので、家庭は円満そのものである……このように、語り手は、一家の理想的なありようを説明している。

同じ歳頃の姫君たちの裳着が次々に執り行われた後は、彼女たちの結婚問題が、紅梅大納言の〈家〉の重大事となる。天皇家や権勢家との結婚が目指されるのは、夕霧の〈家〉の場合と同様である。やはり、権門の家の美貌の姫君たちの将来は、権力維持・補強システムとしての役目を果すことから免れることはできない。大納言は、娘たちの婿選びには、心に期するところがあってか、慎重だったようだ。大君の結婚が決まった時、既に十七、八になっていたのだから。帝と春宮の両方から入内の話があったが、明石の中宮への憚りから、帝ではなく、春宮に奉ることにしたという。

内裏、春宮より御気色あれど、内裏には中宮おはします、いかばかりの人かは、かの御けはひに並び聞こえむ、さりとて、思ひ劣り卑下せむも効なかるべし、春宮には、右大臣殿の、並ぶ人なげにて候ひ給へば、きしろひにくけれど、さのみ言ひてやは、人にまさらむと思ふ女子を宮仕へに思ひ絶えては、何の本意かはあらむと思し立ちて、参らせ奉り給ふ。（紅梅二二三頁）

春宮にも夕霧の大君が参入していて「きしろひにくけれど」（競い合いにくいけれど）、そんなことばかり言っていられない、として、しいて春宮に奉ることにしたのだった。さらに、「春日の神の御ことわりも、わが世にや、もし出で来て、故大臣の、院の女御の御ことを胸痛く思してやみにし慰めのこともあらなむと、心の内に祈りて、参らせ奉り給ひつ」（二二四頁）と密かに立后の可能性まで祈ったのだから、なかなか強気である。このような判断と期待の裏には、夕霧の大君にまだ御子が誕生していない[注11]という事実があったのではないだろうか。そうすると、夕霧の大君は、現在のところ確かに「並ぶ人なげにて」（「なし」の語幹に付いた接尾語の「げ」のニュアンスが気になる）というような寵愛ぶりだが、まだ他家の姫君にもチャンスがないわけではない。実際に、参入した大納言の大君は、「いと時めき給ふよし、人々聞こゆ」（二三四頁）と、期待通りの情報が寄せられた。後宮の生活に慣れていない大君のために、かつて紫の上が明石の姫君にそうしたように、後見に真木柱が付き添っていることが語られている。年立を確認した読者なら、春宮も三十を越えていることに気付く。夕霧の大君は、既に二十歳後半だろう。大納言の大君がとても寵愛されているという情報は誇張されているかもしれないが、春宮も新鮮な気持ちで、藤原氏出身の若い女御を迎えただろうことは想像に難くない。

夕霧の権力は今のところは、揺るぎなく、そうした状況はしばらくは続くだろう。だが、その次の皇位継承に絡んで、勢力図がどう動くかは不透明なのだ。将来のことはわからない。そういう状況の中で、大君を春宮に奉った紅梅大納言は、次には、光源氏のはなやかな側面をより強く引き継いだ匂宮を中の君の婿にと、切望する。大君と同じ歳頃の中の君もあまり悠長には構えていられない。大納言のかなり強引な匂宮へのアプローチも、それゆえかもしれない。

匂宮に対する高評価は、「昔の恋しき御形見にはこの宮ばかりこそは」（二三九頁）という発言から窺えるように、大納言がいだいている光源氏への憧れに根ざしていることは確かだ。匂宮に気に入られている若君に、自分の子ども時代を重ね、光源氏とともにあった輝かしい時代を思い出して感傷に浸って涙ぐむのだ。ただし、ひそかに大君の立后を祈るほどの野望を持っていることを思うと、光源氏へのノスタルジアも大きなウェイトを占めているが、それだけではなく、匂宮の将来性を透かし見ていることも考えられる。夕霧の大君にも大納言の大君にも春宮の御子の誕生が見られない場合、そして二の宮にも御子がいない場合（それは本当に異常事態なのだが）、匂宮にチャンスが回ってくる。藤原氏から皇后を立たせることができなかった亡父・致仕大臣の無念を思い、慰めたいと思う大納言である。政治家として健全な野望をもっているわけで、娘たちの結婚は、そのために大いに活用されることになろう。そんな大納言が、宮の御方に懸想心を寄せるというのはどういうことなのか。

2　顔を見せない宮の御方

「紅梅」巻のヒロインは、宮の御方であるが、その描かれ方は、いっこうに具体的な容貌や肉声が現れないところに特徴がある。恋の贈答歌どころか、独詠歌一首も、物語では披露されない。読者が同情することを拒むかのような描き方だ。これまでのヒロイン像とは異なる存在のようだ。そのことを確認するために、次に、宮の御方がどのように描かれているかをピックアップしてみる。

a　おほかたにうち思ふほどは、父宮のおはせぬ、心苦しきやうなれど、こなたかなたの御宝物多くなどして、内々の儀式、ありさまなど心憎く気高くなどもてなして、けはひあらまほしくおはす。（紅梅二二三頁）

b　東の姫君も、疎々しくかたみにもてなし給はで、夜々は、一所に御殿籠り、よろづの御こと習ひ、はかなき御遊びわざをも、こなたを師のやうに思ひ聞こえてぞ、誰も習ひ遊び給ひける。（二二五頁）

c　物恥ぢを、世の常ならずし給ひて、母北の方にだに、さやかには、をさをさし向かひ奉り給はず。

片端なるまでもてなし給ふものから、心ばへ、けはひの埋もれたるさまならず、愛敬づき給へることと、はた、人よりすぐれ給へり。（二三五頁）

d　なかなか、異方の姫君は、見え給ひなどして、例のはらからのさまなれど、童心地に、いと重りかにあらまほしうおはする心ばへを、効あるさまにて見奉らばやと思ひありくに、（二四一頁）

e　「さらに、さやうの世づきたるさま思ひ立つべきにもあらぬ気色なれば、なかなかならむことは心苦しかるべし。御宿世にまかせて、世にあらむ限りは見奉らむ。後ぞあはれに後ろめたけれど、世を背く方にても、おのづから人笑へにあはつけきことなくて過ぐし給はなむ」などうち泣きて、御心ばせの思ふやうなることをぞ聞こえ給ふ。（二三五頁）

f　宮の御方は、物思し知るほどにねびまさり給へれば、何ごとも、見知り、聞きとどめ給はぬにはあらねど、人に見え、世づきたらむありさまは、さらにと思し離れたり。（二四三頁）

aとbは、宮の御方の日常の生活ぶりを明らかにした部分である。aでは、父宮を失ったとは言え、多くの遺産を受け継いだので、経済的な不安はないとする。傍線部には「けはひ」とあり、宮の御方の態度全般から窺える様子を、理想的な暮らしぶりであるという。また、bでは、母違いの姉妹同士で仲もよく、一緒に寝たり、遊戯を楽しんだりしているし、大君と中の君は、宮の御方を師匠のように慕っているという。宮の御方は、年齢的にも、性格的にも、大君・中の君姉妹よりも成熟している感じだ。

続くcでは、宮の御方の「物恥ぢ」が「片端なるまで」というほどに、度を越しているとされている。ひどく恥ずかしがり屋で、母親にも滅多に顔を合せないほどだという。では、「物慎み」する末摘花のようなものすごく古風な姫君なのか、というとそうではなさそうだ。ひどく「物恥ぢ」をするものの、本質的な心のありようや態度は、引きこもっている感じではなく、人を惹き付ける魅力があるという。二箇所の傍線部は、矛盾する内容ながら微妙なバランスで、一人の女性の人柄を特徴付けているということになる。あるいは、この「物恥ぢ」は、本質ではなく、後天的に備わったもの、もしくは意図的なふるまいなのだろうか。

dは、弟の、姉・宮の御方への思いである。慕わしい匂宮が姉に興味をいだくものだから、自分も、姉が大切で慕わしいという思いがますます募るという。傍線部のように、落ち着いていて理想的な「心ばへ」が、弟の目から見た姉の魅力のようである。

こうして引用箇所を概観すると、いずれも、宮の御方の生活態度や、「心ばへ」のよさが言われるだけで、その容貌には言及がなく、具体性をもって話題になることもない。

eは、真木柱が娘について発言した場面である。大納言が宮の御方の結婚について話題にした際、真木柱は、娘には結婚するつもりが全くない様子なので、無理に結婚させるとかわいそうなことになりそうだ、と言う。そして、自分の死後は、尼となってでも、世間の物笑いの種になるようなことなく過ごして欲しい、と言って泣く。世間の物笑いの種とは、蛍の宮の血を引く高貴な姫君が、家格の劣る結婚をするようなことを指している。高貴な生まれに相応しくない結婚は、許されないのだ。ここでも、傍線部、宮の御方の「心ばせ」のよさを強調している。真木柱は、本当は、娘をどうしたいのだろうか。どのようにするべきか、自分でもわからないのではないか。複雑な母心が窺える場面である。

fは、宮の御方が、精神的にも成熟した女性であって、何事もよく理解しているが、結婚に対しては「思し離れたり」、つまり、結婚したいという思いがないという。そのような思いになった背景については、明らかにされていない。高貴な姫君に求められる矜持のほどを思うと、あるいは、蛍の宮の死後、ひそかに通ってきた大納言を受け入れ、北の方の座に落ち着いてしまった母・真木柱に対して反発をいだいている可能性もあろう。宮の御方の結婚拒否には、母のようにはなるまいという反発心があるのかもしれない。そうすると、ｃに述べられている「片端なるまでもてなし給ふ」というような普通ではない頑なな態度は、娘が母にいだく違和感と拒絶のポーズを、控えめに表現したものということになろう。ひどい「物恥ぢ」は、自身の結婚を拒絶するための戦略的・意図的なふるまいであって、彼女自身の本質とは、異なるものかもしれない。

それにしても、人柄ばかりが強調されて、宮の御方の素顔が見えない。本当に、美貌の持ち主なのかもわからない。そのように仕組まれているのだ。

ｅの会話の後、大納言は、宮の御方への興味を募らせる。「御容貌を見ばや」（二三五頁）と思って、真木柱が大君に付き添って宮中に滞在している留守に、しきりに宮の御方への接近をはかるが、全く見ることができない。

御簾の前に居給へば、御いらへなどほのかに聞こえ給ふ、御声、けはひなどあてにをかしう、様容貌思ひやられて、あはれにおぼゆる人の御ありさまなり。わが御姫君たちを、人に劣らじと思ひおごれど、この君に、えしもまさらずやあらむ、かかればこそ、世の中の広き内裏はわづらはしけれ、たぐひあらじと思ふにまさる方も、おのづからありぬべかめりなど、いとどいぶかしう思ひ聞こえ給ふ。（二三六頁）

もっと自分に親しむようにと声をかけ、宮の御方が返事をする声を御簾越しにかすかに耳にするのだが、傍線部のように、その声と雰囲気の上品さから、どんな美貌の姫君かと想像を膨らませていく。このような、対象が見えないことによって、そこに見たいものを見たいように見てしまうという仕組み自体は、「末摘花」巻で、末摘花に言い寄った光源氏の場合と同じである。[注12]ただし、まだ十八歳だった光源氏に対して、大納言は五十四、五歳にもなっている。分別盛りであり、政界の重鎮でもありながら、継子への好奇心を抑えきれずにいるとはいささか滑稽なありようである。

3　紅梅大納言の限界

ここで、大納言が、前節の引用文波線部「わが御姫君たちを、人に劣らじと思ひおごれど、この君に、えしもまさらずやあらむ」（二三六頁）と、他家の姫君たちに負けまいと自慢に思っている娘たちも、宮の御方の魅力にはかなわないのではないか、と思ってしまう所に注目したい。このような心の動きには、大納言の潜在的な劣等意識が窺えるのではなかろうか。蛍の宮は光源氏の弟宮であった。その蛍の宮の忘れ形見である宮の御方への興味には、そのような高貴な血筋への憧れがあり、だから自分の娘たちは、宮家の血筋にはかなわないのでないかという潜在的な劣等意識が働く。そして、宮の御方の御簾の前に居座って、長々と音楽談義を繰り広げ、自己陶酔するように思い出話を披露する場面からは、匂宮一人が、光源氏に可愛がられた若き日の自分、懐かしい青春時代を蘇らせるだけでなく、宮の御方もまた、そのような装置のようになっていることが窺える。光源氏の栄光の座に、兄・柏木とともに自分も確かに連なっていたという記憶、それは、大納言にとってかけがえのないものらしい。

大納言は、まだ弁少将だった頃に玉鬘に思いを寄せたものの、恋心を打ち明けないでいたところ、姉だとわかってから、「よくぞうち出でざりける」（行幸八〇頁）と、ほっとしてつぶやくということがあったが、単に慎重だったというよりも、玉鬘に熱心に言い寄っていた兄・柏木に遠慮して、譲ったのではなかったか。また、柏木死後には、落葉の宮への思いを匂わせたものの拒絶されたこともある（夕霧九〇頁）。いずれもささやかなエピソードだが、欠片を寄せるようにしてみると、兄・柏木に対する敬愛と競争心が混じる複雑な弟の心理が窺えないだろうか。[注13]幼少より兄・柏木の下に位置づけられて、権門藤原氏の〈家〉に生まれながら二番手に甘んじることを余儀なくされていた弟らしいとも言えようか。二番手の心やすさに馴れた者が先頭に立つと、そのポジションを維持することへの不安に襲われることもある。そんな時、光源氏がいた頃の輝かしい過去の思い出が、大納言を元気づける。紅梅大納言の心の奥には、その死を皆に惜しまれた兄・柏木の幻が生きている。そこに、大納言の限界があるのだと思う。今も、幻の柏木を通して、光源氏を仰ぎ、光源氏につながるものたちを恋慕するのではないか。匂宮への高評価も、顔を見せない宮の御方への肥大する興味もそこにつながる。しかも、宮の御方が顔を見せないことが、ますます興味をひき、欲望をかきたてるのだ。柏木の幻から抜け出せず、美しい思い出を拠り所にしていたり、蛍の宮の忘れ形見・宮の御方への懸想心をうまく抑制できないようならば、したたかな政治家として大成することはできまい。

宮の御方は、結婚を拒否し続けているが、それは、宮家から受け継いだ高貴な血筋を汚さないためかもしれないが、一方で、紅梅大納言の〈娘〉分としては、大納言の〈家〉の繁栄のための役割を果さないという意思表示にもなる。権力維持・補強のためのシステムとして機能しない姫君の将来は、どのようなものになるのだろうか。母・真木柱が健在で、見守ってもらえるうちは、変わりなく過ごせるかもしれない。しかし、大納言の欲望が、父親役と懸想人とのバランスを失ったとき、母娘関係も含めたこの〈家〉の家族関係は、どう変わるだろうか。権力維持・補強のための装置として天皇家に送り込まれた大君は、春宮の御子を産むことができるだろうか。もし、大納言の大君が夕霧の大君よりも先に御子を産んだ場合、藤原氏から中宮を出したいという大納言の野望が実現する可能性は出てくるのだろうか。「もし」をいくつ繰り広げても、仕方がない。結局、わからないまま物語は終る。確かなことは、見かけは、理想的な一家のようでありながら、紅梅大納言の〈家〉が、きわめて危うい均衡の上に成り立っていることである。

天皇家との外戚関係を結ぶことで、〈家〉の繁栄をめざすということは、その関係がうまく繋がらなければ、それまでの権力を失いかねない。姫君の結婚・出産という権力維持・補強システムというものがどんなに危ういものであるか、現実的な問題として、二世源氏の夕霧の〈家〉と藤原の氏の長者紅梅大納言の〈家〉の両家に共通する問題として物語に描かれ始めているということを、重く読み取らなければならない。

四　玉鬘の嘆き

最後に、太政大臣・鬚黒亡き後、女主人・玉鬘の〈家〉の問題を見てみよう。「竹河」巻は、正編のヒロイン玉鬘の物語の後日談である。けれども、この巻の玉鬘は、歌を詠んでもよさそうな場面もあるにもかかわらず、一首の歌も詠んでいない。正編の恋物語の美しいヒロインとして、二十首もの歌を詠んだ玉鬘も、この巻では、そのような浪漫的な物語のヒロインの座は降りて、亡き鬚黒の〈家〉の維持に心を砕く、きわめて政治的な〈母〉としての役割を負うことになるのだ。

実は、「竹河」巻については、以前に、玉鬘にスポットライトを当てて、母と娘の関係性に着目しつつ、女性の生き難さを描いた物語として読み解いたことがある。注14 玉鬘は、娘を自分の分身のように思って、自分の人生では実現できなかった生き方（冷泉帝への入内）を、娘・大君の人生で実現させた。しかし、思うようにはならず、大君は、結局里がちになってしまう。息子たちの出世も期待するほどではない。正編の世界では、賢い女君として高く評価された玉鬘が、我が身の不幸を思い、女性の生き難さの認識にたどり着くという結末である。

ここでは、視点を変え、玉鬘の大君の結婚に焦点を絞って、その意味をさぐってみよう。大君は、「后がね」として、鬚黒の〈家〉の繁栄を期待されて養育された姫君である。このことは、夕霧や紅梅大納言の大君と同じ立場である。いわば、権力維持・補強システムとしての役割を期待された姫君なのだ。鬚黒が健在だったら、きっと女御として入内をはたしたことだろう。鬚黒亡き後も、入内の催促があったというから、今上帝は、依然として亡き母女御の一族としての鬚黒の〈家〉のことを忘れていなかったことになる。鬚黒死後でも、もし入内がかなったら、今上帝自身は、大君を大切に扱おうとしただろう。けれども、父という強力な後見を失った姫君が入内した結果、どのような困難が待ち受けているかということは、桐壺の更衣のケースで実証済なのだった。客観的には、蔵人の少将との結婚によって、夕霧の〈家〉とのつながりを強くすることは、賢明な方法だった。しかし、「后がね」として心づもりしてきた姫君が、鬚黒が亡くなったからといって、経済的にも不安がないのだから、「ただ人」との結婚へと考えを切り替えるのは難しかったのだ。後見のない入内を諦め、しかも「ただ人」ではない婿を選ぶとしたら、[注15]玉鬘自身の特殊な事情（冷泉院への配慮や娘を分身のように思っていること）も絡んでのことだが、冷泉院への参院は、その時点の玉鬘にとって、熟慮の上選び取られた最良の策なのだった。

玉鬘のもっとも大きな誤算は、大君が冷泉院の子を産み続けたことに違いない。まず、参院した翌年に、早くも女子を出産する。

女一の宮一所おはしますに、いとめづらしくうつくしうておはすれば、いといみじう思したり。いとどただこなたにのみおはします。女御方の人々、いとかからでありぬべき世かなと、ただならず言ひ思へり。

（竹河二八二頁）

それまで、冷泉院の子どもは、女一の宮ただ一人だった。弘徽殿の女御は、長く冷泉院に仕えながら、やっと授かったのだ。それなのに、新参の大君がすぐに同じように姫宮を産んでしまったのだから、女御に仕える侍女たちが不満を口にし、不穏な空気が漂い始めた。いくら大君の参院をバックアップしたとはいえ、女御自身も心穏やかではなかったのだ。この世に、わが子を出産しなければよかったなどと思う母があるはずもなかろうが、大君は、冷泉院の姫宮を産んだ数年後、今度は男子を出産して、たいそう苦労することになる。皮肉なことに、男子出産が待ち望まれる春宮や二の宮ではなく、誰も望まない冷泉院に男子が誕生したのだ。

そこら候ひ給ふ御方々に、かかることなくて年ごろになりにけるを、疎かならざりける御宿世など、世人驚く。帝は、まして、限りなくめづらしと、この今宮をば思ひ聞こえ給へり。下り居給はぬ世ならましかば、いかに効あらまし、今は何ごとも映えなき世を、いとくちをしとなむ思しける。……女御も、あまりかうてはものしからむと、御心動きける。事に触れて、やすからずくねくねしきこと出で来などして、おのづから御仲も隔たるべかめり。世のこととして、数ならぬ人の仲らひにも、もとよりことわり得たる方にこそ、あいなきおほよその人も、心を寄するわざなめれば、院の内の上下の人々、いとやむごとなくて久しくなり給へる御方にのみことわりて、はかないことにも、この方ざまをよからず取りなしなどする……

（竹河二八五頁）

冷泉院は、傍線部のように「限りなくめづらし」と御子を大切に可愛がる一方で、自らが帝位を退いた後の誕生では春宮にも立てられず、せっかくの男子誕生も効がないではないか、「くちをし」と思う。一方、弘徽殿の女御をはじめとする冷泉院内の人々は、こぞって大君に反発し、憎しみを顕わにするようになってしまう。ここに至って、誰も期待していなかった御子の誕生は、冷泉院に無念の思いを抱かせ、弘徽殿女御たちの憎しみをかき立て、冷泉院世界の秩序を揺るがせた。男子出産を長く待ち望まれていた春宮や二の宮の大君たちは、どんな思いでこの知らせを聞いただろうか。夕霧や、紅梅大納言は、大君が春宮に参入しなかったことに胸をなで下ろしただろうか。貴族社会の平穏のためには、大君の男御子は、産んではいけなかった子ども、産まれないほうがよかった子どもだということになる。そのような子どもが存在してしまうというところに、権力維持・補強システムとしての姫君の結婚・出産の問題がある。玉鬘の大君が陥った状態は、まさにこの権力維持・補強システムの暴走とも言えるものだった。

息子たちから非難された玉鬘は、「かからで、のどやかにめやすくて世を過ぐす人も、多かめりかし。限りなき幸ひなくて、宮仕への筋は思ひ寄るまじきわざなりけり」と嘆く。わが娘は、「限りなき幸ひ」（絶対的な幸運）には恵まれなかったのだ、宮仕えなど考えてはいけなかったのだと、自らの錯誤に唇を噛みしめるしかない。正編では、いろいろな出来事はあったにせよ、一貫して賢く身を処し、鬚黒の北の方として大事にされて子どもにも恵まれるという、たとえていうなら、幸せな女性の人生双六でみごとな上がりっぷりを見せたはずの玉鬘なのに、その後の人生とは、かくのごときものであった。

「竹河」巻の最後の、次のシーンも、玉鬘の嘆きに満ちている。

隣の、かくののしりて行き違ふ車の音、前追ふ声々も、昔のこと思ひ出でられて、この殿には、ものあはれに眺め給ふ。「故宮失せ給ひてほどもなく、この大臣の通ひ給ひしほどを、いとあはつけいやうに、世人はもどくなりしかど、かくてものし給ふも、さすがなる方にめやすかりけり。定めなの世や。いづれにかよるべき」などのたまふ。（竹河二九一頁）

隣の邸は、紅梅大納言邸である。このたび右大臣に就任し、大饗の垣下の君達が大勢集まっている。その賑わいを聞きながら、思いは真木柱の身の上へと向かう。「紅梅」巻で明らかになったように、真木柱は、蛍の宮の死後「ほどもなく」（おそらく喪中に）紅梅大納言を通わせたのだが（二三二頁）、そのことで世間から軽薄だと非難されたらしい。その噂を聞いた玉鬘も、同じように、真木柱のふるまいは軽々しいと思ったのだろう。玉鬘自身、鬚黒に言い寄られて無念な思いをしたときも、自分には落ち度がなかったというようにして、賢く身を処したのだ。真木柱も、もう少し賢くふるまえばよいものを、とも思ったかもしれない。しかし、今は、それはそれでよい判断だった、「めやすかりけり」と、真木柱のことを再評価している。親に世話をしてもらい、祝福されて結婚してもうまくいかない夫婦もある。世間の非難を浴びて一緒になったのに、幸せになった夫婦もある。「定めなの世や。いづれにかよるべき」という嘆きと疑問は、玉鬘だけのものではない。「匂宮三帖」の物語では、物語の表層に出てこないけれども、夕霧の大君・中の君や六の君、紅梅大納言の大君・中の君、（そして、顔を見せない宮の御方もまた場合によっては）、〈家〉の権力維持・補強システムとしての役割を期待される立場に生まれた姫君たち皆に普遍的な嘆きであり、答のない疑問であろう。

玉鬘は、真木柱の幸せな人生をわが身の不運と比べているが、読者は、その真木柱にも、決して悩みがないわけでないことを知っている。玉鬘が娘たちと齟齬を来しているように、真木柱も宮の御方との間に心配事を抱えている。他人の人生は、幸せそうに見えるものなのだ。[注16]正編では「幸せ」を手に入れたはずの玉鬘が、娘や息子たちの生き方を通して、「定めなの世や」と、人生の危うさ・生き難さに溜息をつく。玉鬘の嘆きと憂鬱は、女性が自分の「性」のために、権力維持・補強システムに繋がれるような社会では、誰もが自分の人生を生きることが難しいことを示している。

五　さいごに

「匂宮」巻の夕霧の〈家〉、「紅梅」巻の紅梅大納言の〈家〉と続けて、男たちの〈家〉の経営方針が、姫君の結婚・出産という権力維持・補強システムを用いたものであったことを確認した。〈家〉の権力を獲得し、維持・補強がなされるためには、娘が最高権力者の妻になり、しかも望まれる性の子どもの出産と順調な成長が継続的に繰り返されること、つまり何代にもわたるシステムの継続的な運用が要求される。それは、個人の意思や努力などとは関わりなく、運と偶然に総てを賭けるような不安定なものだ。

実際に、現実の貴族社会では、藤原摂関家を外戚にもたない後三条天皇が即位する（治暦四年）と、その後は、息子・白河上皇の院政が開始される（応徳三年）ことになる。摂関政治の終焉である。『源氏物語』では、まだそのような政治状況ではなく、皇位継承問題も起きてはいない。「匂宮三帖」の物語の後、春宮も、次の春宮候補・二の宮も健在で、さらにその後を嗣ぐべき次の世代の男子も、中の君が匂宮の若宮を出産したことで保証されたといえよう（宿木九九頁）。その中の君の後見にあたるのは、八の宮の遺志を受けた薫である。今上帝は、夕霧の息子たちではなく、薫を皇女・二の宮の婿に選んだ[注17]（宿木三〇頁）。そのことによって、権力の座を強化した薫が、夕霧の六の君よりも先に匂宮の御子を出産した中の君を後見するのだから、誰も中の君を軽んじることはできなくなるだろう。夕霧は、大君の男子出産をあきらめざるを得なくなれば、薫との連帯によって、政権の維持をめざすことになろう。薫を自分の勢力側に完全に取り込めるまでは、太政官制の実質上の権力者・左右大臣の座から離れるわけにはいくまい。澪標巻の宿曜の予言「御子三人、帝、后、必ず並びて生まれたまふべし。中の劣りは、太政大臣にて位を極むべし」（澪標一〇〇頁）の通りならば、いずれ太政大臣にまで上り詰めるはずなのだが、夕霧一人だけがまだ実現されていない。予言は必ず果されるだろうが、まだ、皇位継承に不安要素がある状況では、名誉職に近い太政大臣の座で安泰というわけにはいくまい。夕霧の太政大臣就任は、「匂宮三帖」の段階ではもちろん、まだ先のことになりそうだ（続編の物語の最後に至っても実現しなままに終る。このことも、続編の物語が、正編の光源氏の物語とは異なる論理に拠っていることを示している）。

「匂宮」巻では、外面のはなやかさとは裏腹に、深層に不安要素をかかえている夕霧の〈家〉のありようを読み取ったが、「紅梅」巻にも紅梅大納言の理想的な一家が孕んでいる危うさが読み取れた。とりわけ、宮の御方は、「紅梅」巻で重要な存在感を見せている。宮の御方には、相続した財産があり、守ってくれる賢い母もいるし、継父ではあるが保護者もいて、都の邸に居住する所もある。客観的に見れば、宇治の八の宮の姫君たちよりもよほど恵まれているように見えるのだが、その将来に楽観は許されまい。続編の物語には、もう宮の御方は登場しない。その代わりに、女性の権力維持・補強システムとしての役割をめぐる問題系は、六の君の影に脅かされる八の宮の姫君・大君と中の君姉妹の物語において深化することになる。

最後の「竹河」巻の世界では、玉鬘への懸想心を持続させ、若い妻を次々と懐妊させる色好みの冷泉院や、〈家〉の経営に奮闘しつつ、誤算に苦しむ女主人・玉鬘というような、正編での冷泉院や玉鬘のイメージを大きく変えてしまうような展開になっている。とりわけ注目するべき出来事は、権力維持・補強システムの役割を期待されない玉鬘の大君の結婚と出産である。期待される性の子どもを出産できないという、権力維持・補強システムの機能不全と同様に、誰も望まなかった男子を出産するということは、システムとしての非情さ・危うさを浮き彫りにすることになるのではなかろうか。

スケールの大きな予言と夢告に導かれた光源氏の栄華の物語が終った後に、現実の社会とは、そんな甘いものではないと言わんばかりに、夕霧や紅梅大納言、鬚黒たち、光源氏と協同し、光源氏の栄華を支えた男たちの子孫の苦戦する様子が描かれる。なぜ、このようなことが描かれるのか、と言えば、やはり、女性の結婚と出産を、権力維持・補強システムとして機能させてしまうような貴族社会の仕組みへのアイロニーだと言うよりほかない。[注18]

正編の物語が終り、それまでの准拠である延喜・天暦の時代設定から離れて、次の世代を担う権力者たちの〈家〉の物語は、このように、より現実の貴族社会に即した「今日的」問題を背景にしている。「匂宮三帖」に描かれた、宇治十帖の物語世界を支える貴族社会の現実は、実は、正編での光源氏たちの栄華を支えていたシステムの危うさ・不健全さを抉り出す力を秘めたものだったと言えるのではなかろうか。

※『源氏物語』本文の引用は、『新日本古典文学大系』（岩波書店）に拠り、私に表記を改めた。また、巻名「匂宮」は、本来は「匂兵部卿」（底本表記にほふ兵部卿）を用いるべきだが、通称（略称）を用いた。

1　注

「匂宮三帖」の研究史については、鈴木日出男「第三部物語概説――第二部までとの関連」、「匂宮・紅梅・竹河をめぐって」（『諸説一覧　源氏物語』明治書院、一九七〇年）、常磐井和子「匂宮・紅梅・竹河」（『源氏物語講座　第四巻』有精堂、一九七一年）、池田和臣「匂宮・紅梅・竹河三帖の成立」（『講座　源氏物語の世界　第七集』有斐閣、一九八二年）、神野藤昭夫「匂と薫――匂宮・紅梅・竹河巻――」（『源氏物語講座4　京と宇治の物語　物語作家の世界』勉誠社、一九九二年）、神田龍身「匂宮三帖の再評価――王朝時代への挽歌」（『新講源氏物語を学ぶ人のために』世界思想社、一九九五年）、『源氏物語の鑑賞と基礎知識㉓夕霧』至文堂、二〇〇二年）所収の補助論文などに整理されている。近年の論考で、作者別人説は、田坂憲二「竹河巻紫式部自作説存疑」（『源氏物語の展望　第二輯』三弥井書店、二〇〇七年）、「竹河」巻の他の巻との類似性については、國枝久美子「「竹河」巻の筋立てと描写――他の巻々との類似性に関して――」（『国文鶴見』一九、一九八四年十二月）、星山健「「竹河」巻論――「信用できない語り手」「悪御達」による「紫のゆかり」引用と作者の意図――」（『王朝物語史論　引用の『源氏物語』』笠間書院、二〇〇八年）、高野浩「竹河巻における桐壺巻のなぞり――光源氏と冷泉院の男皇子の対照――」（『千葉経済大学短期大学部研究紀要』七、二〇一一年三月）など、特に「竹河」巻論の活性化が目立つ。

なお、匂宮が立坊する可能性について、藤本勝義「式部卿――「少女」巻の構造――」（『源氏物語の想像力――史実と虚構――』笠間書院、一九九四年）など、二の宮を超えての立坊の可能性を読み取る立場が多いが、桜井宏徳「宇治十帖の中務――今上帝の皇子たちの任官をめぐって――」（『中古文学』九十三号、二〇一四年五月）は、それを明確に否定する。また、助川幸逸郎「匂宮の社会的地位と語りの戦略――〈朱雀王統〉と薫・その1――」（『物語研究』四、二〇〇四年三月）のように、匂宮の立坊じたいを、物語のトリックだと読む立場もある。さらに、匂宮の立坊の行方を見通して、吉井美弥子「中の君の物語」（『読む源氏物語　読まれる源氏物語』森話社、二〇〇八年）をはじめ、中の君腹の若宮にも立坊の可能性をみる立場も多い。一方で、袴田光康「生誕　方法としての産養」（『源氏物語と儀礼』武蔵野書院、二〇一二年）は、若宮の産養の儀式（宿木九九頁）の場面を分析して、物語の叙述が、今上帝による内裏の産養を避けて、内裏からの御佩刀にとどめていることを重視し、皇位継承とは直接結びつかないと指摘する。史実からみればそうであるが、物語の構造の中ではどうだろうか。内裏の産養の記事はなくても、明石の中宮主催の産養と佩刀のことによって、若宮が今上帝の皇統に組み込まれ、それが貴族社会に認められることになったのだ。儀式はメディアである。薫が五日の産養を主催したことは、中の君の後見としての存在を人々に知らしめ、日向一雅『源氏物語――その生活と文化――』(中央公論美術出版、二〇〇四年)が「中の君が匂宮の妻として社会的に認知される手続き」という明石の中宮主催の七日の産養とともに、匂宮第一子の生母・中の君の存在を貴族社会に大きく印象づけることになった。物語の構造の中では、このことの意味は重いのではないか。これらの問題については、先行研究が多く出されているが、一つの見解にまとめることは困難な状況である。最新の研究動向を把握するには、櫻井学「『源氏物語』今上帝の時代」(『古代文学研究　第二次』二〇、二〇一一年十月)の注で整理されている。

2　木村朗子は、宮廷の権力再生産に関わる女性や同性間の性愛について、主に『とりかへばや』、『夜の寝覚』といった平安末期から鎌倉時代の作品を取り上げて論じた。「権力再生産システムとしての〈性〉の配置――『とりかへばや』から『夜の寝覚』へ――」(『物語研究』二、二〇〇二年三月、『恋する物語のホモセクシュアリティ――宮廷社会と権力』青土社、二〇〇八年所収)。女性は家格によって序列化され区分される存在なのであり、権力機構の中で「生む性/生まない性」の区分がなされるという視点に多くを学び、刺激を受けた。

3　竹内正彦氏は、子孫が多ければ劣る者が出てくる可能性があり、「確実に子孫を劣らぬようにするためには、子孫を持たぬようにする以外ない」のだから、「明石の入道の夢には子孫の断絶が織り込まれていた」として、明石の入道の夢が実現した後に、明石一族の血は劣ることなく、男系・女系ともに絶えていくことを、一族が背負った宿命であると読み解く。「夢のあとの明石の中宮――明石一族物語の宇治十帖――」(『源氏物語の新研究　宇治十帖を考える』新典社、二〇〇九年)。私も、第一皇子、第二皇子ともに子どもが授からないことの意味を、『源氏物語』続編の構造として把握しようとする読み方に同意したい。続編の物語の方向性がそのようなものであるならば、光源氏の筋を受け継ぐ夕霧にも同様のことが言えるのではないだろうか。娘たちを次々と明石中宮が生んだ皇子に奉り、外戚を目指す夕霧の命運も、明石の一族とともにある。

4　陣野英則「「光源氏の物語」としての「匂宮三帖」――「光隠れたまひにしのち」の世界――」(『源氏物語の話声と表現世界』勉誠出版、二〇〇四年)は、〈語り〉に着目することで、「匂宮」「紅梅」巻で称賛された光源氏が、「竹河」巻で「光源氏の王権のなれの果て、その完全な失墜までが確認される」と読み解く。光源氏の「失墜」の彼方に見通せるのは、その後継たる夕霧の血筋の「失墜」であろう。

物語の主役として、四十の夕霧よりも、十四、十五の薫や匂宮の世代が相応しいということもあろうが、夕霧よりも四歳上の冷泉院の名があがっているのだから、夕霧に触れないのは不自然ではないだろうか。いや、むしろ、ここで冷泉院の名があげられる方が意図的だったと言うべきかもしれない。自分が光源氏の秘密を知っているということを、さりげなくアピールしている、としたら、この巻の語り手はなかなか戦略的である。この後には、薫が出生の秘密に悩んでいることまで明かされる。主人の重大な秘密を知り得たほどに親しく仕えていた自分の立場を明かすのは、数多の語り部となり得る侍女たちの中でも、自分こそ光源氏を本当に追慕する資格があることをアピールすることにもなろう。そうすると、続編は、自己主張する語り手によって、幕があげられたとも言えようか。

6 夕霧の子どもについては、田坂憲二「夕霧の子どもたち」（『源氏物語の鑑賞と基礎知識㉓夕霧』至文堂、二〇〇二年）、久下裕利「夕霧の子息たち——姿を消した蔵人少将——」（『源氏物語を考える——越境の時空』武蔵野書院、二〇一一年）など。

7 注3の竹内正彦氏の論にも、第一皇子と夕霧の長女との間に男子が誕生していれば、「匂宮」巻で、第二皇子立坊の可能性がとりざたされることもなかったのではないか、との指摘がある。三兄弟が連続して立坊・即位の方向を示されることに、玉上琢彌氏は、「明石の中宮の幸福きわまりないことを示す」（『源氏物語評釈』角川書店、）とする。近年では、辻和良氏「明石中宮と「皇太弟」問題——〈源氏幻想〉の到達点——」（『源氏物語の王権——光源氏と〈源氏幻想〉——』新典社、二〇一一年）が、史実から「異常」なものであると指摘したように、特殊な状況設定であるとの認識が定まりつつある。そのことを、夕霧・明石の中宮の連帯の強さと見ることに異存はないが、そのような「異常」な設定をどう評価するか、今後の問題であろう。私は、理想的な政治状況というよりも、夕霧・明石の中宮にとっては、政治的な危機を孕むものと考えている。

8 ただし、六の君は、「夕霧」巻で既に誕生している。この時、夕霧は二十九歳。列挙されている順序通り、六の君の下にまだ同母の弟の二郎、四郎がいるとすれば、それから十一年経ち、夕霧が四十歳になっている「匂宮」巻での六の君が、十、十一歳というのは考えにくく、もっと歳上のはずだ。このような点については、はじめに述べたように、あまり精査して矛盾そのものを大きな問題にする必要はないと考えている。

9 藤原千古の基本情報は、加納重文「藤原千古」（『平安時代史事典』角川書店、一九九四年）、繁田信一『かぐや姫の結婚』（ＰＨＰ研究所、二〇〇八年）に拠る。

10 「匂宮」巻は、夕霧の六の君の婿捜し・求婚譚の展開を思わせて終るが、その後、六の君が、物語のヒロインとして描かれることはない。結局、匂宮との結婚は、六の君二十一、二歳の時、婚期を逸しそうになって焦った夕霧が明石の中宮に愁訴し（宿木三三頁）、ようやく実現する（同四七頁）。

11 中の君の出産の記事まで、また、それ以後も春宮や第二皇子の御子誕生の話題はない。注3の竹内正彦氏と同様に、「宿木」巻の匂宮の第一子誕生が、今上帝にとって初めての孫の誕生であると読み取りたい。

12 拙稿「末摘花のことば――「ねたし」と「いとほし」を中心に――」（『源氏物語　煌めくことばの世界』翰林書房、二〇一四年）で触れた。

13 さらに続編の物語では、昔、今上帝の藤壺の女御を思慕したことや、その姫宮・女二の宮の婿に名乗りをあげたいと漏したのに、帝に伝えられることもなく、思いが叶わなかったことなどが記される（宿木一〇七頁）。今上帝の女二の宮の婿となった薫を羨み、「ねたのわざや」（同頁）と思うなど、兄・柏木に倣って自分も皇女を妻に得たいという思いが深かったことがわかる。

14 拙稿「玉鬘と大君＝娘という母の分身」（『源氏物語』を〈母と子〉から読み解く』角川書店、二〇〇五年）

15 平林優子「竹河巻における玉鬘と冷泉院」（『源氏物語女性論　交錯する女たちの生き方』武蔵野書院、二〇〇九年）は、鬚黒が生きていれば、玉鬘は大君の冷泉院参院など考えもしなかったとする。

16 実際には、玉鬘の子どもたちも、そんなに玉鬘が嘆くほど不遇なのか、という疑問もある。玉鬘の長男は左近中将から右兵衛督で、従四位下相当、二男は右中弁から右大弁、従四位上相、三男は侍従まだ非参議だと夕霧の息子などと比較して嘆くが、「年齢のほどは片端ならねど」（竹河二九一頁）とあるように、客観的にみれば、まずまずなのだ。

17 今上帝は、むろん、薫は光源氏と女三の宮の息子だと思っている。藤原氏の女を母とし、正妻とする夕霧よりも皇室の血が濃く、藤原氏との関係が薄い。その薫に、女二の宮を降嫁させたのだから、さらに薫は天皇家側の人物となる。匂宮の御子を産んだ中の君も、八の宮の娘であるから、薫と中の君の連帯は、今上帝にとっては、藤原氏の発言力を牽制することに役立ちそうだ。今上帝には、摂関制による政治を改めたいという意識があるのだろうか。また、今上帝の在位期間が長く、春宮への譲位が極端に遅れているが、その裏には、皇位継承への駆け引きもありそうだ。春宮・二の宮ともに御子がいないのであれば、現春宮＝新帝の短い在位の後に、二の宮が帝位に就いて匂宮が春宮となり、中の君が生んだ若宮が次の春宮候補となる。いずれ即位した匂宮と若宮の後見は薫がするというような構図が予想される。夕霧・紅梅大納言の〈家〉その他摂関家にとっては、避けたい事態だろう。藤原頼通がついに天皇の外祖父になることなく政界を退いたことなどが思い合わせられる。なお、助川幸逸郎「〈誤読〉される宇治十帖――平安後期物語との〈取り違え〉をめぐって――」(『日本文学』二〇〇八年五月)は、次期の執政者最有力候補の薫を夕霧が取り込みをはかっていると読み解いている。また、西原志保「『源氏物語』女三の宮の政治性――続編における――」(『古代文学研究 第二次』二一号、二〇一二年十月)は、今上帝の姉妹としての女三の宮が薫の昇進や結婚に働きかけた可能性を探り、薫と今上帝との紐帯を強めるという政治性を果したと読み解く。このように、表層では政治問題はクローズアップされないが、基底部分で様々な政治的エピソードが、物語世界のリアリティを支えていると言えよう。

18 明石の中宮もまた、光源氏や明石の一族の期待を担い、結婚・出産によって、光源氏の栄華を支えた。続編の世界では、病がちで頻繁に物の気に悩まされるなど、正編では見せなかった顔を見せているが、そういう意味では、彼女もまた、自覚していないだろうが、権力維持・補強システムの犠牲者の一人である。そういう形で、無自覚なうちに、男たちの栄華を支えるシステムの危うさ・不健全さを告発している。なお、そうした宇治十帖での明石の中宮のありようについては、拙稿「〈母〉のパラダイム・『源氏物語』明石の中宮を中心に」(『駒澤日本文化』一、二〇〇七年十二月)で触れた。

付記:本稿は、駒澤大学在外研究期間中の研究の一環である。

鈴木 裕子(すずき ひろこ)　駒澤大学総合教育研究部教授。中古文学専攻。著書『『源氏物語』を〈母と子〉から読み解く』(角川書店、二〇〇五年)、論文「夕顔巻の和歌・「心当てに」歌をめぐって――〈不正解〉を導く方法――」(『源氏物語の礎』青簡舎、二〇一二年)、共編著『源氏物語大事典』(角川書店、二〇一一年)など。

倫理の確執
——橋姫・椎本・総角における「父の言葉」——

西原　志保

はじめに

本稿で考察する橋姫・椎本・総角においてはさまざまな葛藤が描かれており、とりわけ恋と道心の間で揺れ動く薫や、結婚を拒否する大君については論考も多い。[注1]これらの葛藤は確かに「倫理の確執」と呼びうるかもしれないが、「倫理」という用語を無前提に用いることは問題があろう。『源氏物語』中に「倫理」の用例はなく、現代の用法は西洋語「ethics」の訳語の意味合いが強いからである。

『源氏物語』における「倫理」についての先行研究には、「源氏物語の倫理思想として注目すべきもの」に「「物のあわれ」を中心とするものと、罪の意識を中心とするもの」があり、[注2]「人間の行為の倫理的意義に大きな疑問を投げかける」「行為者の自由意志を拘束するもの」として「宿世」があることを考察するもの、[注3]「人わらへ」の意識を「倫理」と呼ぶものなどがあるが、[注4]いずれも「倫理」の明確な定義はなされていない。「倫理」と「道徳」がどう異なるのか、あるいは同じものを指すのかについても明確でない。工藤重矩は、「源氏物語関係論著の題目を通覧しても「倫理」とか「道徳」とかの用語を以てするものはめったにない」ことに触れ、『新明解国語辞典』における定義を踏まえた上で、

その語を用いなくても、たとえば「源氏物語における罪とは何か」を論じることは、源氏物語における倫理道徳の一面を論じているのだとも言える。（中略）これらはみな平安時代の「行動の規範としての道徳観や善悪の基準」に従うにせよ従わないにせよ、それを前提として物語られているはずである。[注5]

と述べる。「倫理」と「道徳」の差異については触れられていない。確かに「罪」は倫理と関わる概念ではあろうが、必ずしも倫理規範と同一とは言えない。

「倫理」は高度に抽象的な概念であり、『源氏物語』中に用例がない以上、考察の対象を絞ることは困難である。そこで本稿では、「倫理」を考察するために、「父の言葉」を参照したい。西洋における倫理は『聖書』という「父の言葉」の解釈によって発展し、『源氏物語』中でも登場人物の行動を規定する内的規範となるような「父の言葉」が描かれるからである。

一　『源氏物語』における「父の言葉」

『源氏物語』における「父の言葉」について概観しながら、「倫理」と関わらせて論じることの妥当性を確認しておきたい。

宇治大君に関しては、「父の言葉」を守り、父の倫理観のなかで生きる「父の娘」であることが指摘され

る。「父の娘」とは、「父権制社会からの使者」であり、「父に認められ、父の価値観を共有する娘」、「父の倫理世界を尊重し、それを学んで活用」[注6]する娘である。「輝かしい父の栄光のもとに生れ、その存在にあやかろうとして、ともすればみずからの女性性を蔑ろにしかねない少女」[注7]とも言われる。大君は、このような「父の娘」のありように当てはまるだろう。

例えば、八の宮家の人間関係から大君の「結婚拒否」について考察した今井久代は、大君が「父の苦しみを分け合い、父を支えて、ともに妹を育む姉娘の役割」「父を慰め支える聡明な姉という役割」[注8]を果たそうとすると指摘する。「外部の男」に「宮家の経営を左右されないため」の「戦術」と読み解く櫻井清華は、大君を「八の宮の意を受け、その規範の内に生きる父の娘」とする。[注9]

「父の娘」にとって重要な意味を持つのが「父の言葉」である。「父の娘」や「父の言葉」「母の言葉」について考察した矢川澄子のエッセイを参照したい。

Booksこそは、父たる者の最大の属性であった。父親と自分たち＝女子供とを分け隔てるもの。それがほかでもない書物であり、そこにこめられた思想であり知識であり、ことばでありロゴスであった。[注10]

「父の言葉」はロゴスであり、書物と深い関わりがあるというのである。仏教の経典や儒教の書物には、キリスト教のような、神を父とする発想は薄いものの、知識や思想、倫理や論理をあらわしたロゴスである。『源氏物語』における「父の言葉」は、具体的に描かれる、父から子への言葉であると同時に、「父の言葉」としての経典でもある。

父八の宮の言葉として殊に注目されるのが遺言である。長谷川政春が「瓶詰の地獄」を参照し、言葉の呪縛性が、恰も一冊の聖書を持って絶海の孤島に漂着した兄妹の如く、故八宮の遺言・遺誡を心

根に留めて生きた薫や姫君たちの内部に認められないか。[注11]

と述べるように、八の宮の遺言は聖書のようなロゴス的なものであり、「予言や遺言は、日常言語よりも、他者の言動を左右し拘束する」[注12]ものでもある。桐壺巻における高麗の相人の言葉、明石入道の文にある、夢を見たときに「俗の方の書」を見、「内教の心を尋ぬる」(若菜上③二七七)とあることなどが、そのような例と言えよう。そこには生きていく上での教えだけでなく、どのように死ぬべきかという思想も含まれる。

『源氏物語』正編の中で重要な機能を果たす遺言としては、桐壺院の遺言に関わるもの、明石入道の夢に関わるものなどがあげられるだろう。また「遺言」という形では描かれないものの、朱雀院と女三の宮、末摘花に関しても、「父の言葉」や父娘関係が重要な意味を持つ。

桐壺院の遺言については、繰り返し論じられる場面ではあるが、改めて確認しておきたい。

よわき御心地にも、春宮の御事をかへす〴〵聞こえさせ給ひて、次には大将の御事、「侍りつる世に変はらず、大小のことを隔てず、何ごとも御後見とおぼせ。(中略)かならず世の中保つべき相ある人なり。さるによりて、わづらはしさに親王にもなさず、たゞ人にておほやけの御後見をせさせむと思ひ給へしなり。その心違へさせ給ふな」と、あはれなる御遺言ども多かりけれど、(中略)。みかどもいとかなしとおぼして、さらに違へきこえさすまじきよしを、かへす〴〵聞こえさせ給ふ。(賢木①三五一)

桐壺院が源氏を後見にと遺言するのは、たんなる自分の考えなのではなく、「相」という根拠のあるものとして提示される。対する朱雀院も、決して遺言をたがえないと繰り返し約束するのである。源氏自身に対しても、「おほやけに仕うまつり給ふべき御心づかひ、この宮の御後見し給ふべきこと」(同三五二)を、繰り返し遺言する。

これは何度も回想されるばかりでなく、遺言が守られなかった場合には霊となって顕れ、息子たちの行動を規定する。

さばかりおぼしのたまはせしさま〴〵の御遺言は、いづちか消え失せにけん、と言ふかひなし。（中略）帰り出でん方もなき心地して拝み給ふに、ありし御おもかげさやかに見え給へる、そゞろ寒きほどなり。（須磨②一九）

須磨に蟄居することを決めた源氏が桐壺院の御陵を参拝する場面である。「遺言」が消え失せたかに思えたそのときに、桐壺院の「おもかげ」が顕れる。「おもかげ」は「遺言」という「父の言葉」の顕現と言えるだろう。

桐壺院の霊は、この後も繰り返し顕れ、須磨で嵐に遭ったときには「住吉の神の導き給ふまゝには、はや船出して、この浦を去りね」（明石②五六）と源氏を導く。

朱雀院の夢にも桐壺院は顕れる。

その年、おほやけにもののさとししきりて、ものさわがしきこと多かり。三月十三日、神鳴りひらめき、雨風さわがしき夜、みかどの御夢に、院のみかど、御前の御階のもとに立たせ給ひて、御けしきいとあしうて、にらみきこえさせ給ふを、かしこまりておはします。聞こえさせ給ふことも多かり。源氏の御事なりけんかし。

（中略）にらみ給ひしに、目見あはせ給ふと見しけにや、御目わづらひ給ひて、耐へがたう悩み給ふ。（明石②七三）

朱雀院にとっては、桐壺院の霊は、外部からの力であると同時に、自己を規定する内なる良心でもある。

桐壺院の遺言は「倫理」として機能すると言えよう。

明石入道に関しては、まず若紫巻において播磨に詳しい従者によって明石入道のことが紹介される。

「わが身のかくいたづらに沈めるだにあるを、この人ひとりにこそあれ、思ふさまことなり。もしわれにおくれてそのこころざし遂げず、この思ひおきつる宿世たがはば、海に入りね」と常に遺言しおきて侍るなる　（若紫①一五五）

娘に対して、志に適った結婚ができなければ、海に入れと言いおいている、というのである。後に、明石姫君のもとに皇子が誕生したとき、入道のもとから文が届き、その所以が語られる。

わがおもと生まれ給はんとせし、その年の二月のその夜の夢に見しやう、みづから須弥の山を右の手に捧げたり、山の左右より、月日の光さやかにさし出でて世を照らす、みづからは、山の下の陰に隠れて、その光にあたらず、山をば広き海に浮かべおきて、ちひさき舟に乗りて、西の方をさして漕ぎ行くとなん見侍し。（中略）、そのころよりはらまれ給ひにしこなた、俗の方の書を見侍しにも、また内教の心を尋ぬる中にも、夢を信ずべきこと多く侍しかば、いやしき懐のうちにも、かたじけなく思ひいたつきたてまつりしかど、力およばぬ身に、思う給へかねてなむ、かゝる道におもむき侍りにし。（中略）このひとつの思ひ、近き世にかなひ侍りぬれば、遥かに西の方、十万億の国隔てたる九品の上ののぞみ疑ひなくなり侍りぬれば、いまはたゞ迎ふる蓮を待ちはべるほど、その夕べまで、水草清き山の末にて勤め侍らむとてなむ、まかり入りぬる。　（若菜上③二七六～二七七）

夢の解釈に関して、「俗の書」と「内教」が参照される。儒教および仏教の経典という二つの思想や論理が、一致するものであった。しかも夢がかなったことが、「九品の上ののぞみ」という来世をも約束するものなのである。単に娘の結婚、すなわちどう生きるかを規制するだけではなく、どのように死ぬか、往生するのかという来世まで約束するものとして機能する。

「父の言葉」は、経典や儒教の書物とも関わり、登場人物に対する倫理的な規制として機能する。正編においては、どのように生きるべきかということと、どのように死ぬべきかという二つの方向性に、大きな矛盾はない。

「遺言」という形では明確に描かれないものの、末摘花に関しても、亡き父が重要な機能を果たす。須磨・明石から帰京したのちも、末摘花のことは忘れたままになっていた。忘れ去られ、荒れはてた常陸宮邸で過ごす末摘花の夢に、亡き父宮があらわれる。

こゝには、いとゞながめまさるころにて、つくぐ〵とおはしけるに、昼寝の夢に故宮の見え給ひければ、覚めていとなごりかなしくおぼして、漏り濡れたる廂の端つ方おし拭はせて、こゝかしこの御座引きつくろはせなどしつゝ、例ならず世づき給ひて、

亡き人を恋ふる袂のひまなきに荒れたる軒のしづくさへ添ふ

も心ぐるしきほどになむありける。（蓬生②一四六〜一四七）

このとき、常陸宮邸を偶々通りかかった源氏が、末摘花を発見することとなる。亡き常陸宮の霊は、源氏を導き、末摘花に幸福をもたらすのである。亡き父が娘の夢にあらわれて救済する、という話型が指摘される。[注13]

ただし、常陸宮の具体的な遺言は描かれていない。[注14] 邸宅を売り払うことを女房たちが提案したときも、

「かくおそろしげに荒れはてぬれど、親の御影とまりたる心地する古き住みかと思ふに慰みてこそあれ」（同一二四）

とあるように、親の遺言ではなく、亡き親の魂が宿っているように感じられるという娘の気持ちが手放さない理由とされるのである。あるいは、親の残した由緒ある調度品などについても、

「見よと思ひ給ひてこそしおかせ給ひけめ。などてかかろ〴〵しき人のいへの飾りとはなさむ。亡き人の御本意違はむがあはれなること」（同一三四～一三五）

と言うように、末摘花が親の遺志を忖度するのみである。末摘花の場合は、遺言が明確に描かれるのではなく娘が父の思いを忖度するのだが、むしろ父が娘の夢にあらわれることによってその正しさが証明される。娘の夢にあらわれる父は、父の「御影」であると同時に、娘のうちに生きている父の姿でもあろう。

朱雀院と女三の宮に関しても、父娘関係が重要であり、父の言葉が繰り返し描かれるが、父の言葉は娘の行動を規制するようなものではない。朱雀院の言葉は、娘ではなく周囲に対してその保護を依頼するものである。女三の宮と源氏を結婚させても、結婚生活を無理に維持させようとするのではなく、女三の宮が出家を望めば出家させる。

女三の宮自身に対する言葉は、出家後の贈答に見られるように、娘に寄り添ったものである。

春の野山、霞もたど〳〵しけれど、こころざし深く掘り出でさせて侍るしるしばかりになむ。

世を別れ入りなむ道はおくるともおなじところを君もたづねよ

いとかたきわざになむある。

（中略）

憂き世にはあらぬところのゆかしくて背く山路に思ひこそ入れ（横笛④四九～五〇）

父娘がともに、おなじ出家者として、「おなじところ」「憂き世にはあらぬところ」つまり極楽往生を目指

し、呼びかけあうのである。注15

末摘花や女三の宮に関しては、「父の言葉」は具体的には描かれない、あるいは娘を規制するようなものではなく娘に寄り添い、受け入れるものである。父は娘のうちに内面化され、あるいは父と娘が精神的に結びつく。

二　橋姫・椎本・総角における「父の言葉」

宇治の大君に関しても、「父の言葉」が強い影響を与えることが指摘される。いわゆる八の宮の「遺言」場面を参照しよう。

また見譲る人もなく、心ぼそげなる御ありさまどもを、うち捨ててむがいみじきこと。されども、さばかりのことに妨げられて、長き世の闇にさへまどはむが益なさを、かつ見たてまつるほどだに思ひ捨つる世を、去りなん後のこと知るべきことにはあらねど、我が身ひとつにあらず、過ぎ給ひにし御面伏せに、かる〳〵しき心ども使ひ給ふな。おぼろけのよすがならで、人の言にうちなびき、この山里をあくがれ給ふな。たゞ、かう人に違ひたる契り異なる身とおぼしなして、こゝに世を尽くしてんと思ひとり給へ。ひたふるに思ひなせば、ことにもあらず過ぎぬる年月なりけり。まして女は、さる方に絶え籠りて、いちしるくいとほしげなるよそのもどきを負はざらむなんよかるべき。（椎本④三五一）

あなたたちのことを任せることのできる人もなく、見捨てて死んでしまうのがつらい哀しいことであるが、この程度のことで俗世に心が残り、往生できなくなってしまってはいけない。自分だけでなく、亡くなった北の方の面目をつぶすことにもなるのだから、軽々しいことをしてはいけない、人の言葉に靡いてこの山荘を出てはいけない、「よそのもどき」を受けないことが「女」の良い生き方である、というのである。[注16]ただし、「おぼろけのよすがならで」と留保がつけられるように、結婚を完全に否定しているわけではなく、「見譲る人もなく」と言いながらも、薫に対しては、姫君たちのことを依頼している。

「亡からむ後、この君たちを、さるべきもののたよりにもとぶらひ、思ひ捨てぬものに数まへ給へ」

（椎本④三四七）

薫に対しても姫君たちのことを頼み、姫君たち自身に対してもしっかりするよう言い残すことは、八の宮の心配を考えれば不可解なものではないが、一筋縄ではない現実に対処するとき、それが父の遺言に適った行為なのかどうか判断することは難しい。

八の宮の遺言に関しては、「言葉の呪縛性」を読み取るもの、[注17]「空洞化した、浮遊するシニフィアンとしてしか機能していない」[注18]とするもの、「様々に解釈された「遺言」」が、「八の宮の「遺言」として機能」[注19]するなど、さまざまに論じられる。

ただし、相応の相手がいなければ結婚するな、山を出るな、という内容そのものは明白である。[注20]解釈が問題となるのは、具体的な求婚者が相応の相手であるか否かである。従って、遺言そのものが空虚でどのようにでも解釈できるというよりはむしろ、遺言そのものの意味は明らかでも、具体的な場面に即して判断することは難しいとするほうが正確だろう。

もし八の宮の遺言に矛盾があるとするならば、自らは往生したいと言いながら、姫君たちには宇治の山荘を出ることを禁止する点だろう。父の霊が山荘に留まらなければ、姫君たちを守ることはできないからである。八の宮は、自らの往生に関することと、姫君たちの処世に関することの二点、言い残している。一方は自らがいかに死ぬかという問題であり、一方は残された者がいかに生きるかという問題であると言える。

すでに見たように、末摘花に関しては、「親の御影とまりたるここちする古き住みか」（蓬生②一三四）であるために荒れはてた邸宅を出ないのであり、常陸宮の霊が夢にあらわれ、娘に幸福をもたらしていた。八の宮の遺言においては、特定の相手、薫や匂宮が信用するにたる相手であるかどうかは判断されていない。従ってこのような遺言は、娘たちを守護し幸福をもたらす霊として邸宅に残るからこの邸宅を出るな、という文脈で語られてこそ機能するものだろう。しかしながら八の宮は自分だけは往生したいのである。しかも自らの往生に関しては、親子間の情愛を否定し、娘を往生の妨げとする。八の宮の仏道に、娘たちの入る余地はない。

さまざまに論じられる部分ではあるが、八の宮死後の遺言の機能についてあらためて確認しておきたい。薫は、「ながらへても、かの御言あやまたず、聞こえうけたまはらまほしさになん」（椎本④三六二）との口実で大君に言い寄り、大君は「まことにむかしを思ひきこえ給ふこころざしならば、おなじことに思ひなし給へかし」（総角④四〇一）として中君を勧める。その中君は、姉妹二人に同じように遺言を残したはずであるにもかかわらず、なぜ大君だけが未婚を通し、自分だけ結婚しなさいという論理になるのかと不満を抱く。

「むかしの御おもむけも、世の中をかく心ぼそくて過ぐしはつとも、中〳〵人笑へにかろ〴〵しき心つかふな、などのたまひおきしを、（中略）いまはとてさばかりのたまひし一言をだに違へじ、と思ひ侍れば、心ぼそくなどもことに思はぬを、（中略）、君にだに世の常にもてなし給ひて、か丶る身のありさまも面だたしく、慰むばかり見たてまつりなさばや」と聞こえ給へば、いかにおぼすにかと心うくて、一ところをのみやは、さて世にはて給へとは聞こえ給ひけむ、はか〲しくもあらぬ身のうしろめたさは、数そひたるやうにこそおぼされためりしか　（総角④三九九）

自分のほうが頼りないのだから、八の宮の遺言はむしろ自分に対して向けられたものだ。中君は中君なりの論理で、自分が遺言を引き受けるべき存在であると考える。大君に薫との結婚を勧める弁は、「故宮の御遺言たがへじとおぼしめす方はことわりなれど、それは、さるべき人のおはせず、品ほどならぬことやおはしまさむとおぼして、戒めきこえさせ給ふめりしにこそ」（総角④四〇二）と主張する。

遺言の正しい解釈のみならず、遺言が誰に対するものなのかも争われる。それぞれの登場人物が、遺言の正しい解釈者は自分である、遺言は自分のものだと主張するのである。

思うにままならぬ現実に接し、遺言に背いてしまったと感じるとき、大君は自分に向けられていたはずの遺言の二つ目の内容と、一つ目の内容、すなわち往生に関するものとをすり替える。大君は中君と匂宮が結ばれた後、匂宮の訪れがないことに懊悩する。

親の諫めし言の葉も、かへす〱思ひ出でられ給ひてかなしければ、罪深かなる底にはよも沈み給はじ、いづこにも〱おはすらむ方に迎へ給ひてよ、かくいみじくもの思ふ身どもをうち捨て給ひて、夢にだに見え給はぬよ、と思ひつゞけ給ふ。　（総角④四四六）

大君は「親の諫めし言の葉」を思い起こし、父を夢に見ることを希求する。先に見たように、桐壺院に関しては、御陵に参り「遺言」がどこに消え失せてしまったのかと嘆く源氏の前に、「おもかげ」が顕れる。

また、亡き父宮の「御影」の残る邸宅を守る末摘花の夢に父宮があらわれ、娘に幸福をもたらす。「親の諫めし言の葉」を思い起こし、父を夢に見ることを希求するのは、そのような類型によるものだろう。[注21]

しかしながら、八の宮があらわれるのは、大君ではなく中君や阿闍梨の夢である。大君は失ってしまった「父の言葉」を、霊夢というかたちで手に入れることができない。薫の夢にも現れない。「遺言」をことさらに意識する者の前には顕れないのである。

「故宮の夢に見え給ひつる、いとものおぼしたるけしきにて、このわたりにこそほのめき給ひつれ」と語り給へば、いとゞしくかなしさ添ひて、「亡せ給ひてのち、いかで夢にも見たてまつらむと思ふを、さらにこそ見たてまつらね」とて、二所ながら、いみじく泣き給ふ。このごろ明け暮れ思ひいでたてまつれば、ほのめきもやおはすらむ、いかで、おはすらむ所にたづねまゐらむ、罪深げなる身どもにて、と後の世をさへ思ひやり給ふ。（同四四七）

ここで大君は、「罪深げなる身ども」であるからどうやって八の宮のいらっしゃる所を訪ねようかと懊悩するのであるから、八の宮は往生したものと考えている。

一方で阿闍梨の夢にあらわれた八の宮は、往生できなかったことを語る。

故宮の御事などを申しいでて、鼻しばしばうちかみて、「いかなる所におはしますらむ。さりとも涼しき方にぞと思ひやりたてまつるを、先つころの夢になむ見えおはしましし。俗の御かたちにて、世の中を深ういとひ離れしかば、心とまることなかりしを、いさゝかうち思ひしことに乱れてなん、たゞしばし願ひのところを隔たれるを思ふなんいとくやしき、すゝむるわざせよと、いと定かに仰せられしを、たちまちに仕うまつるべきことのおぼえ侍らねば、たへたるに従ひて、行ひし侍る法師ばら五六人して、なにがしの念仏なん仕うまつらせ侍る。さては思ひ給へ得たること侍りて、常不軽をなむつかはせはべる」など申すに、君もいみじう泣き給ふ。かの世にさへ妨げきこゆらん罪のほどを、苦しき御心地にも、いとゞ消え入りぬばかりおぼえ給ふ。いかで、かのまだ定まり給はざらむさきにまでて、おなじ所にも、と聞き臥し給へり。（同四五三〜四五四）

世の中を厭っていたので心がとどまることはなかったが、少し思ったことに乱れて、願ったところに往生できなかった、だから供養してほしい。阿闍梨の夢に「俗の御かたち」であらわれた八の宮は、はっきりと言ったのだという。阿闍梨は出家者として、超越的な言葉を解釈する役割を果たすと、ひとまずは言えよう。大君はそれを聞き、八の宮の往生を妨げたことへの苦しさから死への思いを強める。と同時に、「いかで、おはすらむ所にたづねまゐらむ、罪深げなる身どもにて」（同四四七）と考えていたことから、八の宮が往生できなかったことが死後の対面への希望へとつながる。

八の宮臨終の場面を振り返れば、不調に至った八の宮が「例よりも対面心もとなきを」（椎本三五三）と言ったにも関わらず、阿闍梨が次のように諭したために対面できなかった。

「はかなき御悩みと見ゆれど、限りのたびにもおはしますらん。君たちの御事、何かおぼし嘆くべき。人はみな御宿世といふもの異〳〵なれば、御心にかゝるべきにもおはしまさず」と、いよ〳〵おぼし離るべきことを聞こえ知らせつゝ、「今さらにな出で給ひそ」と、いさめ申すなりけり。（同三五三〜三五四）

姫君たちは亡骸だけにでも対面したいと願うが、阿闍梨が制止し、対面することができなかった。八の宮の死に関しては、対面できなかったという思いが強い。

阿闍梨、としごろ契りおき給ひけるまゝに、後の御こともよろづに仕うまつる。「亡き人になり給へらむ御さまかたちをだに、今一たび見たてまつらん」とおぼしのたまへど、「いまさらに、なでふさること かはべるべき。日ごろも、また会ひ給ふまじきことを聞こえ知らせつれば、今はまして、かたみに御心とゞめ給ふまじき御心づかひを、ならひ給ふべきなり」とのみ聞こゆ。（中略）、阿闍梨のあまりさかしき聖心を、にくゝつらしとなむおぼしける。（中略）、限りある道には、先立ち給ふも、したひ給ふ御心も、かなはぬわざなりけり。（三五五）

執着が残らないようにと近親者を遠ざけたために、かえって相手を恋い慕う思いが残ったのだろう。女三の宮が出産後、亡くなりそうであるのに会えないと嘆いたときに、朱雀院が

「世の中をかへり見すまじう思ひ侍りしかど、なほまどひさめがたきものは子の道の闇になん侍りければ、おこなひもけだいして、もしおくれ先立つ道の、道理のまゝならで別れなば、やがてこのうらみもやかたみに残らむとあぢきなさに、この世の譏りをば知らで、かくものし侍る」（柏木④一五）

と言って下山したことを参照すれば、死ぬ前に対面できなかったからこそ恨みが互いに残ったとも言える。

ここで女性の罪深さが、八の宮の遺言において一貫するものであったことを想起したい。姫君たちに向かっては「さばかりのことに妨げられて、長き世の闇にさへまどはむが益なさ」（椎本④三五一）と言い、薫に対しては、次のように語る。

何事にも、女はもてあそびのつまにしつべく、ものはかなきものから、人の心を動かすくさはひになむあるべき。されば罪の深きにやあらん。（同三四八）

女三の宮と朱雀院に関しては、当初娘への思いがこの世に残る「絆し」と表現されていたものの、先に見たように、最終的にはともに往生を願いあう関係へと変わる。対して八の宮は、最期まで姫君たちを往生の

妨げとして死んでゆくのである。

父の遺言のうち、姫君たちの結婚に関わる部分では従えなかったという思いの強くなった大君には、往生に関わる、女性の罪深さという部分しか残らない。しかも夢にあらわれる霊によって、正しく遺言に適った行為であることを主張できたのはこの部分のみである。したがって、八の宮の遺言に従えたかどうか確信が持てず、父の姿を夢に見ることのできない大君は、唯一明確で、阿闍梨の霊夢によって証明されたこの言葉を内面化するしかない。八の宮の往生を妨げた「罪のほど」を思うと同時に、父の臨終に対面することもできなかった姫君たちにとって、八の宮の往生の妨げになったことは、父から娘への思いが「さばかりのこと」でなかったことを証立てするものでもあっただろう。

三　柏木の文と「経」を持つ女君

橋姫・椎本・総角で描かれる「父の言葉」は、八の宮から娘たちへの言葉だけではない。薫に関わるものがある。橋姫巻で描かれる、柏木の文である。
また、端に、
めづらしく聞き侍る二葉のほども、うしろめたう思うたまふる方はなけれど、
命あらばそれとも見まし人知れぬ岩根にとめし松の生ひ末
書きさしたるやうに、いと乱りがはしうて、「小侍従の君に」と、上には書きつけたり。紙魚といふ虫の住みかになりて、古めきたる黴くささながら、跡は消えず、たゞいま書きたらんにも違はぬ言の葉ど

もの、こまぐ〵とさだかなるを見給ふに、げに落ち散りたらましよと、うしろめたういとほしきことどもなり。

（橋姫④二三四）

弁に渡された柏木の文は、古びて黴臭くなっていたものの、言葉はいま書かれたようで、こまごまとはっきりと書いてある。文の内容はやたら具体的で、「落ち散」ることを危惧はしても、何か内的な規範を示すことはない。繰り返し省みられ聖典化され、さまざまに解釈される八の宮の言葉に対し、柏木の遺文は解釈の余地もないほど具体的であるために聖典化されようがない。

研究史では、薫が「父」的なものを求めて八の宮のもとを訪ねたことが指摘される[注22]が、実際に父の言葉に出会う。抽象的で現実に当てはめて解釈することの難しかった八の宮の言葉とは異なり、柏木の文は具体的で、もしどこかに流出してしまったら、と心配になるようなものだった。元服前後の薫について「かの過ぎ給ひけんもやすからぬ思ひにむすぼほれてや、などおしはかるに、世をかへても対面せまほしき」（匂宮④二一七）思いが描かれるが、例えば成仏していない柏木の姿を夢に見る、というような展開が描かれるわけではない[注23]。

柏木の文を手渡された後、薫は女三の宮のもとに参上する。

宮の御前にまゐり給へれば、いと何心もなく、若やかなるさまし給ひて、経読み給ふを、はぢらひてもて隠し給へり。何かは、知りにけりとも知られたてまつらむ、など心に籠めて、よろづに思ひゐたまへり。

（橋姫④二三四）

幼く未熟であると評される部分であるが、本稿では女三の宮が経を読んでいたことに注目したい。この描写に関しては、薫が垣間見する大君の姿との類似が指摘される[注24]。

紫の紙に書きたる経を片手に持ち給へる手つき、かれよりも細さまさりて、やせ〳〵なるべし。

（椎本④三七六）

先に出家した父を持つ女三の宮や、仏教に傾倒した父を持つ大君にとって、「経」とは「父の言葉」だったろう。彼女が日々静かにする「おこなひ」、すなわち経を読み、書き写す行為は、「父の言葉」をなぞり、父の言葉によって構成された世界に生きることである。「父の言葉」を読むものとして薫のまなざしにとらえられながら、しかも女三の宮は、薫が現れると経を隠してしまう。薫には見せてはいけないもの、隠しておかなければならないものとして、経を読む女三の宮の姿が描写されるのである。かつて元服前後の薫について、

明け暮れ勤め給ふやうなめれど、はかなくおほどき給へる女の御悟りのほどに、蓮の露も明らかに、玉と磨き給はんこともかたし、五つのなにがしもなほうしろめたきを、われ、このみ心地を、おなじうは後の世をだに、と思ふ。

（匂宮④二一七）

様子が描かれていた。しかしながら女三の宮は経を読む姿すら薫に見せようとしない。後には、薫の物思いする様子が「罪」を得る「心まどひ」の原因となるとまで言われてしまう（宿木⑤四七）。柏木の文を得、知りたかった事実を知ったところで、女三の宮がどのように経を読んだのか、薫は知ることができない。女三の宮と「父の言葉」との間に、決して入り込むことができないのである。

ここでふたたび、矢川澄子を参照しておきたい。

ある種の環境に生い立つ子供たちにとって、この場合の Books は、つまり Father とほとんど同義語なのだ。

（中略、中略部分は前掲）

とりわけわが家においてこの傾向が目立っていたのは、この父なるひとがまるきり無資産の貧書生で、他の文化財をゆたかに買い調えるゆとりがなかったためもあろう。[注25]

零落した宇治の八の宮邸にも、「経」だけはたくさんあっただろう。姫君たちの幼い日、「経を片手に持たまひて、かつ読みつゝ、唱歌をし給ふ」（橋姫④三〇三）八の宮の様子が描かれる。姫君たちにとって、経とは、何よりも父の世界に属するものであっただろう。

四　読むことの倫理――結びにかえて

以上、橋姫・椎本・総角巻における倫理を考察するため、「父の言葉」を参照してきた。

正編においては、「父の言葉」は仏教や儒教の書物とも関わりながら、子に対する倫理的規制として働く。そこにおいては、来世に対する思想と、現世をいかに生きるかについての規制に関して、大きな矛盾はない。父娘の結びつきの強さが指摘される朱雀院と女三の宮に関しても、最終的にはともに往生を誓い合う関係となる。

一方、八の宮の遺言においては、姫君たちが往生の妨げであり、姫君たちの幸せを願う思いと八の宮自身がよりよく死ぬための思想が矛盾をはらんだものとして語られている。八の宮の遺言に関しては、多義的でどのようにでも解釈できるとの指摘があるが、遺言そのものが多義的であるというよりも、現実に当てはめて考えた場合に現実がさまざまに解釈できると言ったほうが正確だろう。八の宮の遺言の最大の矛盾は、姫君たちを往生の妨げとしながら姫君たちに山荘を出るなと遺戒を残す態度にある。往生して霊が山荘に残らなければ、姫君たちが山荘に残っても守ることはできないからである。八の宮の信仰や往生の世界から、姫君たちは疎外されるのである。それゆえに、ままならない現実に遺言を守れなかったと感じたとき、姫君は、自らが往生の妨げで罪深いという思想を内面化するしかなかった。と同時に、八の宮が往生できず自らは罪深いということに、八の宮との対面の可能性を賭けるしかない。

大君だけではなく、薫も「父の言葉」、父の倫理世界に入ることを希求しながらも、そこから疎外され続ける。出生の秘密があることをほの聞き、母の往生を助けようと願うものの、母の女三の宮は経を読む姿すら薫に見せようとせず、薫の存在を心惑いの原因と言う。母がその父と強固に結びついている「父の言葉」の世界に、薫は入ることができない。また、出生の秘密を知っても父の霊と対面することはできず、なにがしかの倫理的規範を得ることもできなかった。

薫にしても姫君たちにしても、「父の言葉」、父の倫理世界に入ることを希求しつつも、疎外され続けたと言えよう。橋姫・椎本・総角巻において描かれるさまざまな葛藤は、「父の言葉」から疎外され続け、倫理的な規範を得ることができないことによって展開するのである。

それにしても、「父の言葉」は誰のものなのだろうか。父のものなのだろうか、子のものなのだろうか。あるいは、阿闍梨のような解釈のプロである媒介者のものなのだろうか。八の宮の遺言に関しては、さまざまな人々が自分のものであることを主張し、正当な解釈者であることを主張し、その解釈を主張する。書かれた文字、語られた言葉を解釈する行為は、不断の闘争であり、権力関係をはらむ。「父の言葉」が霊となって顕現することのない世界において、私たちはどのように「倫理的」に読むことができるのか。少なくとも解釈を放棄することではないだろう。

注

1　例えば、原岡文子「「道心」と「恋」との物語――宇治十帖の一方法――」（『源氏物語の人物と表現　その両義的展開』翰林書房、二〇〇三年、初出『東京女子大学日本文学』一九七四年三月）は、「「道心」と「恋」とが相携えて一本の縄を綯うという方法」を考察する。大君の「結婚拒否」については、「いつまでも幼児でいたいというモチーフ」（長谷川政春「拒む女――橋姫・椎本・総角」『国文学　解釈と教材の研究』一九八七年一一月号）、「八の宮家の娘という誇りを守るためには、薫の求愛を拒むほかない」（今井久代「父の姉娘の物語――大君――」鈴木日出男編『国文学解釈と鑑賞』別冊『人物造型からみた『源氏物語』』至文堂、一九九八年）、「惜しまれながらも妹や恋人の幸福のために身をひくというのが大君の欲望の構造」（神田龍身「薫と大君――不能的愛の快楽」『源氏物語＝性の迷宮へ』講談社、二〇〇一年）など様々に論じられる。

2　重松信弘「源氏物語の倫理思想（一）――「物のあわれ」を中心として――」（『国文学研究』一九六七年一一月）。なお、「罪の意識」については「源氏物語の倫理思想（二）――罪の意識を中心として――」（『国文学研究』一九六八年一一月）。

3　重松信弘「源氏物語の倫理思想（三）――宿世の意識を中心として――」（『国文学研究』一九六九年一一月）。

4　松井健児「宇治十帖における死生観――価値観の相克と「人わらへ」の倫理――」（『物語文学論究』一九七九年一二月）。なお、古いものでは高崎正秀「源氏物語における倫理観」（『国文学　解釈と教材の研究』一九五八年四月号）があり、儒教的な倫理観との関係がはかられている。正編における「倫理」については、主に儒教的な価値観と異なるものとして、「もののあはれ」を提唱する本居宣長との関わりで論じられるが、本稿では考えなかった。

5　「倫理・道徳」（伊井春樹監修、加納重文編『講座　源氏物語研究　二　源氏物語とその時代』おうふう、二〇〇六年）。なお、近代以前のものでは『礼記』に以下の用例がある。

凡音者、生於人心者也。楽者、通倫理者也。（楽記第十九、引用は『新釈漢文大系』による）。

『新釈漢文大系』に

およそ音楽の起こりを考えれば、それは人の心の動きによって生ずるのであり、従って音楽の原理は人情にも物の道理にも相通ずるのである。

と注されるように、ここでの「倫理」は「人情」と「物の道理」を示す。

6 田嶋陽子「父の娘と母の娘と」（鷲見八重子、岡村直美編『現代イギリスの女性作家』勁草書房、一九八六年）。

7 矢川澄子「「父の娘」さまざま」（『「父の娘」たち――森茉莉とアナイス・ニン――』新潮社、一九九七年）。なお、日本古典文学について論じたものでは、田中貴子『日本ファザコン文学史』（紀伊國屋書店、一九九八年）に「父の価値観を受け継ぐ娘」（「はじめに――「父の娘」と「娘の父」と」）とある。

8 注1前掲今井論文。

9 「不婚の戦術――父の娘としての『源氏物語』宇治の大君――」（『日本文学』二〇〇九年四月号）。

10 「身内の異性ということ」（『いづくへか』筑摩書房、二〇〇三年、初出『新潮』一九九八年一〇月）。

11 「宇治十帖の世界――八宮の遺言の呪縛性――」（『物語史の風景』若草書房、一九九七年。初出『國學院雑誌』一九七〇年一〇月）。

12 神尾暢子「遺されたことば、届けられた手紙」（関根賢司編『源氏物語　宇治十帖の企て』おうふう、二〇〇五年）。

13 例えば日向一雅は「娘の不幸な境遇を救おうとしての出現」であり、「構造としての先祖の霊威」（「祖先と霊験――古代物語への一視点――」『源氏物語の主題』桜楓社、一九八三年）であること、笹生美貴子は「「夢」に亡父が現れたことで源氏と再会・救済を受ける転機を迎える」「吉夢」であることを指摘する（「夢が見られない大君――宇治十帖の〈父〉〈娘〉を導くもの――」『日本文学』二〇〇八年九月号）。

14 注13前掲日向論文では、「遺言」の存在を類推するが、具体的に遺言が描かれることはなく、語られるのは「親の御影とまりたる心地する」から邸宅を出ない、との末摘花の意思のみである。

15 拙稿「『源氏物語』における「おなじところ」と「同じ蓮」――女三宮と朱雀院を中心に」（『古代文学研究　第二次』一四号、二〇〇五年一〇月）、「『源氏物語』女三宮の自己意識」（『日本文学』二〇〇九年九月号）で論じたことがある。

16 亡き北の方については、中の君を出産した際に亡くなったのだが、「たゞこの君を形見に見給ひて、あはれとおぼせ」（橋姫④二九九）と八の宮に言ったことが語られるものの、娘たちの結婚についてどのように考えていたのかは示されない。

17 注11参照。

18 注1前掲神田論文。

19 注13前掲笹生論文。

20 なお、「父の娘」について分析した田嶋陽子（注6参照）が、「父の娘」の例として一八世紀イギリスの書簡体小説『パミラ』を分析し、「パミラは父からの手紙による遠隔操作で貞操教育をほどこされ、手紙の父の言葉に忠実に従ったためついに貴族の正妻に迎えられ文字通り玉の輿に乗る」こと、また『高慢と偏見』のエリザベスについて、

パミラの少女っぽいやり方から一歩進んで、「高慢と偏見」というテーマをかかげながら、相手を拒絶したり説得したりするのに父の言葉を知的に巧みにあやつる。いわゆる人間的理解と愛情を確かなものにした後でダーシー卿と結婚する。父の倫理世界を尊重し、それを学んで活用したためにエリザベスは四人姉妹のうちのだれよりも金持で社会的地位の高い男と結婚できたのである。

と指摘していたことを想起すれば、結婚の禁止ではなく、よい縁を得るための注意としても機能する。

21 注13前掲日向論文など。日向は「単に成仏できない霊というのではなく、故常陸宮と同様の先祖としての性格をもって」おり、中君が「それなりに安定していく」ことに、「八宮の霊の加護を認めうる」と述べる。笹生美貴子（注13参照）はほんらい夢を見るはずであったのは大君であるとし、「「夢」をきっかけとして「幸ひ人」となる運命が大君から中の君へ移し替えられた」、

死にたいという亡父へのこの上ない思慕の情が生じさせた自虐的な想いであった。そして、父の大君に対する〝生きて幸せになって欲しい〟との子を思うが故の強大な想いが一致していなかったために「夢」を見る回路が遮断されてしまった

と指摘する。

22 小林正明「双数と法の宇治十帖」（『日本文学』一九八九年五月号）、安藤徹「父―母―子の幻想　聖家族の「心の闇」」（注12前掲書所収）など。

23 柏木の霊があらわれるのは、正編において形見の笛が描かれる場面のみである。

すこし寝入り給へる夢に、かの衛門督、たゞありしさまの袿姿にて、かたはらにゐて、この笛を取りて見る。夢の中にも亡き人のわづらはしうこの声を尋ねて来たる、と思ふに、

「笛竹に吹きよる風のことならば末の世ながき音に伝へなむ

思ふ方異に侍りき」（横笛④五八）

24　注1前掲長谷川論文は、二人のイメージの重なりを、「神話的恋の〈近親相姦《インセスト》〉への胎動を意味する」と指摘する。

25　注10前掲。

本文引用は、『新日本古典文学大系』による。ただし、一部私に表記を改めた部分がある。

西原　志保（にしはら　しほ）　名古屋大学大学院文学研究科博士課程後期課程修了。博士（文学）。主な論考に「女三宮のことば――『源氏物語』の時間と内面」（『日本文学』二〇〇八年一二月号）、「『源氏物語』女三宮の自己意識」（『日本文学』二〇〇九年九月号）等がある。

男社会の編成と女性

――早蕨・宿木――

井上　眞弓

はじめに

『源氏物語』宿木巻は、過去が引き合いに出され、現在との重ね合わせによってその意味を転換させて現在を語る巻であり[注1]、「そのころ」という起筆は、新たなはじまりを想起させる。確かに、宿木巻頭では、今上帝の女二宮が母亡き皇女として登場し、帝の女二宮に対する並々ならぬ鍾愛から、今後如何なる取り計らいを行うかという命題を読み取ることは難しいことではない。ここに女二宮の処遇を巡る話が、薫の婚姻相手は誰になるのかという方向と、かねて浮上している夕霧の娘で典侍腹の六君と匂宮との婚姻話が交差しつつ編み込まれていく。今上帝の女二宮の裳着に対する力の入れようと後見役を選びたいという意思表示に、朱雀院と女三宮の関係を重ね合わせられるばかりか、その父なるもののジェンダーを越える母性[注2]までも想起させる径庭は遠くないだろう。

そして、それと連動する匂宮と薫をめぐる帝と東宮・二宮を婿どることに成功した夕霧大臣の、次世代を取り込み、庇護下に置くことを画策する動きは、戦術とも言い得るものとなっている。こうして源氏方の血脈と朱雀院の血脈が絡み合いながらも院の血脈が幅を広げていく物語世界を作り出し、その作り出しの最中で、薫が何者であるか、据え直されていく。[注3] まずは、薫が母女三宮の出家生活を支えるという限定された時間の中で、「ただ人」として俗世での権力配置に心を動かしつつ宇治姫宮へ思いやりある行為と恋情を抱く両面性[注5]を見せていると取り押さえられよう。では、「ただ人」である薫の行跡を[注6]、同じ「ただ人」[注4]である夕霧の政治性との関係で見た時、早蕨・宿木巻はどのような光景として見えるのだろうか。

これまで、薫と匂宮の互いに参照し合うかのごとき行為と宇治の大君・中君とのそれぞれの関係性についての指摘をはじめとする諸論考により、『源氏物語』第三部は、さまざまな視点から検討されてきた。その中で、匂宮が皇位継承に近いところに与していることに関する研究史把握とそれに対する反論が、助川幸逸郎氏より提起された。[注7] 当該論文において氏は、一九七〇年代以降、宇治十帖の読みを巡る図式としてある「薫敗者」「薫の敗者性」に対して、薫の卓越性は語りの口吻によって隠されているという、語り視点から新しい読み解きを開示された。その後、助川氏の論考を踏まえつつ、匂宮の東宮立坊への可能性を示唆した縄野邦雄論[注8]が提出されている。こうした研究史状況の一端は、宿木巻における男性による権力配置の読み取りに起因するのではないか。そして、大方の論考にも見えるように、帝・夕霧・二宮・匂宮・薫だけでなく明石中宮・女三宮・女二宮・中君の存在も関係づけられてあるとおぼしい。本稿では、そうした男性による権力配置の内実を把握するなかから、登場人物が意識する／しないにかかわらず過剰に持たされ、執行されてしまう力や人々を関係づけさせ、ともすれば負荷をもたらしていると思われる物語内のことばに注視し、夕霧に対置される存在としての薫と中君を中心とした物語世界を見ていきたいと思う。

一　宿木巻に見る「つれ〴〵」という時間

振り返ってみると、中君の父八宮は、「つれ〴〵」の時間を持ったと語られた人物だった。[注9]「時移りて世中にはしたなめられ給ける紛れ[注10]」から「年ごろ経るに、御子ものし給はで心もとなかりければ、さう〴〵しくつれ〴〵なる慰めに、いかでをかしからむ児もがな[注11]」と、「つれ〴〵」の時空間のあることを確認することが出来る。「さすがに広くおもしろき宮の、池、山などのけしきばかりむかしに変はらで、いといたう荒れまさるを、つれ〴〵とながめ給ふ[注12]」とあり、洛中の邸において「つれ〴〵」が社会との連続性を欠いていること、かつ家庭内の動向とリンクしている状況が提示される。

ここで『伊勢物語』八三段、惟喬親王の小野への隠棲によって生じた「つれ〴〵」を想起したい。

思ひのほかに、御髪おろし給うてけり。む月にをがみたてまつらむとて、小野にまうでたるに、比叡の山の麓なれば、雪いと高し。しひて御室にまうでてをがみたてまつるに、つれ〴〵といと物がなしくておはしましければ、やゝ久しくさぶらひて、いにしへのことなど思ひ出で聞えけり。（大系一六一）

正月のこととて俗世に生きる者は忙しい時期だが、出家して小野に隠棲した惟喬親王は、無聊でものがなしく見える風情であったと語られている。ここには隠棲による「つれ〴〵[注14]」という、中国の文人たちに見出される[注13]「つれ〴〵」の時間がある。それは疎外されたことによる心身の状態であり、住まい方や生き方も含み込まれたものである。この孤独感は隠棲を余儀なくされるもそれを選び取ったところに出来する孤高の精神に裏打ちされていたとも言い得る。

八宮およびその一家に流れる時間は、物語現実に照らして言えば、自ら求めた孤高の精神の発露としての「つれ〴〵」ではなく、俗世を横に睨みつつ遮断された所在ない寂しさに起因する孤独感である。そして、都の中だけでなく、その邸が焼失して文字通り都に身を置くことも出来ずに宇治の山荘に赴けば、そこがまた「つれ〴〵」の時空となっていた。宮だけではなく、一家の住まい方こそが「つれ〴〵」を醸成させていったと押さえることが出来るであろう。「つれ〴〵」の含意するところが、その人物によって差異を生み出しているのである。

この「つれ〴〵」と呼ばれる時間が、宿木巻では男性同士の交友のはざまや男性の持つ時空間に見え隠れしている。

例えば、帝と薫間で女二宮降嫁が賭けられていたとおぼしい囲碁の場面には、「つれ〴〵」ということばが差し挟まれている。

「けふのしぐれ、常よりもことにのどかなるを、遊びなどすさまじき方にて、いとつれ〴〵なるを、いたづらに日を送る戯れにて、これなんよかるべき」（宿木⑤三一）

これは帝が薫に囲碁へ誘う会話のことばである。「つれ〴〵」である状態は、確かに女二宮の母女御服喪中ゆえに管絃の遊びが出来ないという状況を踏まえてのものであろうが、薫を引き留める手立てであり、薫に帝が共通の感情を持つように促す力をもっている。つまり、帝によってしつらわれ、仮構された「つれ〴〵」という時空間によって女二宮降嫁話は進行していくのである。ここを初例として、宿木巻には、薫にかかわる「つれ〴〵」が二例見える。

「秋の空は、いますこしながめのみまさり侍。つれ〲の紛はしにもと思ひて、先つ比、宇治にてものして侍き。庭も籬もまことにいとゞ荒れはてて」
（宿木⑤四四）

右の薫による発言は、中君との対座の折に出てくる。『和漢朗詠集』所収の漢詩によるかと思われる選び取られたことば[注15]に続いて出てくる「つれ〲」ということばは、薫の無聊が光源氏や大君亡き後の悲しみを象るものとしてあり、「つれ〲」が宇治行を催させているという文脈で出てきていた。薫にとって、会話の中で選択される必然性を持っていたのであろう。ここにも共感を誘う会話というもののもつ力を透かし観ることができるとともに、薫の仮構された「つれ〲」が顔を出しているように思われる。話相手の中君に薫の「つれ〲」という無聊や孤独感は、当然理解されるべきものとしての力を撓めている。実際に薫が「つれ〲」と感じているかどうかではなく、ここは薫の「つれ〲」を思いやるふるまいが対手に求められているかのように、押しつけがましく差し挟まれているのだ。

また、薫は苦悩をもてあまして按察の君を訪れて一夜をすごすのだが、「例の、寝覚めがちなるつれ〲なれば[注16]」と、ここにも「つれ〲」の語が見える。薫は、帝の仮構した「つれ〲」を解消させる名目で囲碁を行い、女二宮降嫁の内意を得るが、心の空洞は解消されず、帝から委譲されたと言わんばかりに「つれ〲」の時空間を生きていることがわかるだろう。ここに見出される「つれ〲」は、表面上は何もすることがなく所在ない時間をさすものの、心のなかにはそこからあふれるばかりのことばや思いが充ちた時間であったことが推測される。そして、その時間は、誰とも共有できないがゆえに孤独感に満ちたもの[注17]でもあったろう。共有するものの少なさや通交しにくさを抱える人間がもつ時空間が「つれ〲」で表出されるものの、あたかも共通の感覚を持っているという前提や共有する思いがあることを強いていく、対外的な場面に「つれ〴〵」が出てくることに注意したい。

宿木巻では、中君にも「つれ〴〵」が見える。匂宮と六君との婚儀で生じた悲しみの時間の中で、かつて山里宇治で体験した無聊を顧みつつ月を眺めて述懐する場面である。

をさなきほどより、心ぼそくあはれなる身どもにて、世の中を思ひとゞめたるさまにもおはせざりし人一所を頼みきこえさせて、さる山里に年経しかど、いつとなくつれ〴〵にすごくありながら、いとかく心にしみて世をうきものとも思はさりしに（略）見るかぎりはにくげなき御心ばへ、もてなしなるに、やう〳〵思事うすらぎてありつるを、このをりふしの身のうさ、はた言はん方なく、かぎりとおぼゆるわざなりけり。（略）」（宿木⑤四九）

というように、宇治のくらしを「つれ〴〵にすごく」と規定し、現在のそれは宇治の辛さを凌ぐものと言う。匂宮が中君を「こよひかく見捨てて出で給つらさ」[注18]により宇治へ戻りたいというが、これこそ恋の時間を生きる「つれ〴〵」がなさしめた「ながめ」とも言えるものではないだろうか。しかし、物語は「つれ〴〵」とは語らない。こうした恋の物思いの時間を『和泉式部日記』中の「女」は、「つれ〴〵」の「ながめ」と表していた。孤心を抱える中君の時間は、宿木巻に見える帝や薫の恣意的な、また、作り出された「つれ〴〵」とは重ね合わせられず、都での有様を「つれ〴〵」とは呼ばない。「このをりふし」という寸断された時の集積でしか表すことが出来なくなっていることを告げていよう。『和泉式部日記』では女が「今日の間の」「今朝の間に」「今の間に」「今はよも」など、刹那を取り上げて歌に託しているが、その折、その節の不安がにじみ出ていること[注19]と軌を一にするものとして取り押さえておきたい。

二　男社会を編み直す女君の移居

ながむれば山より出でてゆく月もよにすみわびて山にこそ入れ

さま変はりて、つひにいかならむとのみあやふく、行末うしろめたきに、年ごろ何ごとをか思ひけんとぞ、とり返さまほしきや。（早蕨⑤一七）

中君が宇治から都へと向かう途上、慣れぬ旅の辛さより物思いにふけって詠んだ場面である。宇治での物思いなどは物思いとはいえないものであったと過去を振り返っており、宇治を出てきたことへの後悔を認めることが出来よう。歌には月の縁語で「世」と「夜」、「住む」と「澄む」の掛詞が用いられており、憂き身を自覚する女君の境涯を詠んだこのような歌は、女君の移動と関わるものが多い。特に平安中期以降の物語において明らかに一主題もしくはモチーフを形成している。広沢にはいられずに都へ帰らなければならないという居場所のなさを詠んだ『夜の寝覚』中君詠「山のはの心ぞつらきめぐりあへどかくてのどかにすまじと思へば」[注20]や『堤中納言物語』「はいずみ」の女にも見える。[注21]女性がこの世に「住む」ことの意味を問い続ける主題は、ここに取り押さえられよう。道行き途上であるが故に自らの思いが表出され、そこに中君の孤独とたゆたう気持ちを確認することが出来る。この世にながめ住む我が身を月に比況し、月光が澄む異界としての宇治山に帰りたいと詠むこの歌には、同じく「すむ」に澄むと住むを掛けている父八宮詠「あとたえて心すむとはなけれども世をうぢ山に宿をこそかれ」[注22]歌が遠く響いているのではないか。中君は父八宮が都より宇治に移り住んだ体験を無意識下にたぐり寄せつつ都への移居を決行し、かつその途上で山里宇治を思うという構図をとる。都への移動、都からの撤退と方向が異なる父娘の移動は、心情において交差しつつ互いの像を形象化させている。

一方、都では中君を軸としたもうひとつの政治的状況、つまり皇子誕生と匂宮の皇統譜への接近が取り押さえられているかのごとき様相が布置されるに至る。それは中君の移動によってなされたものである。都に入ってからの中君の具合の悪さは、懐妊の兆候と押さえられるだろう。平安物語に見える女性の殿移りとともに想起されるのは『和泉式部日記』の女による宮邸移居である。移動せざるを得ないと感得するに至った女君像として『和泉式部日記』中の女はここに居る。「つれ〴〵」の解消として、女は宮邸入りを果たし、確かに、それ以降に「つれ〴〵」ということばは見当たらないのだ。それゆえに、『和泉式部日記』には女性の移居に至る経緯と女性の孤独の表徴に関して、『源氏物語』早蕨・宿木巻と近似した視座が見出せるであろう。前章でも触れた『和泉式部日記』の世界は、この後、浮舟の登場によって、さらに鮮明になっていく。浮舟物語への『和泉式部日記』の引用についてすでに岡一男氏の指摘[注23]にあり、さらに、日記内に登場する女にとって語らうことのできる理想的な男君像としての帥宮に関して[注24]、もしくは和泉式部と帥宮の和歌は、浮舟と匂宮の和歌贈答へ生まれ変わったという論[注25]の提起もある。しかしながら、これまで述べてきたように、『和泉式部日記』から『源氏物語』への連接は、直截なものではない。「つれ〴〵」の意味の倒立をはじめとして、東宮立坊の可否を史実に引かないことや女君への理解に関して匂宮の内実を問い続けている『源氏物語』の姿勢に留意すべきである。中君物語に出てくる「つれ〴〵」という孤独感の深まりはねじれた形で薫に付与され、浮舟物語では他者から浮舟は「つれ〴〵なる」者[注26]と呼ばれる。決して『和泉式部日記』に見える女と宮の「つれ〴〵の慰め」が『源氏物語』に引かれているわけではない。つまり、『和泉式部日記』に典型として見える男女のみやびやかな交流を裏切る「つれ〳〵なる」時空間が、早蕨・宿木巻にあることを証しているだろう。

こうしてみてゆくと、帝と薫が時間を共有し、心意を共有すべく発話として繰り出した「つれ〳〵」は、男性同士の仲らいにおいて男社会を編成させるに足る力を持っていただろう。それは女二宮の幸せを願った父帝の深意であると見通すことは出来るが、そこに薫と女二宮の幸は付託されただけで、この二人に婚姻による共有の時空間が作られようとも心意の共有は疑問なしとしない。理解し合えるかどうかの内実は問われずに、中君・女二宮の移居は、この世を編み直していくことに繋がる行為となっているのである。

三 「めゝし」と「をゝし」の間

宿木巻において、薫は女性たちに「なまめかし」と見られているが[注27]、その心内は他者に関知されない。ただ、中君と多くのことばをかわし、かつ自身の内奥が心中思惟の形で見える部分がある。そこで薫は、中君を匂宮へ譲ったことを悔やんでいた。

あひなしや、我心よ、何しに譲り聞えけん、むかしの人に心をしめてしのち、大方の世をも思ひ離れて澄みはてたりし方の心も濁りそめにしかば、たゞかの御事をのみとざまかうざまには思ながら、さすがに人の心ゆるされであらむことは、はじめより思ひし本意なかるべしと憚りつゝ、たゞいかにしてすこしもあはれと思ひはれて、うちとけたまへらんけしきをも見んと、行く先のあらましごとのみ思ひつゞけしに、人はおなじ心にもあらずもてなして、さすがに一方にもえさし放つまじく思ひたまへる慰めに、おなじ身ぞと言ひなして、本意ならぬ方におもむけ給ひしが、ねたくうらめしかりしかば、まづその心おきてをたがへんとて、急ぎせしわざぞかしなど、あながちにめゝしくものぐるほしく、率てありきたばかりきこえしほど思ひ出るも、いとけしからざりける心かなと、返す〳〵ぞくやしき。

（宿木⑤三八）

「めゝし」は、場面によってニュアンスを替えることばであるようだが[注28]、柔弱なさま、かよわいというのが、辞書的な意味である。『源氏物語』で四例[注29]あり、そのうちの二例が薫に対して用いられている。ここでは「ものぐるほし」と連動して「めゝし」に否定的な意味が付与されていると思われるが、「無理やり女のように気違いじみて、宮を引っぱってゆきおだまし申し上げた[注30]」という『源氏物語評釈』の訳には、女という性の強調が見出せる。むしろ、「女」に一般的な傾向として「ものぐるほし」があるわけでなく、衝動的もしくは冷静で居られない状態となって自分の意思をまげてしまったことを「めゝし」と称し、理性によって行動したというよりはむしろ一時のさかしらや感情といったものを元にしていたことを告げているのではないか。薫が自己をどのように省察しているのか、自己言及のことばのひとつであるために薫の心中思惟が、薫の思いをそのまま映しているのかどうか、認識の不確かさはついて回る。

この「めゝし」について、蜻蛉巻の例をみることで、その用法の一端を把握してみたい。匂宮が伏せっているところへ薫が見舞いに訪れた折、薫を見た匂宮は浮舟を思い出して涙を流していた。匂宮は薫に自身の心は悟られまいと思っているものの、物笑いの種ともなっているであろうことを想像する。「たゞめゝしく心よわきとや見ゆらんとおぼすも[注31]」とあり、匂宮は自分が涙もろく柔弱な人物として薫に受け取られているだろうと想定している。ここの「めゝし」は、具体的にはすぐに涙を流すという涙もろさと心弱いことを掛けているかと思われる。冷静な理性をもつ公人としての男性というよりは、感情や感性で生きている私人としての自分をさらけ出してもいる。この涙を流す行為について対比的に語られているのが、涙を見せないように我慢する姿を「を丶し」と捉える視点があることである。

例えば、真木柱巻で髭黒が娘である真木柱の歌を見て「男丶しく念じ給へど、ほろ〳〵とこぼる丶御気色」[注32]とある。泣くのを我慢しようとすることが「を丶し」と捉えられている。ただ匂宮の涙の場面で注意したいことは、薫に自分がどう映っているかを勘案している点である。匂宮は、薫に「め丶し」と思われる分にはいっこうに構わない風情であり、逆に心意を気取られることを厭っている。ある意味、薫の認識傾向を読み、自分の心意には達しないだろうと想定している。薫への匂宮の解釈は、薫の傾向としての偏差を読み取っていることになろう。真偽の程というよりはむしろ固有の見方をする薫像を言い当てている評言と見ておきたい。さらに、平安時代物語における涙を流す男たちが非難されてはいないという点もある。さまざまな作品内で感涙は男女問わず流されている。[注33]泣くことの持つ意味が「め丶し」と相通する時は、感動や共感の涙ではなく、その人の個別性において捉えられ、女性の属性から抽出されたものとは言いがたい。

実はもう一例は、薫に対する語り手の言辞として見える。

言ふかひなくなり給にし人の、世の常のありさまにて、かやうならむ人をもとゞめおき給へらましかばとのみおぼえて、この此面立たしげなる御あたりに、いつしかなどは思寄られぬこそ、あまりすべなき君の御心なめれ。かくめ丶しくねぢけて、まねびなすこそいとほしけれ。しかわろびかたほならん人を、みかどのとりわき切に近づけて、むつび給べきにもあらじ物を、まことしき方ざまの御心おきてなどこそは、めやすくものし給けめとぞおしはかるべき。

（宿木⑤一〇四）

ちなみに傍線部に対して玉上評釈では「こう、女々しくひねくれていると話して聞かすのはおかわいそう」、新大系では「このように思い切りが悪くひねくれたように、伝えるのはお気の毒というものだ」と訳されている。先に薫が自己省察した折に用いた「め丶し」が再び顔を出す。草子地であるということは、薫の自己言及に対する語り手の受けであり、そこでは、「め丶しくねぢけ」たように薫を捉えることを否定している。この巻の語り手は、薫を好意的に、あるいは保護者的視線で見ているといえようか。ただし、この評言は、そのように認識されてしまう薫の、意思伝達の不如意・不自由さを明かしてもいる。「つれ〴〵」[注34]ということばを繰り出して共感を求めた薫には、メッセージとメタメッセージに齟齬や矛盾があると他者から受け取られかねない側面があることを否定していないのである。

「め丶し」の対極にある「を丶し」は、薫に対する評言として見いだせるだろうか。

おぼすらんさま、又、の給契《たまひちぎり》しことなど、いとこまやかになつかしう言ひて、うたて男男《をを》しきけはひなどは見え給はぬ人なれば、（椎本④三六一）

もとよりけはひはやりかに、を丶しくなどはものし給はぬ人がらなるを（宿木⑤四一二）

この二例において、薫は「を丶し」くない人物とされている。『源氏物語』における「を丶し」き男君として夕霧があげられる。柏木が「いと若やかになまめかし」（柏木④三六）「なつかしうなまめき、あてに愛敬づく」[注35]とあるのに対し、夕霧は、「すくよかにおもおもし」くて「を丶し」[注36]く、また、「をかしうはなやかにあなきよら」で「を丶し」[注37]い人として、柏木と対比的に語られている。自己省察のことばとして「め丶し」を用い、語り手にもそのことばを用いて評言される薫の属性は、父である柏木の、薫と同様に「を丶し」には分類し得ない属性と通底していると語られているのである。

他者からの視線に捉えられた薫は、男性性を強調される方向にはなく、むしろどこかに「を、し」を否定していくような柔らかなベールを纏っているとおぼしい。しかし、そうであるからといって薫を「め、し」いとのみ括り取ることはできない。自己省察に激しい否定としての「め、し」を用いたのは、それを厭う心意があるからであろう。ふるまいとしてのそれは、「め、し」と規定しなければならないという表徴を刻んでいるわけではないのである。したがって、光源氏が「女にて見たてまつらまほし」[注38]と見られた両性具有と薫の有り様は似て非なるものであろう。何とも名付け得ぬ本性のなさが、先に見た伝達時における齟齬や矛盾があるが故の両面性を持って生きる薫の態度に表れ、行為と心情の離反、捻れた心性とも取り押さえることができるのではないか。

また、今ひとつ注目したいのは、八宮についてである。橋姫巻を引用する。

まいて世中に住みつく御心おきてはいかでか知りたまはむ。高き人と聞こゆる中にも、あさましうあてにおほどかなる、女のやうにおはすれば、古き世の御宝物、祖父おとゞの御処分、何やかやと尽きすまじけれど、行くへもなくはかなく失せはてて、御調度などばかりなん、わざとうるはしくて多かりける。（橋姫④二〇二）

ここには、姫たちの父であるが絶対的父ではない、母的な父にして「住みつく」ことを知らない八宮がいる。八宮の不十分な父性については、諸論の示唆するところである。[注39]八宮の父とも母とも交換可能な曖昧性は、それゆえに薫がいかに八宮に憧れようとも薫の父になれず、姫君たちを幸に導く父でもないことを明かしているかのようである。

四　匂宮のことばの圏域に生きる中君

ここで再び中君に視点を移してみよう。早蕨巻は、宇治の阿闍梨から中君へ、蕨や亡き人への追慕の情が象られた和歌が届けられる春から語り出されていた。

「年あらたまりては、何ごとかおはしますらん。御祈りはたゆみなくつかうまつり侍り。今は一ところの御ことをなむ、やすからず念じきこえさする」など聞こえて、蕨、つく〴〵し、をかしき籠に入れて、「これは童べの供養じて侍はつをなり」とてたてまつれり。手はいとあしうて、歌は、わざとがましくひき放ちてぞ書きたる。

君にとてあまたの春をつみしかば常を忘れぬ初蕨なり

御前に詠み申さしめ給へ　（早蕨⑤四〜五）

これに対して中君は、

大事と思ひまはして詠み出だしつらむとおぼせば、歌の心ばへもいとあはれにて、なほざりに、さしもおぼさぬなめりと見ゆる言の葉を、めでたくこのましげに書き尽くし給へる人の御文よりは、こよなく目とまりて、涙もこぼるれば、返事書かせ給。

この春はたれにか見せむなき人のかたみに摘める嶺の早蕨　（早蕨⑤五）

阿闍梨から贈られた蕨について、小町谷照彦氏は「故人を偲び合う媒体」[注40]と着目された。これは仏への供物の下ろしである。これまでも八宮が亡くなった後の新春に「聖の坊より、『雪消えに摘みてはべるなり』

とて、沢の芹、蕨などたてまつりたり」[注41]と、初春の贈り物として和歌贈答を含めて大君との交流が語られていた。中君にとって蕨は故八宮・大君の存在を喚起させるのに、十分な品である。和歌贈答は亡き父八宮や姉大君に守られてきた中君の、今は宇治邸の女主人であることの確認行為でもある。

交換や贈与を文化枠としてのことばと物の還元から見る時、物語世界に底流する見えない力の存在を意識してみたい。贈与には、人をそこに留め置く力や支配する力を見ることがある。[注42]阿闍梨の和歌には「君にとて」と八宮の存在が明らかにされ、生前からの永続的な「常に忘れぬ」心情を盛り込んでいる。しかし、それは親愛の情というだけに留まらず、八宮の仏道生活を中君に回顧させるだけの力を持ったことばであっただろう。さらに、阿闍梨の仏道生活を支えている薫の存在も意識させていく。この場面の後すぐに、薫も「尽きせず思ひほれ給て、あらしき年ともいはず、いや目になむなり給へる」[注43]と、泣き顔で新年を迎えていることが従者同士の仲らいから知られるという文脈へ連なっており、阿闍梨と中君の間には、薫も何かしら関係者然として登場する形である。

中君は、阿闍梨の歌の無垢で無骨なところに涙を流したというが、蕨を「たれにか見せむ」とあり、手にすべき者の非在が注意される。この場面は、中君と大君の違いが見出される箇所のひとつではないか。ひいては阿闍梨と別の文化枠にいることも示されているのである。中君はこの宇治に住んで、阿闍梨とともに亡き人の菩提を弔う暮らしをしていく選択を見せない。阿闍梨の和歌に無垢で無骨と感じた中君だが、挨拶としての取り回しも戦術もなしに、幼くも正直な心情をもって阿闍梨へ返礼しているという点から、中君自身の無垢な有様も見とることができよう。ここは、父と姉が他界してひとり残され、父の遺言（ことば）、阿闍梨の和歌（ことば）、匂君の約束語り（ことば）に感応しつつ、結局、どのことばを選び取るのかという局面なのではなかったか。

匂宮はこれまでも、「なげの走り書いたまへる御筆づかひ言の葉も、をかしきさまになまめき給へる御けはひ」[注44]を見せ、「ことのはの限り深きなりけり、と思ひなしたまふに、ともかくも人の御つらさは思ひ知らず」[注45]、とその饒舌で相手に作為を感じさせてしまうことばを駆使してきた。結局、大君から「をとことい ふものは、そら言をこそいとよくすなれ、思はぬ人を思ふ顔にとりなす言の葉多かるもの」[注46]と言われてしまうに至る。最終的に中君は、「さしもおぼさぬなめりと見ゆる言の葉を、めでたくこのましげに書き尽くし給へる人」[注47]である匂君の世界の住人になったということである。つまり中君の涙は、阿闍梨のみへの涙ではなく、結局は男君への思いに収束されていく涙であったように思われる。阿闍梨との和歌贈答は、宇治という空間を主催できない中君の姿を象っていただろう。

その中君が、宿木巻でまたも泣いている。匂宮が六君との婚儀一夜より帰宅して、中君の具合の悪さに言及し、その「まめごと」[注48]めいたことばは、切なさを気取られまいと我慢していた中君の涙腺を緩める。つまるところ、中君がすがりつくのは、匂宮のことばの世界でしかない。宇治から京師への移動により匂宮の文化枠内で再配置され、というよりもむしろ位置づけを望み、男女の仲に行き交うことばの世界の住人になったことを実感している。匂宮の望みが自身の望みであった二人だけの世界を突き抜けて、匂宮が図らずも絡め取られる世界は、匂宮と中君の世界ではないのである。ことばを頼みとし、ことばを使い続けるが、物語はことばの無効性を問うスタンスで進行しているとおぼしい。

早蕨巻の巻頭にある「やぶしわかねば春の光を見給につけても」[注49]は、大君鎮魂による死と再生の季節である春という、草萌え出づる時季であることを示している。それは、あたかも『和泉式部日記』冒頭、夏草が青やかである様との類同と差異を想起させる。阿闍梨の歌の稚拙・文字様の分かち書きを中君は素朴な、みやびの世界に住んでいない故のことと解釈したが、その認識は姫の一方的な思い込みだったのではないだろうか。父も姉も傾倒する仏教的世界に通じる宇治の時空間から、中君は離れていこうとしていることを間接的に物語るものであった。そして、阿闍梨からの贈り物への返礼は棚あげされ、それを行うのは薫という形となっていく。つまり、これまでもそしてこれからも、薫は、宇治邸へ物質的な援助はもとより八宮や大君の菩提を弔うことを含めた経営すべてに関わり、あたかもここが自分の故里であるかのようにふるまうので[注50]ある。

おわりに

宇治の阿闍梨には、中君を宇治に引き留めるという、仏教者が発揮することの出来る父性は見いだせない。宇治の阿闍梨の所属する仏教世界は、女身の穢れを喧伝して絶対的な男性性を持つという側面があるものの、その従事者・専任者たる僧に絶対性が見いだせないことは、既に指摘されている。小林正明氏は、横川僧都の

「髪、髭を剃りたるほふしだに、あやしき心は失せぬもあなり。まして女の御身はいかゞあらむ、いとほしう罪得ぬべきわざにもあるべきかな」（夢の浮橋⑤三九七）

という心中思惟を引いて、「「罪」をおしつける仏教の教条と、「女の御身」たる感性との対立構図が透視できる」[注51]とされる。宿木巻を浮舟の登場を見る巻としての視座からすれば、宇治を離れ、八宮の仏道実践への

寄り添いを捨てたかのようにふるまう中君は、「女身」と規定されるだろうが、一方の山の阿闍梨の存在にも、橋姫巻で姫の奏でる音を極楽の音曲に比況させるところや冷泉院と八宮の媒をするなど、絶対的父性を持つ仏道の体現者として存在していたわけではない。[注52]女人の救済は狭い入り口である「竜女成仏」しか認められず、生きても死んでも行き場のない、もしくは成仏から疎外されていく道筋を示したのが、早蕨巻から始発する中君物語だったのではないだろうか。

「幸ひ人」と呼ばれるが、そうであるが故に他者には理解不能な不幸を背負う中君[注53]は、心澄むと思えない都で皇子を生むという幸いを手にして住み、匂宮のことばの世界の満ちる世界の住人となる。しかし、それは匂宮と心情を語り合うことも、自身の「つれ〴〵」を匂宮と慰め合うことのできるものではなく、匂宮のことばを待つ生活であり、匂宮のはかなき物言いを受け入れることに他ならない。中君はそのことに気づいているが、それを受け入れてゆく。一方の薫は、故八宮と大君ゆかりの宇治邸を経営し、かつ中君の後見役という名目で生活上の細々としたことを差配するという搦手から中君に近づいているが、これは、薫の意識にあるかないかに関係なく、中君を籠絡しようとしていることに他ならない。つまり、中君は現世における女性の生きがたさを徴づける存在であり、その苦しみを抱き取りながら日常を、この俗世を生きていく存在なのである。その意味で、早蕨・宿木巻では物語の奥深くに『和泉式部日記』における女の「つれ〴〵」と帥宮の無聊が逆説的ながら胚胎し、恋と仏道、もしくは現実と理想とに引き裂かれる諸人の心情世界を現出させている。こうして『源氏物語』は、迷妄の道を行き交う人物たちを交差させつつ、身のうちにわき上がる辛さの晴らしようのない時空を創り上げるに至ったとおぼしい。さらに浮舟登場によって「女人救済」の主題は深められる。その主題・モチーフは後期物語の『夜の寝覚』の中君、[注54]『狭衣物語』の飛鳥井女君等[注55]にもその痕跡を見ることが出来るだろう。

しかし、仏教や漢詩文文化のみが女性を女性たらしめているのではないだろう。ここ『源氏物語』早蕨・宿木巻は、三章で見たように男性もまた女性性を付与された存在であると語っている。また、一章・二章・四章で見たように、駆け引きはことばを頼みとしつつもその無効性を際立たせ、女性を移動させ、「つれ〴〵」の意味を転変させ、匂宮に皇位継承の可能性があるかのように語ってゆく。帝にも匂宮にも薫にもまた八宮にも、張り付いているのは、光源氏とは異なる女性性である。どこかに女性性を帯している者たちによって早蕨・宿木巻の世界は形作られている。男社会は婚姻によって再編成されていくが、女性も含めた総体としてのこの世を成り立たせているのは、女身を生きる中君の「をりふし」という日常を背負っていることによる。そして、ひとり「をゝし」が張り付いた夕霧の、娘を皇家へ入れる戦術がこの世を動かしていることは事実であるとしながらも、なおその力の限りあることを明かしてゆく存在が、もうひとりの「ただ人」である薫ではなかったか。その意味では、薫と中君は夕霧の対極にあって、男社会の編成に極めて深く手を染めている人物たちと言えるのではないだろうか。

注

1 吉井美弥子「宿木巻の方法」（初出『国文学研究』八六、一九八五年六月、後『読む源氏物語　読まれる源氏物語』所収、森話社、二〇〇八年）

2 三谷邦明「源氏物語若菜上冒頭場面の父と子——朱雀と女三宮あるいは皇女零落譚という強迫観念とその行方」（『物語研究』三、二〇〇三年、後『源氏物語の方法——〈もののまぎれ〉の極北』所収、翰林書房、二〇〇七年）

3 小嶋菜温子「女一宮物語のかなたへ――王権の残像」（『国語と国文学』一九八一年八月、後『源氏物語批評』有精堂、一九九五年所収）

4 呉羽長「『源氏物語』薫造型の方法――「宿木」巻を中心に」（『富山大学人文学部紀要』五五、二〇一一年八月）

5 多くの論考に見えるが、研究史を詳細に調査した以下の論を参照した。井野葉子「匂宮三帖と宇治十帖の研究史――宇治の風景」（『源氏物語　宇治の言の葉』森話社、二〇一一年）

6 湯浅幸代「薫の孤独――匂宮三帖に見る人々と王権――」（『人物で読む源氏物語　薫』勉誠出版、二〇〇六年）、有馬義貴「宿木巻という転換点――朱雀院の血脈の問題化――」（『源氏物語続編の人間関係』新典社、二〇一四年七月）

7 「匂宮の社会的地位と語りの戦略――〈朱雀王統〉と薫・その1――」（『物語研究』四、二〇〇四年三月）

8 「東宮候補としての匂宮」（室伏信助監修・上原作和編集『人物で読む源氏物語　匂宮・八宮』勉誠出版、二〇〇六年）

9 高橋汐子「八の宮家をめぐる「つれづれ」――〈喪失〉・〈不在〉の物語として」（『玉藻』四三、二〇〇八年三月）

10 橋姫④二九八、以下『源氏物語』の引用は新日本古典文学大系（岩波書店）による。

11 注10に同

12 橋姫④三〇〇

13 斯波六郎『中国文学における孤独感』岩波書店、一九五八年を文庫化した一九九〇年発行本を参照した。

14 清水文雄「古典語ノート（四）「つれづれ」の源流2」（『国語教育研究』七、一九六三年五月）

15 『細流抄』に指摘あり、新大系脚注参照。

16 宿木⑤六〇

17 井上「宇治への道――椎本巻と総角巻の「迷妄」を探る――」（『東京家政学院大学紀要』四二、二〇〇二年八月）

18 宿木⑤四九

19 清水文雄『和泉式部日記』解説（岩波文庫、一九四一年発行、一九八三年版）を使用。なお引用した『和泉式部日記』は同本による。歌ことばとして「今日の間の」一四頁、「今朝の間に今は」六〇頁、「今の間に」八二頁、「今はよも」二八頁、「今朝の心」一八頁、「今日の夕ぐれ」一九頁等に見える。こうしたことばを使用せずともその折の月・霜・雨等が宮と女の間で刹那を共有する形で頻出する。また、散文においても「たゞ今も消えぬべき露のわが身」五三頁、「風の前なる」七四頁等あり。堀江マサ子「せめぎ合う浮舟の「今日」――「宇治十帖」時間表現の一手法――」(『中古文学』九三、二〇一三年七月)論で扱う浮舟の時間記載と関わるだろう。中君物語と浮舟物語を繋ぐものとして、『和泉式部日記』のことばを考えたい。

20 岩波古典文学大系三六四頁。井上「住み処をめぐる語り――『夜の寝覚』『狭衣物語』と『栄花物語』と」(加藤静子・桜井宏徳編『王朝歴史物語史の構想と展望』新典社、二〇一五年三月)

21 米田新子「人に『すみつく』かほのけしきは――平中の妻と『はいずみ』の女――」(『国文学攷』一四二、一九九四年四月)、下鳥朝代「『堤中納言物語』「はいずみ」考――「すみ」を巡る物語」(『湘南文学』三五、二〇〇一年三月)

22 橋姫④三〇八

23 「『和泉式部日記』と「宇治十帖」」(日本文学研究資料叢書『平安朝日記Ⅱ』有精堂、一九七五年)

24 伊藤博「帥宮造型」(『和泉式部日記研究』笠間書院、一九九四年)

25 千葉千寿子「和泉式部と〈浮舟〉の造形――和泉式部試論――」(『帯広大谷短期大学紀要』二一、一九八四年三月)

26 例えば、「心ちもなやましくて起きゐ侍るを、渡り給へ。つれぐ〵にもおぼさるらん。」(東屋⑤一六一)や「いかにつれぐ〵に見ならはぬ心ちし給ふらん。しばし忍び過ぐしたまへ」(東屋⑤一七一)と、先入主により規定され、他者に呼びかけられる。浮舟のつれづれについて、高橋汐子「「つれづれ」の女君――浮舟物語における「つれづれ」考――」(『物語研究』四、二〇〇四年)、柳周希「浮舟の身に刻まれる言葉――浮舟巻「つれづれと身を知る雨」の一首をめぐって――」(『比較文学・文化論集』二七、二〇〇八年)等がある。

27 例えば、「さまのなまめかしき見なしにやあらむ、なさけなくなどは人にみられず」(宿木⑤六〇)

28 『源氏物語の鑑賞と基礎知識　宿木(前半)』至文堂、二〇〇五年

29 本稿で扱わなかったうちの一例は幻巻にある。故紫上の筆跡などを見て光源氏は、「いとうたて、いま一際の御心まどひも、めゝしく人わるくなりぬべければ、よくも見給はで、」(幻④二〇五)。「めゝし」は「人わろし」に畳み重ねられているように肯定的な評言ではなく、他者から見て見苦しいほどに心弱いさまを示唆するものと思われる。

30 玉上琢彌『源氏物語評釈』⑪一一五

31 蜻蛉⑤二七六

32　真木柱③一三〇
33　鈴木貴子『涙から読み解く源氏物語』笠間書院、二〇一一年
34　薫においては意思伝達の現場において、メッセージとメタメッセージが矛盾する様子が散見される。参考文献として、グレゴリー・ベイトソン『精神の生態学』下（思索社、一九八六年）がある。
35　柏木④四一
36　柏木④三六
37　注35に同。
38　賢木①三六六
39　助川幸逸郎「宇治大君と〈女一宮〉――〈妹恋〉の論理を手がかりとして――」（『中古文学』六一、一九九八年五月）、安藤徹「父―母―子の幻想　聖家族の「心の闇」」（関根賢司編『源氏物語　宇治十帖の企て』おうふう、二〇〇五年）
40　『源氏物語の歌ことば表現』東京大学出版会、一九八四年
41　椎本④三七二
42　借りと贈与の問題系を三つに分類する。1交換なしの譲与　デリダ・ハイデガー／2交換が前提の贈与　マルセル・モース『贈与論』／3贈与を「借り」と考え、だれに返すか、返さなくてもいい借りはあるか　ナタリー・サルトゥー＝ラジュ（『借りの哲学』太田出版、二〇一四年三月）。今回は3の考え方に拠り、借りの返し方を問題とする。
43　早蕨⑤六
44　椎本④三五九
45　総角④四四六
46　総角④四三七
47　早蕨⑤五
48　宿木⑤五二
49　大石こずえ「『源氏物語』幻巻と早蕨巻の「春の光を見たまふにつけても」」（『語学と文学』四〇、二〇〇四年三月）、吉井美弥子「早蕨の方法――巻頭表現を起点として――」（『源氏物語の鑑賞と基礎知識』39早蕨、至文堂、二〇〇五年四月）等

50 『狭衣物語』でも狭衣が女君のいる場所をあたかも自分の故里であるかのようにふるまう姿が散見される。井上「『狭衣物語』における場所の記憶――今姫君と大宮の移居を中心に――」（平成16～18年度科学研究費補助金研究「『狭衣物語』を中心とした平安後期言語文化圏の研究・研究成果報告書」）また、『和泉式部日記』においても「ふるさと」ということばが帥宮と女の関係に及ぼしている影響について、加藤和泉「『和泉式部日記』における「ふるさと」試論」（『フェリス女学院大学日文大学院紀要』一六、二〇〇九年）論がある。

51 「女人往生論と宇治十帖」（『国語と国文学』一九八七年八月）

52 注17に同。

53 原岡文子「幸い人中君」（『源氏物語の人物と表現――その両義的展開――』翰林書房、二〇〇三年）

54 伊勢光「二人の中の君、あるいは王朝物語における女性の一形態をめぐって――『夜の寝覚』から『源氏物語』へ」（『物語研究』一二、二〇一二年三月）

55 野村倫子「『狭衣物語』飛鳥井遺詠の異文表現――「底の水屑」と「底の藻屑」から紡がれる世界」（井上・乾・鈴木・萩野編『狭衣物語　文の空間』翰林書房、二〇一四年）

56 葛綿正一「平安朝文学史の諸問題――和文の創出と文学の成立――」（『沖縄国際大学文学部紀要』国文学篇二三、一九九五年）

井上眞弓（いのうえ まゆみ）　東京家政学院大学教授。平安文学専攻。主著に『狭衣物語の語りと引用』（笠間書院、二〇〇五年）、共編共著に『狭衣物語　文の空間』（翰林書房、二〇一四年）等、論文として「『狭衣物語』の斎宮――託宣の声が響く時空の創出に向けて――」（後藤祥子編『王朝文学と斎宮・斎院』竹林舎、二〇〇九年）等がある。

母と娘の政治学
——東屋——

足立　繭子

一　現代の母娘問題から、継子物語へ

近頃巷で喧しく取り沙汰されているものの一つに、「毒母[注1]」なる存在がある。さらに少し前に取り沙汰されたのは、「墓守娘[注2]」なる存在であった。ここ数年に亘ってブームのようになっているこうした母娘関係の問題[注3]について読んだり見たり聞いたりしてみた上で、私にとって驚きだったのは、どこかこれらの今現実に生じている現代の娘たちの悩みが、昔物語の、特に継子物語（そしてそのバリエーションとも言うべき浮舟の物語）に焦点化されている母娘の一体化という問題[注4]と、奇妙なほどの関わり合いを示しているような思いを強くしたことなのである。そしてまた、このような母と娘の葛藤の問題は、平安時代以降、二十一世紀の現代に至るまで、どのような社会の中にあっても、またどのような階層に属していたとしても、どういうわけか、変わらずに在り続ける問題であったのだ、ということなのである。以下に詳しく説明したい。

例えば、ひきこもりや摂食障害の臨床ケースをもとに、この問題について何冊かの著書で考察している斎藤環は、この問題の根底にある母娘の「身体的同一化」について以下のように述べている。いささか長い引用になるが、この問題が母と娘の関係でしか生じないというジェンダー配置の非対称性、よかれと思ってなされる母親の言葉や、母親自身の人生の生き直しの要求などによって、娘が支配されること、その支配を逃れるための「母殺し」は困難であることなどが述べられている。浮舟が内面化された母の言葉によって入水へと追いつめられることや、八の宮との関係に挫折した母中将の君が、己の人生を浮舟に生き直させようと献身的に縁談の準備をすることなど、浮舟と母中将の君との関係性を彷彿とさせるものがあることに、注意していただきたい。

女性らしさを目指した「躾《しつけ》」は、女性らしい身体性と態度の獲得を意味するわけですから、少なくとも前者については母親にしかできません。つまり、母親による娘への躾は、ほとんど無意識的に娘の身体を支配することを通じて開始されることになるわけです。その目的がまっとうであろうといびつであろうと、まず発端にこうした「身体的同一化を通じての支配」があるということに注意してください。まさにこの点が、母娘関係を特別なものにするのです。こうした関係は、母―息子、父―娘、父―息子関係ではありえないのですから。

さて、母親による娘の支配には、いくつかの形態があります。なかでも「抑圧」「献身」「同一化」の三つが、代表的なものと言えるでしょう。

もっとも露骨な支配としての「抑圧」は、言葉によってなされます。ここには単純な禁止の言葉も含まれますが、そればかりではありません。……。このとき、娘の身体を作り上げるのは、母親の言葉です。それらの言葉は娘に決定的な影響をもたらしますが、もちろん母親の意識としては「あなたのため」「よかれと思って」なのです。

しかし実際には、娘へと向けられた母親の言葉は、しばしば無意識に母親自身を語る言葉なのです。つまり、母親自身が自らの葛藤を通じて作り上げたサバイバルのための言葉です。このとき母親の身体性は、「母親の言葉」という回路を通じて、娘へと伝達されていきます。すべての娘たちの身体には、母親の言葉がインストールされて、埋め込まれているといっても過言ではありません。それゆえ表向きはどれほど母親を否定しようとも、娘たちは、すでに与えられた母親の言葉を生きるほかはなくなります。「母殺し」が困難を極めるのは、こうした「内なる母の言葉」を消し去ることが困難であるからです。

「献身」という支配もありえます。母親の支配は、常に高圧的な禁止や命令によってなされるばかりではありません。表向きは献身的なまでの善意に基づいてなされる支配もあるのです。娘の学費を稼ぎ出すために身を粉にして働く母親、娘が自立してからも、ひんぱんに連絡を取ってはアドバイスをしようとする母親、こうした善意は正面からは否定できません。それが支配であると自覚されても、そこから逃げることは娘たちに罪悪感をもたらします。……

「同一化」とは、簡単に言えば、母親が娘に「自分の人生の生き直し」を求めることです。そこには「抑圧」も「献身」も含まれます。この形態では母親の利己性が一番強く発揮されるかもしれません。ですから、娘からの強い反発も生みますが、その反面、こうした支配形態が首尾よく完成すれば「一卵性母娘」ができあがります。ここまで同一化が進行してしまえば、もはや双方に支配―被支配の自覚はほとんどなくなっているでしょう。比喩的に言えば、細胞レベルで身体が融合してしまっているような状態です。

支配が嫌なら逃げ出せばよい、とお考えでしょうか？　確かに別居したり距離を置いたりすることが有効な場合もありえます。しかし、言うほど簡単ではありません。母親による支配は、それに抵抗しても従っても、女性に特有の「空虚さ」の感覚をもたらさずにはおかないようなものです。まして抵抗したり逃げ出したりした娘は、解放感ばかりでなく強い罪悪感も抱え込みます。ずいぶんひどい扱いを受けながらも、母親の元に還っていく娘たちが多いのはそのためもあるでしょう。同一化を通じてなされる支配においても「細胞融合」は起こっています。「母殺し」は「自分殺し」にそのままつながってしまうからこそ、困難を極めるのです。（注1斎藤ほか・一一～一二頁）

また、母娘関係の特異性について、以下のように述べる。

ほかのいかなる親子関係にも増して、母娘関係は密着したものになりやすいということ。この密着は、母と娘が同性である以上に、ともに女性であるということから導かれたものであろうこと。この密着感は、あくまでも心理的距離感における密着であり、たとえ母と娘が物理的に離れていたとしても、強い作用を及ぼすであろうこと。それゆえ、家出、別居、結婚、出産、留学、などの手段が、必ずしも解決策とはなりえないこと。

また、こうした密着関係は、アンビバレンスの温床です。いや、正確には両価性以前の、「妄想―分裂態勢」というべきでしょう。この関係は強い愛憎をはらんだものになりやすいのですが、この両価性ゆえに、母娘は離れることができません。無理に離したり捨てさせたりしても、必ず罪悪感という形で復讐されてしまうからです。さらにいえば、この関係に絡め取られた娘たちは、母親を純粋に憎むことすらできません。なぜでしょうか。母親との一体化が進み過ぎていて、母親を否定することが、そのまま自分自身を否定することになってしまうからです。

（注1斎藤・七三頁）

こうした母娘の一体化の問題から娘が逃れるには、

だから、母親の嫌な部分だけ殺せれば、本当にいいんだけれど、生き方に対する影響はみんなセットになっていて、全否定も全肯定もできないというところがあるので、そこらへんの選《よ》り分《わ》けが難しいですね。

（注1斎藤ほか・三七～三八頁）

とあり、「母殺し」の困難が述べられる。娘の「生き方に対する」母親の「影響」のうち、「母親の嫌な部分だけ殺せれば」とある部分に着目すれば、これはもう、昔の継子虐めの物語のプロットそのままである。例えば、シンデレラなら、大団円で、継母の連れ子の姉たちは酷い目に遭う。日本の継子物語である、『落窪物語』・『住吉物語』でも同様である。継母は、継子を虐めたことの復讐をされたり、零落を余儀なくされる。

しかし、もちろん現実の母親では、継子虐め物語の継母のようには、都合よく、復讐されたり、零落させられたりするようなことにはならない。つまり、「母親の嫌な部分だけ殺」すことなど、できない。母親が自分に影響を与えたものの中で、よいところと嫌なところとを「選り分け」ることなど、できない。さればこそ、現実の「母殺し」は、娘にとって極めて困難なのであった。

再び翻って、そのように現実の母親には不可能なことが、物語の継母であれば可能となる。継子物語という物語のジャンルは、洋の東西を問わず、昔から存在するもののようだが、それというのも、このように不可能を可能にする物語ジャンルとしての存在意義を認められてきたからなのではないだろうか。継子物語とは、本来「選り分け」られない母親の娘への影響を、善と悪とに分割することで、娘は母親のよい部分にだけ影響を受けること、言い換えれば、母の善なるサイドにのみ娘が一体化することを保証してみせる。[注5] この保証によって、世の中の娘たるもの、須く母親に一体化すべし、という教え《イデオロギー》が合理化されているのである。そもそも継子物語は、読者である女子のための成女式・精神的な通過儀礼として役割を担って発生してきた、とも言われてきた。[注6] 実際、『源氏物語』蛍巻（③二一六）では、「継母の腹きたなき昔物語」を「心見えに心づきなし」と考えた光源氏が、教育パパよろしく、娘の明石の姫君のために、厳選したり、検閲したり、書き換えたりして、継子物語を管理していた。光源氏が、娘の継母に当たる紫の上のことを慮って、内容を書き換える必要に迫られたというのも、継子物語が、母なるものを理想化し、母娘の一体化を合理化する装置として、社会的な機能を担ってきた証拠である。詳細については、次節で述べたいが、ともあれ、母と娘の一体化をめぐって生じる葛藤の問題は、昨今前景化されることによって、案外古くて新しい問題であったことが、[注7] 改めて確認されることになったのだといえようか。

二　東屋巻の世界と政治性

ところで、本論のテーマは「東屋巻の政治学」である。通常「政治学」といえば、イデオロギー・暴力装置・社会統制化などといったことについて、語らねばなるまい。この東屋巻における「母と娘の政治学」というテーマのもとでは、「母と娘」について、どのようなイデオロギーや装置によって、社会統制化が図られているのか、ということを考えることになろう。そしてまた、私は、宇治十帖の世界が光源氏の王権を主題とする正編の世界とは違って、「政治なき」世界であると言うつもりはない[注8]。むしろ、階層や男／女・父／母などのジェンダーが焦点化されているとおぼしき東屋巻には、階層間の移動や軋轢、ジェンダー配置の非対称性など、まさに「政治」的な問題が追究されているのではないだろうか。

言うまでもなく、『源氏物語』東屋巻は、宿木巻で薫による初瀬参詣途上の浮舟の垣間見という形で端緒が開かれていた、浮舟をめぐる物語が本格的に始動する巻である。その東屋巻の冒頭近くに見られる、浮舟の縁談をめぐる継父・常陸介の特異なエピソードは、浮舟物語のテーマの一つである、母娘の葛藤をあぶり出す機能を果たしている。詳細については後に述べたいと思うが、さしあたってこの常陸介という受領階層の家庭内のいざこざが、受領の豊かな財産に目を付けて、これを後ろ盾にすべく姻戚関係を結ぼうとする少将や、縁談を無責任に進めてしまう仲人など、これまでの『源氏物語』には登場してくるはずもなかった階層の人々が表舞台にまで登場し、それぞれがどのような思惑を抱き、何を考え、どうふるまうか、という、これまたこれまでの『源氏物語』には描かれようもなかったリアルな姿が、会話を多用することによって、光源氏的な世界の貴族的で上品な人間のありかたを吹き飛ばすかのように、生き生きと描かれている。ここに披瀝されるこうした受領階層の人々の身も蓋もないふるまいや意識は、橋姫巻以来の宇治の世界でさえ、東屋冒頭の世界に比べれば、まだまだ貴族的な価値観が微温的に通用していた世界であったことを、今更ながら読者に印象づけないわけにはいかない。東屋冒頭の世界は、それほど『源氏物語』史上特異なものなのだ。そこでは、身分的な格差や、経済的な格差、そしてまた、男と女の格差などなどが、これまでになくえげつない形で、ぶつかり合っている（『源氏物語』中で東屋巻にはここでしか見られない語の使用例がいくつか見られるのも、ここに描かれた世界の特異性の証左であろう。例えば、財力を意味する使用例としての「徳」(一九頁、他多数)という語や財力で官職を手に入れることを意味する「贖労」(三二頁)という語など。因みに、「徳」が財力の意で使用される例としては、『宇津保物語』の「忠こそ」巻の継母に対して用いられたものがあったことも、思い合わせられる)。

『源氏物語』正編の世界でも、空蝉や夕顔、末摘花、そして玉鬘の物語には、非貴族的な世界の人々の登場もないわけではなかったが、例えば貴族のプライドを捨ててここで受領の婿になろうとしている少将のように、階層の転落の危機に瀕しているような、そしてまたその危機が結婚相手の乗り換えという彼の行動の原理になっているような、そんな切羽詰まった人々の登場はなかった。常陸介も仕えたことのあったらしい大将の息子であるこの人物は、これ以上の没落を避け、少しでも官位の浮上を図りたいがために、経済的な裏付けを欠いた最初の妻と別れ、なりふり構わず、ともかく富裕な受領の婿になることを、今新たに選択しているわけである。彼としては、そうせねば、じりじりと貧窮して、貴族社会から転落してしまう可能性があるからである。

そしてもちろん、こうした非貴族的な世界の中にも、そしてまた貴族的な世界の中にも、身の置き所を見い出せなかったのが、浮舟であることは言うまでもない。常陸介邸を追われ、身を寄せた二条院で匂宮に言い寄られることでそこをも退去せざるを得なくなり、その後も小野に落ちとどまるまで、ずっとさすらい続けることを運命づけられてしまう浮舟の境遇と、自身の境遇とを、中の君が引き比べながら、ふとしたことで社会の編み目からこぼれ落ちていってしまう女の身の危うさについて、改めて思いを致している箇所がある。

……あいなく思ふこと添ひぬる人（＝浮舟）の上なめり、年ごろ見ず知らざりつる人の上なれど、心ばへ、容貌を見れば、え思ひはなつまじう、らうたく心苦しきに、世の中はありがたく、むつかしげなるものかな、わが身のありさまは、飽かぬこと多かる心地すれど、かくものはかなき目も見つべかりける身の、さはふれずなりにけるこそ、げにめやすきなりけれ、今は、ただ、この憎き心添ひたまひける人（＝薫）のなだらかにて思ひ離れなば、さらに何ごとも思ひ入れずなりなん、と思す。（東屋⑥七〇）

今は匂宮の妻としての立場を手に入れた中の君ではあるが、一歩間違っていれば、世知辛いこの世の中を、行方もわからぬまま浮き漂うしかない、浮舟同様の境遇に陥っていたかもしれないのだ。まして中の君には、結婚の世話を焼いてくれる実母はもちろん、経済的な裏付けを与えてくれる裕福な継父さえいなかったのであるから、むしろ浮舟以上に転落の危険性に満ちていた（「かくものはかなき目も見つべかりける」とあり、「つべし」によってその実現可能性は強調されている）とも言えよう。自分への思慕を訴えてくる厄介な存在ではあるけれど、かけがえのない経済面での援助者として関わりを切るに切れない薫がいなければ、現在の匂宮の妻としての立場でさえ、安定的に保つことはかなわないかもしれない。今後も、薫の懸想の影響の有無にかかわらず、万一匂宮の愛情がよそへ移るようなことがあれば、たちまち転落してしまう可能性だって皆無とはいえまい。実際に、格上の八の宮と結ばれることで召人階層からの上昇を企図したにもかかわらず、認知さえされない子どもを抱えて放逐されたあげく、結局受領の後妻になってしまった、浮舟の母・中将の君の例もある。さらに先取りをして言えば（浮舟の懐妊の可能性については後述するが）、この後浮舟が匂宮ないし薫の子どもを持った場合にも、当然同様の状況に追い込まれる可能性は、今の中の君の立場よりもさらに高かろう。なにやら、先進国の中でも特に貧窮の度合いが高いと言われ、また様々なかたちで日々事件化さえしている、昨今の我が国のシングルマザーの受難問題をも、思わず想起せずにはいられない（しかも、ひとたび事件が起きれば、母親個人の落ち度が問われがちであることも問題である）が、ともあれ、やっとのことで今のところは「めやすき」状態にまで階層上昇できた中の君のことばによって、さらなる転落の危機にさらされ続ける浮舟の不遇が、ことさらここで確認されることの意味は重い。彼女ら二人はともども、女という「ものはかなき目も見つべかりける身」であるがゆえに、いつまで経っても根本的には、転落の危機を免れえないことが、確認されているのである。

さらに付け加えるとするなら、無責任な縁談を仲介する仲人の言葉巧みさに、ついうっかり騙されて、少将との縁談を「心一つ」に決めてしまう母中将の君について、語り手は、以下のように述べている。

……、心一つに（少将トノ縁談ヲ）思ひ定むるも、仲人のかく言よくいみじきに、女は、ましてすかされたるにやあらん。（同二三二）

手もなくお調子者の仲人の言葉にのせられてしまう点では、実は常陸介も同様なのだが、語り手は、わざわざ「女は、（男の常陸介より以上に）まして」と、母中将の君が女であるがゆえに、やすやすと騙されてしまったのだろうか、と述べるのである。「女」の騙されやすさや浅はかさが一般化され、ことさらに強調されていることに注意したい。母親が騙された結果は、娘の身に降りかかる。騙されやすい「女」とは、ここでの母中将の君を指すだけでなく、浮舟――後に、「常にかくてあらばや」（浮舟⑥一三二）・「のどかなるべき所思ひまうけたり」（同一四四）などといった、匂宮の言葉に耽溺することになる「女」――のことをも指し示しているのであろう。

ともあれ、今までに描かれてこなかった非貴族的な世界がこうして展開される中で、「女」の身の転落しやすさや騙されやすさが強調されている。要するに、浮舟という「女」の生きがたさが、既に先取りされ、一般化され強調されているのである。婿の横取りという、受領階層のとある家庭内の事件が焦点化されて語られるなかで、この娘がこの階層の家庭内においてさえ、きわめて脆弱な立場にあることを確認されているのである。既に、浮舟が、「異質な階層同士の様々な欲望が交換しあうホットな場として定位させ」られており、「社会の流動する欲望構造をまさにそのままに顕在化させてしまう」存在であることが指摘されているが[注9]、以上に見てきたところによれば、そのような存在は、もちろん、特に浮舟という〈女〉に結晶化されている存在であるにせよ、しかし実は浮舟に限らず、潜在的には、あるいは中の君であったかもしれないし、あるいはかつての母中将の君であったかもしれないような、階層の境界上にあって、自らの意志や選択の自由も少なく、ちょっとしたことでも転落しかねない危うさと隣り合わせでしか生きられない〈女〉一般という存在のことでもあるとは言えまいか。

それにしても、なぜ継父による婿横取りという家庭内の特異な事件が焦点化される必要があったのだろうか。ここにこそ、精神分析的な視点が導入される理由があるように思われる。

既に述べたことがあるが[注10]、東屋巻の継父による婿の横取り事件は、それが継父による継子虐めである点で特異なものである。しかも、この継父の継子虐めは、東屋巻のごく前半のこの箇所にしか見られない。しかし、継父の婿の横取りや調度品の横取りなどは、これに先だって描かれていた、母中将の君が、受領の妻にまで落ちぶれた屈辱的な半生を取り戻すべく、浮舟に自分の人生の生き直し（結婚による階層の上昇を企図すること）を託そうとした結果、常陸介との間の実娘をないがしろにして、浮舟を優先するありようを、すべてにおいて裏返しにしたものである。常陸介は、実娘の結婚に手を貸そうとしない中将の君に対して、「されば、世に母なき子はなくやはある」（同三八）と言い放っている。娘の実母である中将の君を眼前にして、敢えてその実娘をまるで継母に虐められる「母なき子」にさえなぞらえてみせる、常陸介の痛烈なこの一言は、浮舟の幸せを願うあまりに、母中将の君が、同じ実の娘でありながら介の実娘に対しては、継子物語の継母のような役割を担ってしまっていることを示すと同時に、最愛の娘であるはずの浮舟に対しては、最終的に入水に追い込んでしまう役割を担ってしまう、哀しくも愚かな母の負性をあぶり出すものである。限定的かつ家庭的《ドメスチック》にしか現れない継父の虐めという特異な事件は、現世の実母の理想性が、継子物語のようには、決して自明なものではないことを、明らかにする。継父の存在は、通常の継子物語において描き分けられる、現世の継母と冥界の実母という二人の母を、現世の実母一人に集約させ、継母ならぬ実母の暗黒面を照らし出すことによって、母なるものの理想性に異議を唱えているのである。

継母も実母も、一節で述べたように、善悪に振り分けられることによって、母性を理想化し、母娘の一体化のイデオロギーを合理化する装置でしかないわけであったが、要するに東屋の継父の虐めとは、通常の継子物語の、このような政治的な企みを、明らかにするためのものであったのである。この点に関して、竹村和子[注11]は以下のように述べている。

母を失った女の子が「本物の母親」になるには、彼女を教育・啓発する人物、いわば「代理母」が必要となる。しかし孤児物語であるがゆえにこそプロット上必要となるこの代理母は、生物学上の母親ではないという、そのことによって、ジェンダーの本質性という性別イデオロギーを掘り崩し、その社会構築性を皮肉にも浮き彫りにする。孤児物語で常套的に登場する悪役の女たちは、母性自体がそもそも文化的虚構であることを、むしろ明らかにしていくのである。（一五頁）

「孤児物語」、即ち継子物語こそが、浮舟物語の始発部に当たる東屋巻の前半において、継父の虐めという特異なかたちで踏まえられていることこそ、まさしく「ジェンダーの本質性という性別イデオロギー」や「母性」の「社会構築性」や「文化的虚構」性を、あぶり出していることになろう。

三　東屋巻以降、入水・出家後の浮舟が忘れえぬ「かの人」

浮舟を入水へと追い込んだ要因の一つとして、母中将の君の言わずもがなのおしゃべりがあったことは、既に指摘したところであるが[注12]、この入水前の浮舟に懐妊の可能性を見る論[注13]に注意したい。入水前後の浮舟の周辺では、出産する乳母の娘、出産する常陸介の実娘とそれに関わる母中将の君など、子を産む女性たちをめぐる動向が描かれるが、例えば小嶋菜温子によると、それらの子を「産む」女たちと対比される形で、〈産む性〉から疎外される浮舟のありようが焦点化されるのだという。懐妊したまま入水した浮舟は、〈空白の身体〉に〈女の身〉であるがゆえの「罪」を負わされるのだとする。浮舟は母となることを入水によって断念したことになろうか。

入水したものの救助された浮舟が、弟の小君との対面を迫る妹尼に対して、

「……その後、とざまかうざまに思ひつづくれど、さらにはかばかしくもおぼえぬに、ただ一人ものしたまひし人（＝母中将の君）の、いかで、とおろかならず思ひためりしを、まだや世におはすらんと、そればかりなむ心に離れず悲しきをりをりはべるに、今日見れば、この童の顔は小さくて見し心地する

にもいと忍びがたけれど、今さらに、かかる人（＝弟の小君）にもありとは知られでやみなむとなん思ひはべる。かの人（＝母中将の君）もし世にものしたまはば、それ一人になむ対面せまほしく思ひはべる。……」（夢浮橋⑥三八九）

と、唯一忘却できかねる人物として母のことを述べる一方で、小君によってもたらされた薫の手紙については、

「……。昔のこと思ひ出づれど、さらにおぼゆることもなく、あやしく、いかなりける夢にかとのみ心も得ずなん。……」（同三九三）

として、薫という男については忘却を表明してみせる。しかし浮舟は、母だけは忘れない、としているのである。しかも、注意したいのは、「まだや世におはすらん」・「かの人もし世にものしたまはば」という具合に、母親がこの世に存命なら、という部分があることだ。入水後の小野で、さまざまな人々の消息が浮舟の耳に入ってくるが、肝心の母の消息が聞こえてこない、母の生存が不明である、という状況の中での発言である。この発言を文字通りに理解すべきなのだろうか。浮舟の言葉の中に二度までも繰り返される「世」という語に着目すると、母が生きているかもしれない「世」には、既に自身が身を置く余地のないことの覚悟が表されているように思われる。[注14]そうした覚悟があるからこそ、敢えての「対面せまほしく」という思いの表明になるのではないか。既に母と同じ「世」に身を置き、母と対面することへの断念が前提としてありながら、それでも「母《あの人》」を気がかりに思い、「母《かの人》」を忘却せずにいたい、という浮舟の思いがこの言葉に結晶しているると見るのである。

このように、入水によって「母」であることを断念し、それでもなお「母《かの人》」を忘れずにいたい、という浮

舟の思いは、以下のような竹村和子[注15]による思想へとつながってゆくだろう。

……現代の性体制においては、「母」はまさにカテゴリーであって、個人に加筆される属性ではない。だが、「母」のカテゴリーは、母を忘却して女性蔑視を体内化した「娘」のカテゴリーでもある。「母」「娘」というべつべつのカテゴリーは、母の忘却という起源を隠蔽することによってのみ成立する実体詞でしかない。したがって母―娘の通時的な関係と思われているものは、「母」であり、かつ「娘」であるという二つの焦点をもつ身体のなかに共時的にあらわれているはずである。逆に言えば、「母」「娘」という一見して別個の共時的な実体詞は、そのなかに通時的な時間の重なりを抱え込んでいるものだ。だから母を忘却することによって「母」になりつつも、その忘却した母に向かって呼びかける「娘」は、忘却によって獲得したみずからの身体が、じつは忘却によって支払ったものでもあることを、知らず知らずに語るはずである。獲得した身体とは、女性蔑視を再生産している「母」という身体であり、代価として支払った身体とは、母との一次的な愛の対象関係の折に経験した母の身体である。

（一九九頁）

浮舟の最後の「母《かの人》を忘れない」という呼びかけは、まさにこのようなものとしてある。えらく困難な状況であるにせよ、あるいは一瞬であるにせよ、〈娘〉・〈母〉・〈女〉などなどの社会的な役割を、一切合切脱ぎ捨てたところへ／で、彼女の呼びかけは、「いまここで」（同・二〇六頁）確かに響いているのだろう。

注

1　田房永子『母がしんどい』（二〇一二年三月・中経出版）、斎藤環『母は娘の人生を支配する――なぜ「母殺し」は難しいのか』（NHKブックス、NHK出版、二〇〇八年五月）、斎藤環・田房永子・角田光代・萩尾望都・信田さよ子・水無田気流『母と娘はなぜこじれるのか』（NHK出版、二〇一四年二月）などを参照。その他に、NHK総合テレビ「特報首都圏」で「母娘クライシス　あなたの愛が重い」と題する放送が、二〇一三年十二月六日にあった。

2　信田さよ子『母が重くてたまらない――墓守娘の嘆き』（春秋社、二〇〇八年四月）

3　なぜ今この問題が前景化してきているのか、ということに関しては、「……母と娘のいびつな関係も、実はその（引用者注：明治三〇年以降の急速な近代化に伴う変化の）副産物で、時代の産物的なものの印象がすごく強いんですよ。特に今の団塊世代の母親と、三〇代、四〇代ぐらいの娘さんとの葛藤が一番激しくて、……という印象を持っています。」と斎藤が述べ、これを承けて、「日本では、団塊世代が結婚や出産などの家族関連行動を起こしたのにともない、一番専業主婦比率が高まったのは七〇年代前半ぐらいですよね。ちょうどその世代ぐらいと、その子どもである団塊ジュニアぐらいの関係が、きついことになっているのかなという気がします。さらに、その団塊ジュニア世代はロスジェネ（注：ロストジェネレーション（失われた世代）の略。バブル崩壊後の就職氷河期に新規卒業者となった世代。昭和四〇年代後半から昭和五〇年代半ば頃に生まれた世代を指す。）でもあります。……希望と社会的な現実、経済社会構造の差が一番大きいのは、たぶん団塊世代の母親と団塊ジュニアの娘さんではないでしょうか。」「三〇代半ばより上。まさに三〇代、四〇代が一番厳しいんでしょう。女性の家庭責任が相対的に重くて、同年代の男性はまだ『昭和の男』を引きずっていて。でもロスジェネで、同世代の男性は父親のようには稼いでくれない。なおかつ、母親の家族観も強固にあるわけです。母親も自分の人生はやっぱり肯定してもらいたいですから、その価値を娘が理解して、それを再生産していただきたいというようなお母さんがいてきついのは、もしかしたら三〇代後半から四〇代ぐらいの女性かもしれないですね。」と水無田気流も述べている（注1斎藤ほか『母と娘はなぜこじれるのか』の「V　母娘問題は時代の産物」二一九〜二二〇頁）。

他に、葉真中顕・水無田気流の対談「『絶叫』――人生は、壊れるときには壊れてしまう」（『SYNODOS』二〇一四年十二月二十八日掲載）も参考になる。「高度経済成長期」が終わって、景気が低迷しても、産業構成比が変わっても、家族の現実的な課題が変わっても、なかなか高度成長期の「奇跡的な成功譚」を忘れられず、たとえ次世代の子供たちが犠性になっていても、高度成長期に成立した家族規範が優先され続けている、今の社会の矛盾の問題を、水無田気流が指摘している。

4　拙稿「『夜の寝覚』発端部と継子物語――《母》物語としての位相――」(『中古文学論攷』第十二号、一九九一年十二月)、「浮舟物語と継子物語――母娘物語としての位相から『夜の寝覚』論へ向かうために――」(『中古文学論攷』第十三号・一九九二年三月)、「小野の浮舟物語と継子物語――出家譚への変節をめぐって――」(王朝物語研究会編『研究講座　源氏物語の視界　5――薫から浮舟へ――』一九九七年新典社・一九九七年五月、初出一九九四年)

5　注4の拙稿、一九九二年・一九九四年に同じ。

6　関敬吾「婚姻譚としての住吉物語――物語文学と昔話――」(『国語と国文学』一九六二年十月)や三谷邦明「平安朝における継母子物語の系譜――古『住吉』から『貝合』まで――」(初出『早稲田大学高等学院研究誌』一九七一年一月)、後に「継母子物語の系譜――受容と文学あるいは古『住吉』から『貝合』まで」と改題して『物語文学の方法I』(有精堂出版、一九八九年に所収)。また、蛍巻で、子女の教育の道具として奉仕させるべく、物語を検閲し、書き換えることで、物語を管理し、物語の読み手たる女や娘をも管理しようとする光源氏については、拙稿「蛍巻の物語論――言語の決定不能性あるいはジェンダーをめぐって――」(『中古文学論攷』第十七号、一九九六年十二月)で論じた。

7　水無田は、『母親殺し』については、日本の社会の基盤である母子関係の、あまりにも根本的すぎて、逆に見えなくなっている問題であるという気がしています。大きすぎる問題のことを、『リビングにいるゾウ』という言い方をしますが、まさにそうではないかと思いました。」、「あらためてなんですが、日本社会の基盤にある母性の意義が大きすぎるという問題、そして日本では夫婦が基盤ではなく、親子関係が重視されるというのは、いろいろな社会の比較検討をすると必ず出てくる問題です。」(注1斎藤ほか・一八九頁・一九七頁)、「日本には、母性神話を信仰する家族教社会という側面がありますよね。」(注3葉真中との対談)と述べている。社会学者である水無田は、精神分析的に「女の子の母親嫌悪は、より根源的なものであるから」「近代以降の産物とみなす立場もあるようですが、私にはそのようには思われません。」(注1斎藤・一一七頁)と考えていたこともある斎藤以上に、より「時代の産物」としてこの問題を捉えていると思われるので、以上の発言も言うまでもなく「近代以降」の日本(社会)について述べたものだと考えられるわけだが、たとえそうした時代限定付きの指摘であるにせよ、日本における母子関係や母性の問題の根深さを指摘するものとして、注目しておきたい。この問題の根のいくばくかは、あるいは『源氏物語』の時代にまで遡れる可能性が全くないとは言えないかもしれないゆえ。

近現代と『源氏物語』（の時代）との、このように時代的なギャップがあるにも関わらず、そこで生じる問題系がクロスオーバーしていることについては、既に助川幸逸郎「盗まれた手紙・見出された手紙――精神分析で『源氏物語』は読めるのか?」（『文学理論の冒険〈いま・ここ〉への脱出』東海大学出版会、二〇〇八年三月〔初出二〇〇四年〕）が論じている。

8 鈴木裕子「第四章　〈母と娘〉の物語――その崩壊と再生」（『『源氏物語』を〈母と子〉から読み解く』角川叢書三〇、角川書店、二〇〇五年一月）は、「政治なき宇治十帖」の世界では、浮舟母娘を通じて、「光源氏の政治に関わり、栄華を実現することを至上命令として負っていた正篇の母たち（引用者注：紫の上や明石の君などを指す）のありようとは、決定的に異質な母というものの真相」・「〈母性〉というもののあるエゴイスティックな側面」・「『政治的な母』のアンチ・テーゼとしての〈母〉の姿」が描き出されている、と述べる（二四一頁）。

しかし、私がここで述べようとする「政治」性とは、鈴木の述べる「光源氏の政治」というような意味の「政治」性ではない。むしろ、私的で個人的なことは、須く公的で社会的なことに繋がっていると考えるべきであり、私的で個人的なことこそ「政治」的なことである、と考える立場を私はとる。鈴木は、「最後の浮舟」の降り立った地平について、「たった一人の女性として主体的に人生を生き通すことの、なんと困難なことか」（第四章・二五五頁）、「自分を従属させよう、拘束しようとする力から解き放たれようとする一人の人間の生の険しさを感じさせるものだ」（あとがき・二五九頁）と述べるが、まさにその「困難」や「従属させよう、拘束しようとする力」こそ、むしろ「政治」的に構成されているものと考えるべきなのではないか。正編的な王権に関わる家や母娘の問題ではなくして、たかだか一受領の家庭内《ドメスティック》のもめごとであることこそが、肝心なのである。

9 神田龍身「第五章　社会の欲望媒介装置＝浮舟――交換される欲望」（『源氏物語＝性の迷宮へ』講談社、二〇〇一年、一七一頁）。しかし、「放擲されてしまう」浮舟とは、〈女〉という、「社会的力学のなかで組み立てられる複合体」・「ヴァーチャル・リアリティ」の謂いではないか。竹村和子「第一章　母なき娘はヒロインになるか」（『文学力の挑戦――ファミリー・欲望・テロリズム』研究社、二〇一二年五月）が、「男の孤児がその孤高性を評価され、自助自立や文化的独立のメタファーとして理念化されるのに比べ、女の孤児たちは、往々にして周縁性から脱して、現存のシステムの内部に取り込まれることを期待されている。しかし、だからこそ彼女たちの「成長」物語は、彼女たちを取り囲み、彼女たちを教化しようとする関係性のなかで、システムを構成する通年の文化的偏向性を、批判と強化のアマルガムのなかで映し出すことになる」・「女の孤児たちは、〈女〉を自然化・本質化しようとする時代の風土とは裏腹に、〈女〉とは階級倫理や人種構造や国家プロジェクトなどさまざまな社会的力学のなかで組み立てられる複合体、つまりリアリティではなく、語の本来の意味で、ヴァーチャル・リアリティにほかならないことを、皮肉にも浮き彫りにしている。それは同時に、彼女たちが放逐され、そしてついには住まうことになる「家庭」が、それが実体化されはじめる当初より、その内実が虚構でしかないことを、それゆえに悲劇と隠蔽された暴力を溜め込んでいることを、身をもって示すプロセスである。だが他方で——だからこそ——その虚構の隙間を埋めるようにして規範から漏れこぼれる関係性を、規範的家族の語彙（「母」や「姉妹」や「娘」といった言葉）をレトリカルに使って編み上げるしたたかさも備えたテクストにもなりおおせている」（二六頁）と述べているのが参考になる。

10 注4の拙稿、一九九二年・一九九四年に同じ。

11 注9の竹村和子に同じ。竹村はまた、「敗戦後の進駐軍の巧みな文化操作」の一つとして、「邦訳された児童書のほとんどが孤児を題材にしたものであった」ことによって、「孤児文学がどこよりも、どの時代よりも花開いた十九世紀アメリカ文学」は、「太平洋を隔てた日本」に影響を与えているとし、「日本は、戦後アメリカ文学へのイニシエーションを『孤児文学』によって果たしたと言ってよい」・「日本は、それ自身の戦前の体制からの訣別を、孤児形象に自らを託して果たそうとしたのかもしれない」とし、これらの作品は「アニメや漫画で翻案され、今もなお人気を博している」（9～10頁）と述べる。注7で述べた「昨今の前景化」の問題に関わらせて考えるべきことであろう。

12 注4の拙稿、一九九二年・一九九四年に同じ。

13 入水前の浮舟が懐妊しているとする説は、古注以来の解釈ではある。藤井貞和「『宇治十帖』論——王権・救済・沈黙」（『源氏物語入門』講談社学術文庫、一九九六年一月、初出『源氏物語の始原と現在』一九七二年）、大森純子「源氏物語・孕みの時間——懐妊、出産の言説をめぐって——」（『日本文学』一九九五年六月）、小嶋菜温子「『源氏物語』と〈産む性〉——かぐや姫から明石の君・浮舟へ」（『国文学解釈と鑑賞』至文堂、二〇〇四年一二月）など。とはいえ、藤井の論にもあるように、浮舟の密通・不義の子の誕生という問題が正編と同じように主題的に展開してゆく可能性は、そもそも奪われていると考えられる。

14 己と生きる「世」を異にする「母」とは、既に永井和子（「浮舟」『源氏物語講座』第四巻、有精堂、一九七一年八月）の述べているごとく、「生命の源としての母なる世界への呼びかけであるから、具体的な母であるより、彼岸の母といったものに近い」ということになろうか。但し、「具体的な母」というのが、現実にこの「世」を生き、「陸奥の守の妻」・「（常陸介の）北の方」・「常陸殿」とか「母君」とか「中将の君」とかいう、社会的役割の〈名〉を被ることでしか存在できない者のことと考えるとして、である。

15 『源氏物語』の終末部の浮舟について、このように考えるようになったのは、以下の竹村和子の論に拠るところが大きい。竹村和子「第二章　愛について」・「第三章　あなたを忘れない」（『愛について――アイデンティティと欲望の政治学――』岩波書店、二〇〇二年一〇月、初出「思想」八八六号・一九九八年四月、九〇四と九〇五号・一九九九年一〇月・十一月）。引用は、「第三章　あなたを忘れない」より。

＊『源氏物語』の引用・頁数は、小学館「新編日本古典文学全集」に拠る。

足立繭子（あだち まゆこ）　富山高等専門学校准教授。専攻は平安・鎌倉時代の文学。論文に、「『六条斎院物語歌合』の散逸物語覚書――『あやめうらやむ中納言』物語の「あやめ」歌の基層――」（『名古屋大学国語国文学』二〇〇二年七月）、「転倒した『狭衣物語』――鎌倉物語『苔の衣』と《始源》なるものへの指向」（吉井美弥子編『〈みやび〉異説――『源氏物語』という文化』森話社、一九九七年）など。

身分秩序と経済

――浮舟・蜻蛉――

井野　葉子

はじめに

東屋巻、受領階級である常陸介一家の物語が語られて、上流階級とは異質な、卑俗な世界が赤裸々に暴露された。続く浮舟巻・蜻蛉巻は、いよいよヒロイン浮舟の物語が本格的に始まり、上流階級の匂宮や薫、中流階級の受領の継娘浮舟、さらには匂宮や薫や浮舟に仕える中流・下流階級の従者たちなど、上流、中流、下流の階級の人々が繰り広げる物語がダイナミックに展開していく。上流よりもむしろ中流、むしろ下流の人々の活躍こそが浮舟物語の醍醐味である。厳然として横たわる階級差はあるものの、身分低い人々の動きが身分高い人々の運命に大きな影響を与え、時には身分低い人々が階級差を飛び越えていく。

本稿は、浮舟付きの女房である侍従が、浮舟失踪後に、浮舟の形見の人として匂宮に求められて召人となり、はては明石中宮の女房にまで大出世する物語に焦点を絞る。物語が、浮舟の傷ついた魂の物語を語る一方で、それとは対極的な侍従の出世物語を語ることの意味を問いたい。なお、本稿では、主人と男女関係にある女房を召人と称することとする。

一　侍従の初登場——東屋巻

浮舟の側近の侍女に右近と侍従がいる。

浮舟付きの女房の右近が、東屋巻の中の君付きの女房の右近と同一人物であるならば、右近の初登場は東屋巻、浮舟が二条院で匂宮に危うく手籠めにされそうになる事件を目撃する女房としての登場ということになる。もし同一人物でないならば、右近の初登場は浮舟巻の冒頭、浮舟が中の君に贈った正月の贈物に添えられた手紙の書き主としての登場ということになる。その後、右近は薫の来訪と勘違いして匂宮を浮舟の寝室へ導き、図らずも匂宮と浮舟の密通のお膳立てをしてしまい、その後も、二人の密通隠しのために奔走するという重要な役割を担う。右近の密通隠しの物語は、右近が主人公かと思われるほどの質と量を備えた物語となっている。右近は浮舟の乳母子であり、終始浮舟の側で仕え、浮舟に協力したり、同情したり、浮舟を窮地に追い詰めたりとヒロイン浮舟に多大な影響を及ぼす役どころである。

一方、侍従は、東屋巻、浮舟と初めて契りを結んだ薫が浮舟を宇治へと連れ出す車に同乗する女房として初登場する。

［A］近きほどにやと思へば、宇治へおはするなりけり。牛などひきかふべき心まうけしたまへりけり。河原過ぎ、法性寺のわたりおはしますに、夜は明けはてぬ。①若き人はいとほのかに見たてまつりて、

めできこえて、すずろに恋ひたてまつるに、世の中のつつましさもおぼえず。②君ぞ、いとあさましきにものもおぼえで、うつぶし臥したるを、……尼君はいとはしたなくおぼゆるにつけて、故姫君の御供にこそ、かやうにても見たてまつりつべかりしか、ありふれば思ひかけぬことをも見るかなと悲しうおぼえて、つつむとすれどうちひそみつつ泣くを、③侍従はいと憎く、もののはじめに、かたち異にて乗り添ひたるをだに思ふに、なぞかくいやめなると、憎くをこに思ふ。老いたる者は、すずろに涙もろにあるものぞと、おろそかにうち思ふなりけり。……いとどしぼるばかり尼君の袖も泣き濡らすを、④若き人、あやしう見苦しき世かな、心ゆく道にいとむつかしきこと添ひたる心地す。（東屋九四～九六）

傍線部①のように、侍従はほのかに見た薫の美しさを絶賛していて、結婚を忌む九月であるという世間の常識をも意に介さない。自分の女主人が一流の貴公子薫に連れ出されるという秘密の恋の現場に立ち会い、恋の風情に酔い痴れる「若き人」として侍従は造型されている。一方、傍線部②のように、浮舟自身は呆然としていて何も考えられずにうつ臥しているばかりである。この時、同車している薫と弁の尼は亡き大君の思い出に浸って涙しているのだが、事情を知らない侍従は、傍線部③や傍線部④のように、せっかくの恋の門出に尼が同車していることの不吉さ、さらにその尼が泣いているという状況に対して強い嫌悪感を抱いている。

次に挙げるのは、宇治に到着して、琴の弾けない浮舟に落胆した薫が漢詩の一句を詠じる場面である。

［B］琴は押しやりて、「楚王の台の上の夜の琴の声」と誦じたまへるも、⑤かの弓をのみ引くあたりにならひて、いとめでたく思ふやうなりと、侍従も聞きゐたりけり。さるは、扇の色も心おきつべき閨のいにしへをば知らねば、ひとへにめできこゆるぞ、おくれたるなめるかし。（東屋一〇〇～一〇一）

薫が詠じた漢詩は、帝の寵愛を失った班婕妤がその身を秋になって捨てられる白い扇に喩えて嘆いた故事を踏まえたものであるのだが、傍線部⑤のように、教養のない侍従は、薫が詠じた漢詩の不吉さを理解できずに、ただ表面的に素敵だと思ってしまう。この侍従の教養の無さは、浮舟の教養の無さと同じレベルとおぼしい。

浮舟と侍従とは全く同じ気持ちを抱いているというわけではない。宇治行きの車の中で、呆然としている浮舟と心踊る侍従とでは心の有り様が全く違う。しかし、おそらく浮舟も弁の尼の涙に不穏な雰囲気を感じ取っていたであろうし、浮舟も漢詩の不吉な意味を理解できるような教養を持ち合わせていないだろうから、侍従は、浮舟物語の前半においてほとんど語られることのないヒロイン浮舟の心の有り様の、少なくとも一部分を代弁している。

二　侍従、匂宮に心酔——浮舟巻

その後、浮舟巻、薫の隠し妻となった浮舟のもとへ匂宮が侵入して密通を犯し、右近の密通隠しの画策が右近一人ではどうにもならなくなった時に、右近から密通の事情を打ち明けられて、密通隠しの協力者として再び侍従が登場する。

それは、匂宮と浮舟との二度目の密通の折、匂宮が浮舟を小舟に乗せ、宇治川を渡って対岸の隠れ家に連れ出す時のこと、右近は邸にとどまり、侍従は二人の秘密の恋の逃避行に付き従う。軒の垂氷に反射する太陽の光に照らされて、匂宮の前で浮舟が白い衣を重ねただけの下着姿を晒している場面に侍従が登場する。

［C］なつかしきほどなる白きかぎりを五つばかり、袖口、裾のほどまでなまめかしく、色々にあまた重ねたらんよりもをかしう着なしたり。常に見たまふ人とても、かくまでうちとけたる姿などは見ならひたまはぬを、かかるさへぞなほ⑥めづらかにをかしう思されける。⑦侍従も、いとめやすき若人なりけり。⑧これさへかかるを残りなう見るよと、女君はいみじと思ふ。⑨宮も、「これはまた誰そ。わが名もらすなよ」と口かためたまふを、⑩いとめでたしと思ひきこえたり。

（浮舟一五二～一五三）

傍線部⑧、浮舟はあられもない姿を匂宮の目に晒している光景を侍従にも全て見られていることを恥じる。傍線部⑨、匂宮はここで初めて侍従の存在に目を向けて名前を問い、「犬上《いぬがみ》の鳥籠《とこ》の山なる名取《なとり》川いさと答へよわが名洩らすな」（『古今集』恋三・墨滅歌・一一〇八）を引いて「わが名を洩らすなよ」と口止めをする。傍線部⑩、侍従は匂宮のおしゃれな引歌表現を絶賛している。東屋巻と同様、侍従は心ときめくような色恋の情趣が好きで、都の一流の貴公子に対する憧れも強い。ここでは、東屋巻の宇治へ向かう車中で感じたような違和感はない。匂宮と浮舟の情痴の様を侍従は賛美の眼差しで見つめている。

さて、ここで傍線部⑦「侍従も、いとめやすき若人なりけり」のように、侍従の容姿の美しさが語られるのはなぜなのだろうか。直前では匂宮が浮舟の姿を見て傍線部⑥のように新鮮で美しいと思っているので、匂宮の視線が浮舟を見た後で、そのまま侍従も美しいと認めたという流れになろう。「侍従も」の「も」は、「浮舟も美しく、侍従も美しい」という意味である。もちろん、浮舟は傍線部⑥「めづらかにをかしう」と最高の賛辞が贈られるのに対して、侍従は傍線部⑦の「いとめやすき」というランクの下がった賛辞ではあるが、それにしても侍従の美しさがなぜここでことさらに匂宮視点から語られなければならないのだろうか。侍従よりも登場回数が多く、大活躍している右近については、一度たりともその容姿の美しさが語られることはない。それに比べて侍従は、後述する［E］［G］［H］の場面においても、容姿の美しさが事あるごとに語られていく。しかも、いずれも匂宮視点から捉えられているのである。それは、浮舟失踪後、侍従に匂宮のお手が付き、侍従が匂宮の秘密の召人になることと関連していると私は思う。匂宮の召人となるには、匂宮を惹きつけるようなそれなりの容姿と性的魅力がなければならないからである。色めかしい匂宮がお手を付けるにふさわしい、色めかしく美しい女として侍従は次第に造型されていく。

その後、匂宮と浮舟は、匂宮の従者時方によって洗面や軽食などの世話を受けて愛の時を過ごし、一方、時方と侍従は従者同士、仲良く時を過ごすこととなる。

［D］時方、御手水、御くだものなど取りつぎてまゐるを御覧じて、「いみじくかしづかるめる客人の主、さてな見えそや」と戒めたまふ。⑪侍従、色めかしき若人の心地に、いとをかしと思ひて、⑫この大夫とぞ物語して暮らしける。　（浮舟一五三）

傍線部⑫、侍従は時方と「物語し」て暮らした。この「物語す」という言葉は、単に「語り合う」ことを意味するだけでなく、「男女が契りを交わす」ことを婉曲的に言う表現でもある。ここで時方と侍従が単に語り合っただけなのか、それとも男女の関係を結んだのか、どちらとも解釈できる表現ではあるが、私は男女の契りを結んだのだと思う。傍線部⑪に「侍従、色めかしき若人の心地に、いとをかしと思ひて」とあり、侍従は、恋の情趣にときめく若い女の気持ちで、匂宮と時方の主従で交わされた冗談混じりのやりとりをとても素敵と思っているのである。侍従は、先ほど挙げた［C］の場面で、あられもない下着姿を匂宮の前に晒す女主人の姿態を目の当たりにした上で、匂宮の発言を「いとめでたし」と思っていたのだから、ここで恋の欲望が一気に込み上げてきて時方と男女関係になってもおかしくはない。むしろ、そのほうが自然であろう。『落窪物語』のように、主人は主人同士、従者は従者同士、それぞれ男女の逢瀬を楽しむのは物語によくあるパターンである。

翌日、右近が衣装などを送ってきたので、浮舟も侍従も着替えることとなる。

［E］今日は乱れたる髪すこし梳らせて、濃き衣に紅梅の織物など、あはひをかしく着かへてゐたまへり。⑬侍従も、あやしき褶着たりしを、あざやぎたれば、その裳をとりたまひて、君に着せたまひて、御手水まゐらせたまふ。姫宮にこれを奉りたらば、いみじきものにしたまひてむかし、いとやむごとなき際の人多かれど、かばかりのさましたるは難くやと見たまふ。（浮舟一五五）

浮舟が着替えて美しくなったことが語られるのは当然であるが、傍線部⑬では侍従が着替えて美しくなったことまでもが語られる。「侍従も」とは「浮舟も侍従も」の意味である。匂宮視点であることは言うまでもない。「あざやぐ」は「まわりからはっきりと目立って注意を引く。際立つ」の意味であり、侍従は、新しい衣装によって人目を引くような際立った姿になったわけである。匂宮は、その侍従の裳を取って浮舟に付けて洗面の介添え役をさせ、浮舟を女一の宮付きの女房にしたら女一の宮はかわいがるだろう、女一の宮付きの女房には高貴な家柄の娘が多いけれど、浮舟ほどの美人はなかなかいないと見ている。匂宮は浮舟を薫から奪い取った暁には女一の宮付きの女房にして召人として時々情けをかけようとの心づもりである。

実際は、浮舟は浮舟巻末で入水を決意して失踪するので、浮舟が女一の宮付きの女房になって匂宮の召人となることは実現しなかった。しかし、後の蜻蛉巻、浮舟の代わりに侍従が、女一の宮付きではないが中宮付きの女房となって、匂宮の召人となる道を歩んでいく。ここで匂宮の手によって、浮舟と侍従が同じ裳を付けるということは、浮舟と同格になった侍従が、浮舟の代わりに匂宮の召人となる道を歩んでいくことの予告になろうか。

さらに、物語が進むと、侍従が匂宮の召人となる伏線が、侍従の発言によってはっきりと語られることとなる。次に挙げるのは、匂宮と薫の双方から手紙が届き、浮舟が匂宮からの手紙を見ながら臥したのを見て、侍従と右近が目配せして語り合う場面における侍従の発言である。

［F］「ことわりぞかし。殿の御容貌を、たぐひおはしまさじと見しかど、この御ありさまはいみじかりけり。うち乱れたまへる愛敬よ、まろならば、かばかりの御思ひを見る見る、えかくてあらじ。后の宮にも参りて、常に見たてまつりてむ」と言ふ。（浮舟一五八～一五九）

侍従は、浮舟の心が匂宮へ移ったのは当然であるとし、薫よりも匂宮の乱れた魅力を絶賛している。そして、自分が浮舟の立場だったら、匂宮にこれほど愛されていながらこのままではいられない、中宮の女房として出仕して、常に匂宮の姿を見たいと言うのである。この侍従の願望は、実際に蜻蛉巻において実現することになる。

浮舟巻末近くになると、侍従の容姿の美しさがそれまでにもまして語られるようになり、匂宮と侍従の心と心とが共感する場面までもが用意される。匂宮と浮舟の密通が薫の知るところとなり、厳重な警戒態勢が敷かれる中、無理をして浮舟に逢いに来たものの浮舟の邸に近づけない匂宮のもとへ、侍従が邸を出て歩いて会いにいく場面である。

［G］髪、脇より掻い越して、⑭様体いとをかしき人なり。馬に乗せむとすれど、さらに聞かねば、衣の裾をとりて、立ち添ひて行く。わが沓をはかせて、みづからは、供なる人のあやしきものをはきたり。参りて、かくなんと聞こゆれば、語らひたまふべきやうだになければ、山がつの垣根のおどろ葎の

蔭に、障泥といふものを敷きて下ろしたてまつる。わが御心地にも、あやしきありさまかな、かかる道に損はれて、はかばかしくはえあるまじき身なめり、と思しつづくるに、泣きたまふこと限りなし。⑮心弱き人は、まして、いといみじく悲しと見たてまつる。いみじき仇を鬼につくりたりとも、おろかに見棄つまじき人の御ありさまなり。ためらひたまひて、「ただ一言もえ聞こえさすまじきか。いかなれば、今さらにかかるぞ。なほ人々の言ひなしたるやうあるべし」とのたまふ。ありさまくはしく聞こえて、「やがて、さ思しめさむ日を、かねては散るまじきさまにたばからせたまへ。かくかたじけなきことどもを見たてまつりはべれば、⑯身を棄てても思うたまへたばかりはべらむ」と聞こゆ。我も人目をいみじく思せば、一方に恨みたまはむやうもなし。……

「いづくにか⑰身をば棄てむとしら雲のかからぬ山も⑱なくなくぞ行く

さらばはや」とて、この人を帰したまふ。御気色なまめかしくあはれに、夜深き露にしめりたる御香のかうばしさなど、たとへむ方なし。⑲泣く泣くぞ帰り来たる。
（浮舟一九〇〜一九二）

下級とは言え貴族女性の侍従が邸から離れたところへ歩いて出向くという、尋常ならざる緊迫した場面である。侍従は、髪を脇から前へ抱え持ち、時方の沓を履き、着物の裾を時方に持ってもらって、歩いていく。ここで侍従は傍線部⑭「様体いとをかしき人なり」と語られている。これはまずは時方視点に捉えられた侍従の美しさであるが、直後で匂宮も侍従の姿を見ることになるので、匂宮視点と言ってもよいだろう。これより以前の場面では、［C］の場面の傍線部⑦「いとめやすき若人」、［E］の場面の傍線部⑬「あざやぎたれば」という程度にしか語られてこなかった侍従の容姿の美しさが、ここでは「様体いとをかしき」と浮舟並みの美の形容がなされている。侍従が匂宮に愛される女となるにふさわしい美貌の持ち主としてクローズアップされていくのである。賤しい垣根のおどろおどろしい葎の蔭に障泥を敷いて座る匂宮は泣く。それを傍線部⑮のように「心弱き人」である侍従は「いといみじく悲し」と見る。美しい匂宮が泣いているとなれば捨て置けない。侍従は匂宮の浮舟奪取計画に対して、傍線部⑯「身を棄てても」協力すると誓う。この「身を棄てても」という侍従の言葉を使って、傍線部⑰、匂宮は「身をば棄ててむ」と歌う。匂宮の歌は、「しら」に「知ら（ず）」と「白」を掛け、傍線部⑱の「なくなく」に「無く無く」と「泣く泣く」を掛け、「僕はどこに身を棄てたらよいかわからなくて、白雲のかからない山が無い山路を泣く泣く行くのだ」という意味である。侍従の「身を棄てても」は「匂宮のために身を捧げる」という意味で、匂宮の「身をば棄ててむ」は「自暴自棄になって死にたい」という意味なので、両者の意味は全く異なるのだが、二人は同じ言葉を共有している。しかも、侍従の言葉を匂宮が歌に使ったことに意味があろう。これまで侍従の側ばかりが匂宮に心酔するという図式であったが、ここでは匂宮が侍従の言葉に耳を傾け、侍従の言葉を尊重し、ただの日常会話ではなく特別な和歌の言葉として使っているのである。匂宮にとって侍従の存在が次第に特別になっていくことの証しであろう。匂宮と侍従は、非常事態の中で、言葉の上で共振し合い、心と心が共鳴し合う濃密な時間を共有している。侍従の胸をきゅんとさせるような匂宮の優美な様子、夜深い露に湿って一層香り立つ匂宮の芳香。このあたり、語り手と侍従とが一体化していて、侍従の語りと言ってもよいだろう。語り手侍従は、匂宮の歌の傍線部⑱「泣く泣くぞ行く」を踏まえるかのように、傍線部⑲「泣く泣くぞ帰り来たる」と語ってしまったという風情である。

この場面で匂宮と侍従が急接近したことは、後に二人が男女の関係になるための基盤となる。浮舟の代わりに邸の外の匂宮に会いにいった侍従は、後に、浮舟の代わりとして匂宮に召されて愛人となるのである。

三　浮舟の形見の人、侍従――蜻蛉巻

浮舟失踪後の蜻蛉巻、入水したかと思い当たる浮舟邸では遺骸なき葬儀をそそくさと執り行った。事情を知りたい匂宮は右近を呼びに使いを遣わすが、右近は三十日の忌みが終わって落ち着いてからと言って断り、代わりに侍従が匂宮のもとへ行くことになる。

［H］……⑳侍従ぞ、ありし御さまもいと恋しう思ひきこゆるに、いかならむ世にかは見たてまつらむ、かかるをりにと思ひなして、参りける。㉑黒き衣ども着て、ひきつくろひたる容貌もいときよげなり。裳は、ただ今我より上なる人なきにうちたゆみて、色も変へざりければ、薄色なるを持たせて参る。㉒おはせましかば、この道にぞ忍びて出でたまはまし、人知れず心寄せきこえしものを、など思ふにもあはれなり。道すがら㉓泣く泣くなむ来ける。（蜻蛉二一七）

傍線部⑳、とうとう侍従が匂宮を「いと恋しう」と思っていることがはっきりと語られ、この機会を逃しては匂宮に会えないという思いが侍従を突き動かす。三十日の忌みのうちに宇治から京へ出向くというのだから常識破りな行動である。傍線部㉑、喪服姿に身を包んだ侍従の美しい容姿がこの場面では「いときよげなり」と評価される。傍線部㉒、「浮舟が生きていたならば密かにこの道にお出でになっただろうに」と侍従が思うように、浮舟が生きていたならばあり得たかもしれない道中を、まさに侍従は浮舟の代わりとして進んでいく。傍線部㉓の「泣く泣くなむ来ける」という表現は、［G］の場面の傍線部⑲の表現「泣く泣くぞ帰り来たる」という表現と呼応していて、もとは［G］の場面の匂宮の歌の傍線部⑱「泣く泣くぞ行く」

という表現に起因していよう。匂宮のためなら「身を棄てても」（傍線部⑯）と思っていた侍従が山路を越えて「泣く泣く」匂宮の許へ来るのである。

二条院に着いた侍従と匂宮との対面の場面は次のように語られる。

［I］宮は、この人参れりと聞こしめすもあはれなり。女君には、あまりうたてあれば、聞こえたまはず。寝殿におはしまして、渡殿におろさせたまへり。（蜻蛉二二七）

西の対に住む妻の中の君には内密にするため、匂宮は寝殿に行く。侍従を東の渡殿に降ろさせて、寝殿で二人は語り合ったのであろう。匂宮が問い、侍従が入水前夜の浮舟の様子などを語った後、次のような語りの地の文がある。

［J］……㉔夜一夜語らひたまふに、聞こえ明かす。（蜻蛉二二八）

傍線部㉔「夜一夜語らひたまふ」とある匂宮は、侍従にお手を付けたのであろうか、それとも、睦まじく語り合っただけであろうか。仕えていた主人の三十日の忌みのうちであるから、さすがの侍従も男女関係は慎んだであろうか。いや、そのようなことを意に介する匂宮ではないし、匂宮に求められれば喜んで応じる侍従であろう。たとえこの夜に何事もなかったとしても、侍従に匂宮のお手が付くのも時間の問題である。

一晩語り合って別れる暁の場面は、次のように語られる。

［K］何ばかりのものとも御覧ぜざりし人も、㉕睦ましくあはれに思さるれば、「わがもとにあれかし。あなたももて離るべくやは」とのたまへば、「さてさぶらはんにつけても、もののみ悲しからんを思ひたまへれば、いま、この御はてなど過ぐして」と聞こゆ。「またも参れ」など、㉖この人をさへ飽かず思す。（蜻蛉二二八〜二二九）

浮舟の身近に仕え、浮舟のことを語ってくれ、浮舟との思い出を共有できる形見の人として、匂宮は侍従のことを傍線部㉕「睦ましくあはれに」思うようになっている。匂宮は侍従に、二条院の自分のもとで女房として仕えろと要請する。傍線部㉖「この人をさへ飽かず思す」のように、匂宮は、浮舟に加えて侍従に対しても「飽かず」（いつまでも飽きない）と思っている。「飽かず」という表現は、匂宮が初めて浮舟と契りを交わした翌日の「紛るることなくのどけき春の日に、見れども見れども飽かず」（浮舟一三二）という表現を想起させる。匂宮はかつて男女の関係になった翌日に浮舟を「飽かず」と思い、今、侍従を「飽かず」と思っている。やはり匂宮は侍従にお手を付けたのだと私は思う。匂宮は、今後も、中の君の目を盗んで、時々侍従を召して情けをかけながら浮舟を忍ぶよすがにするのであろう。

その後、浮舟の四十九日の法要が済んだ蜻蛉巻後半、物語は一転して女一の宮や明石中宮の華やかなサロンを舞台として、薫と小宰相の君との交渉や、薫の女一の宮垣間見、中宮サロンにおける浮舟入水の噂話などの場面が語られた後、いよいよ匂宮が侍従を迎えることとなる。

［L］……宮は、まして、慰めかねたまひつつ、かの形見に、飽かぬ悲しさをものたまひ出づべき人さへなきを、対の御方ばかりこそは、「あはれ」などのたまへど、深くも見馴れたまはざりけるうちつけの睦びなれば、いと深くしもいかでかはあらむ、また、思すままに、恋しや、いみじやなどのたまはんにはかたはらいたければ、かしこにありし侍従をぞ、㉗例の、迎へさせたまひける。（蜻蛉二六一）

匂宮は、浮舟を失った悲しみを癒すことができない。妻の中の君は浮舟の異母姉であって浮舟の死を悲しむ気持ちはあるが、浮舟との交流は深くはない。また、匂宮は、密通相手の浮舟恋しさを、妻である中の君に訴えるわけにもいかない。そこで、亡き浮舟への恋しさを遠慮なく訴えられる相手として、匂宮は侍従を渇望している。傍線部㉗「例の、迎へさせたまひける」に「例の」とあるように、匂宮が侍従を二条院へ迎え取って語らうことは習慣化している。

［M］皆人どもは行き散りて、乳母とこの人二人なん、とりわきて思したりしも忘れがたくて、侍従はよそ人なれど、なほ語らひてあり経るに、世づかぬ川の音も、うれしき瀬もやあると頼みしほどこそ慰めけれ、心憂くいみじくもの恐ろしくのみおぼえて、京になん、㉘あやしき所に、このごろ来てゐたりける。㉙尋ね出でたまひて、㉚「かくてさぶらへ」とのたまへど、御心はさるものにて、人々の言はむことも、さる筋のことまじりぬるあたりは聞きにくきこともあらむと思へば、うけひききこえず、㉛后の宮に参らむとなんおもむけたれば、㉜「いとよかなり。さて人知れず思しつかはん」とのたまはせけり。心細くよるべなきも慰むやとて、㉝知るたより求めて参りぬ。（蜻蛉二六一～二六二）

宇治の邸では召使たちがちりぢりに離散していて乳母と右近と侍従だけが残っていたが、この頃、侍従は、宇治川の音を辛く恐ろしいと感じて、京の「あやしき所」（傍線部㉘）に移り住んでいた。それを匂宮は傍線部㉙「尋ね出で」ている。「尋ぬ」は、「さがし求める」という意味で、「尋ぬ」とその複合動詞「尋ね――」は、匂宮が、薫の隠し妻だった浮舟の所在を捜し出して突き止めるという文脈の中でしばしば使われていた語であった。

a さぶらふ人の中にも、はかなうものをものたまひ触れんと思したちぬるかぎりは、あるまじき里まで尋ねさせたまふ御さまよからぬ御本性なるに、（浮舟一〇五～一〇六）

b「……つらかりし御ありさまを、なかなか何に尋ね出でけむ」（浮舟一三三）

c 宿世のおろかならで尋ね寄りたるぞかし（浮舟一三八）

ａは、浮舟巻冒頭、匂宮が薫の隠し妻浮舟を捜し出すであろうことを懸念した中の君の心内語である。中の君は「匂宮は我がものにしようと思い立った侍女については、実家まで捜しに行く性格である」と思っていて、「尋ぬ」は、匂宮が侍女の実家まで「捜し求める」という意味で使われている。これは侍女一般への匂宮の振る舞いのことを述べているが、中の君は匂宮が浮舟を捜し出すことを懸念しているのだから、匂宮が浮舟を「尋ね」ることを想定しての表現である。ｂは、匂宮と浮舟の初めての密通の翌日、匂宮が浮舟に対して発言した言葉である。「かつて二条院で言い寄った時には冷たかったあなたのご様子なのに、かえってどうしてあなたを捜し出してしまったのだろう」と匂宮は言う。「尋ね出づ」は匂宮が浮舟を「捜し出す」という意味で使われている。ｃは、浮舟との初めての密通の後に二条院に帰った匂宮の心内語である。「浮舟との前世からの縁に並々ならぬものがあって自分は浮舟の居所を捜し当てて近づいたのだよ」と匂宮は思う。「尋ね寄る」は、匂宮が浮舟の居所を「捜し出して近づく」の意味で使われている。中の君に届いた浮舟の手紙から浮舟の居場所に気付き、薫の家司の婿である大内記から情報を得て、秘密の計画を立てて宇治へ赴くなど、一つ一つ綱を手繰り寄せるように浮舟を捜し出す行為が「尋ぬ」「尋ね出づ」「尋ね寄る」の語で表現されていたのである。注1

その「尋ね出づ」の語が、匂宮が侍従を捜し出す時にも使われている。いちいち細かい経緯は語られていないが、匂宮は、宇治へ派遣した使いから侍従の不在を知り、従者に侍従の居所を捜索させたのであろう。従者は、右近などから情報を得て、あるいは人づてに侍従の京の住まいを捜し当てたのであろう。ａの中の君の心内語の通り、まさに匂宮は、我がものにしようと思い立った女であればどんな粗末な家までも捜索の手を伸ばす。今、侍従は、かつて浮舟が匂宮に捜し当てられたように、匂宮に居所を捜し当てられたのである。浮舟と侍従が重なり合う瞬間である。侍従はまさに浮舟の代わりとして、匂宮に捜し出されて召し出されるのである。

侍従を二条院に迎え取った匂宮は、傍線部㉚のように、このまま二条院の自分のもとに仕えろと要請する。それに対する侍従は、嬉々としてその話に飛びついたりはしない。二条院に仕える事になった場合の、人々の非難、中の君側との折り合いの悪さなどを考慮して、匂宮のありがたい破格の配慮を辞退するのである。結果として、図ってか図らずもか、侍従の辞退は、匂宮の侍従欲しさの欲望をますます煽り立てることとなったであろう。そして、侍従の最終的な目的は、后の宮のもとへの出仕の願い出である。明石中宮のサロンは、当代において最も権力、発言力、情報収集力のある最高のサロンであり、そこに仕える女房とて身分の高く優れた女性ばかり。そのサロンの女房の一人になりたいとは大きく出たものだ。匂宮にしてみれば、侍従が自邸の二条院にいてくれれば逢いたい時にすぐ逢えるので好都合であるが、そうでない限り、何も侍従が中宮の女房である必要はない。時々逢って寝物語に浮舟の思い出話をしたいのならば、今回のように侍従を呼び出せばよいからである。しかし、侍従は、傍線部㉛、后の宮へ参りたいと「おもむけ」た。下二段活用動詞「おもむく」は「ある方向へ心を向かわせる。仕向ける。従わせる」ことである。侍従は、二条院で仕えよという匂宮の考えを変えさせ、侍従にとって都合の良い方向——明石中宮に仕えること——へと仕向けたのである。おそらく侍従は様々な理由を並べ立てて匂宮を説得したのであろう。侍従が匂宮を領導し、侍従の意向に従わせたのである。

中宮の女房になるということは、侍従にとって、しっかりとした最高の就職口を確保するという意味合いを持つ。匂宮に時々呼ばれてお情けを受けることはそれはそれで結構なことではあるが、飽きられて捨てられる可能性もある。そのようなあてにならない男の慰み者となることよりも、男の寵愛の有無に関わらず、収入、生活の安泰を約束してくれる就職口を見つけることのほうが重要である。主人浮舟を失って就職口を失った侍従にしてみれば、就職口の確保は死活問題である。侍従は、生前の浮舟の身近に仕えて浮舟の情報を誰よりも握っており、浮舟との思い出を匂宮と共有でき、それなりの美貌を持っている。侍従は、対岸の隠れ家での匂宮と浮舟の密会にも付き添い、薫の警戒によって邸に近づけなかった匂宮のもとへ歩いて出向いて語り合い、共に泣いた体験もある。侍従は、他の女では替え難い価値を自分が備えていること、そして、匂宮が自分を欲していて、自分のほうが優位に立って交渉できることをよくわかった上で、大きな賭けに出たのである。

そして、傍線部㉜のように、「いとよかなり。さて人知れず思しつかはん」という匂宮の言葉を導き出した侍従の交渉術の巧みさ、したたかさと言ったら。「人知れず思しつかはん」とは、秘密の召人にしようということである。当代一流の匂宮のお情けを賜ることは、侍従にとっては光栄そのものであろう。傍線部㉝「知るたより求めて」とあるが、受領階級の継娘の侍女であった侍従に中宮サロンとの縁故があったとは考えにくく、おそらく匂宮が陰でうまく縁故を作ってやったのだろう。侍従はこうして晴れて中宮の侍女となる。匂宮の召人となって匂宮の肩入れのもと、受領階級の侍女から超上流階級の侍女へと、侍従は階級を越えて成り上がったのである。社会的な階級の向上ばかりでなく、経済的にも文化的にも生活のレベルが向上したことは言うまでもない。

四　侍従の出世物語

侍従が明石中宮のもとに出仕してからのことは次のように語られる。

［N］きたなげなくてよろしき下﨟なりとゆるして、人も譏らず。大将殿も常に参りたまふを、見るたびごとに、もののみあはれなり。いとやむごとなきものの姫君のみ多く参り集ひたる宮と人も言ふを、ややう目とどめて見れど、なほ見たてまつりし人に似たるはなかりけりと思ひありく。（蜻蛉二六二）

侍従は見た目も悪くなくまずまずの程度の「下﨟」と認められて、中宮サロンに滑り込んだ。そして、中宮サロンに常に参上する薫の姿を遠目から幾度となく見ることとなり、感慨も深い。また、中宮サロンには高貴な出自の姫君が大勢仕えていると言われているが、浮舟ほどの美人はいなかったと侍従はずっと思い続ける。

このように中宮サロンにおいて見聞できる立場を得た侍従は、中流階級の浮舟のことだけでなく、上流階級の人々の動向を見て語ることができ、両者の物語を統合して語ることのできる語り手として定位される。注2 そして、侍従の贔屓目があるにしても、身分、教養、容姿ともにすぐれた女性が集まった中宮のサロンにおいても浮舟ほどの美しい女性はいないと侍従が思うことによって、浮舟の類まれな美質が物語の中で再確認される。

また、浮舟のあり得たかもしれない運命を侍従が肩代わりして示したことにもなる。かつて匂宮が侍従の裳を浮舟に付けて戯れた［E］の場面において、匂宮は浮舟を女一の宮の女房にすることを妄想していた。

もし、浮舟が生きていて匂宮の愛人になっていたならば、浮舟は女一の宮付きの女房となって遠目で薫の姿を見ることになったと思われる。女一の宮のサロンと明石中宮のサロンとは別物ではあるが、当代一流のサロンという意味では共通している。とすると、侍従の境遇は、あり得たかもしれない浮舟の未来の境遇のうちの一つであり、浮舟の運命を侍従が肩代わりして実践してみせたということになる。

この場面の直後、亡き式部卿宮の娘が宮の君として中宮に出仕することが語られる。式部卿宮が生きていた頃には春宮への入内話や薫との縁談話まであった高貴な姫君であるが、宮の君は父を失って女房に身を落としたのである。女房の中でも特別丁重な扱いを受けるにしても、中宮に仕える女房という意味では侍従と同じである。侍従は、宮の君と同じ職場になったのである。受領の継娘である浮舟よりも一段身分の低い女房であった侍従が、仕える人とて高貴な人々ばかりという明石中宮の女房になれたということは、華麗なる転身であり、大出世なのである。[注3] 物語は、高貴な姫君が女房に身を落とす哀れさを繰り返し語るが、侍従はもともと女房であったのだから、そのような哀感とは全く無縁である。女房として、最高級の職場を得て、女房の王道をまっしぐらに突き進んでいく。

最後に侍従が登場するのは、宮の君の出仕が語られた直後、六条院における中宮のサロンにおいて、参上した匂宮と薫を侍従が覗き見る場面である。

［O］ 例の、二ところ参りたまひて、御前におはするほどに、かの侍従は、ものよりのぞきたてまつるに、㉞いづ方にもいづ方にもよりて、めでたき御宿世見えたるさまにて、世にぞおはせましかし、あさましくはかなく心憂かりける御心かな、など、人には、そのわたりのことかけて知り顔にも言はぬことなれば、㉟心ひとつに飽かず胸いたく思ふ。宮は、内裏の御物語などこまやかに聞こえさせたまへば、

いま一ところは立ち出でたまふ。㊱見つけられたてまつらじ、しばし、御はてをも過ぐさず心浅しと見えたてまつらじ、と思へば隠れぬ。
（蜻蛉二六五～二六六）

傍線部㊱、侍従は、浮舟の一周忌も待たずに出仕した自分が軽薄だと思われたくないと思い、薫から見られないように隠れたとある。

侍従の中宮への出仕が浮舟の喪の期間であったことが強調されている。主人の喪中に他家に出仕、しかも華やかな中宮サロンへ出入りするというのは軽々しいことではあるが、この転職を速攻で決めなければならなかった事情が侍従の側にあった。浮舟恋しさのあまりに匂宮が侍従を呼び出した機会に乗じて、一気に中宮への出仕話を決めなければならなかった。匂宮の浮舟恋しさの気持ちが熱いうちが勝負時。これが浮舟の一周忌が終わってからなどと悠長なことを言っていたら、この出仕話は立ち消えになっていたであろう。匂宮の気持ちが冷めてしまったら、侍従が呼び出されることもないし、出仕の話も消滅するからである。あるいは、蜻蛉巻のこの段階で中宮サロンにおける侍従の見聞の場面が語られなければならないという物語構成上の要請もあるかもしれない。浮舟失踪後の人々の混乱を描く蜻蛉巻と、入水後に横川の僧都に助けられて蘇生する浮舟を描く手習巻前半とは、ほぼ同時期の物語であり、手習巻の後半に浮舟の一周忌の法要が語られるより前に、蜻蛉巻において都の人々の動静を一通り語り終えておかねばならないからである。

かくして侍従は薫から身を隠して物語から退場するが、この場面の直後、薫が女房たちと戯れる場面で、女房にちょっかいを出す匂宮の姿が点描されるのを最後に、匂宮も物語から退場する。匂宮と侍従はほぼ同時に退場すると言ってよい。その後、薫の様々な思いが語られて蜻蛉巻は終わり、手習巻以降は浮舟と薫の物語に引き絞られていく。匂宮と侍従の物語はこれ以上語られることはないが、今後も匂宮は侍従に目をかけ、二人で浮舟追慕の寝物語をしていくのであろう。

ところで、傍線部㉞、「浮舟が匂宮と薫のいずれを選んでも素晴らしい運命が開けていたのに」と胸を痛める侍従であるが、侍従の最後の登場シーンで、なぜこのような思いを抱く侍従が語られるのであろうか。侍従は、高貴な二人の男性のいずれをも選ばずに入水を選んだ浮舟を「あさましくはかなく心憂かりける御心かな」と批判している。侍従の価値観によれば、どちらかの男を選んで幸運を手に入れることこそが「めでたき御宿世」が見えて素晴らしいことなのである。

浮舟は二人の貴公子の板挟みになって惑乱して入水した。匂宮は薫への対抗心から薫の女である浮舟を愛欲の対象にしたに過ぎず、薫は浮舟の体を通して亡き大君を恋い慕っていたに過ぎず、二人の貴公子は浮舟の心の有り様には全く無頓着に、自分に都合の良いように浮舟を扱っていた。当時の階級意識においては当たり前のことであるかもしれないが、身分が低い浮舟は、身分の高い男たちから人間として扱ってもらえなかった。侍従はそれを側で見ていたはずなのに、浮舟の苦悩には全く気付かずに、高貴な男に愛されることこそが幸せだという世俗の価値観を依然として持ち続けている。浮舟が、世俗の価値観に背を向けて入水を選び取った経緯を余すところなく描き尽くした物語が、依然として世俗の価値観を提示するのはなぜであろうか。

五　「めでたき宿世」の賛美

物語は、身分の低さゆえに高貴な男たちにさんざん弄ばれた浮舟の悲しい心を描き尽くし、高貴な男の欲望の対象となることが必ずしも幸せとは限らないことを主張してきた。匂宮も薫も、浮舟の心を見ようともせず、自分勝手に浮舟の体を欲望の対象にしたに過ぎないことは、物語を一読すれば歴然としている。

しかし、一方で、身分低い女が高貴な男の愛人となることの素晴らしさを賞賛する価値観の存在をも、物語は執拗に語ってきた。蜻蛉巻前半、浮舟の急死を知った人々が、高貴な男性に愛された浮舟の幸運を賞賛する言葉を口々に発する。

「……今さらに人の知りきこえさせむも、亡き御ためには、なかなかめでたき御宿世見ゆべきことなれど、……」（蜻蛉二〇八）

右は、時方に対する侍従の発言。浮舟が匂宮に愛されたことは亡き浮舟にとってはかえって素晴らしい宿世（前世からの因縁）が見えるだろうと侍従は言っている。

生きたまひての御宿世はいと気高くおはせし人の、げに亡き影にいみじきことをや疑はれたまはん、（蜻蛉二一三）

右は、右近と侍従の心内語。二人は、高貴な男性二人と関係した浮舟の宿世は気高かったと評価している。

いとはかなかりけれど、さすがに高き人の宿世なりけり、（蜻蛉二三一）

右は薫の心内語で、帝や后に大切にされて、優れた妻たちを持っている匂宮に愛された浮舟のことを、宿世が高い人だったと考えている。

生きたらましかば、わが身を並ぶべくもあらぬ人の御宿世なりけりと思ふ。（蜻蛉二四四）

右は、常陸介の心内語である。薫が内密に執り行った浮舟の葬儀の立派さに驚嘆し、浮舟が生きていたならば、自分などとは並ぶべくもない高い宿世の持ち主だったのだと思っている。

浮舟の周囲の人々が、高貴な男性に愛された浮舟の高い宿世を幾度となく賞賛している。受領階級の継娘が一流の貴公子に愛されることは、やはり常識的には気高い宿世なのである。

物語は、身分の低さゆえ見下されている浮舟の哀れさを語っておきながら、高貴な男の愛人となれた宿世の高さを賞賛する世俗の論理を繰り返し語る。物語には相反する二つの論理が常にせめぎ合っている。高貴な男性に踏みにじられた浮舟の魂の悲惨さを訴えようとする論理と、高貴な男性に愛されることは幸せだとする論理と。この二つの矛盾する論理は、浮舟の母中将の君の抱え持つ二つの価値観と同種のものであった。中将の君は東屋巻当初、いくら高貴な男性のお情けをいただいたとしても召人として冷遇されるのでは辛いだけだという、中将の君自身の体験に裏付けられた価値観を持っていた。ところが、匂宮や薫などの一流の貴公子の麗姿を一目見た途端、やはり、年に一度の逢瀬でもよいから一流の男に愛されることこそが幸せだという価値観に一変してしまう。この二つの価値観の矛盾は容易には解決されないだろう。

浮舟の魂は世俗に背を向けて、世俗を相対化し、世俗の栄華の虚しさを訴えるのに、一方、世俗の栄華を良しとする価値観は頑として変わることなく、物語にみなぎっている。浮舟の苦悩を理解できずに、高貴な男性の愛人になることを賛美する俗物的な価値観は、作中人物たちが持ち合わせているだけではなかった。『源氏物語』の熱心な読者であった菅原孝標女でさえ、「いみじくやむごとなく、かたち有様、物語にある光源氏などのやうにおはせむ人を、年に一たびにても通はしたてまつりて、浮舟の女君のやうに、山里に隠し据ゑられて、花、紅葉、月、雪をながめて、いと心ぼそげにて、めでたからむ御文などを、時々待ち見などこそせめ」(『更級日記』三一四頁)と思い、麗しい貴公子の年に一度の愛人になりたいと夢想している。物語は、世俗の栄華に背を向ける孤高の浮舟の魂を描いて、世俗の論理を信じて疑わない人々の低俗さを暴いてきたが、それでもやはり、世俗の栄華を良しとする作中人物や読者の価値観を拭い去ることはできない。

侍従はあくまでも世俗的な価値観しか持ち合わせていないので、相変わらず、高貴な男性に愛された浮舟の幸運を思わずにはいられない。侍従の最後の登場における心内語は、そのだめ押しと言えるだろう。高貴な人と関わりを持つことこそが幸せ、一流の職場で安定した職を得ることこそが幸せ、経済的に豊かになり、生活レベルが向上することこそが幸せ、このような世俗的な価値観を持つ侍従であるから、侍従が匂宮の召人となり、中宮サロンの女房になることができた物語は、まさに幸せのステップを上がっていく立身出世の物語であり、当時の女房階級の読者たちの願望を叶える夢の物語なのである。もちろん、侍従の心は出世できた喜びに満ち溢れているわけではなく、亡き浮舟への追慕の念にかられている。しかし、中宮の女房として、この物語における輝かしい舞台である六条院にまで乗り込んだことは紛れもない事実である。主人を変えて輝かしい舞台へとステップアップしながらも昔の主人を忘れないという侍従の姿勢こそが、これまた女房の王道を行く理想であろう。

清水好子は、宇治十帖の底流に、社会的な地位の向上や豊かな経済力を良しとする健康的な志向の存在を鋭く読み取った。[注4] 侍従の出世物語は、まさに、社会的な地位の向上、より豊かな経済力を手に入れた女房の物語である。宇治十帖は、魂のあり方をめぐる物語のようでいて、実は、世俗の栄華を良しとする俗物的な物語でもある。

この後、手習巻で浮舟は世俗に背を向けて出家を遂げるが、俗物薫の追求の手を逃れられるかどうか、甚だ心もとない道を歩んでいく。浮舟を庇護してくれかと思われた横川の僧都でさえ、権力者薫の前ではひれ伏し、媚びているではないか。世俗に背を向けようとしても、波のように押し寄せる世俗の論理に飲み込まれてしまいそうな浮舟。魂の物語と、世俗の物語と、どちらが勝利をおさめていくのか、結末を読者に委ねたまま、夢浮橋巻は終わる。

注

1 井野葉子「〈隠す／隠れる〉浮舟物語」（初出二〇〇一年。『源氏物語　宇治の言の葉』森話社、二〇一一年）の四節を参照されたい。

2 三谷邦明「源氏物語と語り手たち――物語文学と被差別あるいは源氏物語における〈語り〉の文学史的位相――」（初出一九九一年。『物語文学の言説』有精堂、一九九二年）は、［O］の場面の傍線部㉟を挙げて、侍従が心一つに収めきれなくなって自己の体験を語ったのが浮舟巻だと言う。野村倫子「「蜻蛉」巻の浮舟追慕」（初出一九九五年。『『源氏物語』宇治十帖の継承と展開――女君流離の物語――』和泉書院、二〇一一年）は、京と宇治との両方にわたって浮舟と都の女人たちとを比較対照できたのは薫、匂宮、侍従の三人だけであり、侍従が中宮に出仕することによって、都と宇治と二元的に語られてきた物語が都に吸収され一元化されると論じる。

3 『源氏物語』正篇において大出世した女房と言えば、中流階級の夕顔の乳母子であった右近が、夕顔の死後、光源氏の女房となった例がある。

4 清水好子「源氏物語の俗物性について」（初出一九五六年。山本登朗・清水婦久子・田中登編『清水好子論文集　第一巻　源氏物語の作風』武蔵野書院、二〇一四年）

※『源氏物語』『更級日記』の本文は新編日本古典文学全集に拠り、（　）内に巻名、頁数などを示す。和歌については、『新編国歌大観』（角川書店）に拠り、新編国歌大観番号を付す。ただし、いずれも、私に表記を改めた所がある。

井野 葉子（いのようこ）　北海学園大学人文学部准教授。源氏物語を中心とする中古文学を研究。
著書に『源氏物語　宇治の言の葉』（森話社、二〇一一年）、論文に「〈頼み／頼めて〉宇治十帖」（原岡文子・河添房江編『源氏物語　煌めくことばの世界』翰林書房、二〇一四年）、「「あは雪」の風景」（物語研究会編『「記憶」の創生〈物語〉1971-2011』翰林書房、二〇一二年）など。

名づけえぬ〈もの〉からの眼差し
――手習・夢浮橋――

高橋　亨

はじめに

『源氏物語』は浮舟の物語として終わる。浮舟の物語の後半は、薫と匂宮との愛執の三角関係を解消できずに、入水を幻想しながら自殺未遂した浮舟をめぐる物語として展開する。浮舟は、横川僧都とその母尼や妹尼に生命を救われたが、出家によってその心が救済されて終焉するという結末ではない。浮舟の心は、横川僧都による仏教の教え、あるいは薫の愛執への代受苦、母中将君への思慕などが示されるにもかかわらず、救済されて終わることなく、〈夢浮橋〉のように終わっている。[注1]

「関係性の政治学」という視座は、浮舟とそれをとりまく他の作中人物たち、そして女房や語り手の〈心的遠近法〉を読み解くことへと通底している。光源氏という中心を失った宇治十帖の物語は、薫と匂宮という一対の男主人公をめぐる恋愛関係の物語として展開してきたが、その語りの方法においても周縁的なものが露呈し多元性を示していく。

宇治八宮の大君と中君との関係性を示す宇治十帖の前半を承けて、浮舟の物語は大君の形代（かたしろ）として始まりながら、その後半においては中君との関係性をも振り切るようにして、浮舟の流離を主題化している。宇治は〈憂し〉と〈浮き〉とを象徴する時空であったが、浮舟はその宇治からも流離し疎外されていた。そこに、語り手や作中人物から析出された作者〈紫式部〉の思惟を読み重ねることもできよう。

一　あやしげな〈もの〉としての浮舟

そのころ、横川に、なにがし僧都とかいひて、いと尊き人住みけり。八十（やそじ）あまりの母、五十ばかりのいもうとありけり。

（手習⑤三二四）[注2]

手習巻の冒頭は「新たな話題を拓く表現形式」で、「前編では一巻の中途に用いて話題転換をはかる方式」であったが、「紅梅巻で始めて巻頭表現となり、以後橋姫、宿木巻や本巻で巻頭形式」となった。[注3]

手習巻の直前の蜻蛉巻は、「かしこには、人々、おはせぬを求め騒げどかひなし。物語の姫君の人に盗まれたらむあしたの様なれば、くはしくも言ひ続けず」と始まっていた。浮舟が失踪し周囲が困惑している薫二十四歳の春で、その年立の時間は、手習巻と同時進行している。「かしこ」つまり〈宇治〉という流離の時空に呼び出された、祓えの女神ハヤサスラヒメのように、浮舟は失踪していた。[注4]「そのころ」とは、そうした「かしこ」と共時の〈宇治〉の川辺であり、蜻蛉巻で失踪した浮舟の真相を謎解きしていく。

比叡山の超俗の地「横川」で山籠りの修行をしていた「なにがし僧都」が、初瀬詣の帰路に急病となった母の命を救うため、「宇治」に呼び出された。この僧都が、実在の横川僧都源信を想起させることは、〈紫式部〉と同時代の読者にとって自明であった。[注5]

夢幻能に登場する諸国一見の僧のように現れた横川僧都は、「宇治の院」の背後の、荒れて恐ろしげな所に来て、弟子の大徳たちに経を読ませた。燈火をともさせ、森めいた木の下を見入れて、正体不明の「白き物のひろごりたる」を発見した。

「かれは何ぞ」と、僧都は心的な距離を保ち警戒し立止まった。燈火を明るくして見ると、「もの」の姿がある。「狐の変化」だから「見あらはさむ」と一人は歩み寄り、いま一人は「よからぬもの」だろうと警戒して、呪いの印をつくって見守った。狐なら正体を言い当てれば尻尾を出して退散するのだが、まちがって鬼を侮辱したら食われてしまうからである。[注6]その恐怖を「頭の髪あらば太りぬべき心ちするに」と、語り手の草子地に類する軽口もはさまれている。燈火をともした大徳が近寄って見ると、「髪は長くつやつや」として荒々しい大木に寄りかかり、ひどく泣く。「めづらしきこと」「あやしきこと」だと、僧都に告げた。

「狐の人に変化するとはむかしより聞けど、まだ見ぬもの也」とて、わざと下りておはす。

（手習⑤三二五〜六）

僧都は好奇心たっぷりに近づいた。見ていたが、変化はなく、僧都も「あやし」く思って慎重に観察を続け、「心にさるべき真言」を読み、「印」を結んでいた。そして、「これは人」だと判断し、捨てられた死者が蘇生したかとも推測し、近づいて尋ねよと命じた。弟子の僧はなお、たとえ人だとしても「狐、木霊やうの物」が欺いて取り持ち来たのだろうから、やはり「穢らひあるべき所」と、宿守の男を呼んだ。ここに若い女などが住み、こうした例があるかと問われた宿守の男は、「狐の仕うまつるなり」という。この木のもとに、時々「あやしきわざ」があり、一昨年の秋も、二歳ほどの子が取られて来たとする。その子は死んだのかと問われ、「生きて侍り。狐は、さこそは人をおびやかせど、ことにもあらぬ奴」と答えた。

僧都は、なおよく観察せよと、「ものおぢせぬ法師」を近寄らせ、その法師は、鬼・神・狐・木霊のいずれにせよ、「天の下の験者」である僧都には屈服して名乗れという。「もの」は正体を自白したら敗北して退散する。しかし、木の下の女は衣を脱がされようとしても、顔を引き入れて泣くばかりだった。「木霊の鬼」とか、昔いた「目も鼻もなかりける女鬼」かと恐れてもいる。「もの」の正体が何にせよ、取り憑かれた女は、雨もひどく、このまま放置したら死ぬだろう。屋敷の敷地外に出して死穢を避けようという弟子の僧に対し、僧都はあくまで人間の女としての命を助けようと発言している。

何に取り憑かれていようと、「まことの人のかたち」をした「ひとの命」は、「仏」が必ず「救ひ給べき際」だというのが僧都の判断である。これに対して、弟子の僧たちは、病気の母尼に「穢らひ」が及ぶからよくない行為だと非難してもいる。僧都の判断を支持する弟子もいて、結局は、人が少ない「隠れの方」に女を寝かせた。そこに、「下種」などは騒ぎ立てて悪い噂を流すという心配も記されている。

ここには、鬼や狐の怪異をめぐる民間信仰と、仏法との関わりが複雑にからんでいる。僧都と弟子の僧たちとの発想の差異の根底には、貴族社会の身分差別が前提としてある。僧都と弟子の僧たち、また宿守の男も含めた、「物の変化」をめぐる様々の判断や対応のしかたが、多様かつ詳細に記され、僧都の人間性をきわだたせている。とはいえ、正体不明の「もの」に遭遇したときの、人々の対応の差異を顕在化している。たんに横川僧都が高徳の僧であると描くのではなく、僧都もまた相対化されているのであった。

二　喪失した意識の回復過程

僧都に問われ、なよなよと物を言わず息もしていないから「物にけどられにける人」だろうと、弟子は答えた。妹尼に事情を尋ねられた僧都は、「六十にあまる年、めづらかなる物」を見たと答えている。妹尼は、私が「寺にて見し夢」があるから、どのような人か、まずその様子を見たいと泣いて言う。妹尼は、死んだ娘の身代わりが出現したと思い、「穢らひ」を恐れる周囲の人々に口固めをさせ、蘇生するべく加持祈禱をさせた。

　さすがに、時々目見あけなどしつつ、涙の尽きせず流るるを、「あな心うや。いみじくかなしと思ふ人の代はりに、仏の導き給へると思ひきこゆるを、かひなくなり給はば、中々なることをや思はん。さるべき契にてこそ、かく見たてまつらめ。猶いささか物の給へ」と言ひつづくれど、からうじて、「生き出でたりとも、あやしき不用の人なり。人に見せで、夜、この川に落とし入れ給てよ」と、息の下に言ふ。（手習⑤三二〇～一）

生き返っても「不用の人」だから川に落とし入れよというのは、蘇生した浮舟の最初の発言でありつつ、取り憑いた「もの」の発言でもあろう。[注7] まれに物を言うのがうれしいのに、どうしてこんなことを言うのか、なぜ「さるところ」にいたのかと問うが、物も言わなくなった。妹尼は、女の身に傷もなく「うつくし」いことを確かめて、ひどく悲しく、ほんとうに人の心を惑わそうと出現した「仮の物」かと疑った。二日ほど後、里人が、「右大将殿」（薫）が通っていた「故八宮の御むすめ」が急死し、その「御葬送の雑事」のため昨日は参上できなかったという。僧都は、「さやうの人の玉しゐを、鬼の取りもて来たるにや」と思うにつけても、女を眼前に見ながら「ある物」とも思えず、危うく恐ろしいと思った。語り手は、里人の噂によって、女の正体を知らない僧都や妹尼たちに謎かけをし、浮舟を知る読者をより優位に置いて語り進めている。[注8]

病状の治まった尼君たちは小野に帰り、妹尼が「この知らぬ人」を伴うが、「川に流してよ」という一言の他はものも言わず、「夢語り」を語った妹尼は、物のけ調伏の加持祈禱を続けさせた。四・五月が過ぎたあと、僧都は再び下山し、妹尼から初瀬観音が亡き娘の身代わりにくださった人と聞いて、「縁に従ひてこそ導き給はめ、種なきことはいかでか」と、観音の結縁を認めて修法を始めた。朝廷の召しにも従わなかった僧都が、山籠りの修行を中断して正体不明の女のために修法するのは、世間の評判に関わると隠す弟子たちに、僧都はこう言う。

「いであなかま、大徳たち、われ無慚の法師にて、忌むことの中に破る戒は多からめど、女の筋につけて、まだ譏りとらず、あやまつことなし。六十にあまりて、今さらに人のもどき負はむは、さるべきにこそはあらめ」との給へば、「よからぬ人の、物を便なく言ひなし侍る時には、仏法の疵となり侍ること也」と、心よからず思て言ふ。（手習⑤三三四〜五）

「無慚の法師」だが、まだ「女の筋」の戒律は守り、非難も受けていないと自負する僧都に対し、弟子たちが「仏法の疵」を恐れるのは、教団としての組織を守ろうとする論理ゆえであろう。この横川僧都と直結することはできないが、源信は浄土教による新たな教団活動を文人たちと連携して進めていた。[注9]この修法で効験が現れなかったら止めようと加持した暁に、ついに調伏された物のけが現れた。

「おのれは、ここまでまうで来て、かく調ぜられたてまつるべき身にもあらず。むかしは、行なひせし法師の、いささかなる世にうらみをとどめて漂ひありきしほどに、よき女のあまた住み給し所に住みつきて、かたへは失ひてしに、この人は、心と世を恨み給て、われいかで死なんといふことを、夜昼の給しにたよりを得て、いと暗き夜、ひとり物し給しをとりてしなり。されど観音とさまかうざまにはぐくみ給ければ、此の僧都に負けたてまつりぬ。今はまかりなん」とののしる。（手習⑤二三五）

物のけの告白によれば、大君を取り殺したのもこの物のけである。昔は修行していた法師が、この世に恨みを残して往生できず、物のけとして憑いたという。「よき女のあまた」住んでいた八宮邸に住み着いたというから、往生できない原因の恨みも「女の筋」による破戒であろう。その正体を問い詰めたにもかかわらず、よりましが頼りないせいか、はっきりとは言わなかった。横川僧都と対照的な破戒僧であるが、僧都の心の鬼といった要素があるかもしれない。[注10]

三　意識を回復した知らぬ国

意識を回復した浮舟についての語りは、浮舟の視座から表現されている。「正身（さうじみ）の心ちはさはやかに」と対象化してはじまるが、「いささかものおぼえて見まは」すと、一人も見た人の顔はなく、「みな老い法師、ゆがみ衰へたる」者ばかり多いので、「知らぬ国に来にける心ちしていとかなし」と、心内に同化している。「ありし世」のことを思い出すが、「住みけむ所、誰といひし人」とさえ確実な記憶はなかったと、自由間接言説による意識の流れが表現されていく。

ただわれは限りとて身を投げし人ぞかし、いづくに来にたるにかとせめて思出づれば、いといみじとものを思嘆きて、みな人の寝たりしに、妻戸を放ちて出でたりしに、風ははげしう、河波も荒う聞こえしを、ひとり物おそろしかりしかば、来し方行く先もおぼえで、簀子の端に足をさし下ろしながら、行くべき方もまどはれて、帰り入らむも中空にて、心つよく、此世に亡せなんと思たちしを、をこがましうて人に見つけられむよりは鬼も何も食ひ失へと言ひつつ、つくづくとゐたりしを、いときよげなるをとこの寄り来て、いざ給へ、おのがもとへと言ひて、抱く心ちのせしを、宮と聞こえし人のしたまふとおぼえし程より、心ちまどひにけるなめり、知らぬ所に据ゑおきて、此の男は消え失せぬと見しを、つひにかく本意のこともせずなりぬると思つつ、いみじう泣くと思しほどに、その後のことは、絶えていかにもいかにもおぼえず、人の言ふを聞けば、多くの日比も経にけり、いかにうきさまを知らぬ人にあつかわれ見えつらんとはづかしう、つひにかくて生きかへりぬるかと思ふもくち惜しければ……（手習⑤三三六〜七）

自死を思いながらも実行できず、生き返ったことを後悔している。「身を投げし人」というのは、入水したのではなく、自暴自棄だったという意味である。簀子に足をさし下ろしてぶらぶらさせ、「中空（なかぞら）」な思いで鬼でも何でも食べ殺してほしいと呆然としていたら、美しい男が抱き運んで「知らぬ所」に置き、男は消えた。その男を匂宮と思っていたが、物のけの僧のあやかしだったことになる。

浮舟の自死をめざした行為は受け身であった。「中空」が浮舟の存在感覚のキーワードである。こうした意識回復過程の表現が、「……いみじうおぼえて、中々しづみ給ひつる日比は、うつし心もなき」様子で、少しは食事することもあったのが、「露ばかりの湯をだにまゐらず」と、語り手が浮舟を対象化した表現へと、連続的に移行している。

意識が戻ってからは湯も飲まず、死のうと思ったが、生命力の執念が強く回復にむかった。妹尼はよろこんだが、浮舟は「尼になし給てよ。さてのみなん生くやうもあるべき」と懇願し、尼君は、頭頂だけを削ぎ、五戒を授けた。妹尼が手ずから「夢のやうなる人」の髪を櫛で梳くと美しかった。形だけの受戒で、天女が天降ったかと思い、正体を問うが、浮舟は「われながら誰ともえ思出でられ侍ず」、生きていることを他人に知られたくないと泣く。妹尼は「かぐや姫を見つけたりけん竹取の翁」よりも珍しい気持ちがし、消えてしまうのではないかと心配した。俗世に迷い込んだ謎の女である。

そもそも、母尼は「あてなる人」で妹尼も「上達部の北の方」であったが、「よき君達」と結婚させた娘の死を契機に、出家して小野に住み始めたという。出家して尼となり隠棲しながらも、幸福だった貴族生活をなつかしみ、その回復を願う女たちである。それが尊き人「なにがし僧都」の大切な家族であった。そして、この小野という聖と俗との境界の地が、浮舟の目にもなじんできたと、語り手と浮舟の心とが同化した叙述で語られている。

むかしの山里よりは、水の音もなごやかなり。造りざまゆゑある所、木立おもしろく、前栽もをかしく、ゆゑを尽くしたり。秋になり行けば、空のけしきもあはれなり。門田の稲刈るとて、所につけたる物まねびしつつ、若き女どもは歌うたひ興じあへり。引板（ひた）ひき鳴らす音もをかしく、見し東路のことなども思ひ出でられて、かの夕霧の宮す所のおはせし山里よりは、今すこし入りて、山に片かけたる家なれば、松風しげく、風の音もいと心ぼそきに、つれづれに行なひをのみしつつ、いとなくしめやかなり。（手習⑤三三九～四〇）

宇治の川辺の水音よりなごやかな自然に浮舟は共感したが、そこに住む人々との交流にはなじめなかった。「引板《ひた》」の音は常陸の記憶さえよびさまし、浮舟の心に揺さぶりをかけている。[注11] 読者にとって「引板」の音は、夕霧が小野にいた落葉宮への恋情を訴えた過去の情景とも通底し、やがて中将が浮舟に求婚する物語へと展開していく。『源氏物語』は類似した話型の引用と変換によって主題を深化させてきていた。

妹尼は月の明るい夜に「琴《きん》」などを弾き、少将の尼君が琵琶を合奏し、浮舟も誘われた。とはいえ、浮舟は、身分が低く、心のどかに音楽の演奏をするような境遇になかった昔を思い出した。貴族趣味の音楽を楽しむ尼たちと、娘の身代わりの女君と思われている浮舟とが、奇妙に屈折した倒錯の表現を示している。

……あさましく物はかなかりけると、われながらくち惜しければ、手習に、

身を投げし涙の河のはやき瀬をしがらみかけて誰かとどめし

思の外に心うければ、行末もうしろめたく、うとましきまで思やらる。

月の明かき夜な夜な、老い人どもは艶に歌よみ、いにしゑ思出でつつ、さまざま物語りなどするに、いらふべき方もなければ、つくづくと打ながめて、

われかくてうき世の中にめぐるとも誰かは知らむ月の都に　（手習⑤三四〇）

浮舟の「手習」は、老尼たちが艶に詠む歌とも異なる独り言だった。浮舟の「月の都」を詠んだ歌は、妹尼が浮舟をかぐや姫に喩えた『竹取物語』引用と重なるが、それは語り手と読者レベルであって、浮舟の歌の修辞は妹尼たちと共有されず異質である。「今は限り」と思った時は、「恋しき人」も多かった。とはいえ、いま思い出すのは、母親と乳母と右近であり、薫や匂宮ではなかった。[注12]

四　中将の求婚と妹尼たち

こうして意識を回復した浮舟のもとに、妹尼の昔の娘婿にあたる中将が現れる。弟の禅師の君が横川僧都のもとで修行し、山籠りしたのを尋ねて来たという。前駆を追い高貴な男が入って来るのを見て、浮舟は「しのびやかにおはせし人」薫のことを、はっきりと回想した。中将の二十七八という年も、薫や匂宮とほぼ同じである。

「山里の光」と中将を迎えた妹尼は、「忘れがたみ」の子も残さなかった娘を思い、語り手は草子地で、「恋しのぶ心」ゆえ「めづらしくあはれにおぼゆべかめる問はず語り」もするだろうという。この文章は、「姫君は、われは我と思いづる方多くて」眺め出しなさる様子が「うつくし」と続く。浮舟を「姫君」と呼ぶ呼称の心的遠近法は、読者に新たな恋物語を予測させる。

中将の黒い掻練りも「をかしき姿」で、女房たちは昔のように浮舟の婿として迎えたら「いとよき御あひ」と言いあっている。その一文が、「あないみじや、世にありて、いかにもいかにも人に見えんこそ、それにつけてぞむかしのこと思出でらるべき、さやうの筋は思ひ絶えて忘れなん、と思ふ」という浮舟の心内表現へと続いている。このあたりでは、過去の男性関係を忘れたいと思う、浮舟の心をも相対化しつつ表現して、周囲の人々との心的な距離が示されていく。

中将は、風のまぎれに簾の隙間から後ろ姿の「うち垂れ髪」を見たと妹尼に語る。妹尼は、この五六年、時の間も忘れなかった娘のことを、あなたを見て忘れたと浮舟に言い、あなたを思う人々がいたとしても、

「今は世になき物」思っているでしょうと語る。万事は変わるのだと、この世の無常を根拠にして新たな生き方へと誘う。浮舟は、涙ぐみながら、「隔てきこゆる心」はないが、「あやしくて生き返」ったのですべてが「夢の世にたどられ」て、「あらぬ世に生れたらん人」はこんな心地がすると思うので、「今は知るべき人世にあらんとも思ひ出ず」、あなたを「むつましく」思い申していますという。

中将は、横川で弟の禅師の君から、小野の女が発見されたいきさつを聞き、妹尼に確かめたうえで、「あだし野の風になびくな女郎花われしめ結はん道遠くとも」と歌を贈る。浮舟は字がへただからと返歌をことわり、妹尼が返歌した。三たび小鷹狩のついでに訪れた中将にも妹尼が対応し、やはり返歌したのは妹尼である。昔の風流を思い偲ぶ妹尼は、中将を引き留め、中将の笛にあわせた合奏が始まる。中将を浮舟の婿とすることが、妹尼の貴族生活を再生させる願望となった。とはいえ、浮舟にとっては、身と心を捨てたはずの生活への回帰、まして男との愛執など、願うはずのない悪夢であった。

中将の笛の音をめでて、母尼までが琴《きん》など持ってこさせて合奏し、自身も「あづま琴」（和琴）を得意げに弾いて、人々をしらけさせた。田舎育ちの浮舟は音楽が苦手だったが、そこでの母尼と中将との会話に、横川僧都の念仏との関係が表現されている。母尼は、昔は女が「あづま琴」を普通に弾いたが、今の世では変わったのでしょう、僧都が、「聞きにくし、念仏より外のあだわざなせそ」と非難したので、弾かないのです。でも「よく鳴る琴」もありますなどと言い、弾きたそうなので、中将は、

いとしのびやかにうち笑ひて、「いとあやしきことをも制しきこえ給ける僧都かな、極楽といふなる所には、菩薩などもみなかかることをして、天人なども舞ひ遊ぶこそ尊かなれ。行なひまぎれ、罪得べきことかは。こよひ聞き侍らばや」とすかせば、いとよしと思ひて……　（手習⑤三五三）

母尼は、横川僧都が念仏以外の「あだわざ」を禁じたと不満を言い、中将は、極楽では菩薩や天人たちも音楽や舞楽に遊ぶのだから、罪を得るものではないと応じた。その結果、母尼の興ざめな演奏を聞かされるという文脈であるが、ここには横川僧都へのパロディ的な相対化がある。

その母尼が、「今様の若き人」は琴を好まないようだと、「ここに月ごろ物し給める姫君」浮舟が、美しいにもかかわらず「あだわざ」をしないという。浮舟は横川僧都に近いという皮肉ともとれるが、その母尼をも対象化した二重のアイロニーの表現である。母尼の琴に興ざめして帰京した中将は、妹尼と贈答歌の手紙を交わし、妹尼は浮舟の不思議さは「老い人の問はず語り」でお聞きになったでしょうという。

九月になり、妹尼は初瀬詣でに出発した。浮舟も同行するように誘われたが、昔自分の母や乳母などがたびたび初瀬に詣でさせたが効験がなかったと思い、気分が悪いとことわった。物のけの僧の自白によれば、浮舟を守ったのは観音だったが、その観音の効験を浮舟は信じていない。浮舟が手習にまぜた歌に、妹尼は注目した。

はかなくて世にふる河のうき瀬には尋ねもゆかじ二本（ふたもと）の杉　（手習⑤三五六）

「二本」とは、会いたい恋人がいるからでしょうと、戯れ言に言い当てられた浮舟は、「胸つぶれて面（おもて）赤め」た。それが魅力的でかわいいと、妹尼は、あなたの素性は知らないが亡き娘の身代わりと思う、という歌を返した。

五　碁を打つ浮舟と横川僧都

妹尼の留守の「つれづれ」をまぎらわすため、少将尼は浮舟を誘い碁を打つ。浮舟の実力に驚嘆した少将尼は、妹尼に見せたいという。妹尼の碁は「棋聖大徳」の僧都以上だから、浮舟と対戦させたいという。琴の遊びはできない浮舟が碁に強いのは、受領の妻の連れ子ゆえであろうか。受領の後妻になっていた空蝉も、継子の軒端荻と碁を打ち、弟の小君を介してせまり続けた光源氏の愛執を拒んだ女だった。[注13]

夕暮れの風の音に思い出すことも多く、浮舟は歌を詠んだ。月が美しいその夜に、中将が訪れ、「山里の秋の夜ふかきあはれをもの思ふ人は思ひこそ知れ」と歌う。代作する妹尼もいないからと、少将尼は浮舟に返歌を催促した。そこで初めて、浮舟は中将への返歌ともいえる歌を口にした。

憂き物と思ひもしらですぐす身を物おもふ人と人は知りけり　（手習⑤三五八）

言いよる中将を逃れて、浮舟は母尼たち「老人の御方」へと入りこんだ。そこでは「おどろおどろしきいびき」のため眠ることもできず、中将はあきらめて帰ったが、老人たちの世界が、異界のように誇張表現されている。夜中に「しはぶきおぼほれ」て起きた母尼は、白い頭に黒い物を被った姿で、臥している浮舟を不審に思い、「鼬とかいふなる物」のしわざかと、額に手を当てて執念ぶかい声とともに見た。浮舟は、食われるかと思い、「鬼」が自分を取り運んだ時は意識がなく、かえって心安かったと思う。

「いみじきさまにて生き返り、人になりて、又ありし色々のうきことを思ひ乱れ、むつかしともおそろしとも、物を思よ。死なましかばこれよりもおそろしげなる物の中にこそはあらましか」と、浮舟の心内表現が記されている。鬼に食われるかと老人たちのことを恐れたというのは、死んで地獄に堕ちることのパロディ表現なのであった。浮舟は、もし自殺していたらこれよりも恐ろしいほんとうの地獄に行っただろうと思っている。そして、眠れないまま、昔からの我が身の現実を、次のように回想している。

……いと心うく、親と聞こえけん人の御かたちも見たてまつらず、遙かなる東をかへるかへる年月をゆきて、たまさかに尋ね寄りて、うれし頼もしと思ききこえしはらからの御あたりをも思はずにて絶えすぎ、さる方に思さだめ給し人につけて、やうやう身のうさをも慰めつべききはめに、あさましうもてそこなひたる身を思もてゆけば、宮をすこしもあはれと思ひきこえけん心ぞいとけしからぬ、ただこの人の御ゆかりにさすらへぬるぞと思へば、小島の色をためしに契り給しを、などてをかしと思きこえけんと、こよなく飽きにたる心ちす。はじめより、薄きながらものどやかに物し給し人は、このをりかのをりなど思ひ出づるぞこよなかりける。かくてこそありけれと聞きつけられたてまつらむはづかしさは、人よりまさりぬべし。さすがにこの世には、ありし御さまを、よそながらだにいつか見んずるとうち思ふ、猶わろの心や、かくだに思はじなど、心ひとつをかへさふ。（手習⑤三六〇～一）

自分がこのように流離《さすらへ》しているのは、匂宮を好きになってしまったからだ。薫のことは恋しく思い出すが、それも「わろの心」だからと打ち消そうとする。すなおに想起するのは母親や「はらから」だという。このような、饒舌なまでの浮舟の心内表現の語りは、浮舟に同化しつつも相対化している。そして、山を下りた僧都に、浮舟は、「世中に侍らじ」と決意した我が「身」が、「あやし」く今まで生きているのを「心うし」と思う一方、僧都のご配慮に言いようもなく感謝しているものの、なお「世づかず」、現世に止まってもいられないと思いますので、「尼になさせ給てよ。世の中に侍るとも、例の人にてながらふべくも侍らぬ身になむ」と、僧都に出家を懇願した。
横川僧都は、まだ将来が長いのに、どうして出家など思い立つのか、かえって「罪ある事」で、出家を決心した時は強く思っていても、年月がたつと、「女の御身」は「たいだいしき物」だという。とはいえ、「物のけ」の発言も思いあわせ、法師である自分が断るべきではないと、七日後に約束して髪をおろした。少将の尼は気も動転し、「親の御方をがみたてまつり給へ」と僧都に言われて、母のいる方角もわからない浮舟は泣いた。

六　手習という心の表出と「世」のほだし

浮舟の自己表現の特徴が、「手習」という、いわば独白の記述（エクリチュール）にあることは、出家のあと、より強固な決意とともに主体的な自己表現となっている。

亡きものに身をも人をも思ひつつ捨ててし世をぞさらに捨てつる

今は、かくて限りつるぞかし。

と書きても、猶身づからいとあはれと見たまふ。

かぎりぞと思なりにし世中を返す返すもそむきぬるかな

（手習⑤三六七～八）

自死をめざして一度は捨てた世を、重ね重ね捨てて尼になったという自覚が、手習によって確認されている。ちょうどそんな時、中将から恋文が来た。浮舟の出家を聞いて悔しく思い、「岸遠く漕ぎはなるらむあま舟に乗り遅れじといそがるるかな」と歌を記した手紙を、浮舟は初めて手に取って見た。そして、「心こそうき世の岸をはなるれど行方の知らぬあまのうき木を」と記した手習を、少将の尼が返歌として中将に贈った。贈答歌がはじめて成立したのは、出家して尼となった心の自由ゆえであろう。

初瀬から帰って浮舟の出家を知った妹尼は悲嘆にくれ、僧都は一品宮の加持祈禱に伺候していた。その僧都が浮舟の発見と出家までの経緯を語った相手が、薫の召人であった宰相君である。一品宮は薫に浮舟の生存を伝えようと言ったが、宰相君はためらっていた。

小野へ立ち戻った僧都に、妹尼は、若い女の身で出家するのはかえって「罪も得ぬべきこと」なのに、相談もなかく「あやしき」と恨んだ。とはいえ、今は仏法に専念できるよう支えるべきだと、妹尼を説得する僧都を、浮舟は「思やう」だと聞いていた。

浮舟を俗世に引き戻そうとする力を象徴するのが、中将による〈かいま見〉である。浮舟の尼姿を見せよと言われた少将尼は、障子の掛け金のもとの「穴」を教え、几帳など押しやって見えるようにした。中将はその美貌にうたれ、ひそかに自分のものにしようと思う。妹尼を語らい、出家した君だが「厭ふによせて身こそつらけれ」と消息し、「はらからとおぼしなせ。はかなき世の物語なども聞こえて慰めむ」と、錯乱した恋情の表現をした。尼姿の浮舟に、兄妹のような関係で近づき、世の無常を語らおうと申し出た求婚で、これが成立したら新たな中世的恋物語となるが、もちろん浮舟は拒否した。

年もかへりぬ。春のしるしも見えず、凍りわたれる水の音せぬさへ心ぼそくて、「君にぞまどふ」との給ひし人は、心うしと思はてにたれど、猶その折などのことは忘れず、

かきくらす野山の雪をながめてもふりにしことぞけふもかなしき

など、例の慰めの手習を、行ひのひまにはし給。（手習⑤三七七）

きっぱり忘れたはずの匂宮との過去を想起したのは、出家しても、俗世との関わりを「心」から排除しきれない浮舟の危うさを示す。そして、小野に来訪した紀伊守が、自分の一周忌の法要を薫が準備していると語るのを耳にして、どうして「あはれ」でなくいられよう、人が「あやし」と見るかと奥に向かって座っていたと、語り手は記す。

妹尼に宇治八宮の娘は二人のはずと尋ねられた紀伊守が、「この大将殿の御後のは劣り腹」かといった会話を耳にし、浮舟は「おそろし」と思う。さらに、薫が「見し人は影もとまらぬ水の上に落ちそふ涙いとどせきあへず」と自分のことを詠んだことなど聞いて、「深き心」もなさそうなこんな人でさえ、薫の様子を知っていたのだと思ふ。

こうした浮舟の心内表現により、尼としての浮舟の身と心は追い詰められ、ゆらがざるをえない。都からの情報が、浮舟を俗世間にからめ取ろうとおしよせている。紀伊守は、小野に来て、こともあろうに浮舟の法要の衣を仕立てているのであった。

　尼衣かはれる身にやありし世のかたみに袖をかけてしのばん

と書きて、いとほしく、亡くもなりなん後に、物の隠れなき世なりければ、聞きあはせなどして、うとましきまでに隠しけるなどや思はんなど、さまざま思いつつ、「過にし方のことは、絶えて忘れ侍にしを、かやうなることをおぼしいそぐにつけてこそ、ほのかにあはれなれ」とおほどかにの給ふ。（手習⑤三八一）

薫が浮舟の生存を知ったのは、浮舟の一周忌の後、一品宮の母である明石中宮との会話を媒介としていた。明石中宮は、我が子の匂宮が浮舟に再会することを懸念し、薫は小宰相から事情を聞いて、中宮と対面した。薫は、「あさましうて失」ったと思っていた人が「世に落ちあぶれて」いるように聞き、離れることもないと思っていた人なので、「さるやう」があったかと思われますという。「さるやう」とは、浮舟が物のけに取り憑かれて死にかけ、蘇生したと聞いたことであろう。薫は、匂宮のことを、さすがに恨んでいるようには言わず、浮舟の生存を聞きつけたら「かたくなにすきずきしう」思うだろうから、「知らず顔」で過ごしましょうと申し上げた。

中宮は、僧都が語ったが、一品宮の物のけ調伏という恐ろしかった夜のことで、耳にも留めなかったと、薫に知らせなかったことを弁解する。匂宮が聞きつけたらいけない、女性関係の筋で、軽率でこまった人とばかり世間に知られるのがつらいと言う。詳しい事情を僧都から確かめるために、薫が浮舟の弟（小君）をつれて赴く途中で、「よろづに道すがらおぼし乱れけるにや（とや）」と、手習巻は結ばれている。

七　浮舟の物語と〈紫式部〉の思惟

手習巻の長大さは、浮舟の蘇生とそれをめぐる人々の思惑、そして浮舟の意識の回復と出家、またその波紋というように、多元的な語りの相対化された重層ゆえであった。それにひきかえ、夢浮橋巻は、いかにも途絶する夢のように短い。そこに、浮舟蘇生後の〈源氏物語〉を、自身が生きる可能性の思惟と重ねて表現しつつあった〈紫式部〉の極限を読むことができよう。

比叡山に到着した薫は、いつものように経や仏を供養し、翌日に横川を訪れた。僧都は驚き恐縮し、薫と語りあって事態を了解した。薫が浮舟をこれほど思っていたのに、「この世には亡き人」のように出家させてしまったと、僧都は「あやまち」をした心地で罪深いと思い、浮舟が「あしき物」に取り憑かれたのも

「先の世の契」だと言う。「高き家の子」であっただろうに、どんな過ちで没落したのかと尋ねると、薫は「なまわかむどほり」と言うべき筋でしょうとおぼめかしている。もとより格別に思っていたわけではなく、「ものはかなく」て見つけたが、これほど「落ちあぶるべき際」とは思わず、「めづらかに跡もなく消え失せ」たので、「身を投げ」たかなど、様々に疑いが多く、確かなことは聞かなかったと言う。薫は僧都に、小野の山里に下って、浮舟と会う仲介をしてほしいと頼むが、浮舟の正体を中途半端な王統と朧化し、自分より浮舟の母が恋い悲しんでいるという。

罪かろめてものすなれば、いとよしと心やすくなんみづからは思ひたまへぬるを、母なる人なむいみじく恋ひ悲しぶなるを、かくなむ聞き出でたると告げ知らせまほしくはべれど、月ごろかくしさせ給ける本意たがうやうに、ものさわがしくや侍らん。親子のなかの思ひ絶えず、悲しびにたへで、とぶらひものしなどし侍なんかし」などの給て……（夢浮橋⑤三九六）

浮舟の弟の小君を使者とするので、僧都に浮舟への手紙を書いてほしいとする薫に対し、僧都はこの手引きをしたら「かならず罪得侍りなん」と、薫自身が立ち寄って対処すべきだという。薫は「罪得ぬべきしるべ」とお考えになるのは恥ずかしい、自分は俗人として過ごしてきたことが不思議で、幼い時から出家の志が強かったが、母三条宮が「ほだし」であるうちに位が高くなり、出家できなくなったと言う。とはいえ「心のうちは聖に劣」りませんと道心を語り、僧都も納得する。

薫の一行を遠く眺めた浮舟の心象風景は、何も知らない尼君たちの会話を背景にして、「小野には、いと深くしげりたる青葉の山にむかひて、紛るることなく、遣水の蛍ばかりを、むかしおぼゆる慰めにて、ながめゐたまへるに、例の遙かに見やらるる谷の軒端より、前駆（さき）心ことに追ひて、いと多うともしたる火の、のどやかならぬ光を見るとて、尼君たちも端に出でゐたり」と始まる。誰が来られたのか、「大将殿」がいらして急におもてなしがあった、「大将殿」とは女二宮の夫であろうなどと尼君たちが語るのも、

……いとこの世遠くゐなかびにたりや、まことにさにやあらん、時々かかる山路分けおはせし時、いとしるかりし随身の声も、うちつけにまじりて聞こゆ、月日の過ぎゆくままに、むかしのことのかく思ひ忘れぬも、いまは何にすべきことぞ、と心うければ、阿弥陀仏に思ひ紛らはして、いとど物も言はでゐたり。

（夢浮橋⑤三九九）

浮舟はかつて薫が宇治に通ってきたことを想起し、随身の声も聞き分けている。とはいえ、尼君たちの声はどこかうつろに聞くし、昔のことを想起してもしかたないと、心憂く思って阿弥陀仏に思いまぎれて沈黙している。薫は小君に浮舟の生存を伝えるが、母にはまだ言うなと口固めしている。すでに小君が昨夜訪れたかと僧都が妹尼に手紙を贈り、妹尼は驚いて浮舟に伝えた。その後に小君が小野を訪問したのであった。

ここで、『紫式部日記』の消息文体の部分にある、〈紫式部〉の出家をめぐる叙述を想起しておきたい。

いかに、いまは言忌し侍らじ。人、と言ふともかく言ふとも、ただ阿弥陀仏にたゆみなく経を習ひ侍らむ。世の厭はしきことは、すべて露ばかり心もとまらずなりにて侍れば、聖にならむに懈怠すべうも侍らず。ただひたみちに背きても、雲に乗らぬほどのたゆたふべきやうなむ侍るべかなる。それにやすらひ侍るなり。年もはたよきほどになりもてまかる。いたうこれより老いほれて、はた目暗うて経よまず、心もいとどたゆさまさり侍らむものを、心深き人まねのやうに侍れど、いまはただ、かかるかたのことをぞ思ひ給ふる。それ、罪深き人は、また必ずしも叶ひ侍らじ。さきの世知らるることのみ多う侍れば、よろづにつけてぞ悲しく侍る。

（一三七〜八）

横川僧都の妹尼よりは少し若い〈紫式部〉が、出家を願いつつためらう心の振幅は、「罪深き人」である自分が、「聖」となっても極楽往生できないと思うゆえである。消息文体の結びには、「身を思ひすてぬ心の、さも深う侍るべきかな。なせむとにか侍らむ」ともあった。もちろん、浮舟は〈紫式部〉の心が直接に投影された存在ではない。こうした〈紫式部〉の思惟を、浮舟と横川僧都、また妹尼たちとの関係性における考察の参照としたいのである。

八　夢浮橋巻の途絶と語りの主体の解体

僧都が書いた浮舟への手紙の内容は、こうだった。今朝、大将殿が来られて、あなたの御様子を尋ね問うので、詳しく事情を申し上げました。「御心ざし深かりける御中を背き」、「あやしき山がつの中に出家」なさったのは、かえって「仏の責め添ふべきこと」であると、聞き驚いています。「もとの御契り」にそむきなさらず、「愛執の罪を晴るかし」申し上げて、「一日の出家の功徳はかりなきもの」ですから「なほ頼ませ給へ」ということです。他の事は、私が申しましょう。また「この小君」が申し上げましょう。

妹尼は「この君」は誰かと問い、浮舟は「いまはと世を思ひなりにし夕暮に、いと恋しと思ひし人」だったと、小君を見て動揺した。母がかわいがり、宇治にも時々つれて来たので、少し成長するにつけ「かたみに思へり」と、童心を想起して「夢のやう」だと思う。まず「母のありさま」を問いたく、なまじ小君を見て「ほろほろと泣」いた。弟だろうと推測した妹尼が対面を勧めたのに対して、浮舟は、母のことだけが気がかりで会いたいが、僧都の言った男には知られたくないから、間違いだと私をかくまってほしいと言う。

「聖心」の僧都に隠すことはできないと、小君は妹尼によって几帳を立てた母屋の際に通され、薫の手紙を渡した。あいかわらず強情に拒み続ける浮舟に、小君は返事をもらって早く帰参したいとせかした。

尼君、御文引き解きて見せたてまつる。ありしながらの御手にて、紙の香など、例の世づかぬまでしみたり。ほのかに見て、例の物めでのさし過ぎ人、いとありがたくをかしと思ふべし。

さらに聞こえむ方なく、さまざまに罪おもき御心をば、僧都に思ひゆるしきこえて、いまは、いかであさましかりし世の夢語りをだにと、急がるる心の、われながらもどかしきになん。まして、人目はいかに。

と、書きもやり給はず。

法の師と尋ぬる道をしるべにて思はぬ山にふみまどふかな

この人は見や忘れ給ひぬらん。ここには行くへなき御形見に見る物にてなん

などこまやかなり。（夢浮橋⑤四〇五〜六）

薫が浮舟の「罪おもき御心」を僧都に免じて許し、せめて驚きあきれた過去の物語だけでもと言うのは、自分でもためらい、他者の目を気にしているからである。宇治八宮に仏道を学ぼうと通い始めながら、大君を恋して失い、今はその形代の浮舟に惑い続けている。小君を行方不明の浮舟の「形見」というのも、浮舟との再会を願いつつ、どこか中途半端である。

浮舟は薫に尼姿を見られるのはいやだと思い乱れ、泣き伏している。妹尼に返答をせまられ、気分が悪いので、落ち着いてからという。そして、昔の事を思い出すが、まったく記憶がなく、「あやしう、いかなりける夢にか」と、やはり人違いだろうから今日は手紙を持ち帰れと言う。「ただ一言を」と懇願する小君に

も答えず、妹尼が小君にまた来るようにと言う。姉の顔も見ないまま、すごすご帰った小君を見て、待ちわびていた薫は、「すさまじく、中々なり」と思い乱れ、男が「隠し据ゑたる」のであろうと、無残な錯誤を示している。「わが御心の、思ひ寄らぬくまなく、落としおきたまへりしならひにとぞ、本にはべめる」と、夢浮橋巻は結ばれて終わる。

浮舟は名づけえぬ「もの」として発見され、横川僧都は、浮舟の命を救ったが、その「魂」を「身」に戻すことはできても、「心」を救済することはできなかった。もとより実在の源信と『源氏物語』の横川僧都とは別なのだが、『源氏物語』の横川僧都が、浮舟の蘇生のみならず、一品宮の物のけ調伏の加持祈禱をもするのは、厭離穢土による極楽往生を説いた源信の浄土教との大きな差異である。〈紫式部〉がそこに何らかのメッセージをこめたのかどうか、それは『源氏物語』論を超えた課題である。

浮舟をめぐる作中人物たちの関係性の物語は、それぞれの好意が結ばれることなく、伝達不可能性のみがきわだって終わる。その語りの物語世界は、語り手によって統括されることなく、そのブラックホールのような始源の作者〈紫式部〉に通底して、夢浮橋が中断するように終焉した。

注

1　高橋亨『源氏物語の詩学』（名古屋大学出版会、二〇〇七年）第9章「愛執の罪――源氏物語の仏教」。関根賢司編『源氏物語　宇治十帖の企て』（おうふう、二〇〇五年）所載の諸論文と研究文献目録。安藤徹『源氏物語と物語社会』（森話社、二〇〇六年）。本論に関わる最新の研究史については、久保堅一「手習巻の浮舟の回想と『源氏物語』続編終盤の世界――蜻蛉巻の薫との照応に着目して――」（むらさき、二〇一四年十二月）参照。

2　『源氏物語』の引用本文は、大島本にもっとも忠実な新日本文学大系本（岩波）を用い、一部のかな表記に漢字をあてるなど改変した。ルビは付さず、必要なばあいは（　）に入れた。
3　新日本文学大系（岩波）の本文に付された注2脚注による。
4　高橋亨「宇治物語時空論」『源氏物語の対位法』（東京大学出版会、一九八二年）。
5　〈紫式部〉は『源氏物語』作者としての紫式部である。高橋亨「物語作者のテクストとしての紫式部日記」注1書に同じ。横川僧都と源信との結合については、注4書を参照。
6　「鬼」「狐」などの「もの」への対処法については、『今昔物語集』など参照。
7　意識を回復するまでの「もの」に憑かれた浮舟についても、論述の便宜から「浮舟」と表現するが、物語文における呼称と語りの重層化した心的遠近法に注意したい。
8　高橋亨「謎かけの文芸としての源氏物語」注1書に同じ。
9　高橋亨「狂言綺語の文学」注4書に同じ。
10　鈴木裕子「『源氏物語』の僧侶像――横川の僧都の消息をめぐって――」（『駒沢大学仏教文学研究』二〇〇五年三月）。
11　井野葉子「手習巻の引板」『源氏物語　宇治の言葉』（森話社、二〇一一年）。
12　スエナガ・エウニセ・トモミ「浮舟――母娘の物語として読み直す」（古代文学研究会二〇一四年八月大会）の発表など。
13　浮舟の碁が出家後の修行へと連動していることについては、野村倫子「「遊び」の言葉」（糸井通浩・神尾暢子編『王朝物語のしぐさとことば』清水堂、二〇〇八年）。小君の存在をはじめ、手習巻以降の浮舟と空蟬との共通性が多いことについては、村井利彦「浮舟の行方――源氏物語墓守論のために――」（上坂信男編『源氏物語の思惟と表現』新典社、一九九七年）。

高橋　亨（たかはし　とおる）　椙山女学院大学教授・名古屋大学名誉教授。日本古典文学、王朝文化表現史。『源氏物語の対位法』（東京大学出版会、一九八二年）、『物語と絵の遠近法』（ぺりかん社、一九九一年）、『源氏物語の詩学』（名古屋大学出版会、二〇〇七年）、『武家の文物と源氏物語絵』（共編著、翰林書房、二〇一二年）

編集後記

『新時代への源氏学』第二・三巻は、一般的な「源氏物語講座」であれば、いわゆる「巻論」として構成される二巻である。このシリーズにおいても、当初はそのようにして目次に配されたが、ストーリーを追いながら各巻の特色を浮かび上がらせるタイプの要約は、すでに一般書としても『源氏物語』関連書籍が多数出版、流通している現在において、大方の支持を得られるものではないと予想された。それゆえ、編集会議を重ねる中で、テクストに誠実に向き合う「読み」を実践する場として二・三巻を位置づけることを共通理解とした上で、項目立てにおいては「巻論」という制度をむしろ積極的に利用しつつ、最終的にこれまでにない大胆な構成をとることになった。「関係性の政治学」というワンテーマを設定して全巻を読み解く方針を、『新時代への源氏学』では採用する。

執筆者への依頼に際しては、編集者が用意した視点を各巻に配してタイトルとし、それ以外は自由に論じていただく形を取った。また、論題も必要に応じて変更していただいた。各巻に固有なエピソードや登場人物、叙述の方法にも着目して立項したものの、そもそも巻に限定的な論点ではなく、当然のことながら他の巻々や他作品との相関に分析が及んでいくのは、論の個性が発揮される、読者にとって読みどころの一つとなっている。編集の意図をよく汲んでいただき応答してくださる論があると同時に、思いもかけない視点から読み替える論もあり、編者として興奮を抑えきれなかった。刺激的な論考に触れたのち、あらためて「関係性の政治学」とは何であるのか、以下に考えてみたいと思うのだが、「あとがき」から読まれる読者には、これから精読されるであろう論文への、ささやかな道案内としていただければ幸いである。

「関係性の政治学」という論題を掲げるに際しては、研究者共同体が向き合わざるを得ない、現在的で切実な問題が前提となっている。それは、これまで「読み」をめぐる差異の生産に価値を与え、競い合ってきた結果、先の見えない隘路にはまり込んでしまったのではないかという危機意識である。差異が価値を生産する経済原理に導かれるようにして、平安文学研究もまた論の差異を生産することにやっきになってきた。しかも、内輪でのみ通用する学術語を駆使し、狭い共同体での自閉を深めていくうちに、差異のインフレーションから飽和に至り、やがては保守化による保身へと歩まざるをえない現在がうっすらと浮かび上がってくる。もちろん、多様な研究の立場と実践があり、一概に括ることはできないのだが、これをひとつの現状認識としてよいのではなかろうか。また、そうした状況を前提として、ディテールにとことん拘泥することが研究の果たすべき役割であると認識しつつも、細分化された研究領域での差異の生産にのめり込んでいくうちに、いつの間にか全体が同じ方向を向いていることに気づかない、気づこうとしない、気づかないふりをしているのならば、それは文学研究あるいは研究者自身の政治的無自覚の露呈を意味することになろう。これは文学研究に固有な現象ではなく、今を生きる多くの人々が突きつけられている事柄に属している。たとえば、原発事故とその後の展開を前にして、経済活動と政治的選択の狭間に立ち、我々は潜在的な選択を常に迫られている。「関係性の政治学」というテーマが導かれる必然があるとすれば、それは境界線を引き、何かを選択しなければならない私たちが、時代と社会に向き合うために要請された切実な問題意識に始発するのだと言えよう。このテーマ設定はひとえに私たちの現在的な問題意識から発せられている。

「政治」とは、ごく単純化するならば線を引くことである。地政学的な線は国境となり、利権を保持するために引かれた線が共同体を形成する。そこに身を置き、好んで線を引く者、補強する者がいる。その一方で、引かれた線を引き直そうと試みる者もいる。多様な「線」が社会に張り巡らされ、人々はその内か外かに属することを迫られる。公と私、貧と富、男と女、美と醜、あるいは社会的地位や経済力、性差や美意識、道徳や倫理、宗教など、さまざまな位相に境界線は存在している。

主体を絡め取り、人に居場所を与えると同時に誰かを疎外せずにはおかないそれらの線は、しかし、決してスタティックな構造物ではない。それは常に流動化する想像の線であり、それゆえ〈動詞〉で表現するのがふさわしいダイナミズムを有している。たとえば連帯する、排除する、差別する、見せつける、見えなくする、独占する、分配する。あるいは「笑う」といった何気ない表情や動作によって、さりげなく彼我の境界線は引かれる。物語の中で女性たちが恐れる「人笑へ」は、笑うという行為が政治的な排除の暴力として機能することを端的に示していよう。

政治的権力の再生産を、抽象的な権力やイデオロギーが基に有り、行為がそれを実践、代行するという単線的な因果律で捉える認識は一面的である。むしろ多くの権力は遂行的に政治を実践するのであり、権力を形成するのは行為それ自体であると言えよう。それゆえ、日常的な細部にこそ、政治的な力が隠微に発現する。たとえば物の配置や移動、贈与、儀式や日常空間の構成、人の移動や交通、さらには身体表現や感覚を通して不断に力は作用し続ける。大文字の「政治」と言うべき社会体制、政治体制が、言語化されたイデオロギーとして議論の対象となる一方で、日常的な生活空間の細部にこそ「政治的なるもの」が存在していることを、この論集は『源氏物語』の中に掘り起こしており、ジェンダー・ポリティクスへのアプローチと合わせて、本書に特徴的な指向性を形成している。

次に「関係性」とは何かを考えてみたい。『源氏物語』を対象とする研究領域においては、最低でも八つの位相における、以下のような「関係性」を指摘しうるだろう。

①〈紫式部〉と呼称される表現主体と西暦千年前後の社会との関係
②〈紫式部〉と呼称される表現主体と『源氏物語』との関係
③物語内に設定された語る主体と語られる対象との関係
④物語内に構築された社会における共同体相互の関係
⑤物語内に造形された人物と社会および共同体との関係
⑥物語内に造形された人物相互の関係
⑦消費および加工主体として作品に関わる読者と『源氏物語』との関係
⑧消費および加工主体として作品に関わる『源氏物語』の読者と社会および共同体との関係

それぞれの位相と領域において、政治的な軋轢や葛藤が生じることになろうが、重要であると思われるのは、典型化された共同体や社会体制、政治体制などというものはどこにも存在しないという前提の共有である。常に一回的な関係性のなかで生成し、更新され、不断に変化することをやめない複数の構造によって、社会らしきもの、共同体らしきもの、社会体制らしきものが存在しているように幻想されるに過ぎないのであり、そうした関係の一回性が形成する流動化した社会を、この長編物語は平安貴族社会を舞台に描いているように思えてならない。その糸を一本ずつ解きほぐし、再び編み直す作業を経て、この両巻は新たな『源氏物語』像を提示しようと試みている。

また、右に挙げた様々な位相にわたって、「関係性の政治学」というテーマと深く関わり、意識せざるを得ない重要な課題と考えられるのは、解釈行為そのものが孕む政治性である。それは物語社会を生きる人間相互の交渉において焦点化されるだけでなく、むしろ研究者が物語を読み解く、その真摯な解釈行為そのものに内包された政治性として対象化されるべきものとしてあろう。私たちが形成する源氏物語解釈という名の加工文化は、長い源氏物語享受史においていかなる位置を占め、どのような切断線を引きながら、いかなる物語を今に再生産しているのか。つまりは何のために『源氏物語』を読み、読むことで何を変え、何を守ろうとしているのか。そうした根源的な問いをめぐる、解釈行為の政治性を問う視座は、第二・三巻「関係性の政治学」を経て、第十巻において対象化される「文化の政治学」へと引き継がれていくことになろう。

このチャレンジに賛同し、珠玉の論考をお寄せ下さった執筆者に、衷心よりお礼申し上げます。

（立石和弘）

な行

は行

ま行

や・ら・わ行

あ行

か行

さ行

た行

索　　　引

源氏物語

関係性の政治学Ⅱ　新時代への源氏学 3

2015年 5月25日　発行

編　者　助川 幸逸郎　立石 和弘
　　　　土方 洋一　松岡 智之

発行者　黒澤　廣

発行所　竹林舎
112-0013
東京都文京区音羽1-15-12-411
電話 03(5977)8871　FAX03(5977)8879

印刷　シナノ書籍印刷株式会社

ISBN 978-4-902084-33-7